CHRISTINE
JAEGGI

Die MAGNOLIENFRAUEN

Roman

Ullstein

Besuchen Sie uns im Internet:
www.ullstein.de

Originalausgabe im Ullstein Taschenbuch
1. Auflage Oktober 2021

Umschlaggestaltung: bürosüd° GmbH, München
Titelabbildung: © Magdalena Russocka / Trevillion Images (Frau);
© www.buerosued.de (Landschaft)
Gesetzt aus der Quadraat Pro powered by pepyrus.com
Druck und Bindearbeiten: CPI books GmbH, Leck
ISBN 978-3-548-06318-8

ullstein

CHRISTINE JAEGGI, geboren 1982, lebt mit ihrem Partner in der Schweizer Stadt Luzern. In ihrer Freizeit treibt sie gerne Sport, liest viel und – schreibt! Für ihren Debütroman *Fatale Schönheit* wurde sie 2015 mit dem ersten e-ditio Independent Publishing Award ausgezeichnet. Sie schreibt spannende Liebesgeschichten, in denen familiäre Beziehungen eine große Rolle spielen, und lässt gerne historische Begebenheiten einfließen.

Vergebung ist nicht etwas, das man für andere tut, sondern das beste Geschenk, das man sich selbst machen kann.

Figurenübersicht

Gegenwart

Fee Strasser, 1986
Violetta Strasser, 1941: geb. Ferrazzini, Fees Großmutter

Nando Silvestri, 1981: Tommasos Enkel

Pippa Ferrazzini, 1933: Fees Großtante

Aurelia Toschini, 1933: ehemalige Haushälterin der Ferrazzinis

Christian, 1979: Fees Verlobter

Vergangenheit

Alice Ferrazzini, 1922: geb. Ehrler
Maurizio Ferrazzini, 1909: Alices Mann
Undine Ferrazzini, 1913–1936: Maurizios verstorbene Frau
Pippa Ferrazzini, 1933: Maurizios und Undines Tochter
Matteo Ferrazzini, 1936: Maurizios und Undines Sohn
Lucilla Ferrazzini, 1890: Maurizios Mutter
Carlos Ferrazzini, 1888: Maurizios Vater
Carmina Ferrazzini, 1911: Maurizios Schwester

Filomena Toschini, 1892: Haushälterin
Aurelia Toschini, 1933: Filomenas Tochter

Henriette Silvestri, 1901: Nachbarin
Tommaso Silvestri, 1922: Henriettes Sohn

Franca, 1922: Kindermädchen

Geraldo, 1888: Hausmeister

Tonia Balossi, 1915: Undines ehemalige Zofe

Teil 1

Prolog

Brissago, März 1936

Behutsam schritt Undine auf das Geländer zu, ihr seidener Morgenmantel flatterte im Wind. Die Steinplatten waren noch feucht von der Kühle der Nacht, der Morgensonne fehlte es jetzt im Frühling an Kraft, um sie aufzuwärmen. Undine spürte, wie die Kälte durch die dünnen Sohlen ihrer Satinpantoffeln drang. Ihre Beine drohten einzuknicken und verrieten ihre Schwäche, aber sie durfte nicht aufgeben. Sie wollte die Magnolien sehen. Mehrere Wochen war sie nicht in der Lage gewesen, das Bett zu verlassen, hatte sich erschöpft und schwermütig gefühlt, als wäre sie permanent in eine kalte und dicke Decke eingewickelt gewesen. Alles war ihr sinnlos und dunkel erschienen.

Doch dann war sie wie aus einem traumlosen Schlaf erwacht und spürte zum ersten Mal seit Langem einen winzigen Keim Hoffnung in sich. Ob diese Veränderung bereits Carminas Kräutertinktur zuzuschreiben war, die sie seit zwei Wochen regelmäßig einnahm?

Langsam setzte sie einen Fuß vor den anderen. Den anfänglichen Schwindel hatte sie überwunden, aber ihre Beine zitterten noch immer wie Götterspeise.

Du schaffst das, ermutigte sie sich. *Du bist eine della Torre und lässt dich nicht unterkriegen!*

Gestärkt durch den inneren Monolog, gewann sie mit jedem Schritt an Sicherheit, bis sie das eiserne Balkongeländer erreichte und sich mit den Händen darauf abstützen konnte. Tau haftete daran.

Undine hob den Kopf und fühlte sich sogleich überwältigt bei dem Anblick, der sich ihr vom ersten Stock aus bot. Üppige weißrosa Blüten schmückten die Äste der Magnolien im Garten, dahinter glitzerte der See. Kein Wölkchen am fahlblauen Himmel. Ein samtig-süßer Duft, der an Honig und Pfirsiche erinnerte, hüllte Undine ein, und Glück durchströmte ihren Körper. Wie sehr sie die Bäume liebte. Es handelte sich um zwei elfjährige Tulpenmagnolien – eine vor dem Haus, die andere unten am Seeufer –, die mit ihren über vier Metern schon eine beachtliche Höhe aufwiesen. In den kommenden Jahrzehnten würden sie zu kräftigen Bäumen heranwachsen und noch hier sein, wenn Undine längst nicht mehr lebte. Die Tulpenmagnolie – *Magnolia soulangeana* – konnte unter optimalen klimatischen Bedingungen über hundert Jahre alt werden, hatte ihr der Gärtner erklärt. Undine gefiel der Gedanke, dass sich auch ihre Nachfahren noch an den alten Bäumen erfreuen würden. Sie blickte zu der Purpurmagnolie in der Mitte des Gartens, die erst etwa einen Meter hoch war und eher wie ein Strauch aussah. Undine hatte sie vor einem Jahr pflanzen lassen, damit auch im Mai noch etwas blühte. Dazu ein Palmen-Trio und Oleandersträucher.

Der Wind peitschte die Zweige gegen das Geländer, und eine Blüte fiel zu Boden. Undine erschauerte und zog den Morgenmantel fester um sich. Sie kniete nieder und hob die Blüte auf, die wie eine dickfleischige Tulpe aussah. Die Blätter waren weiß mit einer hellrosa Färbung. Undine atmete den berauschenden Duft tief ein und spürte, wie längst vergessene Kraft ihren Körper erfüllte.

Plötzlich fegte ein weiterer Windstoß durch die Bäume, Blütenstaub wirbelte durch die Luft. Kurz darauf schlug die Balkontür mit einem heftigen Knall zu, nur um in der nächsten Sekunde wieder aufzuschwingen. Undine drehte sich um und starrte wie gebannt auf die klappernde Tür. Sie ahnte, was jetzt gleich folgen würde. Das Geräusch hatte die Zwillinge bestimmt aus dem Schlaf gerissen. Kaum hatte sie zu Ende gedacht, drangen die anklagenden Schreie auch schon in ihre Ohren. Zuerst ganz leise, dann immer lauter.

Eine lähmende Müdigkeit überwältigte Undine, und sie fühlte sich, als würde sämtliches Leben aus ihrem Körper weichen. Sie schob eine Hand unter den weiten Ärmel ihres Morgenmantels und kratzte sich am Arm, immer fester und tiefer, riss erst kürzlich verheilte Wunden wieder auf. Das Geschrei wurde lauter. Undines Magengrube bebte.

Ich will nicht rein!

Es lag nicht nur an den Säuglingen, sondern auch am Haus. Schon als Maurizio sie vor vier Jahren an diesen Ort gebracht hatte und sie zum ersten Mal die Villa betrat, überkam sie ein seltsames Gefühl, als würde in jeder Ecke des Hauses etwas Unheilvolles lauern. Später erfuhr sie von der Tragödie, die sich einst hier ereignet hatte, und sie begriff, weshalb die Villa und ihre Bewohner eine so düstere Aura ausstrahlten. Selbst der Garten vermochte daran nichts zu ändern. Undine hatte Maurizio oft angefleht, an einen anderen Ort zu ziehen, aber er wollte nicht weg.

Dann war da noch jene furchtbare Entdeckung, die sie unmittelbar vor der Geburt der Zwillinge gemacht hatte. Bisher war sie noch nicht in der Lage gewesen, mit jemandem darüber zu sprechen, aber das würde sie tun, sobald Maurizio übermorgen zurückkäme.

Die Zwillinge schrien immer intensiver. Ohrenbetäubend.

Undines Herz raste, sie hielt sich rücklings am Geländer fest. Schweiß drang aus sämtlichen Poren ihrer Haut. Sie starrte auf die Balkontür, sah drei Gestalten das Zimmer betreten. Während sich die kleinste – Franca – über die Wiege lehnte, betraten die anderen beiden den Balkon. Lucilla, dicht gefolgt von Carmina.

Undines Körper versteifte sich, und sie hatte das Gefühl, von einem Sog in die Tiefe gezogen zu werden. »Lucilla, ich ...« Der lodernde, unbarmherzige Blick ihrer Schwiegermutter ließ sie verstummen.

»Undine! Was machst du hier draußen? Komm sofort rein!«

»Ich wollte nur die Magnolien sehen.« Sie kämpfte mit ihrer Stimme, die in ein Flüstern abzurutschen drohte.

Lucilla schritt auf sie zu, und ihr zu einem Turm hochgestecktes Haar wippte im Wind, ihre Mimik drückte geradezu verletzende Verachtung aus. Ein Wortschwall brach wie ein böser Geist aus ihr hervor, aber Undine hörte nicht hin. Ihr Herz schmerzte vor Angst und Hoffnungslosigkeit. Wimmernd ließ sie sich auf den Boden nieder, dabei fiel ihr Blick auf das ockerfarbene Gemäuer der Villa. *Villa Magnolia* stand dort in dunkelbrauner Farbe. *Die Magnolienvilla*. Undine erschauderte. Wäre sie bloß nie hierhergekommen!

Kapitel 1

Zürich, Januar 2019

Fee

Wie gelähmt stand Fee im Flur und starrte auf den Brief, dessen Zeilen vor ihren Augen verschwammen. Unbarmherzig fiel die Trauer über sie her und presste ihr wie ein Stahlband die Brust zusammen. Ein gekrächztes »Nein« entwich ihr, und sie ließ die Handtasche fallen.

Wie konnte er es wagen?

Langsam ließ sie sich auf dem Nussbaumparkett nieder. Es roch intensiv nach frischem Holz, da die Putzfrau es erst gestern mit einem Spezialmittel gereinigt hatte.

Mit angezogenen Beinen lehnte sie sich gegen den Einbauschrank. Sie trug noch immer ihren Mantel, aber das kümmerte sie nicht. Sie fühlte sich, als hätte jemand mit scharfen Krallen ihr Herz gepackt und drückte unerbittlich zu. Jede Faser ihres Körpers war von einer quälenden Schwermut erfüllt, genau wie vor acht Jahren. Dabei hatte sie damals ihr altes Leben komplett aufgegeben und alles daraus verbannt, was sie an Eva und den Überfall hätte erinnern können. Hauptsache, sie spürte keinen Schmerz mehr.

Natürlich gab es gelegentlich Momente, in denen sie von Traurigkeit ergriffen wurde, zum Beispiel, wenn sie auf ein Foto stieß oder jemand von Eva sprach. Aber durch das Malen war es ihr stets gelungen, eine sich anbahnende Melancholie aufzuhalten. Heute würde selbst das nichts bringen, das wusste sie.

Gefühle und Erinnerungen überschlugen sich, sie war machtlos dagegen. Sie sah Eva vor sich, wie sie in ihrem pinkfarbenen Sommerkleid das Juweliergeschäft betrat, das kastanienbraune Haar zu einem schwingenden Pferdeschwanz gebunden, die Rehaugen leuchtend und voller Vorfreude auf alles, was das Leben für sie bereithielt, angefangen mit Fees Entwurf für den Hochzeitsschmuck. Fee wusste noch genau, wie aufgeregt sie selbst gewesen war, ihrer besten Freundin die Entwürfe zeigen zu können, in die sie viel Liebe und Herzblut gesteckt hatte. Sie war davon ausgegangen, dass Eva überwältigt sein würde, denn der Schmuck – Ohrringe, Collier und Armband mit bunten Edelsteinen im Brillantschliff – passte perfekt zu ihr. Nur waren sie gar nicht erst so weit gekommen, sich die Entwürfe anzusehen. Kurz nach Evas Eintreffen, sie gingen gerade auf den Aufzug zu, stürmten die Diebe das Geschäft.

Die Erinnerung daran ließ Fee aufschluchzen. Tränen rannen über ihre Wangen und tropften auf den Brief. Es kam ihr vor, als würde ihr eine unsichtbare Kraft die Kehle zuschnüren, deshalb versuchte sie, tief und kontrolliert zu atmen, so wie sie es damals von der Therapeutin gelernt hatte.

Einatmen – ausatmen. Die Minuten vergingen. Nach und nach, während sie sich auf ihre Atmung konzentrierte, spürte sie, wie sich ihr Körper entspannte und die Tränen allmählich versiegten.

Plötzlich ging die Haustür auf, und im nächsten Moment stolperte Christian beinahe über ihre Handtasche.

»Was zum ... Felicia!« Er gehörte zu den wenigen Personen, die Fee nicht mit ihrem Kosenamen ansprachen.

»Was machst du da auf dem Boden?« Er zog die Tür hinter sich zu. Sie sah schweigend hoch, und er zuckte bei ihrem Anblick kaum merklich zusammen.

»Hast du geweint?« Er stellte die Aktentasche hin, legte den Autoschlüssel auf das Sideboard und kniete sich zu ihr, umfasste ihre Schultern. Der Duft von *Armani Code* stieg ihr in die Nase.

»Hey, was ist los?«

Wortlos reichte sie ihm den Brief, und er betrachtete ihn stirnrunzelnd.

»*Swiss RJ Forum*«, las er. »Forum für Restaurative Justiz. Was wollen die von dir?«

»Lies selbst.«

Sie beobachtete ihn beim Lesen, erkannte aber keine Regung in seinem Gesicht.

Sein komplett rasierter Schädel – den gänzlichen Kahlschlag auf dem Kopf zog er einer Halbglatze vor – glänzte im Licht der Deckenspots.

Schließlich schnappte er nach Luft und faltete den Brief zusammen. »So eine Frechheit! Dieser Typ hat bei dem Überfall zwei Menschen getötet und dich angeschossen. Jetzt möchte er das tatsächlich wiedergutmachen, indem er sich mit dir zu einem Opfer-Täter-Dialog trifft? Um sich zu entschuldigen?« Er schnaubte und lockerte seine Krawatte.

»Es ist ja nur eine Anfrage«, erwiderte Fee ruhig. »Ich kann das ablehnen. Das Forum schreibt ganz klar, dass …«

»Selbstverständlich wirst du es ablehnen! Oder ziehst du etwa in Erwägung, dich mit ihm zu treffen?« In seiner Stimme lag eine Schärfe, die durch den strengen Ausdruck seiner graublauen Augen noch unterstrichen wurde. Ohne eine Antwort abzuwarten, fuhr er fort. »Du weißt doch, dass ich mich in der Partei für ein härteres Strafrecht einsetze. Wenn du diesem Opfer-Täter-Dialog zustimmst, kommt das garantiert an die Öffentlichkeit und lässt mich vor den Parteikollegen und Wählern sehr unglaubwürdig erscheinen.«

Fee sah ihn fassungslos an. Eigentlich hatte sie bereits entschieden, sich nicht auf ein Gespräch mit dem Täter einzulassen, denn sie konnte sich unmöglich mit dem Mann treffen, der Eva auf dem Gewissen hatte. Doch Christians egoistisches Verhalten störte sie gewaltig. Gerade jetzt hätte sie Trost und Mitgefühl von ihm erwartet, keine Moralpredigt. Ärger wallte in ihr auf und verdrängte ihre Trauer. Sie griff nach ihrer Tasche, nahm eine Packung Papiertücher hervor und zog eines heraus. Nachdem sie sich die Nase geputzt hatte, sah sie zu Christian und beschloss, ihm ihren Entschluss noch vorzuenthalten.

»Es ist allein meine Entscheidung, ob ich mich mit dem Täter treffe oder nicht. Und du hast sie zu akzeptieren.« Sie stand langsam auf und zog den Mantel aus.

Christian erhob sich auch und wedelte mit dem Brief herum. »Denkst du etwa, dass dir eine Zusammenführung helfen kann? Dass alte Wunden dadurch geheilt werden? Felicia, es geht bei einem solchen Dialog nicht um deine Bedürfnisse, sondern um die des Täters. Und der macht bei dem Programm nur mit, um schneller wieder aus dem Knast zu kommen. Sobald er dann draußen ist, begeht er das nächste Verbrechen.«

Fee öffnete den Wandschrank und hängte ihren Mantel hinein. »Bei der Restaurativen Justiz steht aber das Opfer im Vordergrund. Schreiben sie zumindest. Sie wollen dem Opfer eine Stimme geben und den Täter zur Verantwortung ziehen. Allerdings durch eine heilende Form der Justiz.« Sie wusste selbst nicht, weshalb sie das Programm verteidigte. Vielleicht, weil der Brief im Grunde genommen sehr nett geschrieben war. Man drängte sie zu nichts, im Gegenteil, es wurden sogar Vorbereitungsgespräche angeboten. Sehr wahrscheinlich reagierte sie so, um Christian Widerstand zu leisten. In letzter Zeit stritten sie sich oft, doch Fee gab dem Frieden zuliebe am Ende meistens nach.

Sie hatte es satt!

»Das soll das Opfer *glauben!*«, konterte er auch schon. »Sei nicht so naiv! Außerdem hast du so eine Gegenüberstellung sowieso nicht mehr nötig. Es geht dir gut.«

Sie schlug den Schrank mit einem Knall zu und blickte trotzig zu Christian hoch, der sie mit seinen einen Meter vierundachtzig um fast einen Kopf überragte.

»Ich habe auch gedacht, es würde mir gut gehen. Aber anscheinend stimmt das nicht, sonst hätte ich vorhin keinen Zusammenbruch erlitten. Alles kam wieder hoch!« Sie gestikulierte wild umher, und eine Spur von Mitgefühl huschte über sein Gesicht.

»Deine beste Freundin ist damals ums Leben gekommen, und du wurdest angeschossen. Es ist also absolut verständlich, dass dich eine solche Anfrage aus der Fassung bringt.«

Fee marschierte durch den Flur und betrat die Wohnküche, gefolgt von Christian, der weiter auf sie einredete.

»Als ich dich damals kennengelernt habe, warst du ein psychisches Wrack. Aber davon bist du jetzt weit entfernt. Du hast dein Leben im Griff und brauchst diesen Scheiß nicht.« Er zerriss den Brief und warf die Fetzen auf die dunkelgraue Granitablage der Kücheninsel.

Fee, die sich gerade ein Glas mit Wasser füllen wollte, stellte es wieder ab und sammelte die Papierfetzen zusammen. »Was soll das? Das ist allein meine Angelegenheit! Du hast kein Recht, dich einzumischen.«

Christian stützte die Hände auf die Ablage und fixierte Fee. »Oh doch, in diesem Fall habe ich das Recht. Es betrifft meine politische Karriere. Konzentriere dich besser auf unsere Hochzeit.«

Er ließ seine Aussage einen Moment in der Luft hängen und fuhr dann in unbeschwertem Ton fort. »Ach, wann war noch gleich der Termin im Brautmodengeschäft? Morgen, oder?«

Fees Herzschlag drohte auszusetzen. Die Brautkleidsuche! Sie hatte keine Ahnung, wie sie die durchstehen sollte.

Kapitel 2

Zürich, Januar 2019

Fee

Fee schwitzte, und ihr Magen verkrampfte sich. Seit ihrer Ankunft in dem Brautmodengeschäft fühlte sie sich zwischen all den zukünftigen strahlenden Bräuten wie ein schwerer schwarzer Stein, der mitten im weißen Puderschnee lag. Dabei hatte sie sich heute Morgen fest vorgenommen, sich zusammenzureißen und wie jede normale Verlobte ein Brautkleid auszusuchen. Das konnte ja nicht so schwierig sein, hatte sie sich eingeredet, doch jetzt überkam sie die kalte Realität. Die Erinnerungen an Eva begannen sie erneut zu quälen. Damals hatte sie wenige Tage vor dem Überfall mit Eva ein Brautmodengeschäft besucht, und Eva hatte dort ihr absolutes Traumkleid gefunden. Ein schlichtes, damit sie mit buntem Schmuck noch Akzente setzen konnte. Nie würde Fee ihr glückliches Gesicht vergessen und ihre Worte, als sie in dem cremefarbenen Seidenkleid aus dem Umkleideraum getreten war. »Mädels, das ist es! Mein Kleid!«

Eine Woche später war sie tot.

Die Erinnerung traf Fee wie eine Faust in den Bauch, und ihre Augen füllten sich mit Tränen. Sie spürte eine Hand auf ihrem Rücken.

»Fee, alles okay?«, fragte ihre beste Freundin Jessy besorgt. »Wir können auch wieder gehen.«

Fee atmete tief durch. »Danke, es geht schon.« Bevor sie hierhergekommen waren, hatte sie Jessy und ihrer Mutter das zusammengeklebte Schreiben des Forums gezeigt. Während Jessy wie erwartet entsetzt gewesen war, hatte ihre Mutter nur die Augen verdreht und gemeint, Fee solle sich wegen so einer Lappalie – Lappalie! – nicht aufregen.

»Fee, Herzchen«, rief ihre Mutter nun und zeigte auf eine Kleiderpuppe in einem üppigen Tülldress mit rosafarbenen 3-D-Blüten. Das trägerlose Oberteil war mit unzähligen Glitzersteinchen verziert. »Das hier musst du anziehen. Darin siehst du bestimmt aus wie eine Märchenprinzessin.«

Oh nein, dachte Fee, *darin sehe ich eher aus wie eine Hochzeitstorte!*

Yvonne, ihre Schwiegermutter in spe, rümpfte die Nase und wandte sich kopfschüttelnd an Fees Mutter. »Dieses Kleid geht gar nicht. Als zukünftige Frau eines Politikers braucht Felicia etwas Royales. Elegant, modern, aber auf keinen Fall kitschig und aufreizend.« Sie marschierte durch den Laden wie ein General und musterte sämtliche Kleider abschätzig. Fees Mutter richtete sich vor einem Spiegel ihr rotes, stark toupiertes Haar, dann folgte sie Yvonne und verteidigte das Glitzerkleid.

»Hör nicht auf die beiden«, flüsterte Jessy. »Zu dir passt ohnehin ein Vintagekleid am besten. Zart und verträumt. Du bist ein Elfentyp.«

Fee verzog das Gesicht. Sie mochte den Vergleich nicht besonders, auch wenn er in Anbetracht ihres Namens und ihres Äußeren durchaus zutraf. Sie hatte langes, feines und hellblondes Haar, blasse Haut und himmelblaue Augen. Sogar ihre Ohren glichen denen einer Elfe: leicht abstehend und groß. Früher in der Schule war sie deswegen oft gehänselt worden. Dumbo hatte man sie genannt, wie den kleinen Elefanten aus dem Zeichentrickfilm. Sie hatte immer versucht, ihre Ohren zu kaschieren, aber wegen ihres dünnen Haares war es ihr nie gelungen. Durch die Freundschaft zu Eva hatte sie mit der Zeit an Selbstbewusstsein gewonnen, und inzwischen stand sie zu ihrem Schönheitsfehler. *Ach, Eva*, dachte Fee verzweifelt.

»Fee.« Jessy schien offenbar zu bemerken, dass sie nicht bei der Sache war, und sah sie bekümmert an. »Du musst diesen Brief vergessen, ja?«

Das kann ich nicht. Fee spürte, wie die Wut in ihr emporkroch. Wie konnte Evas Mörder es wagen, eine solche Bitte an sie zu stellen? Entschuldigen wollte er sich! Als könnte er dadurch alles wiedergutmachen. Aber Eva war tot! Eine Entschuldigung brachte sie nicht zurück. Verdammt!

»Komm, wir schauen uns die Kleider an«, fuhr Jessy bemüht fröhlich fort. »Guck mal, das hier ist doch ganz hübsch.« Sie zeigte auf einen Traum aus champagnerfarbener Spitze, doch im selben Moment stieß Yvonne dazu. »Das ist viel zu schlicht. Da kann sie ja gleich im Nachthemd gehen.«

»Schätzchen«, meldete sich ihre Mutter, »bitte zieh doch das Kleid mit den rosa Blüten mal an. Mir zuliebe. Oh, und ich habe noch eines mit einer Schleife in der Taille gesehen.«

»Das ist alles Kitsch!«, zischte Yvonne. »Komm mit, Felicia, ich habe dort drüben etwas Passendes entdeckt.«

In dem Moment stieß eine lächelnde Kundenberaterin zu ihnen und wandte sich an Fee. »So, nun bin ich bereit für Sie. Haben Sie schon ein paar Kleider gesehen, die Ihnen gefallen?«

»Ich … nein …«

»Das macht nichts, wir finden schon etwas. Was für Vorstellungen haben –« Sie konnte den Satz nicht mal beenden, schon begannen Yvonne und Fees Mutter auf sie einzureden.

Fees Nerven vibrierten, ihr Herz raste. »Jetzt reicht's!«, schrie sie. »Hört endlich auf! Wenn, dann suche ich mir ein Kleid aus, das *mir* gefällt. Nur mir!« Sie bemerkte, wie schrill sich ihre Stimme anhörte, und hielt inne. Ihre Mutter, Jessy und Yvonne schauten sie fassungslos an, genauso wie die Angestellte und ein paar Kundinnen. »Aber wisst ihr was, ich will kein Kleid. Und auch keine Hochzeit. Das war Evas Traum, nicht meiner.« Tränen füllten ihre Augen. »Ich kann das nicht.« Sie rannte aus dem Laden.

• • •

Schon seit fünf Minuten saß sie im Wagen und beobachtete die Schneeflocken, die sich auf der Windschutzscheibe sammelten. *Where Is My Mind* von den Pixies ertönte aus der Musikanlage und drang ihr unter die Haut.

Die Dämmerung begann einzusetzen, und Laternen erhellten den von Tannen gesäumten Weg zur Seniorenresidenz, in der immer mehr Fenster aufleuchteten. Fee rieb sich die Schläfen. Ihre Großmutter erwartete sie, aber sie wollte ihr in diesem aufgewühlten Zustand nicht unter die Augen treten. Zuerst musste sie sich beruhigen.

Ihr Handy klingelte, und nicht mal die durchdringenden Töne von Joey Santiagos E-Gitarre konnten es überstimmen. Erregt wühlte Fee in der Tasche und zog das Gerät zwischen Lippenstift, Bonbons, Geldbörse und Taschentüchern hervor. Schon auf der Fahrt hierher hatte es ununterbrochen geklingelt, und ein Blick auf das Display zeigte elf verpasste Anrufe. Sie schaltete es aus. Bei Jessy würde sie sich später melden, aber ihre Mutter und Yvonne konnten ihr gestohlen bleiben. Sie war sich bewusst, dass sie vorhin alle überrascht hatte mit ihrem plötzlichen Wutausbruch, schließlich passte so etwas nicht zu ihr. Aber es war ihr ernst gewesen. Sie wollte weder ein Kleid noch eine Hochzeit.

Sie starrte auf das Lenkrad, und der Mercedesstern verschwamm vor ihren Augen.

»Verdammte Scheiße!« Sie schlug mit der Faust gegen das Lenkrad und lehnte sich in ihrem Sitz zurück, schaute aus dem Fenster. Die vom Wind umhergewirbelten Schneeflocken bildeten kreisförmige Muster auf der Windschutzscheibe.

Sie tröstete sich mit der Tatsache, dass sie eigentlich nie hatte heiraten wollen. Doch dann hatte Christian ihr vor einem Jahr auf den Malediven einen Antrag gemacht – während eines Abendessens direkt am Meer bei Kerzenschein. Sie war aus allen Wolken gefallen, weil sie kurz vor dem Urlaub noch einen heftigen Streit gehabt hatten und sie die Beziehung damals ernsthaft infrage gestellt hatte. Sie vermutete deshalb insgeheim, dass ihn keine romantischen Absichten zu dem Antrag bewogen hatten. Vielmehr sah er in einer Ehe womöglich einen Vorteil für seine politische Laufbahn. Ein Familienmensch kam bei der Wählerschaft nun mal besser an.

Schlussendlich hatte Fee ihre Zweifel aber beiseitegeschoben und den Antrag angenommen. Sie schätzte Christian, ihren Fels in der Brandung. Neben ihren Großeltern und Jessy hatte er ihr damals vor acht Jahren, in der schlimmsten Zeit ihres Lebens, beigestanden und sie aus einer Phase geholt, in der sie niemanden mehr an sich heranließ und sich fast zerstört hätte. Christian hatte sie vor sich selbst gerettet und ihr neue Perspektiven aufgezeigt.

Um sich voll und ganz auf ein neues Leben einlassen zu können, hatte sie jedoch ihr altes zuerst abwerfen müssen und eine Veränderung durchgemacht. So wurde aus der Schmuckdesignerin mit Vorliebe für bunte Flatterkleidchen eine organisierte Finanzbuchhalterin im Businesskostüm. Ganz geformt nach Christians Idealbild, wie Jessy und ihre Großmutter, beide keine Anhänger von Christian, manchmal behaupteten. Fee war sich ihrer Verwandlung durchaus bewusst, und auch wenn diese Phase nicht immer leicht gewesen war – von alten Gewohnheiten verabschiedete man sich nur schwer –, so hatte sie es durchgezogen, weil sie wusste, dass nur ein kompletter Neuanfang sie retten würde. So hatte sie sich Hals über Kopf in eine Beziehung mit Christian gestürzt, die trotz zahlreicher Streitereien bis heute hielt. Christian mochte gelegentlich etwas zu perfektionistisch sein, aber genau diese Eigenschaft schätzte Fee an ihm. Er hatte immer alles unter Kontrolle, ob als Partner im Investmentunternehmen seiner Mutter, in seiner Partei oder privat. Griff man ihn an, kapitulierte er nicht, sondern kämpfte stattdessen. Erlitt er trotzdem einen Misserfolg, ließ er sich nicht unterkriegen und machte weiter. Im Leben falle man immer mal wieder hin, sagte er oft, und das sei nicht tragisch. Tragisch sei nur, wenn man einfach liegen bleibe und nicht wieder versuche aufzustehen.

Fee hatte ihn für seine Einstellung und Stärke immer bewundert und so sein wollen wie er. Vermutlich einer der Hauptgründe, weshalb sie seinen Heiratsantrag angenommen hatte. An seiner Seite hatte sie sich sicher gefühlt.

Gestern hatte sie wieder mal feststellen müssen, dass es nicht mehr so war. Sie hatte sich nach Trost und Wärme gesehnt, stattdessen aber nur einen Streit erhalten, wie in letzter Zeit so oft. In den vergangenen Wochen hatte sie sich häufig bei dem Gedanken ertappt, ob Christian wirklich der Richtige für sie war, hatte ihre Zweifel am Ende aber immer zur Seite geschoben und sich eingeredet, dass Streitereien zu einer gesunden Beziehung gehörten. Trotzdem blieben die Bedenken, zumal sie sich sehr oft und über alles Mögliche stritten: über ihre Malerei, die Wohnungseinrichtung, seine politischen Ansichten, seine dominante Mutter, ihr Engagement für Obdachlose … Und natürlich die Hochzeit. Christian wollte groß feiern, sie eher klein. Anfangs war sie sogar ganz gegen eine Feier gewesen und fand, eine standesamtliche Heirat würde reichen. Christian jedoch wünschte sich ein Fest, hauptsächlich für Familie, Freunde, Geschäftspartner und seine Parteikollegen. Am Ende hatte Fee nachgegeben, und inzwischen stand der Termin mit dem siebten September bereits fest. Kirche und Hochzeitslocation – das Schloss Rapperswil – waren gebucht und die Einladungskarten an die rund zweihundert Gäste kürzlich durch die Hochzeitsplanerin verschickt worden. Die Leute freuten sich, allen voran Fees Mutter und Großmutter. Letztere wäre auch gern zur Brautkleidsuche mitgekommen, hatte sich aber wegen plötzlich auftretender starker Kopfschmerzen hinlegen müssen. Fee hatte ihr versprochen, später vorbeizukommen und Fotos von dem Kleid zu zeigen.

Nun war sie da, aber ohne Fotos, weil es kein Brautkleid gab. Vielleicht nie eines geben würde.

Fee atmete tief durch, ehe sie nach ihrer Handtasche und der Pralinenschachtel auf dem Beifahrersitz griff. Dann öffnete sie die Wagentür.

• • •

Ein frostiger Wind wehte beharrlich vom Zürichsee herauf, als Fee vom Parkplatz zur Seniorenresidenz lief. Schneeflocken trieben ihr ins Gesicht, sodass sie die Kapuze ihres Mantels über den Kopf zog.

Umgeben von schneebedeckten Tannen, wirkte die neugotische Villa mit dem Türmchen und den Bogenfenstern wie einem Wintermärchen entsprungen. Fees Großmutter hatte nach dem

Tod ihres Mannes vor sechs Jahren beschlossen, ihr Haus am Zürichberg ihrem Sohn, Fees Vater, zu überlassen, und sich hier eine kleine Wohnung gemietet.

Im überheizten Innern des Gebäudes begann Fees Haut zu glühen, und sie zog den Mantel aus. Während sie auf den Aufzug wartete, band sie ihr Haar, das sich durch die Kapuze elektrisch aufgeladen hatte und in alle Richtungen abstand, zu einem Pferdeschwanz. Als sie im dritten Stock ankam, sah sie gleich ihre Großmutter, die einer jungen Frau im weißen Kittel dabei half, übrig gebliebene Weihnachtsdekoration von den Fenstern im Foyer abzunehmen. Offenbar hatte sie keine Kopfschmerzen mehr.

In ihrer rosafarbenen Seidenbluse und der hellgrauen Stoffhose, das weiße schulterlange Haar zu sanften Wellen frisiert, sah Violetta Strasser so elegant aus wie eh und je. Munter plaudernd wickelte sie einen Strohengel in Seidenpapier, legte ihn in eine Kiste und griff nach einem silbernen Stern. Sie entdeckte Fee, und ihre honigbraunen Augen leuchteten auf. Fee fühlte beim Anblick ihrer Großmutter sofort, wie sich ihr Gemüt erhellte, als würde ihr jemand den Teil einer schweren Last von den Schultern nehmen.

»Fee, Liebes, hier bist du ja.« Ihre Großmutter wedelte mit dem Stern, Glitzerstaub rieselte herab. »Die zukünftige Braut!« Ehe Fee etwas sagen konnte, fiel ihr Violetta in die Arme und drückte ihr einen Kuss auf die Wange. Als sie von ihr abließ, musterte sie Fee erwartungsvoll. »Na, wie war es? Du hast hoffentlich Fotos vom Kleid gemacht?«

»Äh …« Fee wich ihrem Blick aus. »Gehen wir in deine Wohnung, dann erzähle ich dir alles.«

Violetta betrachtete sie prüfend. »In Ordnung.« Sie legte den

Stern in die Kiste, verabschiedete sich von der Pflegerin und hakte sich bei Fee ein.

»Wie geht es deinem Kopf?«, fragte Fee, während sie über das knarrende Parkett des Flurs schritten.

»Dank der Schmerztablette wieder besser. Aber heute Morgen habe ich es kaum ausgehalten. Merkwürdig. Solche Kopfschmerzen hatte ich noch nie. Liegt vermutlich am Wetter.«

»Meinst du? Vielleicht solltest du es abklären lassen.«

»Ach was!« Violetta öffnete lachend die Wohnungstür. »Wegen Kopfschmerzen renne ich nicht gleich zum Arzt.« Zielstrebig ging sie in die Kochnische und setzte Wasser auf. Der Teekessel aus Edelstahl glänzte wie ein frisch geputzter Spiegel. Danach betätigte sie die Fernbedienung ihrer Stereoanlage, und sogleich erklang eine Klaviersonate des Komponisten Jean-Philippe Rameau. *Les Tendres Plaintes*.

Violetta war Pianistin gewesen, und wenn sie nicht gerade selber spielte, dann hörte sie klassische Musik, ob nun Pianostücke, Opern oder Sinfonieorchester. Rameau gehörte zu ihren liebsten Komponisten. Auch Fee mochte ihn, besonders diese langsame Sonate. Wenn ihr die sanften Klänge in die Ohren drangen, fühlte es sich an, als legte jemand eine warme und weiche Decke um sie.

»Nun aber zu dir«, sagte ihre Großmutter. »Was ist los? Du wirkst so durcheinander. Hast du kein Kleid gefunden?«

Fee schluckte. Wenn es nur das wäre! Sie beschloss, noch nicht gleich mit der Tür ins Haus zu fallen. »Nein, habe ich nicht.« Sie öffnete einen Schrank, entnahm ihm zwei mit Goldrand verzierte Teetässchen und stellte sie zusammen mit der Zuckerdose auf ein Silbertablett.

Violetta winkte ab. »Mach dir nichts draus. Beim ersten Mal finden die wenigsten ihr Traumkleid.« Sie öffnete eine Dose mit einer Teemischung und füllte etwas davon in das Sieb eines Kruges. Der weihnachtliche Duft von Orange, Apfel und Zimt strömte Fee entgegen.

»Setz dich doch schon mal. Ich komme auch gleich.« Violetta drückte ihr das Tablett in die Hände. Fee ging damit durch das Zimmer, stellte es auf den Salontisch und zündete das Tiffanylämpchen auf der Biedermeierkommode an. Der Raum mit den antiken Möbeln und dem schwarzen Steinway-Flügel im Erker erstrahlte in weichem Licht. Wie jedes Mal betrachtete Fee die zahlreichen Fotos, die in unterschiedlichen Rahmen fast eine ganze Wand schmückten und vom Leben ihrer Großmutter erzählten: ihren unzähligen Konzerten, Reisen, Treffen mit Freunden und Familie. Die Bilder reichten weit zurück, einige zeigten Violetta als junge Frau, eine überaus attraktive Südländerin mit dunklen Locken, vollen Lippen und olivfarbenem Teint. Fees Großmutter stammte aus der Südschweiz, dem Tessin. Leider existierten aus ihrer Kindheit kaum Fotos, was daran lag, dass ihre Eltern früh gestorben waren. Die Mutter bei der Geburt, der Vater an einer Grippe. Violetta war in einem Kinderheim aufgewachsen, wie sie einst erzählt hatte. Umso mehr faszinierten Fee zwei Schwarz-Weiß-Bilder, die ihre Großmutter als Baby zeigten, zusammen mit dem Vater. Bei einem der Fotos handelte es sich um das Porträt eines dunkelhaarigen Mannes, der sein pausbäckiges Kind wiegte. Der Blick, mit dem er es ansah, war so voller Liebe, dass Fee jedes Mal ganz warm ums Herz wurde. Die andere Aufnahme zeigte Vater und Töchterchen im Garten vor einem blühenden Magnolienbaum. Von der Mutter habe sie leider kein Foto, hatte ihre Großmutter einst gesagt.

Fee sah zu einem anderen Bild, einer Nahaufnahme ihrer Großeltern bei deren Hochzeit. Das frisch verheiratete Paar strahlte Harmonie und Schönheit aus, fand Fee. Ihre Großmutter glich der Filmschauspielerin Sophia Loren; ihr dunkles Haar umgab das Gesicht wie eine Wolke, die Augen funkelten honigbraun. Fee hatte sich als Jugendliche oft gewünscht, mehr nach ihrer südländischen Großmutter und ihrem Vater zu kommen, oder nach ihrer Mutter, einer rothaarigen Schönheit. Aber bei ihr hatten sich voll und ganz die Gene ihres blauäugigen und hellblonden Großvaters durchgesetzt.

Sie schaute ihm in die gütigen Augen und wünschte sich nichts sehnlicher, als ihn hier zu haben. Er fehlte! Ihre Beziehung war genau wie die zu ihrer Großmutter sehr innig gewesen. Nur einmal hatte sie ihn enttäuscht, damals, ein paar Wochen nach dem Überfall, als sie ihm mitgeteilt hatte, nicht mehr als Schmuckdesignerin für ihn arbeiten zu können und stattdessen nochmals zu studieren. Accounting & Finance. Was wolle denn ausgerechnet sie mit Zahlen, hatte er gefragt und fassungslos den Kopf geschüttelt. Er könne ja verstehen, dass sie eine Auszeit brauche, aber gleich alles aufzugeben und auf diesen Schwätzer – so hatte er Christian genannt – zu hören, sei doch töricht. Fee hatte sein Unverständnis nachvollziehen können. Ihr Großvater war Inhaber der Juwelierdynastie *Strasser Uhren & Schmuck* gewesen, einem über mehrere Generationen hinweg geführten Familienunternehmen, das seit seinem Tod von seinem einzigen Sohn, Fees Vater, geleitet wurde. Ihr Großvater hatte ihre Designs immer sehr gemocht, und das nicht nur, weil sie seine Enkelin war. Ihre Kollektionen gehörten zu den meistverkauften. Doch weiterzumachen wie zuvor war für Fee keine Option gewesen.

Nach dem Studium hatte ihr Großvater sie dazu überredet, in der Buchhaltung der Firma zu arbeiten, worauf sie sich ihm zuliebe eingelassen hatte. Auch nach seinem Tod und unter der neuen Leitung ihres Vaters war sie geblieben.

»So, hier ist der Tee«, erklang Violettas Stimme. Sie füllte die beiden Tässchen und stellte die Kanne daneben. »Komm, setz dich.«

»Ja, gleich.« Fee holte ihre Tasche und nahm die Pralinenschachtel heraus. »Beinahe vergessen.« Sie ließ sich auf die weiche, mit geblümtem Stoff bezogene Couch fallen und öffnete die blaue Box.

»Fémina-Pralinen!« Violetta nahm sich eine und wickelte sie aus dem silberfarbenen Papier. Während sie sich die Schokolade in den Mund schob, gab sie ein genießerisches »Mmmh« von sich. Dann blickte sie Fee ernst an.

»Also, Liebes, was ist los?«

Fee entnahm ihrer Handtasche das Schreiben. »Gestern habe ich diesen Brief erhalten.«

Violetta griff nach ihrer Lesebrille und faltete den zusammengeklebten Brief stirnrunzelnd auseinander. »Was ist damit passiert? Hast du ihn zerrissen?«

»Nicht ich. Christian.«

Violettas Miene glich einem einzigen Fragezeichen. Nachdem sie den Brief gelesen hatte, legte sie ihn schweigend auf den Tisch und schob die Lesebrille ins Haar. Sie wirkte überwältigt, und in ihren Augen schimmerten Tränen, was Fee erstaunte. Ihre Großmutter war für gewöhnlich immer recht beherrscht.

»Evas Mörder will tatsächlich Kontakt zu dir.« Ihre Stimme zitterte, sie griff nach Fees Händen. »Das muss entsetzlich für dich sein. Ich kann das besser nachvollziehen, als du denkst.«

»Wie meinst du das?«

Violetta murmelte etwas Unverständliches vor sich hin.

»Was ist los?«

»Ach, Fee, ich habe dir so viel zu erzählen. Aber alles zu seiner Zeit. Reden wir zuerst über dich.« Sie rückte ein Stück näher. »Du quälst dich jetzt bestimmt wegen Eva, nicht wahr?«

»Ja. Dabei habe ich gedacht, darüber hinweg zu sein. Aber gestern, als ich diesen Brief las, kam alles wieder hoch. Und heute im Brautladen bin ich sogar ausgerastet.« Sie erzählte ihrer Großmutter alles, woraufhin diese ihr über den Rücken strich.

»Du willst also nicht mehr heiraten?«

Sie zögerte. »Heiraten schon, aber ohne Feier. Nur standesamtlich. Ich werde mit Christian sprechen.« Sie verstummte und erntete einen fragenden Blick ihrer Großmutter. »Allerdings haben wir schon alles gebucht, die Einladungen sind auch verschickt, wie du weißt. Alle freuen sich. So wie du.« Fee blickte sie schuldbewusst an. Gleichzeitig fühlte sie sich erleichtert, weil sie sich alles von der Seele geredet hatte.

»Ach, Kind!« Violetta wedelte mit den Händen. »Meinetwegen musst du keine Feier veranstalten, du meine Güte! Sicher wäre es schön gewesen, und ich hätte dich gerne als Braut gesehen. Aber ihr müsst diese Hochzeit für euch planen, für niemanden sonst.« Sie zog die Stirn in Falten. »Ich finde es nur bedenklich, dass du wegen Eva keine Feier mehr willst. Ich verstehe schon, dass dich die ganze Hochzeitssache an sie erinnert und schmerzlich für dich ist. Aber auf mich wirkt das alles so, als hättest du Evas Tod noch nicht überwunden.«

»Anscheinend nicht.«

»Weißt du, ich hatte oft das Gefühl, dass du damals dein Leben zu radikal geändert hast. Du hast alles daraus verbannt, was dich an Eva erinnerte. Ich weiß, dass du eine schwierige Zeit durchgemacht hast, und ich bin sehr froh, dass du dich danach wieder gefangen hast. Nur ist seither etwas von dir verloren gegangen. Etwas, das dich früher ausgemacht hat.« Sie verstummte, wirkte schuldbewusst. »Bitte entschuldige, dass ich das sage. Ich weiß ja, dass du es nicht mehr hören wolltest.«

»Schon gut.« Fee spielte mit den Ärmelknöpfen an ihrer Bluse. »Ich musste mich verändern, es ging nicht anders.«

»Ja, sicher. Ich fände es aber nicht richtig, wenn du diese Feier nur wegen Eva absagen würdest. Das hätte sie nicht gewollt, im Gegenteil.«

»Ich weiß. Ich bin einfach durcheinander.« Fee warf den Kopf in den Nacken und strich sich das Haar zurück. »Eigentlich wollte ich ja sowieso nie eine Feier. Vermutlich würde sie eh in einem Fiasko enden. Denk nur an meine Eltern.«

Violetta seufzte. Ihr Sohn, Fees Vater, hatte seine Frau schon vor fünfundzwanzig Jahren wegen einer anderen verlassen. Fee war damals erst acht gewesen. Die neue Beziehung hatte nicht lange gehalten, und seither hatte er stets wechselnde Liebschaften. Fees Mutter hatte ihm nie verziehen, und wann immer sie auf ihn traf, konnte sie ihre Wut nicht zurückhalten.

»Oh, und nicht zu vergessen Yvonne!«, bemerkte Fee. »Ginge es nach ihr, sollte Christian ja gar nicht heiraten.« Sie lachte auf. »Aber sie hat sich damit abgefunden, weil es ihm wichtig ist. Dafür möchte sie wenigstens eine große Feier. Wenn sie erfährt, dass wir nur noch standesamtlich heiraten, wird sie toben.«

Violetta nickte verständnisvoll. Sie wusste von Fees schwierigem Verhältnis zu ihrer Schwiegermutter in spe, der es schwerfiel, eine Frau an der Seite ihres Sohnes zu akzeptieren. Dass Yvonne eine wichtige Rolle in Christians Leben einnahm, hatte Fee schon zu Beginn ihrer Beziehung festgestellt. Damals fand sie den innigen Umgang schön und beneidete Christian sogar etwas darum, weil ihr Verhältnis zu ihren Eltern so distanziert war. Sie hatte sich ausgemalt, Christians Mutter könnte zu einer Art Ersatzmutter für sie werden.

Die erste Begegnung mit Yvonne hatte ihr jedoch sämtliche Illusionen geraubt. Yvonne und Christian waren eine eingeschworene Gemeinschaft, und wenn es nach Yvonne ging, sollte sich das niemals ändern. Fee konnte Yvonnes Verhalten in gewisser Weise nachvollziehen. Seit dem Krebstod ihres Mannes vor einundzwanzig Jahren hatte sie nur noch Christian, und für den war nur das Beste gut genug, wobei Fee in Yvonnes Augen weit davon entfernt war. Oft hatte sie etwas an ihr auszusetzen, besonders an der Malerei. Einzig die Tatsache, dass Fee aus einer reichen Familie stammte und vielleicht sogar mal das Familienunternehmen leiten würde, lobte Yvonne, die erfolgreich eine Investmentfirma führte.

Der Gong der alten Wanduhr erklang und riss Fee aus ihren Gedanken.

»Wie auch immer, die Hochzeitsfeier steht unter keinem guten Stern, deshalb können wir es auch lassen und nur standesamtlich heiraten … Ich befürchte aber, dass Christian nicht damit einverstanden sein wird. Er will eine große Feier.«

»Er kann das nicht allein entscheiden.« Ein nachdenklicher Ausdruck erschien auf Violettas Gesicht. Sie schwieg eine Weile, ehe sie auf den Brief zeigte. »Was hat er eigentlich zu der Anfrage gemeint? Und deine Eltern?«

»Christian teilt meine Meinung, aber es geht ihm dabei nicht um mich, sondern um seine politische Ansicht. Seine Partei setzt sich für ein härteres Strafrecht ein, und er befürchtet, wenn ich dem Opfer-Täter-Dialog zustimme, könnte ihm das politisch schaden.« Fee verdrehte die Augen. »Das ist wieder mal so typisch für Christian. Er hat nicht nach meinen Gefühlen gefragt, es geht ihm nur um die Politik. Wir haben uns gestern darüber gestritten.«

Ihre Großmutter sah sie an, als wunderte sie das nicht, sagte aber nichts dazu. »Und deine Eltern?«

»Mama hat alles heruntergespielt und gemeint, ich solle mich ruhig mit dem Mann treffen. Ich müsse diese Sache endlich abhaken. Jeder Mensch habe eine zweite Chance verdient ... Tja, und Papa weiß noch gar nichts davon.«

»Hast du schon mit Evas Eltern gesprochen? Oder mit ihrem damaligen Verlobten? Vielleicht hat das Forum auch sie angeschrieben.«

»Das vermute ich auch. Bisher habe ich sie noch nicht kontaktiert. Kein leichtes Thema. Evas Verlobter Manuel ist sowieso in Afrika, für *Ärzte ohne Grenzen*.« Fee starrte auf das Schreiben. »Es ist wirklich unglaublich, dass sich Evas Mörder mit mir treffen will. Und das Forum lässt das zu und vermittelt.« Fieberhafte Erregung ergriff sie, und sie schluckte, um das Beben in ihrer Stimme zu unterdrücken. «Restaurative Justiz! Opfer-Täter-Dialog! Was für eine Kuscheljustiz!«

»Sie sind aber um dein Wohlergehen bemüht, das geht aus dem Brief ganz deutlich hervor. Sie bieten sogar Beratungs- und Vorbereitungsgespräche an.«

»Ja, ich weiß. Ich glaube schon, dass das Forum im Interesse der Opfer handelt, auch wenn Christian anderer Meinung ist. Wie auch immer: Ich will Evas Mörder nicht treffen. Auf seine Entschuldigung kann ich verzichten.«

Violetta schwieg, und Fee fand, es hatte sich ein gräulicher Schleier auf ihr Gesicht gelegt. Ihr wurde bewusst, dass ihre Großmutter ihre Ansicht noch gar nicht eindeutig geäußert hatte. Vorsichtig fragte sie: »Was meinst eigentlich du dazu?«

Violetta starrte auf die Pralinenbox. »Grundsätzlich bin ich deiner Ansicht. Menschen, die bewaffnet ein Geschäft überfallen und dabei Leute erschießen, sollten keine zweite Chance bekommen.«

»Grundsätzlich?«

Violetta begann, nervös an ihrem seidenen Halstuch zu zupfen, und wiegte dabei den Kopf, als stünde eine schwere Entscheidung an. Dann atmete sie tief durch. »Ich war einst in einer ähnlichen Situation wie du. Ich habe es dir nie erzählt, auch deinem Vater nicht. Nur dein Großvater wusste Bescheid.«

»Worüber?«

Sie zupfte erneut an ihrem Halstuch. Dann griff sie nach Fees Händen, während ihre Augen sie fest fixierten. »Ich wollte dir ohnehin bald davon erzählen, auch deinem Vater, das musst du mir glauben. In den vergangenen Wochen habe ich mich nämlich mit meinem Testament befasst. Mir ist dadurch bewusst geworden, dass ich noch einiges regeln muss vor meinem Tod und –«

»Ach, bitte rede nicht schon wieder über deinen Tod«, sagte Fee bekümmert. Ihre Großmutter sprach in letzter Zeit oft über das Sterben.

»Irgendwann wird auch meine Zeit kommen, so ist das eben. Ich bin auch schon fast achtundsiebzig.« Sie starrte nachdenklich ins Leere, und Fee sah sie traurig an. Dass ihre Großmutter so sachlich über ihr Lebensende sprach, fühlte sich an wie ein Stich ins Herz. Sie wollte sich noch nicht damit befassen.

»Aber wie gesagt«, fuhr Violetta mit fester Stimme fort, »muss ich vorher noch einiges regeln. Ich will nicht, dass du und dein Vater euch nach meinem Tod damit herumschlagen müsst. Und genauso wenig möchte ich, dass ihr von jemand anderem mein ... kleines Geheimnis erfahrt. Und da wir schon beim Thema sind, kann ich es dir auch gleich erzählen.« Sie rieb sich die Schläfen. »Ich mache das erst jetzt, weil es nach wie vor sehr schwierig ist für mich, darüber zu sprechen. Es ist ein überaus dunkles Kapitel in meiner Familiengeschichte.« Sie schloss einen Moment lang die Augen und faltete die Hände. Fee blickte sie gebannt an, sie platzte fast vor Neugier.

»Meine Mutter, Alice Ferrazzini, hat ihren Mann, meinen Vater, umgebracht.«

»Was?« Fee starrte ihre Großmutter ungläubig an. »Umgebracht? Ich dachte, sie sei bei der Geburt gestorben? Und dein Vater an einer Grippe. Und dass du in einem Kinderheim im Tessin aufgewachsen bist.«

Violetta schaute verlegen auf ihre Hände. »Das habe ich alles erfunden. Es tut mir sehr leid.«

»Erfunden!« Fee schüttelte den Kopf. Die Offenbarung ihrer Großmutter war einfach unfassbar. »Aber ... wieso?«

»Ich habe mich immer sehr geschämt für die Tat meiner Mutter. So sehr, dass ich mich anfangs nicht mal getraut habe, deinem Großvater von ihr zu erzählen. Als ich ihn kennenlernte und mich in ihn verliebte, war ich zum ersten Mal in meinem Leben richtig glücklich. Dein Großvater war schon damals eine richtige Frohnatur. Er stand auf der Sonnenseite des Lebens, war als Juwelier wortwörtlich umgeben von Glanz und Licht, und das wollte ich auch. Deshalb beschloss ich, meine dunkle Vergangenheit vorerst für mich zu behalten. Ich hatte Angst, dass er mich nicht mehr würde haben wollen, wenn er von meiner Mutter wüsste. Erst viel später habe ich ihm die Wahrheit gesagt.« Sie sah entschuldigend zu Fee, die noch immer vollkommen geschockt war und kaum Worte fand.

»Das ... das ist einfach alles unglaublich! Deine Mutter hat also wirklich deinen Vater umgebracht? Warum? Und wann?«

»Es ist 1944 passiert, ich war drei. Mein Vater hat Alice, meine Mutter, mit ihrem Liebhaber, einem italienischen Schmuggler, in flagranti im Bootshaus erwischt, das hat mir meine Großmutter Jahre später erzählt. Sie hat nicht viel gesagt, aber es kam wohl zum Streit, und dann erschoss Alice meinen Vater, damit der

Schmuggler fliehen konnte. Nach ihm wurde gefahndet, weil er zuvor einen Schweizer Grenzwächter getötet hatte.«

»Das ist entsetzlich!«

»In der Tat, das ist es. Weißt du, laut meiner Großmutter war Alice schon immer böse und kriminell. Angeblich wurde sie sogar schon vor ihrer Zeit in Brissago straffällig. Damals lebte sie noch in Zürich. Ich weiß aber nicht, was sie dort getan hat. Ich habe mich nie damit befasst, weil ich nichts mit ihr zu tun haben wollte.« Ihre Worte klangen hart, dennoch wirkte sie plötzlich sehr zerknirscht, fast so, als würde sie es bereuen.

»Du weißt demnach auch nicht, ob sie in Zürich eine Familie hatte? Eltern? Geschwister?«

»Sie hatte keine. Meine Stiefschwester hat meiner Großmutter mal gesagt – ich war etwa neun Jahre alt –, man solle mich am besten nach Zürich zu der Familie meiner Mutter schicken. Großmutter meinte daraufhin, es gebe *leider* niemanden mehr.«

Fee entging ihre bittere Betonung des Wortes *leider* nicht. »Du hast noch eine Stiefschwester?«

Ein dunkler Schatten glitt über Violettas Gesicht. »Ja. Pippa. Und einen Stiefbruder. Matteo. Mein Vater war vor der Ehe mit meiner Mutter schon mal verheiratet und hatte bereits zwei Kinder.«

»Pippa, Matteo«, wiederholte Fee ungläubig. »Und sie leben beide noch?«

»Matteo ist vor vier Jahren an Lungenkrebs gestorben. Pippa lebt vermutlich noch, sonst hätte ich es erfahren. Wegen der Magnolienvilla.«

»Magnolienvilla?«

»Das ist das Haus in Brissago, in dem ich aufgewachsen bin. Es gehört mir zu einer Hälfte. Als Matteo starb, haben Pippa und ich seinen Anteil auch noch geerbt. Er regelte das so in seinem Testament.«

»Wow!« Fee musste die Flut an Informationen kurz auf sich wirken lassen. Ihre Urgroßmutter war eine Mörderin gewesen, und ihre Großmutter hatte noch eine Stiefschwester und eine Villa im Tessin.

Violetta fuhr bereits fort. »Als ich Brissago damals mit sechzehn Jahren verließ, war ich voller Wut und beschloss, alles hinter mir zu lassen. Ich wollte ein neues Leben beginnen und mit meiner Familie nichts mehr zu tun haben.«

In Fees Kopf tobten unzählige Fragen. Viel mehr als ein »Aber warum nicht?« brachte sie jedoch nicht heraus.

Ihre Großmutter schien mit sich zu ringen. »Nach Vaters Ermordung und Mutters Verhaftung war es für mich nicht leicht. Pippa und meine Großmutter Lucilla hassten mich. Ihrer Ansicht nach steckte in mir genauso viel Böses wie in meiner Mutter. Sie haben mich –« Sie brach ab und holte tief Luft.

»Du musst nicht darüber sprechen, wenn du nicht willst.«

»Danke, aber es geht schon.« Sie faltete die zitternden Hände. »Sie haben mich gequält, besonders Lucilla. Sie hat mich geschlagen, mich manchmal tagelang in den Keller gesperrt, mich gedemütigt. Sie meinte, man müsse das Böse aus mir heraustreiben.«

«Das ist schrecklich! Es tut mir so leid! Was ist mit Matteo? Hat er einfach zugesehen?«

»Er konnte nichts dagegen machen, er war ja nur fünf Jahre älter als ich. Manchmal hat er mir geholfen und mich vor Lucilla verteidigt, aber viel hat es nicht gebracht. Und das Hauspersonal traute sich natürlich auch nie, sich gegen Lucilla zur Wehr zu setzen. Mit achtzehn zog Matteo nach Locarno, von da an war ich allein auf mich gestellt.» Sie blickte ins Leere. »Ich glaube, er hat mich wegen seines schlechten Gewissens in seinem Testament berücksichtigt.«

Fee brauchte einen Moment, um sich zu sammeln. »Wie hast du das alles ertragen können?«

Violetta zeigte auf den Flügel. »Das Klavierspiel gab mir Kraft. Es ist schon interessant, was Musik bewirken kann. Lucilla hat mich und Pippa unterrichtet, aber mich nahm sie viel härter ran. Ich musste oft stundenlang üben. Bis mein Nacken und meine Handgelenke schmerzten.« In ihre Augen trat plötzlich ein unerwartetes Leuchten, als hätte man zwei kleine Kerzen darin angezündet. »Aber die Schmerzen nahm ich mit der Zeit gar nicht mehr wahr, weil ich das Spielen so sehr liebte. Lucilla ahnte nicht, dass sie mir einen Gefallen tat, und ich verhielt mich so, als würde ich das Klavier hassen. Ich befürchtete, sie würde mich nicht mehr spielen lassen, wenn sie wüsste, welches Vergnügen es mir bereitete.« Sie lächelte traurig. »So hatte ich wenigstens etwas Lebensfreude.«

Sie schwiegen eine Weile, bis Fee fragte: »Vorhin hast du erwähnt, dass du noch etwas regeln musst?«

»Ja. Es geht um die Villa. Ich will mir meinen Anteil endlich ausbezahlen lassen.«

»Warum hast du ihn so lange behalten?«

Violetta schob ein Zierkissen zur Seite und lehnte sich zurück. »Nach meinem Auszug war niemandem bewusst, dass mir die Villa auch zu einem Teil gehört, schon gar nicht mir selbst. Erst in den Siebzigerjahren, nach dem Tod meines Großvaters, erfuhren Pippa und Matteo von meiner Miteigentümerschaft. Wir drei waren die letzten Erben. Lucilla war zwei Jahre vor ihm gestorben und meine Tante Carmina schon in den Fünfzigerjahren im Irrenhaus.«

Fee riss die Augen auf. »Im Irrenhaus?«

»Ja, aber ich weiß nichts Genaues darüber. Tante Carmina war ein Tabuthema. Als ich trotzdem mal nach ihr gefragt habe, hat mir Lucilla den Hintern versohlt.«

»Hm ... Du hast vorhin deinen Großvater erwähnt. Warum hat er dich nie in Schutz genommen vor Lucilla und Pippa?«

»Großvater Carlos hat nicht bei uns in der Villa gewohnt. Er lebte zurückgezogen in einem Tal. Ich habe ihn nur selten gesehen, und wenn, dann sprach er kaum mit mir. Eigentlich mit niemandem.« Sie runzelte die Stirn, als wollte sie noch etwas hinzufügen, doch dann schüttelte sie kaum merklich den Kopf. »Jedenfalls hinterließ er uns die Villa. Pippa und Matteo wollten mich ausbezahlen, allerdings zu einem absolut lächerlichen Preis, ungefähr ein Zehntel dessen, was mein Anteil wert gewesen wäre.« Sie lachte schrill auf. »Ich hätte es beinahe getan, weil ich mich endlich ganz von dieser Familie lösen wollte. Zu dem Zeitpunkt erzählte ich deinem Großvater übrigens alles. Ich hatte ja keine andere Wahl, schließlich hätte er sich über das Geld gewundert. Er war natürlich enttäuscht, dass ich es ihm so lange verschwiegen hatte, aber er zeigte auch Verständnis und bot mir seine Hilfe an. Ich wollte ihn aber nicht mit hineinziehen und es allein regeln. So traf ich mich mit Pippa und Matteo. Doch während der Verkaufsverhandlung benahm sich Pippa mir gegenüber unerhört, und all die Jahre, in denen ich unter ihr gelitten hatte, kamen wieder hoch.« Ihre Stimme bebte leicht. »Deshalb beschloss ich, nicht zu verkaufen. Zumindest nicht zu dem Preis, den sie mir anboten. Den vollen Anteil konnten sie mir nicht bezahlen. Matteo hatte 1987 einen Großteil seines Vermögens an der Börse verloren, und das Familienunternehmen, die *Banca Ferrazzini*, machte schwierige Zeiten durch. Ich beließ es dann dabei und sie auch. Dein Großvater konnte das nie begreifen. Er meinte, ich müsse einen Anwalt nehmen und vor Gericht gehen. Aber das wollte ich nicht. Ich wollte einfach nur vergessen.« Sie hob die Schultern, fast so, als müsste sie sich dafür entschuldigen. »Dann, vor vier Jahren, starb Matteo und hinterließ Pippa und mir seinen Anteil an der Villa zu jeweils gleichen Teilen. Matteo hatte sonst keine Familie. Er hatte nie geheiratet und auch keine Kinder. Pippa regte sich natürlich sehr darüber auf, dass ich in Matteos Testament bedacht wurde. Sie versuchte erneut, mich zu einem Verkauf zu drängen, bot mir aber wieder einen lächerlichen Preis an. Dabei hatte sie inzwischen genug Geld. Die *Banca Ferrazzini* hatte sich nach der Krise wieder erholt, und 2006 hatte Matteo die Bank mit gutem Gewinn verkauft, wovon auch Pippa und ich profitierten. Pippa hätte mir also einen fairen Preis bezahlen können. Es ging mir nicht ums Geld, aber ich wollte nicht nachgeben, verstehst du? Gleichzeitig war ich auch nicht in der Lage, gegen Pippa zu kämpfen. Natürlich hätte ich vor Gericht gehen können ... Aber dazu braucht es Mut. Und zu dem Zeitpunkt war ja dein Großvater schon tot und konnte mir nicht mehr zureden. Es war leichter, sich gar nicht erst damit zu befassen. Im Verdrängen war ich immer gut.« Sie senkte den Kopf, ihre Stimme war ganz leise geworden.

Fees Mitgefühl wuchs, und gleichzeitig plagte sie ein schlechtes Gewissen. All die Jahre hatte ihre Großmutter mit diesen seelischen Schmerzen gelebt und sich nie etwas anmerken lassen. *Oder*, dachte Fee, *fiel es mir einfach nie auf, weil ich zu sehr mit meinen eigenen Problemen beschäftigt war?* »Ich ...«, begann sie, doch Violettas Kopf schnellte plötzlich hoch.

»In den vergangenen Wochen, als ich mich mit meinem Testament befasst habe, wurde mir klar, dass ich das mit der Villa regeln muss, ob ich nun will oder nicht. Momentan habe ich festgelegt, dass du meinen Anteil erben wirst, sollte ich sterben, nur ...« Sie hob eine Hand, da Fee etwas sagen wollte. »Warte, ich bin noch nicht fertig. Nun, mit dieser Lösung bin ich nicht zufrieden, denn sie bedeutet, dass du dich nach meinem Tod mit Pippa herumschlagen müsstest, das wäre nicht fair.«

»Auf mich musst du keine Rücksicht nehmen«, entgegnete Fee. »Mit dieser Pippa würde ich schon fertigwerden. Außerdem hätte ich den Vorteil, als Unbeteiligte an die Sache heranzugehen. Und wer weiß, vielleicht erledigt es sich ja von selbst, und Pippa stirbt vor dir.«

Ein bitterer Ausdruck erschien auf Violettas Gesicht. »Pippa ist robust. Sie ist inzwischen sechsundachtzig. Es würde mich nicht wundern, wenn sie hundert werden würde.«

»Du könntest einem Anwalt die Vollmacht geben.«

»Nein, das wäre feige. Ich werde das selbst klären und ein für alle Mal abschließen. Ich muss das tun, schon für meinen Seelenfrieden.« Violetta rieb sich die Schläfen und neigte sich vor, zeigte auf das Schreiben des Forums. »Ich bin abgeschweift. Eigentlich wollte ich dir nur sagen, dass ich mich vor vielen Jahren in einer ähnlichen Lage befand wie du jetzt. Ich kann deshalb gut nachvollziehen, wie du dich fühlst.« Sie legte eine Pause ein, und Fee schaute sie fragend an.

»Meine Mutter Alice versuchte während ihrer Haft, immer wieder mit mir Kontakt aufzunehmen. Sie schrieb unzählige Briefe, die Lucilla aber gleich vernichtete.«

»Sie hat dir deine eigene Post vorenthalten?«

»Ja. Lucilla wollte nicht, dass ich die Briefe meiner kriminellen Mutter lese, was eigentlich auch verständlich war. In diesem Punkt muss ich ihr im Nachhinein recht geben.« Ein leidvoller Ausdruck trat in ihre Augen. »Anfangs aber war ich neugierig und hätte gerne gewusst, was sie mir schrieb. Einmal gelang es mir, einen Brief abzufangen, doch Pippa erwischte mich und verriet es

Lucilla. Ich musste dann zwei Tage in den Keller, bekam nur Wasser, Brot und dünne Suppe.«

Fee hielt sich eine Hand vor den Mund. Dass ihre Großmutter so gequält worden war, konnte sie noch immer kaum fassen.

»Von da an hielt ich mich an die Regeln. Einmal, als Lucilla und Pippa in den Ferien waren, hat mir Geraldo, unser Hausmeister, einen Brief gegeben, obwohl er es nicht hätte tun dürfen. Aber zu dem Zeitpunkt war ich schon so voller Hass auf Alice, dass ich ihn gar nicht mehr lesen wollte. Ich steckte gerade mitten in der Pubertät und machte eine schwierige Zeit durch.» Ihr Satz verklang, als wüsste sie nicht recht, was sie als Nächstes sagen sollte. «Sieh mal, wenn einem jahrelang eingetrichtert wird, dass man genauso schlimm sei wie die eigene Mutter, dann glaubt man es irgendwann. Ich gab Alice die Schuld daran, dass mich Lucilla und Pippa so quälten. Erst dein Großvater hat mir klargemacht, dass ich ein liebenswerter Mensch bin.« Ihr Blick verschleierte sich. »Alice suchte mich nach ihrer Haft auf. Ich war achtzehn und lebte seit zwei Jahren in Zürich, hatte deinen Großvater gerade frisch kennengelernt. Zuerst erkannte ich sie gar nicht. Als sie sich dann vorstellte, schickte ich sie sofort weg und sagte ihr, dass sie mich in Zukunft in Ruhe lassen solle.« Sie blickte Fee betrübt an. »Mit der Mörderin meines Vaters wollte ich nichts zu tun haben. Sie bat mich um Verzeihung, aber wie konnte ich ihr vergeben? Sie war verantwortlich dafür, dass ich all die Jahre durch die Hölle gegangen war.« Violettas Stimme bebte inzwischen richtig, und Fee fuhr ihr mit der Hand über den Rücken. »Alice behauptete tatsächlich, sie könne mir alles erklären, doch ich wollte nichts davon wissen.« Sie senkte den Kopf.

»Bereust du es?«, fragte Fee vorsichtig.

Violetta zögerte, bis sie mit einem leisen »Ja« antwortete. »Aber damals habe ich mich gefragt: Wie kann man eine solche

Tat erklären? Ich war davon überzeugt, dass sie mir nur die Ohren vollgejammert hätte. Von wegen, dass sie ihren Liebhaber, diesen Schmuggler, beschützen wollte und deshalb meinen Vater töten musste. Das wollte ich mir nicht anhören. Nichts hätte ihre Tat gerechtfertigt. Sie hatte mir meinen Vater genommen. Einen Mann, den ich nie richtig kennenlernen durfte. Ich habe keine Erinnerungen an ihn, da ich zu klein war, als sie ihn erschoss. Ich besitze nur zwei Fotos von ihm.« Sie sah hinüber zu der Bilderwand und den Fotos ihres Vaters. Fee folgte ihrem Blick. Maurizio Ferrazzini hatte sein Baby ganz offensichtlich vergöttert. Wie schrecklich, dass er Opfer eines solchen Verbrechens werden musste, durch die Hand seiner eigenen Frau.

»Aber du hast deine Ansicht geändert?«

»Ja, allerdings erst in den letzten Jahren. Davor gab es jedoch oft Momente, in denen ich mich fragte, ob ich mir Alices Erklärung nicht hätte anhören sollen. Ich redete mir dann immer ein, dass ich richtig gehandelt hatte. Und trotzdem bleibt bis heute dieses Gefühl, etwas falsch gemacht zu haben. Dass es für meinen Seelenfrieden vielleicht gut gewesen wäre, mich mit Alice zu treffen. Und ihr zu vergeben.« Sie hielt kurz inne. »Du erinnerst dich doch an meinen guten Freund Sandor, oder? Den ungarischen Cellisten, mit dem ich viele Konzerte gegeben habe.«

»Ja, klar.«

»Ich muss immer an die Worte denken, die er mir mal gesagt hat: Wenn man seinen Hass nicht überwindet, wird er weiterschwelen und irgendwann das Herz vergiften. Sandor hat als Kind viel durchgemacht, musst du wissen. Sein Vater hat ihn über Jahre hinweg misshandelt. Und doch konnte er ihm vergeben. Sandor meinte, dass er es nicht für seinen Vater tat, sondern für sich selbst. Es sei das beste Geschenk gewesen, das er sich hätte machen können.«

»Und du überlegst, ob du es auch könntest. Warum suchst du nicht nach Alice? Vielleicht lebt sie noch?«

»Die Chance ist sehr klein. Sie wäre inzwischen schon siebenundneunzig.«

»Aber wir könnten zumindest herausfinden, was aus ihr geworden ist.«

»Wie?«

»Wenn du nach Brissago reist, um das mit der Villa zu regeln, forschen wir nach, ja? Ich komme mit und helfe dir.«

Violetta knetete die Hände. »Gut, wir können es ja versuchen. Danke, Fee.« Sie zeigte auf den Brief. »Aber nun wieder zu dir. Das alles erinnert mich stark an meine eigene Geschichte. Alice hat eine schreckliche Tat begangen und wollte mich Jahre später um Entschuldigung bitten. Genau wie Evas Mörder. Aber es bringt Eva nicht zurück! Genauso wenig, wie es mir meinen Vater zurückgebracht hätte. Nichtsdestotrotz solltest du die Möglichkeit in Betracht ziehen, ihn zu treffen. Nicht, dass es dir später so geht wie mir.«

Fee nickte nachdenklich. Sie faltete den Brief zusammen und dachte über die Parallelen dieser beiden Geschichten nach. Eva war damals umgebracht worden, weil sie zur falschen Zeit am falschen Ort gewesen war. Ein Zufallsopfer. Ihr Mörder hatte nie geplant, sie oder überhaupt jemanden umzubringen, es aber getan, weil der Überfall aus dem Ruder gelaufen war. Und Alice Ferrazzini, die in flagranti mit einem italienischen Schmuggler überrascht worden war, erschoss ihren Mann, um den Liebhaber zu schützen. Zwei unterschiedliche Taten, die nur eines verband: Angehörige und Freunde blieben zurück, die unter dem Verlust zu leiden hatten.

Für einen kurzen Augenblick fragte Fee sich, was für ein Mensch ihre Urgroßmutter Alice Ferrazzini gewesen war.

Kapitel 3

Zürich, Januar 1940

Alice

Trotz mehrerer Schichten Kleidung fror Alice, und ihre vor Kälte steifen Finger konnten die Nadel kaum noch halten. Draußen peitschte der Wind den Schnee so heftig gegen das Fensterglas, dass Alice befürchtete, es könnte jederzeit zerbrechen. Was eine Katastrophe gewesen wäre, denn eine neue Scheibe konnten sie sich nicht leisten.

Die Wanduhr im Atelier kündigte mit acht Schlägen die nächste Stunde an. Alice wurde bewusst, dass sie schon seit dreizehn Stunden arbeitete. Sie hatte den ganzen Tag bei Familie Richter den Haushalt erledigt und sich danach gleich um Flickarbeiten und die wenigen Aufträge in der Schneiderei gekümmert. Doch auch wenn sich die Müdigkeit in all ihren Gliedern bemerkbar machte, wünschte sie sich mehr Arbeit.

Seit sich die umliegenden Länder bekriegten, war das Geschäft stark rückläufig. Die Schweizer Bevölkerung sparte an allen Ecken und Enden. Dazu kam, dass Stoffe genau wie Lebensmittel rationiert worden waren und die Menschen improvisieren mussten. Kleider wurden umgeändert oder aufgetrennt, um daraus etwas Neues zu nähen. Grundsätzlich gute Voraussetzungen für eine Schneiderei, nur dass die Mehrheit von Alices früherer Kundschaft solche Arbeiten inzwischen selbst durchführte.

Wenigstens konnte Alice bei Familie Richter etwas dazuverdienen, indem sie deren Haushalt erledigte. Ihre ehemalige Stammkundin Frau Richter hatte sie und ihren Vater in der Vergangenheit mit vielen Aufträgen versorgt, doch seit Ausbruch des Krieges musste auch sie ihren Gürtel enger schnallen. Wahrscheinlich war es nur eine Frage der Zeit, bis sich Frau Richter selbst um ihr Haus kümmern würde und auf Alice verzichten konnte.

Ein Schauer lief Alice über den Rücken. Wovon sollten ihr Vater und sie dann leben? Sie betrachtete die dunkelgraue Hose mit dem aufgerissenen Saum vor sich, die ihre Nachbarin Frau Wehrli vorbeigebracht hatte. Die Hose stammte von ihrem Mann, einem Schreiner, und Alice beschlich der Gedanke, dass Frau Wehrli die einfache Flickarbeit problemlos allein hätte durchführen können. Aber Frau Wehrli mochte Alice und ihren Vater und war sehr großzügig, obwohl sie das Geld ebenfalls brauchen konnte.

»Alice«, krächzte plötzlich die zerbrechliche Stimme ihres Vaters, und sie drehte sich um. Im trüben Licht des Kerzenscheins sah er in seinem weißen Nachthemd kreidebleich aus.

Sie sprang auf. »Papa! Was machst du hier unten? Geh wieder ins Bett, du holst dir noch den Tod.«

Er fuhr sich mit zitternder Hand über den Schnurrbart. Seine Augen lagen in tiefen Höhlen, die Wangenknochen traten noch deutlicher hervor als üblich. »Ich wollte nach dir schauen, Kind. Du arbeitest zu viel.« Er verschränkte die Arme, seine Zähne klapperten. »Hier unten ist es ja noch kälter als oben.«

Alice schluckte. Sie beheizte momentan nur die Wohnung im oberen Stock, damit ihr Vater nicht frieren musste, doch das verschwieg sie ihm.

Sie lächelte träge. »Das bildest du dir nur ein, weil du krank bist und frierst.« Behutsam drehte sie seinen mageren Oberkörper Richtung Treppe. »Und nun geh bitte hoch, und leg dich wieder hin, ja? Ich bin auch bald fertig.«

Er wandte sich um. In seinen blauen Augen, die um einige Nuancen dunkler waren als ihre eigenen, lag Sorge.

»Ich komme schon klar, Papa.« Sie schenkte ihm ein aufmunterndes Lächeln, das er müde erwiderte. Grübchen bildeten sich in seinen Wangen genau wie bei ihr. Sie kam äußerlich mit ihren blonden Locken, der Stupsnase und der blassen Haut eigentlich eher nach ihrer verstorbenen Mutter, doch die Gesichtsform mit den hohen Wangenknochen und dem spitzen Kinn hatte sie von ihrem Vater geerbt.

Die Türklingel erklang, und ein eiskalter Windstoß fegte herein. Alice schnellte herum. Da sie momentan kaum Kundschaft hatten, und schon gar nicht um diese Zeit, erwartete sie, die Nachbarin Frau Wehrli zu sehen, die die Hose ihres Mannes – etwas zu früh – abholen wollte.

Statt der kleinen, rotbackigen Frau stand da jedoch ein großer Mann in einem dunkelgrauen Wollmantel, das Gesicht halb verdeckt unter einem schwarzen Hut. Letzteren legte er ab und offenbarte dunkelbraunes Haar, sauber gescheitelt und mit Pomade zurückgekämmt. Mit seinen blank geputzten Lederschuhen schritt er auf Alice zu und blieb vor dem Tresen stehen. Markante Brauen wölbten sich über Augen so goldbraun wie Honig, die sie argwöhnisch ansahen. Unter seinem geöffneten Mantel trug er ein weißes Hemd mit seidenem Kummerbund, dazu eine schwarze Fliege um den Hals. Er hielt etwas, das aussah wie ein Jackett, schwarz und glänzend.

Ganz offensichtlich ein wohlhabender Herr, schoss es Alice durch den Kopf, und sie fragte sich, wie er sich hierher verirrt hatte.

Feine Gesellschaft bevorzugte die gediegenen Läden an der Bahnhofstraße und kam nur selten in ihre einfache Schneiderei im Zürcher Niederdorf. Das wusste auch ihr Vater, der immer noch im Atelier stand und Alice flüsternd fragte, wer dieser Mann sei.

»Ich weiß es nicht.« Sie blickte wieder zu dem Fremden, der wie zur Salzsäule erstarrt dastand. »Guten Abend, kann ich Ihnen helfen?«

Er neigte den Kopf etwas zur Seite und blinzelte mehrmals, als könnte er seinen Augen nicht trauen. Schließlich nickte er. »Ja. Ja, Sie können mir helfen.« Seine Stimme war tief, und Alice fiel ein leichter Akzent auf, den sie noch nicht zuordnen konnte.

Er schenkte jetzt auch ihrem Vater einen kurzen Blick, wandte sich aber gleich wieder an sie, legte den Hut auf den Tresen und breitete das schwarze Jackett darauf aus. Er zeigte auf einen Riss unter der Achsel. Schmunzelnd rieb er sich über das glatt rasierte Kinn. »Ich habe mich vorhin im Wagen nur kurz gebückt, um meine Brieftasche aufzuheben, da ist es passiert. Können Sie das zusammennähen? Ich muss gleich auf einen Wohltätigkeitsball im Hotel *Dolder*.«

Italienisch, dachte Alice, *sein Akzent klingt italienisch. Wie schön!*

Noch während sie den Riss begutachtete, sprach ihr Vater, der neben ihr stand, den Mann plötzlich an. »Sie sind Italiener, oder?«

Alice erschrak über den bitteren Unterton in seiner Stimme. Sie wusste, dass ihr Vater, der den Krieg eifrig verfolgte, Italien wegen seines Bündnisses mit dem Deutschen Reich verabscheute, auch wenn es selbst noch nicht in den Krieg eingetreten war. Außerdem hielt ihr Vater alle Italiener für *verfluchte Faschisten*. Dennoch hätte er sich vor einem Kunden freundlicher verhalten sollen. Beschämt schaute Alice zu dem Mann, der höflich antwortete, dass er kein Italiener, sondern ein Tessiner sei.

Alice atmete erleichtert auf und fragte sich, was ihr Vater gemacht hätte, wäre der Kunde ein Italiener gewesen. Er hätte ihn doch nicht etwa weggeschickt?

»Was ist jetzt mit der Jacke?«, fragte der Mann, diesmal ungeduldiger.

»Ich kann das zusammennähen«, erklärte Alice rasch. »Es dauert etwa zehn bis fünfzehn Minuten.«

Er hielt sich eine Hand vor die Brust und seufzte erleichtert auf. »Sehr gut. Ich werde hier warten. Im Wagen ist es nicht besonders gemütlich.«

Als er seinen Mantel ausziehen wollte, riet ihm Alice, ihn wegen der Kälte anzubehalten. Verwundert sah er sie an. Bestimmt war ein Mann seines Standes beheizte Räume gewohnt. Was er wohl denken musste über ihre eiskalte Schneiderei mit dem bröckelnden Putz und den feuchten Flecken in den Ecken? Und erst über sie? In ihren Schichten aus geflickten Kleidern und mit dem zu einem lockeren Zopf geflochtenen Haar stellte sie kein ansprechendes Aushängeschild dar. Dann war da noch der kranke, hustende und unfreundliche Vater in seinem fleckigen Nachthemd.

»Sie können sich dort hinsetzen.« Alice wies zu einer Holzbank unter dem Fenster, obwohl sie wusste, wie zugig es dort war. Nur handelte es sich um die einzige Sitzmöglichkeit in der Schneiderei. Dann nahm sie das Jackett, wandte sich um und lief beinahe in ihren Vater, der mit verschränkten Armen dastand und ihr den Weg zur Nähmaschine im Hinterraum versperrte. »Papa, geh bitte rauf«, sagte sie leise. »Du erfrierst hier unten noch.«

Misstrauisch sah er über ihre Schulter hinweg zu dem Mann. »Ich kann dich mit dem nicht allein lassen.«

»Ach, Papa, der tut mir schon nichts.«

Er murmelte etwas, wurde aber sogleich von einem schweren Hustenanfall unterbrochen. Sein aschfahles Gesicht lief rot an, die Stirnadern pulsierten sichtbar. Alice strich ihm über den Rücken und reichte ihm ihr Glas Wasser. Nachdem sein Husten wieder abgeklungen war, wies sie ihn erneut an, ins Bett zu gehen, woraufhin er endlich verschwand.

Alice setzte sich an die Nähmaschine und musterte den Riss nochmals. Er befand sich an einer schwierigen Stelle unter der Achsel, deshalb beschloss sie, ihn von Hand zusammenzunähen. Schon nach den ersten Stichen durchlief sie eine kleine Welle des Glücks. Es war eine Ewigkeit her, seit sie mit so edlem Stoff gearbeitet hatte. Hochwertige Schurwolle, das Revers aus Seidensatin. Was für ein Genuss! Außerdem verströmte die Jacke einen angenehmen Duft, ähnlich frisch gefällten Tannenbäumen in einem Winterwald.

Als Alice nach kurzer Zeit im Vorraum erschien, stand der Kunde vor einer Büste in dunkelblauem Samtkleid. Vor einiger Zeit hatte sie das alte Kleid ihrer verstorbenen Mutter abgeändert und hoffte, es verkaufen zu können, doch leider kamen die Leute, die sich jetzt im Krieg noch Kleidung leisten konnten, nicht in ihre Schneiderei. Erneut fragte sie sich, wie der Mann hierhergelangt war, denn nicht unweit von hier hätte er mit Sicherheit ein Geschäft für edle Herrenmaßanzüge gefunden.

»Woher haben Sie eigentlich unsere Adresse?«, fragte sie, und er wandte sich ruckartig um. »Von dem Chauffeur. Seine Frau gehörte zu Ihren Kundinnen.«

Alice seufzte innerlich. *Gehörte.*

Sie setzte ein Lächeln auf, breitete das Jackett auf dem Tresen aus und zeigte auf die geflickte Stelle. »Ich habe den Riss von Hand zusammengenäht.«

»Das sieht perfekt aus.« Erstaunt begutachtete er die Naht, fast so, als hätte er ihr eine solch sorgfältige Arbeit nicht zugetraut.

»Danke! Sie sollten aber vorsichtig sein und sich besser nicht mehr bücken.«

»Ich gebe mir Mühe.« Eindringlich sah er sie an, sodass sie vor Verlegenheit den Blick senkte.

»Was bin ich Ihnen schuldig?«

Alice nannte ihm den Betrag, und nachdem er bezahlt hatte – viel mehr als verlangt –, legte er den Mantel ab, griff nach dem Jackett und zog es vorsichtig über das weiße Hemd. Alice fiel die Breite seiner Schultern auf.

Er stellte sich vor den Spiegel und richtete seine Fliege. »Was meinen Sie, lassen die mich so rein?« Augenzwinkernd drehte er sich zu ihr um, und Alice spürte, wie ihr die Hitze in die Wangen schoss.

»Ja, ganz bestimmt.«

Zufrieden griff er nach seinem Mantel und zog ihn an. Alice wollte sich bereits von ihm verabschieden, da trat er erneut auf sie zu und reichte ihr die Hand.

»Ich bin übrigens Maurizio Ferrazzini.«

Alice, verblüfft über die unerwartete Vorstellung, ergriff seine Hand, die sich trotz der kalten Raumtemperatur warm anfühlte.

»Alice Ehrler. Es freut mich.«

»Mich auch.« Er legte den Kopf leicht schräg. »Sagen Sie, Fräulein Ehrler, haben Sie morgen Zeit für einen Kaffee?«

Es war ein traumhaft schöner Tag. Über den Dächern Zürichs erhob sich ein blassblauer Himmel, gesprenkelt von ein paar wenigen Schäfchenwolken. Alice und Maurizio entschieden sich vor dem Kaffee für einen Spaziergang am Seequai. Noch immer herrschte eine bittere Kälte, aber wenigstens blies kein Wind. Der See glänzte glatt wie ein Spiegel, kein Luftzug kräuselte die Oberfläche.

Alices anfängliche Zweifel, ob ihre Entscheidung, sich mit diesem nahezu Fremden zu treffen, richtig war, lösten sich mit jedem Schritt auf. Nach kurzer Zeit hatte Maurizio Ferrazzini sie in seinen Bann gezogen, was seit Emil keinem Mann mehr gelungen war.

Emil. Alice dachte ungern an ihn. Vor vier Monaten, im Oktober, hatte er ihr das Herz gebrochen, und sie hatte sich daraufhin geschworen, sich nie mehr zu verlieben. Tief im Innern hoffte sie noch immer, Emil würde zu ihr zurückkehren, auch wenn sie wusste, dass dieser Wunsch nie in Erfüllung ginge. Und falls doch, müsste sie so klug sein, diesen Herzensbrecher sofort wegzuschicken.

Andere Männer, die sie umgarnten, ignorierte sie seit der Sache mit Emil, doch der schöne Maurizio mit dem wundervollen Akzent ließ ihr Herz zumindest ein wenig schneller schlagen, und sie empfand ihn wie Balsam für ihre verletzte Seele. Sie mochte es, wie Maurizio ihren Namen aussprach: auf die italienische Art, es klang wie *Alitsche*.

Er erzählte ihr, dass er aus einer Ortschaft namens Brissago im Tessin stamme, dem Süden der Schweiz, gleich an der Grenze zu Italien gelegen. Er leite sein eigenes Bankunternehmen, die *Banca Ferrazzini* mit Hauptsitz in Locarno. In Zürich halte er sich momentan geschäftlich auf und logiere im Hotel *Baur au Lac*. Alice erfuhr auch, dass er vor dem Krieg viel gereist war, unter anderem nach Amerika wegen seiner Geschäfte und Investitionen. Gebannt hörte sie ihm zu und fühlte sich zunehmend eingeschüchterter. Ihre Lebenswelten hätten unterschiedlicher nicht sein können. Nichtsdestotrotz brannte sie darauf, mehr über ihn zu erfahren, vor allem etwas Persönliches. Sie wusste noch nicht einmal, wie alt er war, schätzte ihn aber mindestens zehn Jahre älter als sich, auf Anfang dreißig.

Maurizio plauderte weiter über Belangloses, bis er beim Bellevueplatz vorschlug, nun den Kaffee zu trinken, und nach einer

Empfehlung fragte. Alice, die seit Kriegsausbruch keine Cafés oder Restaurants mehr besucht hatte, sich aber vor Maurizio nicht als Langweilerin offenbaren wollte, überlegte verzweifelt, bis ihr Blick auf das *Grand Café Odeon* fiel, von dem ihre ehemalige Schulfreundin Katherina – von allen Kätterli genannt – öfter erzählt hatte.

So saßen sie schließlich an einem kleinen Tisch in der Ecke, um sie herum dicker Rauchdunst und lebendige Diskussionen der feinen und klugen Leute. Das Odeon war seit jeher Treffpunkt von Politikern und Künstlern, wie Alice von Kätterli wusste. Weil der Nationalsozialismus viele Künstler zur Flucht getrieben hatte, mutierte das Café zu einer Zentrale für Emigranten.

Nachdem sie bestellt hatten, bemerkte Alice, wie sich Maurizio argwöhnisch umsah und sein Blick an einem Tisch hängen blieb, an dem einer der Gäste Adolf Hitler nachahmte. Sogar einen kleinen Schnauzer hatte er sich über die Oberlippe gemalt.

»Das sind bestimmt deutsche Schauspieler«, flüsterte Alice. »Eine Freundin von mir arbeitet im Theater als Garderobendame und sagte, dass das Odeon sehr beliebt sei bei ihnen.«

Da Maurizio schwieg, fuhr Alice fort. »Viele Schauspieler und Regisseure aus Deutschland sind in die Schweiz gekommen, weil sie in ihrem Land nicht mehr auftreten dürfen.« Alice beobachtete fasziniert, wie sich ein Mann mit dunkler Wollmütze vor seinen applaudierenden Kollegen verneigte.

»Diese Narren«, brummte Maurizio vor sich hin, und Alices Kopf schnellte zu ihm herum.

»Warum? Sie machen sich nur über einen lächerlichen Menschen lustig, der sie aus ihrem Land vertrieben hat.«

Er legte die Stirn in Falten und schüttelte den Kopf. »Alice, Sie sind noch viel zu jung, um zu begreifen.«

Alice schnappte nach Luft. *Zu jung, um zu begreifen?* Es brauchte nicht viel Lebenserfahrung und Verstand, um zu wissen, dass etwas gehörig schieflief in dem von Hitler regierten Deutschland. Das teilte sie auch Maurizio mit, der für einen Moment perplex wirkte, dann einen verächtlichen Laut von sich gab. Alice schien es, als wäre seine Ausstrahlung um eine Stufe kälter geworden, und irgendwo tief in ihr erwachte ein Frösteln.

»Sie sollten aufpassen, was Sie sagen, Alice. Hier in der Schweiz gibt es zwar keinen Krieg, aber …« Er machte eine kurze Pause und fixierte Alice fest. »Die Situation könnte sich jederzeit ändern. Dann wandern Sie für solche Worte genauso ins Gefängnis wie diese Narren dort drüben.« Er wies mit dem Kopf zu den herumalbernden Schauspielern. »Mit den Nazis ist nicht zu spaßen.«

Alice lag bereits eine Erwiderung auf der Zunge, doch sie beschloss, sie diesmal zurückzuhalten. Vielleicht hatte Maurizio recht, und sie sollte vorsichtiger sein mit ihren Äußerungen.

Er klopfte kurz auf den Tisch. »Wissen Sie was? Ich will mich mit Ihnen nicht über Politik unterhalten.« Ein Lächeln umspielte seine Lippen, und seine Augen wanderten forschend über ihr Gesicht und ihren Oberkörper. »Sie sehen sehr hübsch aus.«

»Danke.« Sie hatte sich die Haare über Nacht mit Stoffstreifen aufgedreht und sich die Locken an einer Seite des Kopfes mit Nadeln festgesteckt. Und sie trug das dunkelblaue Samtkleid ihrer Mutter, welches zuvor die Büste der Schneiderei geschmückt hatte. Durch den dicken Samt, den weiten Rock und den hochgeschlossenen Kragen ließ es ihre zierliche Figur ein wenig üppiger erscheinen.

»Vorher beim Spazieren habe hauptsächlich ich gesprochen, nun erzählen Sie mehr über sich«, forderte Maurizio sie auf. »Sie betreiben also mit Ihrem Vater eine Schneiderei. Was ist mit Ihrer Mutter?«

Alice senkte den Blick. »Sie lebt nicht mehr. Sie starb vor ein paar Jahren bei der Geburt meines Bruders.« Tiefe Trauer überkam sie bei der Erinnerung an jenen fürchterlichen Sommertag. Die blutbefleckten Laken, das schmerzverzerrte Gesicht ihrer Mutter, das winzige rotblaue Baby, das gerade mal eine Stunde gelebt hatte. Sie selbst war damals elf gewesen.

»Das tut mir leid.« Sein Gesichtsausdruck verriet ehrliches Mitgefühl. »Sie haben viel Kummer ertragen müssen, genau wie ich. Meine Frau starb vor vier Jahren.«

Alices Augen weiteten sich. Seine Frau! Er war demnach verheiratet gewesen und jetzt ein Witwer. »Mein herzliches Beileid.«

In dem Moment erschien der Kellner und stellte ihnen die Kaffeetassen hin. Maurizio starrte in die braune Flüssigkeit.

»Was ist passiert?«, fragte Alice vorsichtig.

Er rührte in seinem Kaffee, obwohl er weder Zucker noch Milch hinzugefügt hatte, und sie konnte spüren, wie er sich die Worte zurechtlegte.

»Das ist nicht relevant«, antwortete er mit einer Festigkeit in der Stimme, die jede Nachfrage unmöglich machte. »Wenigstens hat mir Undine zwei wunderbare Kinder geschenkt. Einen Jungen und ein Mädchen.«

Alice, die gerade ihre Tasse zum Mund führte, hielt in der Bewegung inne. Kinder! Sie setzte ihre Tasse ab und versuchte, ihre Enttäuschung zu verbergen. Während er über die beiden sprach, bemühte sie sich, interessiert zu klingen, doch in ihr tobte ein kleiner Sturm. Maurizio war der erste Mann seit Emil, für den sie sich interessierte. Dass er Witwer war, hätte kein Hindernis dargestellt, immerhin könnte er wieder heiraten. Aber er hatte Kinder! Alices sehnlichster Wunsch war es, irgendwann eine Familie zu haben. Nur, würde Maurizio überhaupt noch Kinder wollen?

Dann schalt sie sich. *Ach, du dummes Huhn, Alice! Denkst schon an*

Heirat und Kinder, dabei kennst du ihn erst ein paar Stunden. Doch sie musste sich eingestehen, dass dieser Mann ihr Herz toben ließ – allerdings nicht ganz so stürmisch wie Emil.

Als sie sich wenig später verabschiedeten, gab ihr Maurizio einen Handkuss und meinte, er würde sich freuen, sie demnächst wiederzusehen, und werde sich bei ihr melden.

Vier Tage später hatte Alice noch immer nichts von ihm gehört und dachte bereits, er habe sie vergessen, da wurden am Donnerstagnachmittag Rosen und Schokolade für sie in der Schneiderei abgegeben, zusammen mit einer Karte. Maurizio schrieb, dass er sie am Abend um neunzehn Uhr in der Bar des Hotels *Baur au Lac* erwarte. Ein Tisch im Restaurant sei bereits reserviert.

Alice freute sich über die Einladung, gleichzeitig störte sie Maurizios bestimmende Art. Ihr Vater sagte ihr stets, dass sie sich nichts von einem Mann vorschreiben lassen dürfe. Als Frau sei sie gleichberechtigt, wenn auch der Großteil der Gesellschaft das nicht so sähe. Alice bewunderte ihren Vater für seine revolutionäre Haltung. Prompt riet er ihr auch schon davon ab hinzugehen. Wie schon vor ein paar Tagen, als sie sich zum ersten Mal mit Maurizio getroffen hatte, warnte er sie vor Männern wie Maurizio, die eine hübsche junge Frau nur ausnützen könnten. Er schlug ihr vor, sich stattdessen mit Werner zu treffen, einem Schreibmaschinen-Techniker, den Alice ein paar Wochen vor der Geschichte mit Emil an der Seepromenade kennengelernt hatte. Werner war zwar nett gewesen, doch Alice fand die Gespräche, die sich hauptsächlich um Schreibmaschinen drehten, auf Dauer zu langweilig. Die Unterhaltung mit Maurizio hingegen war aufregend gewesen, deshalb entschied sich Alice trotz der Warnung ihres Vaters für ein Treffen. Sie hoffte zudem, dass sie durch Maurizio endlich über Emil hinwegkäme. Noch immer litt sie unter der Trennung von ihm, und es gab Momente, da hatte sie das Gefühl, als würde der Liebeskummer mit einer irrsinnigen Kraft ihr Herz zerdrücken, daran reißen und zerren. Dabei wusste sie im Grunde genommen, dass Emil sie nicht verdient hatte. Aber Herz und Vernunft verständigten sich leider nicht in derselben Sprache.

»Pass auf dich auf, mein Kind«, sagte ihr Vater, als sie sich von ihm verabschiedete. Er war inzwischen wieder ganz gesund, und die Nachbarn hatten ihn für den Abend zu sich eingeladen, sonst wäre Alice zu Hause geblieben.

»Ja, das werde ich. Danke, Papa!«

Als sie wenig später durch den Haupteingang des Hotels *Baur au Lac* schritt, vorbei an einem sie freundlich grüßenden Pagen in blauer Uniform, bereute sie ihr Kommen für einen Moment. Der Reichtum strömte auf sie ein wie ein kräftiger Windstoß und hinderte sie kurz daran, weiterzugehen und den Perserteppich in der mit chinesischen Vasen und Palmen dekorierten Vorhalle zu betreten. Eine Dame in einem goldfarbenen Abendkleid kam die mit rotem Teppich überzogene Wendeltreppe hinunter und rauschte hoch erhobenen Hauptes an ihr vorbei zu einer breiten Glastür, die ihr ein Page öffnete.

»Kann ich Ihnen helfen, Fräulein?«, fragte ein weiterer Page, der kaum älter sein mochte als sie selbst.

»Ja, ich suche den Wintergarten.«

Der Page wies zu der Glastür, durch die zuvor die Dame im goldenen Kleid verschwunden war. »Der Wintergarten ist gleich dort. Darf ich um Ihren Mantel bitten, Fräulein? Ich hinterlege ihn an der Garderobe.«

Nachdem Alice ihm den Mantel dankend überreicht hatte, schritt sie zur Glastür, die unverzüglich für sie geöffnet wurde. Erneut blieb sie wie angewurzelt stehen: Der Anblick dieser Halle raubte ihr den Atem. Sie konnte ihren Blick kaum von dem gigantischen Kristallleuchter lösen, der in der Glaskuppel hing und alles unter sich erstrahlen ließ: die vier von Palmen flankierten Säulen, die mit goldenem Samt überzogenen Sofas und Sessel, die Blumen und Palmensträucher. Alice strich sich über ihr Kleid – wieder das blaue, samtene – und sah sich um. Sie entdeckte die Frau in Gold, die inzwischen in einem Sessel saß, neben ihr ein grauhaariger Mann in einem schwarzen Anzug.

Und da endlich erspähte sie auch Maurizio auf einem Sofa beim Kamin. Gedankenverloren starrte er in das Feuer und nippte an seinem Getränk. Alice schritt durch die Halle, vorbei an einem Musiker, der seinem glänzenden Saxofon eine langsame, fast einschläfernde Melodie entlockte.

Maurizio hatte sie nun auch gesehen. Sein Blick ruhte fest auf ihr, während sie sich seinem Tisch näherte. Er stand auf und gab ihr einen Handkuss. »Ich wusste, Sie würden kommen.« Er zeigte auf den freien Sessel gegenüber dem Sofa. »Setzen Sie sich.«

Sie ließ sich in das weiche Polster sinken. »Ich war lange nicht sicher, ob ich kommen soll.«

Mit einer solchen Aussage hatte er offenbar nicht gerechnet. Er hob die Brauen und legte den Kopf leicht schräg. »So?«

»Ich mag es nicht, wenn man mich irgendwohin kommandiert.«

»Aha.« Er klang leicht spöttisch und schwenkte sein Glas. Eine honigbraune Flüssigkeit, ähnlich der Farbe seiner Augen. Whisky vielleicht, dachte Alice. Sie kannte sich mit alkoholischen Getränken nicht gut aus. »Wie auch immer, jetzt sind Sie hier ... Alice.«

Alice stöhnte innerlich. Warum nur musste er ihren Namen so schön aussprechen? Bestimmt war ihm genau bewusst, wie unwiderstehlich das klang.

So zäh das Gespräch auch begonnen hatte, umso entspannter wurde es in der nächsten Stunde. Maurizio erzählte wieder von seinen Reisen und führte sie in ein lebendiges New York mit Wolkenkratzern, auf eine Insel Java im Indischen Ozean, die bekannt war für ihren Tee und Kaffee, in ein heißes Australien mit orangefarbenen Hügeln und Tieren, die lustige Namen wie Känguru und Koala trugen. Alice hörte gebannt zu, während das Feuer knisterte. Sie fühlte sich in Maurizios Gegenwart wieder so unbeschwert wie bei ihrem ersten Treffen.

Später, als sie ins Restaurant wechselten, verblasste der Zauber und damit die Romantik, was nicht nur an der fehlenden Musik und der nüchternen Einrichtung lag, sondern auch daran, dass Alice nun eine andere Seite von Maurizio kennenlernte. An allem hatte er etwas auszusetzen. Das Rinds-Entrecôte war ihm zu zäh, das Kartoffelgratin schmeckte zu salzig und der Wein zu säuerlich. Im Fünfminutentakt beschwerte er sich beim Kellner und behandelte ihn kaltschnäuzig und herablassend. Alice, zutiefst beschämt, fühlte sich immer unwohler an Maurizios Seite.

Als sie ihn darauf ansprach, sagte er nur, dass er zahlender Gast sei und Menschen zweiter Klasse behandeln könne, wie er wolle. Zweiter Klasse? Verstört über seine Antwort, stocherte Alice in ihrem Kartoffelgratin herum, und obwohl es ausgezeichnet und überhaupt nicht versalzen schmeckte, konnte sie nicht mehr weiteressen. Sie versank in Schweigen und fragte sich, ob Maurizio in ihr, der Schneiderin, auch einen Menschen zweiter Klasse sah. Sie fand seine Haltung und Denkweise befremdlich, behielt ihre Meinung aber für sich und erklärte sich sein Verhalten dadurch, dass er einfach hohe Ansprüche hatte.

Beim Dessert, einem Apfelküchlein mit Sahne, sprach Maurizio den Krieg an.

»Haben Sie Angst?«, fragte er direkt.

Alice schaute auf die Köstlichkeit vor sich und legte die Gabel kurz auf den Teller. Hätte Maurizio nicht noch etwas warten können mit dem Thema? Seine Frage verdarb ihr den Appetit.

»Ganz am Anfang, als der Krieg ausbrach, hatte ich Angst, ja. Mein Vater hat mich beruhigt und gemeint, ich bräuchte mich nicht zu fürchten. Wir könnten uns glücklich schätzen, dass unser Land neutral sei. Er ist sich sicher, dass der Krieg für uns glimpflich verlaufen wird.« Sie schaute zu Maurizio, der sie ausdruckslos ansah. »Aber an den Auswirkungen leiden wir doch sehr. Wir haben nur spärliche Aufträge in der Schneiderei, alles ist rationiert, und wir können nicht genug heizen. Mein Vater meint dann, dass es töricht sei, sich darüber aufzuregen, weil wir uns in einer privilegierten Lage befänden. Er hat recht, ich weiß. Trotzdem quälen mich meine Alltagssorgen.« Sie lächelte entschuldigend.

»So ist der Mensch«, bemerkte Maurizio mit zusammengezogenen Augen. »Er weiß seine gute Lage erst zu schätzen, wenn er sie verloren hat.«

Alice griff beschämt zur Gabel und stach ein Stück Apfelkuchen ab. »Ja, so ist es. Ich hoffe jedenfalls, dass der Krieg bald endet. Momentan sieht es ja ganz danach aus. Alle sprechen von einem Sitzkrieg.« Sie war durch ihren Vater gut informiert, denn er verfolgte die Kriegsnachrichten genau und setzte sie über sämtliche Ereignisse in Kenntnis, ob sie nun wollte oder nicht. Sie schob die Gabel in den Mund.

Maurizio lachte. »Täubchen, der Krieg wird nicht so bald enden, glauben Sie mir. Im Gegenteil, das ist nur die Ruhe vor dem Sturm.«

Alice schluckte den Bissen mit Mühe hinunter. Der Kuchen hatte plötzlich einen schalen Beigeschmack bekommen. Maurizio schien zu erkennen, was seine Bemerkung bei ihr ausgelöst hatte. »Oh, Alice! Sie brauchen sich nicht zu fürchten. Glauben Sie mir, wir werden nicht angegriffen. Dazu sind wir viel zu wichtig.«

»Was macht Sie da so sicher?« Alice schob ihren Teller zur Seite.

»Der Gotthardtunnel beispielsweise. Er wird dem Deutschen Reich helfen, Rohstoffe nach Italien zu liefern, wie Kohle und Eisen. Italien besitzt nur geringe Kohlereserven und ist auf die Lieferungen aus Deutschland angewiesen, vor allem für die Waffenproduktion. Ich bin nämlich davon überzeugt, dass Italien früher oder später in den Krieg eintreten wird. Mussolini hat keine Alternativen. Er will ein großes Imperium errichten, hat es auf Britisch-Somaliland und Ägypten abgesehen. Doch eine Eroberung dieser Länder gelingt ihm nur mit einer starken Armee wie der Wehrmacht an der Seite.« Maurizio zog aus der Innenseite seiner Jacke ein silbernes Etui hervor und klaubte sich eine Zigarette heraus. »Mit Italien als direktem Verbündeten der Nazis wird die Gotthardlinie zur wichtigsten Transitverbindung zwischen Deutschland und Italien.«

Alice bemerkte irritiert, dass ein eigentümlicher Ausdruck in seinen Augen stand. Gier? Stolz? Sie konnte seinen Blick nicht recht deuten.

»Aber die Nazis könnten die Kohle auch auf anderem Weg nach Italien bringen«, sagte sie.

»Ja, über den Brenner. Aber aus strategischen Gründen werden sie diesen im Kriegsfall eher für Truppen und Waffen brauchen.« Mit einer raschen, aber sicheren Bewegung zündete er sich die Zigarette an, woraufhin sogleich ein Kellner herbeieilte und einen Aschenbecher auf den Tisch stellte.

»Und nun mal angenommen, die Schweiz würde auch in den Krieg hineingezogen. Wenn die Wehrmacht uns angreift, würde unsere Armee die Verbindung zwischen Deutschland und Italien, also den Gotthardtunnel, zerstören. Das hätte eine massive Schwächung Italiens und vielleicht sogar dessen Ausscheiden aus dem Krieg zur Folge, was nicht in Hitlers Interesse wäre. Aber wir sind nicht nur wegen des Gotthards so wichtig, sondern auch wegen des Geldes.« Er erschrak ganz leicht, als hätte er etwas Verbotenes gesagt.

Alice horchte auf. »Geld? Warum?«

»Nicht so wichtig«, entgegnete er schnell. »Jedenfalls müssen Sie sich nicht vor dem Krieg fürchten.«

»Was ist mit Ihnen, haben Sie Angst vor dem Krieg? Falls Italien eintritt, wovon Sie ja ausgehen, dann sind Sie nah dran an der Grenze. Würden Sie aus Brissago wegziehen?« Alice lehnte sich zurück, um ihren vollen Bauch etwas zu entspannen. So viel gegessen hatte sie schon lange nicht mehr, nicht mal an Weihnachten.

Maurizio blies ein paar Rauchwölkchen in die Luft. »Erstens: Vor dem Krieg habe ich keine Angst. Er gehört nun mal zum Leben wie alles Unschöne auf der Welt. Krankheit, Verlust, Tod.« Die letzten drei Wörter sprach er so langsam und deutlich aus, als befürchtete er, Alice könnte ihn nicht verstehen.

»Zweitens: Nein, wegziehen würde ich nicht, außer die Gefahr wäre sehr groß. Aus dem Paradies lässt man sich nicht gerne vertreiben. Und Brissago ist ein Paradies.« Er hielt kurz inne. »Doch wie gesagt, falls wir plötzlich bedroht werden würden, bliebe mir keine Wahl. Ich muss ja an die Kinder denken. Momentan sind sie noch zu klein, um zu wissen, was Krieg wirklich bedeutet. Meine Älteste, Pippa, ist sieben Jahre alt und Matteo erst vier.« Er gluckste. »Aber Pippa ist sowieso furchtlos und scheut sich nicht davor, andere zu beschimpfen, wenn ihr etwas nicht passt. Ein kleiner General.« Er lachte, und Alice stieg mit ein. Plötzlich brach er ab, sein Blick verdunkelte sich. Er schielte rüber zu einem Paar mittleren Alters, das sich an einen Tisch in ihrer Nähe setzte und vom Kellner die Karten entgegennahm. »Vielleicht sollten die Nazis die Schweiz ja doch übernehmen«, murmelte er vor sich hin und beugte sich leicht über den Tisch. »Dann könnten sie auch hier endlich aufräumen.«

Alice sah ihn entsetzt an. »Aufräumen?«

Er wies zu dem Paar, zog an seiner Zigarette. »Das sind Juden. Emigranten aus Wien. Sie leben in diesem Hotel, weil sie flüchten mussten. Ich habe vor ein paar Tagen beim Frühstück gehört, wie sie sich mit einem anderen Gast darüber unterhalten haben.«

Alice setzte sich wieder aufrecht hin. Der volle Bauch war plötzlich vergessen, verdrängt von einem flauen Gefühl in der Magengrube. »Sie finden, dass es recht ist, was Hitler macht?«

Er hob den Kopf und verengte die Augen. »Sie etwa nicht?«

Alice zuckte kurz zusammen über die Verachtung, die ihr plötzlich entgegenschlug. »Nein«, sagte sie voller Überzeugung. »Es ist nicht recht. Es sind Menschen, genau wie wir.«

Seine Lippen zuckten, er schaute sie mitleidig an. »Sie täuschen sich. Es gibt große Unterschiede. Aber lassen Sie uns das Thema wechseln.« Er nahm einen Zug von seiner Zigarette. »Wo waren wir stehen geblieben?«

»Bei Ihren Kindern«, antwortete Alice, die sich unbehaglich fühlte. Sie zog in Erwägung, aufzustehen und zu gehen, doch dann bemerkte sie ein zärtliches Aufflackern in Maurizios Augen.

»Natürlich, die Kinder. Wissen Sie, meine Pippa ist zwar stark, aber sie leidet unter dem Verlust ihrer Mutter. Genau wie Matteo. Die beiden sollten endlich wieder eine Mutter bekommen. Und ich eine Frau.« Er sah sie eindringlich an. »Nur bin ich sehr wählerisch.«

»So?« Alice hielt sich verkrampft am Tischrand fest.

»Alice«, flüsterte er und rückte mit dem Stuhl näher an sie heran. »Ich muss Ihnen das jetzt einfach sagen. Sie erinnern mich äußerlich sehr an Undine. Als ich Ihnen in der Schneiderei zum ersten Mal begegnet bin, dachte ich zuerst, Undines Geist vor mir zu sehen. Ich war regelrecht schockiert.«

Alice spürte ein beklemmendes Gefühl in ihrer Brust. Maurizio strahlte etwas Unheimliches aus, aber sie konnte nicht genau beschreiben, woran es lag. An dem fiebrigen Glanz seiner Augen vielleicht?

Plötzlich neigte er sich vor und fuhr ihr durch das Haar, mit der anderen Hand drückte er die Zigarette aus. »Undine war blond, genau wie Sie. Und sie hatte auch ein so elfenhaftes Äußeres.«

Alice bemühte sich zu lächeln, aber es gelang ihr nicht. Der Vergleich mit einer Toten verstärkte ihr Unwohlsein.

»Alice, ich möchte, dass Sie meine Frau werden.«

Sie wich erschrocken zurück. »Wie bitte? Ihre Frau?« Wollte er sie etwa verspotten?

»Ja, Sie haben richtig gehört. Ich möchte, dass Sie mit mir nach Brissago kommen und mich heiraten.«

Sie stieß ein unsicheres Lachen aus. »Aber ... Maurizio, das ... geht nicht! Wir kennen uns noch gar nicht richtig!«

Seine Brauen zogen sich scharf zusammen. »Das ist bei Paaren vor der Heirat so üblich. Ich weiß schon, dass es inzwischen Mode ist, dass man sich Zeit lässt und sich erst *kennenlernt*.« Er betonte das Wort abschätzig. »Aber ich halte nicht viel davon. Mir reicht, was ich sehe. Deshalb sind Sie die Richtige für mich.«

Sie schüttelte mehrmals den Kopf. »Aber ich kann nicht einfach weg von hier. Mein Vater braucht mich. Und wie schon gesagt, ich will Sie zuerst besser kennenlernen.« *Mir reicht nicht, was ich sehe*, hätte sie beinahe hinzugefügt. Gleichzeitig fragte sie sich, ob sie tatsächlich noch mehr über Maurizio erfahren wollte. Bis vor Kurzem war sie geblendet gewesen von seinem guten Aussehen, seinem Intellekt, Charme und diesem wunderbaren Akzent.

Ja, und vielleicht auch ein wenig von seinem Reichtum. Aber da gab es wesentliche Punkte, die sie störten. Züge seines Charakters und seine politische Haltung, mit denen sie auf Dauer Mühe haben würde. Was wollte sie mit einem Mann, der zwar attraktiv und reich war, dafür aber eine dunkle Seele hatte? Instinktiv wusste sie, dass sich ihr Eindruck von Maurizio selbst durch näheres Kennenlernen nicht verbessern würde, vermutlich eher verschlechtern.

Sein Blick verdüsterte sich. »Ihr Vater kommt bestimmt auch allein zurecht. Und sonst nehmen wir ihn einfach mit. Ihre kleine Schneiderei hat jetzt während des Krieges sowieso keine Zukunft. Früher oder später müssen Sie schließen, das ist Ihnen doch bewusst?«

Alice presste die Zähne zusammen. Seine Worte zu hören schmerzte, obwohl sie wusste, dass sie der Wahrheit entsprachen. Lange konnten sie und ihr Vater nicht mehr durchhalten.

Ohne auf eine Antwort zu warten, fuhr Maurizio fort: »Ich werde für Sie und Ihren Vater sorgen, keine Angst. Mehr kann ein Mädchen wie Sie sich nicht erhoffen.«

»Ein Mädchen wie ich? Sie meinen, nur weil ich arm und noch jung bin, wäre es das Beste, Ihren Antrag anzunehmen?«

Er wiegte leicht den Kopf. »Ja, das würde ich Ihnen raten.«

»Sie täuschen sich. Ich komme gut allein zurecht und brauche keinen Mann.«

Er sah sie spöttisch an. «Seien Sie nicht dumm!«

»Ich bin nicht dumm, nur vernünftig!« Sie erhob sich. Wie hatte sie sich in diesem Mann nur so täuschen können? Warum hatte sie nicht auf ihren Vater gehört?

»Ich gehe jetzt. Alles Gute, Maurizio.«

»Aber, Alice!« Er warf lachend den Kopf zurück. »So warten Sie doch.«

Sie ignorierte ihn und eilte durch das Restaurant in die Halle. Nachdem sie ihren Mantel erhalten hatte, stürmte sie regelrecht nach draußen. Kalte Luft umfing sie, wehte ihr heftig ins Gesicht und an ihre dünn bestrumpften Beine.

Sehnsüchtig blickte sie zu einem älteren Ehepaar, das in ein Taxi stieg. Wie gerne würde sie sich eines leisten können. Plötzlich hörte sie ein »Alice» hinter sich, und sie drehte sich um. Maurizio!

»Was ist?«

»Bitte verzeihen Sie mein Verhalten. Es war nicht richtig.«

»Nein, war es nicht.«

»Geben Sie mir noch eine Chance?«

Er sah aus wie ein geschlagener Hund, und Alice seufzte. Sie wurde aus diesem Mann einfach nicht schlau. Es kam ihr fast vor, als hätte er zwei Gesichter. Sie war hin- und hergerissen, aber sie durfte jetzt nicht schwach werden und musste auf ihr Gefühl vertrauen.

»Maurizio, ich glaube nicht, dass es Sinn ergibt. Unsere Denkweisen sind zu verschieden. Es würde nie funktionieren zwischen uns. Außerdem lebe ich hier mit meinem Vater. Ich kann und will nicht weg.« Er starrte sie einen Moment lang an, und Alice hielt seinem Blick stand. »Leben Sie wohl.«

Sie ging eine Weile am See entlang, um nachzudenken, bis der kalte Wind sie irgendwann den Heimweg antreten ließ. Als sie schließlich halb verfroren in ihre Gasse einbog, bemerkte sie eine Traube von Menschen mit Laternen vor ihrem Wohnhaus. Was war da los? Plötzlich keimte Sorge in ihr auf, und sie beschleunigte ihren Schritt. Als sie die Menschenmenge erreicht hatte, schlängelte sie sich rasch durch, schnappte dabei Worte wie »schlimm« und »furchtbar« auf. Vergeblich hielt sie Ausschau nach ihrem Vater.

»Alice! Gott sei Dank, du bist zurück!«

Sie drehte sich um und blickte in Frau Wehrlis Gesicht. Im Licht der Laterne bemerkte sie Tränen auf deren geröteten Wangen. Sofort schoss ein heißer Schreck durch ihre kalten Glieder. »Was ist los? Etwas mit Vater?«

»Oh, Kind, du musst jetzt sehr stark sein.« Sie fasste Alice an die zitternden Schultern. »Dein Vater ist ... er ist ...« Sie schluchzte laut auf und presste sich eine Hand auf den Mund. Ihr Mann kam hinzu und sprach flüsternd auf sie ein, fuhr ihr über den Kopf.

»Was ist mit meinem Vater?«, rief Alice.

Herr Wehrli sah zu ihr. «Er ist bei uns die Treppe hinuntergestürzt. Wir haben sofort Dr. Nock holen lassen, doch er konnte nichts mehr für ihn tun.«

Wie auf Kommando trat Doktor Nock aus der Menge heraus, ein älterer Herr mit Brille und grauem Haar. »Er hat sich bei dem Sturz das Genick gebrochen und war sofort tot.«

»Tot? Das ... das kann nicht sein.« Alice zitterte, ihre Beine drohten einzuknicken. Die schluchzende Frau Wehrli stellte die Laterne auf den Boden und nahm Alice in die weit geöffneten Arme, drückte ihr Gesicht fest gegen ihre üppige Brust. »Oh, mein armes, armes Kind. Dein Vater lebt nicht mehr.«

Alice löste sich von ihr. Die Botschaft nahm nun jede Faser ihres Körpers in Besitz. »Wo ist er?«

»Noch immer bei uns«, erklärte Herr Wehrli. »Der Doktor hat bereits jemanden verständigt, der ihn ... abholen wird.«

»Nein!«, rief Alice und rannte ins Haus.

Kapitel 4

Zürich, Februar 2019

Fee

Während Fee an ihrem Champagner nippte, beobachtete sie Christian durch die offene Terrassentür. Er war ganz in seinem Element, wie er da im verschneiten Garten stand und ein paar Gästen das Saunahäuschen und den Lounge-Spa-Whirlpool zeigte – seit vergangenem Oktober sein ganzer Stolz. Gerade führte er das Außenbeleuchtungssystem vor, wie Fee an den blau schimmernden LED-Stangen rund um den Whirlpool erkannte. Der ganze Garten leuchtete, was zusammen mit dem Schnee und der Abenddämmerung eine atemberaubende Farbkombination ergab.

Fee fiel auf, wie Larissa und Svenja, zwei ihrer Arbeitskolleginnen, Christian anhimmelten, als wäre er ein Popstar. Kein Wunder. Christian war zwar kein Schönling, dazu waren seine Gesichtszüge zu uneben, die Nase zu knollig, der Mund zu breit. Aber er war groß und durchtrainiert. Sein glatt rasierter Schädel betonte sein markantes Gesicht noch mehr und ließ ihn, zusammen mit den Bartstoppeln, maskulin und selbstbewusst erscheinen. Seine graublauen Augen funkelten energiegeladen und gaben seinen Mitmenschen stets das Gefühl, wichtig zu sein. Wieder mal hatte er alle in seinen Bann gezogen, nicht nur die Frauen, sondern auch die Männer, weil er einfach gut sprechen konnte. *Man könnte glatt denken, er sei heute die Hauptperson*, dachte Fee, und nicht sie selbst, das Geburtstagskind. Aber ihr war es ganz recht, nicht im Mittelpunkt stehen zu müssen. Christian hatte sie zu diesem Fest überredet. Den Dreiunddreißigsten müsse man schließlich zelebrieren. Fee hatte allerdings das Gefühl, dass er die Party eher für sich gewollt hatte. Er ließ selten eine Gelegenheit aus, um etwas zu feiern.

Sie setzte sich auf die Couch, nahm sich eine Avocadorolle von dem Tablett auf dem Salontisch und tunkte sie tief in den Dip. Sie hatte heute Morgen eine Stunde auf Christians Laufband geschwitzt, deshalb würde sie heute Abend essen, was sie wollte, auch von der Geburtstagstorte, die ihre Großmutter hatte schicken lassen. Christian hatte beim Anblick der üppigen Schokoladentorte die Nase gerümpft, weil er beim Catering absichtlich nichts Süßes bestellt hatte. Er lebte seit zehn Jahren komplett zuckerfrei und versuchte immer wieder, Fee von seiner Ernährungsweise zu überzeugen. Fee jedoch liebte Süßigkeiten, und auch wenn sie sich wegen Christian etwas zurückhielt, so brauchte sie gelegentlich einfach Schokolade und Kuchen.

Sie nahm sich noch ein Häppchen und sah sich um. Es waren nicht nur Familie und Freunde von ihr anwesend, sondern auch Leute aus Christians Bekanntenkreis, wie die zwei Männer mittleren Alters aus Christians Partei, die ihr schräg gegenübersaßen und in eine rege Unterhaltung vertieft waren. Fee mochte die beiden zwar, aber sie vermittelten ihr das Gefühl, eher auf einer Parteiveranstaltung zu sein als auf der eigenen Geburtstagsfeier. Eines musste sie Christian lassen: Er verstand es, gute Partys zu geben. Alles war perfekt organisiert, von dem Deep House spielenden DJ über den Cocktail-mixenden Barkeeper bis zum hochwertigen Catering und dem Champagner von Louis Roederer. Der schmeckte so ausgezeichnet, dass Fee schon beim dritten Glas war. Erneut trank sie einen Schluck und genoss das Prickeln auf der Zunge. Sie blickte in den Kamin, wo die Flammen grell loderten und gerade ein Holzscheit leise knisternd in sich zusammenfiel. Christians Parteikollegen sprachen über die Parlamentswahlen im Herbst und nahmen keine Notiz von ihr. Wären doch Jessy oder ihre Großmutter hier, aber Jessy war mit ihrer Tanzgruppe in Berlin, und Violetta litt unter Gliederschmerzen und leichter Übelkeit. Vielleicht eine nahende Magen-Darm-Grippe. Fee hatte ihr geraten, sich an das Pflegepersonal zu wenden, doch ihre Großmutter hatte erwidert, sie gehöre nicht zu den Leuten, die bei jedem *Wehwehchen* gleich zum Arzt oder in diesem Fall zum Pflegepersonal rennen würden.

Fee schaute wieder in den Garten und erblickte ihre Mutter. Ein Glas Champagner haltend, stand sie vor dem Whirlpool und hörte Christian zu. Sie trug eine pinkfarbene Daunenjacke, dazu eine schwarze Lederhose und Stiefeletten im Schlangenmuster. Ihr rotes Haar war wie immer stark toupiert, die Stirn frisch gebotoxt. Um ihre Beine herum wedelte und kläffte Chica, ihre schwarze Mops-Hündin, die sie überallhin mitnahm. Ausnahmsweise schwankte ihre Mutter mal nicht, wie Fee erleichtert feststellte. Viele Leute, die Fees Mutter das erste Mal sahen, dachten, sie hätte ein Alkoholproblem, was jedoch nicht stimmte. Sie mochte weder Wein noch Spirituosen, trank aber gerne Champagner und Fruchtcocktails. In Anwesenheit von Fees Vater und dessen Begleitung stieg ihr Konsum gewaltig, was manchmal peinliche Auftritte zur Folge hatte. Heute schien sie sich im Griff zu haben, dachte Fee. Auch mit ihrem Vater hatte sie sich bisher noch nicht angelegt. Fees Augen wanderten zu ihm, der etwas abseits der Gruppe stand, eine *Montecristo* rauchte und sich mit einem von Christians Mitarbeitern unterhielt. Ihr Vater kam optisch ganz nach seinem Tessiner Großvater Maurizio Ferrazzini und sah in seinem Maßanzug und dem Kaschmirschal gerade aus wie ein italienischer Graf. Seine neue Freundin, eine südamerikanische Schönheit mit Gazellenbeinen, fröstelte daneben in ihrem kurzen Kleid und den dünnen Strümpfen. Fee verkrampfte sich. Auf ihren Vater war sie momentan nicht gut zu sprechen. Nicht nur, weil er wieder mal eine seiner Liebschaften mitgebracht hatte und Ärger mit ihrer Mutter riskierte, sondern auch, weil er sich gegenüber ihrer Großmutter zurzeit unmöglich und stur verhielt. Seit diese ihm kürzlich auch das Geheimnis rund um Alice Ferrazzini anvertraut hatte, war er verärgert, weil er fand, sie hätte es ihm schon viel früher sagen müssen. Fee konnte ihren Vater ja einerseits verstehen, schließlich hatte ihre Großmutter eine ziemliche Bombe platzen lassen. Andererseits fand sie es übertrieben, dass er nun so ein Drama aus der Sache machte. Ihre Großmutter litt sehr unter der Situation. Heute Morgen hatte Fee mit ihr telefoniert und ihr gesagt, dass sie sich keine Sorgen machen solle, bestimmt würde sich ihr Vater bald abregen. Sie wisse ja, wie launisch er sein könne. Ihre Großmutter hatte ihr zugestimmt und sich beruhigen lassen.

Fee hörte ihren Vater auflachen. Seine Begleitung, mittlerweile zitternd vor Kälte, kicherte gekünstelt. Groll stieg in Fee auf, und sie beschloss, gleich noch mal mit ihm über sein Verhalten gegenüber ihrer Großmutter zu sprechen. Außerdem fühlte sie sich durch das Kaminfeuer innerlich aufgeheizt, sie sehnte sich nach frischer Luft. Gerade als sie aufstehen wollte, hörte sie eine Stimme hinter sich.

»Felicia, hier bist du ja.«

Fee drehte sich um zu Yvonne, die sich neben sie setzte und ihre wohlgeformten, trainierten Beine übereinanderschlug. Einer von Christians älteren Parteikollegen stierte mit offenem Mund zu ihr herüber. Kein Wunder, dachte Fee, Christians Mutter sah wie immer blendend aus. Sie trug ein königsblaues Businesskostüm, das kastanienbraun gefärbte Haar zu einem modischen Bob mit Pony geschnitten. Auch ihr perfektes, aber dezentes Make-up und die trendigen breiten Augenbrauen trugen dazu bei, dass sie mit ihren dreiundsechzig Jahren gut zehn Jahre jünger wirkte. Offenbar registrierte sie den interessierten Blick von Christians Kollegen nicht, denn ihre graublauen Augen ruhten nach wie vor auf Fee. »Ich war vorhin in deinem Atelier und habe gesehen, dass du an einem neuen Bild malst.«

Fee schnappte nach Luft. Sie mochte es nicht, wenn Leute in ihrem Atelier herumschnüffelten. »Ich hatte eigentlich die Tür zugemacht«, sagte sie mit einer gewissen Schärfe in der Stimme, doch Yvonne ignorierte den Seitenhieb.

»Es ist wieder so düster!« Yvonne verzog das Gesicht theatralisch zu einer leidenden Grimasse und hielt sich eine Hand auf das Dekolleté. »Ach, Felicia, kein Wunder, dass niemand deine Bilder kaufen will.«

Fee hob die Schultern. Sie war Yvonnes scharfe Zunge längst gewöhnt, deshalb verletzten sie ihre Worte nicht mehr wie früher.

»Ich male nicht, um zu verkaufen.« Das entsprach der Wahrheit. Fee wollte auch keine Anerkennung für ihre Kunst. Es ging ihr nur um das Malen selbst, das ihr in Momenten der Trauer half, sich wieder zu sammeln. In ihrem Atelier, allein mit ihrer Staffelei, spürte sie, wie sie sich entspannte. Die Therapeutin hatte ihr vor Jahren dazu geraten und gemeint, dass sich das Verdrängte in eine sicht- und begreifbare Wirklichkeit wandeln würde und sie so besser verstehen könnte, was in ihr vorging. Das tat sie nicht, aber es half wenigstens, die innere Unruhe zu bremsen. Inzwischen malte sie nicht nur in ihren Trauerphasen, sondern auch nach anstrengenden Arbeitstagen, wenn ihr der Schädel brummte und sie vor lauter Zahlen nichts anderes mehr sehen konnte. Als die Therapeutin damals ihre ersten Bilder betrachtet hatte, allesamt in Schwarz-, Grau- und dunklen Blautönen, riet sie Fee, es mal mit Farben zu versuchen. Doch Farben kamen nicht infrage.

Da sich inzwischen schon einige Bilder angesammelt hatten, verschenkte Fee sie an interessierte Leute und hatte dazu sogar Accounts auf Facebook und Instagram eröffnet. Gelegentlich übermalte sie die Leinwände wieder, was sich bei besonders dunklen Gemälden aber als schwierig erwies.

Christian konnte nur schwer mit ihrem Hobby umgehen, weil sie sich manchmal stundenlang in ihrem Atelier verschanzte. Zudem störte es ihn, dass sie mit ihrer *depressiven Kunst*, wie er sie nannte, sogar noch an die Öffentlichkeit ging. Diese Ansicht teilte Yvonne, die nun prompt wieder davon anfing und Fee eine Predigt hielt.

»Du solltest wirklich etwas fröhlichere Bilder malen. Und wenn dir das nicht gelingt, musst du mit der Malerei aufhören. Oder die Bilder wenigstens nicht mehr über die sozialen Netzwerke unter deinem Namen als Geschenke anbieten. Die Leute könnten dieses Verhalten wunderlich finden, und das färbt auf Christian ab. Jetzt vor den Parlamentswahlen müssen wir ihn in jeder Hinsicht unterstützen und …«

»Yvonne, ich werde nicht mit der Malerei aufhören. Ich schade Christians Karriere garantiert nicht, nur weil ich dunkle Bilder male. Das ist doch den Wählern vollkommen egal.«

»Du täuschst dich. Felicia, du musst wirklich mehr Rücksicht nehmen. Christian hat schon genug Ärger wegen deiner Familie.« Sie wies mit dem Kopf nach draußen zu Fees Mutter und der im Sekundentakt kläffenden Chica. »Versteh mich bitte nicht falsch, aber nun sieh dir mal deine Mutter an, sie trinkt wieder. Und dann dieser nervige Köter!«

»Mama hat ihren Konsum unter Kontrolle.«

Yvonne winkte ab. »Ach, und dein Vater hat erneut so ein junges Ding an seiner Seite. Das ist wirklich peinlich, findest du nicht?«

Da musste Fee ihr ausnahmsweise recht geben, dennoch war sie sauer auf Yvonne, die einfach so über ihre Eltern herzog. Das ging gar nicht! Fees Wut und die Hitze des Kaminfeuers trieben ihr den Schweiß ins Gesicht, sie fuhr sich mit dem Ärmel ihres schwarzen Wollkleides über die Stirn. Plötzlich wurde ihre Aufmerksamkeit auf die kläffende Chica gelenkt, die durch die Terrassentür stürmte. Fee wünschte sich, Chica würde Yvonne attackieren und ihr in die Designerschuhe beißen, aber leider hatte das Hündchen ein anderes Ziel. Es rannte einem Ball hinterher, den Christians Patenkind Leon geworfen hatte und der soeben unter den Esstisch rollte. Leon jauchzte vor Freude, doch Fees Mutter, die ihnen ins Haus gefolgt war, rief aufgeregt: »Chica! Chica!«

»Unfassbar«, murmelte Yvonne, die die Szene beobachtete.

»Felicia, Mutter. Hier steckt ihr also.« Fee hatte wegen Chica gar nicht bemerkt, dass auch Christian wieder hereingekommen war. Er setzte sich grinsend zwischen sie und Yvonne und legte jeweils einen Arm um sie beide, verströmte den Geruch von Kälte und *Armani Code*. »Und, wie geht es meinen beiden Lieblingsfrauen? Amüsiert ihr euch? Chica anscheinend schon.«

Yvonne ergriff als Erste das Wort. »Wenn du mich fragst: Hunde und Kinder haben auf so einer Party nichts zu suchen.«

Während sich Yvonne weiter aufregte, wuchs Fees Groll auf sie, aber auch auf Christian, der bloß dasaß und seine Mutter reden ließ. Irgendwann wechselte Yvonne das Thema und erzählte Christian, dass sie Fee geraten habe, *nettere* Bilder zu malen.

Christian verdrehte die Augen. »Das habe ich ihr auch schon oft gesagt, aber sie will nicht auf mich hören.«

Fee griff nach ihrem Champagnerglas und leerte es. »Ich kann selbst entscheiden, was ich male.« Sie fixierte Yvonne. »Und übrigens: Mein Atelier ist tabu für dich. Wenn ich bei dir zu Besuch bin, gehe ich auch nicht einfach in dein Büro und schnüffle dort herum.« Klangvoll stellte sie das Glas auf den Tisch. Christians Parteikollegen schauten neugierig zu ihnen rüber.

Yvonnes dicke Augenbrauenbalken verschwanden unter ihrem Pony. Ihr fehlten tatsächlich die Worte, stellte Fee befriedigt fest und stand auf. »Ich muss an die frische Luft.« Sie eilte nach draußen, lief über die Terrasse bis zum Saunahäuschen. Die Dämmerung war inzwischen der Dunkelheit gewichen, und alles glühte blau durch die Whirlpoolbeleuchtung. Die Kälte fühlte sich auf Fees überhitzter Haut wie eine Wohltat an. Um sich nicht zu erkälten, griff sie nach einer der beigefarbenen Kaschmirdecken, die sie für die Gäste ausgelegt hatte, und warf sie sich über die Schultern. Gerade als sie sich auf die Bank vor das Saunahäuschen setzen wollte, hörte sie Christian ihren Namen rufen und drehte sich um.

Er schaute sie mit unverhüllter Wut an. »Kannst du mir bitte erklären, was das eben sollte? Meine Mutter so zusammenzustauchen. Vor meinen Kollegen!«

»Sie war in meinem Atelier, obwohl ich die Tür extra zugemacht hatte. Christian, sie kann nicht einfach in unserem Haus herumlaufen, als wäre es ihr eigenes. Ach, und dann hat sie noch über meine Eltern hergezogen.«

»Wundert dich das? Die beiden benehmen sich schon recht peinlich.«

»Ja, okay. Aber es sind meine Eltern! Außerdem wolltest du ja unbedingt, dass ich eine Party gebe. Damit du deine Leute einladen und mit dem Saunahaus und dem Whirlpool prahlen kannst.«

»Das stimmt nicht. Ich habe die Feier dir zuliebe gemacht.« Er wandte sich kurz ab, schüttelte den Kopf, drehte sich dann wieder ruckartig zu ihr. »Es ist momentan nicht gerade leicht mit dir. Zuerst zickst du wegen der Hochzeit herum ...«

»Warte, wir haben das doch schon geklärt.« Das hatten sie in der Tat. Und Fee hatte letztendlich nachgegeben, weil Christian die bereits organisierte Hochzeit nicht absagen wollte.

»Ja, aber du zeigst dich nicht motiviert. Meine Mutter hat versucht, einen neuen Termin mit dir zu machen wegen des Hochzeitskleids, aber du bringst andauernd irgendwelche Ausreden. Sie hat gesagt, du seist spät dran«.

Fee spürte, wie ihre Schläfen pulsierten. »Du weißt doch, wie schwer es für mich ist.«

»Immer noch wegen Eva und des Briefs? Du musst endlich darüber hinwegkommen.« Er sprach so, als wäre sie ein kleines Kind, das noch immer wegen eines verstorbenen Hamsters litt. »Ich hoffe wirklich, dass du dich nicht plötzlich von deiner Mutter zu diesem Opfer-Täter-Dialog überreden lässt. Sie hat mir vorhin gesagt, dass du es ihrer Meinung nach machen solltest.« Er sah sie warnend an. »Denk dran, das könnte mich sehr unglaubwürdig erscheinen lassen vor den Wählern und mir wirklich schaden. Es reicht schon, dass du eine Mörderin in deiner Vergangenheit hast. Wenn das an die Öffentlichkeit gelangt, dann ...«

»Jetzt komm mir nicht damit!«, rief sie erregt. Sie hatte ihm vor ein paar Tagen von dem Geständnis ihrer Großmutter erzählt. Violetta selbst hatte ihr nahegelegt, ihm alles zu sagen, denn gerade in Christians Position müsse er über solche Dinge Bescheid wissen. Und Fee solle keine Geheimnisse vor ihrem zukünftigen Mann haben. Wie erwartet hatte er ziemlich missmutig reagiert, schlussendlich aber keine große Sache daraus gemacht. Dass er sich nun derart verhielt, ärgerte sie.

»Sie war meine *Urgroßmutter*«, bemerkte sie bissig. »Wie sollte ihre Tat ausgerechnet dir schaden? Weil die Wähler denken könnten, deine zukünftige Frau neige auch zu kriminellen Handlungen?« Sie schnappte nach Luft.

»So ein Unsinn! Aber es ist nun mal so, dass in der Politik immer alles gegen einen verwendet wird. Übrigens habe ich recherchiert und herausgefunden, dass dein Urgroßvater Maurizio Ferrazzini auch Dreck am Stecken hat. Er hat damals Bankengeschäfte mit den Nazis und Mussolini getätigt. Ich wollte dir das eigentlich nicht an deinem Geburtstag sagen, aber wenn wir schon beim Thema sind …«

Fee schaute ihn entgeistert an. »Davon hat mir Großmutter gar nichts gesagt. Vielleicht wusste sie es nicht.« Oder sie wusste es und wollte dieses Geheimnis nicht auch noch offenbaren. Fee nahm sich auf jeden Fall vor, sie darauf anzusprechen.

»Wie auch immer«, meinte Christian. »Du siehst also, deine Familie ist ein großes Risiko für mich.«

»Verdammt, das waren meine Urgroßeltern! Und du kandidierst nicht für das Amt des amerikanischen Präsidenten. Also komm mal runter.«

Trotz flammte in seinen Augen auf. »Du nimmst meine Kandidatur nicht ernst und …«

Weiter kam er nicht, da in diesem Moment Fees Vater zu ihnen stieß, diesmal ohne Begleitung. Was wollte der denn jetzt?

Er, der sonst stets so selbstbewusst auftrat, schaute ungewohnt gehemmt zu Boden. »Fee, es ist etwas Schlimmes passiert.« Er sah auf. Tiefe Trauer spiegelte sich in seinem Gesicht. »Ich habe soeben einen Anruf erhalten. Deine Großmutter hatte einen Herzinfarkt. Sie ist gestorben.«

Kapitel 5

Zürich, Februar 1940

Alice

Alice starrte auf das bodenlange dunkelgrüne Seidenkleid und überlegte, wie sie es in so kurzer Zeit abändern könnte. Der Madame gefiel der Schnitt nicht mehr, und sie wollte für den Empfang heute Abend etwas Neues, der aktuellen Mode entsprechend. Nur war ihr dieser Gedanke erst vor einer Stunde beim Frühstück gekommen. Alice klopfte mit den Fingerspitzen auf die Tischplatte. Vielleicht könnte sie den Ausschnitt vertiefen und die Ärmel kürzen? Den Stoff über den Hüften drapieren? Und die biedere Schleife entfernen? Allerdings mochte die Madame Schleifen. Alice lehnte sich seufzend zurück und fragte sich, wie sie ihre anspruchsvolle Chefin zufriedenstellen könnte.

Eigentlich hieß die Madame Ernestine Kesselring, aber sie bestand darauf, von Alice »Madame« genannt zu werden. Sie stammte ursprünglich aus Frankreich, und Alice vermutete, dass so niemand ihre Herkunft vergessen sollte, auf die sie so stolz war.

Alice arbeitete mittlerweile seit drei Wochen für die Kesselrings, eine Industriellenfamilie wohnhaft am Zürichberg. Nach dem Tod ihres Vaters war sie gezwungen gewesen, die tief verschuldete Schneiderei aufzugeben. Mit den wenigen Aufträgen hätte sie den Bankkredit, den ihr Vater vor dem Krieg aufgenommen hatte, niemals abbezahlen können, weshalb sie das Haus verkaufen musste. Am Ende war nichts mehr übrig geblieben. Zu Beginn lebte sie bei den Wehrlis, bis ihr eine Bekannte von Frau Wehrli die Stelle bei Madame Kesselring vermittelt hatte. Ihr Sohn sei dort Koch, erfuhr Alice, und kürzlich hätten die Kesselrings ihr Dienstmädchen entlassen und würden ein neues suchen. Madame Kesselring habe jedoch hohe Ansprüche und wolle ein Mädchen mit guten Nähkenntnissen. Die Stelle sei also perfekt für Alice, fand Frau Wehrli.

Von Heinz, dem Koch, hatte Alice später den Grund für den Weggang des vorherigen Dienstmädchens erfahren. Angeblich sei das Fräulein negativ aufgefallen, als es sich vor den Kindern verächtlich über Adolf Hitler geäußert hatte. Das hatte Herrn Kesselring, der überzeugter Frontist war und mit den deutschen Nationalsozialisten sympathisierte, nicht gepasst.

Alice fühlte sich im Haus der Kesselrings seither noch unwohler, weil sie Hitler und dessen Politik verachtete. Dazu kam, dass die Madame sie ausnützte und oft schikanierte. Deshalb hielt Alice die Augen offen nach einer anderen Stelle. Vor einer Woche hatte es so ausgesehen, als könnte sie im Theater als Näherin beginnen. Kätterli, die dort nach wie vor als Garderobendame arbeitete, war sehr zuversichtlich gewesen, bis sie Alice vor zwei Tagen mitgeteilt hatte, dass man sich für die Mutter eines Bühnenbildners entschieden hatte.

Alice trug die Absage mit Fassung, auch wenn sie nun weiterhin im Haus der Kesselrings unter der Fuchtel der Madame arbeiten musste.

Was mache ich nur mit dem Kleid?, dachte Alice. Ihr gingen ein paar weitere Möglichkeiten durch den Kopf, als plötzlich die Tür aufgerissen wurde und mit einem lauten »Alice!« die Madame hereintrat.

»Wo sind Fidelius und Lisbeth?« Sie sah sich in dem Nähzimmer um, als hätte Alice die beiden Kinder irgendwo versteckt.

»Ich weiß es nicht, Madame.«

Zornesfalten bildeten sich auf der hohen Stirn der Madame. Sie war eigentlich eine sehr schöne Frau mit ihrem dunkelbraunen Haar, das ihr glänzend bis zu den Hüften fiel, und der schlanken, stets in elegante Seidenkleider gehüllten Figur. Ihr ebenmäßiges Gesicht mit der geraden Nase, den dunklen Augen und fein geschwungenen Brauen vollendete ihr aristokratisches Aussehen. Doch wenn sie sich aufregte, wie gerade jetzt, wirkte sie hässlich wie eine Hexe, fand Alice. Ihre Augen ähnelten dann zwei tiefen, dunklen Gewässern, in denen etwas Düsteres lauerte.

»Sie sollten auf die Kinder aufpassen!«, schrie die Hexe nun.

»Nein«, widersprach Alice. Momentan war die ältere Frau Kesselring zu Besuch und hatte mit den Kindern spazieren gehen wollen. Das sagte sie der Madame, woraufhin diese brüllte: »Sie hat sich hingelegt wegen Kopfschmerzen und Ihnen gesagt, Sie sollen auf die Kinder aufpassen!«

Alice stand auf. »Das stimmt nicht.«

»Sie behaupten, dass meine Schwiegermutter lügt?« Die braunen Augen der Madame wurden fast so schwarz wie Tinte.

»Ich ... nein, aber ...«

Die Madame seufzte. Ihr Blick fiel auf ihr dunkelgrünes Seidenkleid an der Puppe. »Und mit meinem Kleid sind Sie auch noch nicht fertig.«

»Sie haben es mir erst vor einer Stunde gegeben und ...«

Es klopfte, und Heinz, der Koch, streckte seinen Kopf ins Zimmer, wie immer mit angstvollen Augen. »Äh, Madame Kesselring.« Er trat ein, im Schlepptau die Kinder, beide von Kopf bis Fuß mit Mehl bestäubt.

»Die zwei haben in der Küche gespielt. Ich war nur kurz bei der Lebensmittelausgabe und bin gerade erst wiedergekommen.«

Die Madame formte ihre karminrot geschminkten Lippen zu einem stummen »Oh«. Als sie sich wieder gefangen hatte, blickte sie zu Alice. »Das ist Ihre Schuld! Sie werden die Kinder jetzt sofort waschen.«

»Und das Kleid?«

»Das machen Sie nachher. Anschließend helfen Sie Heinz bei den Vorbereitungen. Sie wissen ja, wir erwarten heute Abend sehr wichtige Gäste.« Mit hoch erhobenem Haupt verließ sie das Zimmer, gefolgt von Heinz. Die beiden Sprösslinge blieben zurück, umgeben von einer Wolke aus Mehl. Sie kicherten hinterlistig.

»Man spielt nicht mit Lebensmitteln«, tadelte Alice sie. »Es herrscht Krieg, deshalb sind die Esswaren rationiert und …«

Fidelius streckte ihr die Zunge raus und trat ihr ans Schienbein. »Blöde Gans!«, rief er und rannte davon, seine Schwester ihm nach, während Alice vor Schmerz keuchte.

Dieser ungehobelte Bengel! Er schlug sie nicht zum ersten Mal. Als sie der Madame davon erzählt hatte, stritt Fidelius alles ab, und die Madame betitelte sie als Lügnerin.

Sie biss die Zähne zusammen und zählte stumm bis drei. Dann verließ sie das Zimmer, um wie von der Madame beauftragt die Kinder sauber zu machen.

…

Nach dem harten Tag fühlte sich Alice überwältigt von Müdigkeit. Ihr Nacken war steif und verspannt durch die Näherei, die Beine schwer wie Blei. Zeit, um sich auszuruhen, hatte sie aber nicht, sie musste sich um die Gäste kümmern. Wenigstens hatte die Madame für den Abend zusätzliches Personal organisiert.

Nach und nach trafen die Gäste ein, die Herren im Anzug und nach Rasierwasser und Haarpomade riechend, die Damen in langen Abendkleidern, die Lippen rot geschminkt. Der Salon belebte sich und war innerhalb kurzer Zeit erfüllt von Parfüm, Zigarettenrauch und dem Geräusch knallender Champagnerkorken. Die schnellen Charleston-Töne, die das Grammofon wiedergab, machten Alice unruhig, während sie sich, zwei Silbertabletts voller Häppchen balancierend, zwischen den Gästen durchschlängelte. Die Tabletts leerten sich in Windeseile, sodass Alice immer wieder zwischen Salon und Küche hin- und hereilte, um sich von Heinz ein volles Tablett in die Hände drücken zu lassen. Diesmal Käseküchlein mit Speckwürfelchen, kleine Schinkenhörnchen und Lachs im Sesammantel.

Heinz überreichte ihr die Köstlichkeiten zwinkernd. »Die Kesselring ist mal wieder in ihrer Höchstform, nicht wahr?«

»Hm.« Alice dachte an die Madame in ihrem dunkelgrünen Seidenkleid, die irgendwo im Salon zwischen ihren Gästen umherschwebte und die perfekte Gastgeberin gab: schön und elegant wie eine Göttin, unterhaltsam, humorvoll und gut gelaunt. Vorhin hatte sie Alice sogar für ihre vorzüglichen Häppchen gelobt, bei deren Vorbereitung sie Heinz geholfen hatte. Natürlich so, dass es mindestens vier Gäste hören konnten und sie für eine nette Arbeitgeberin hielten. Wenn die wüssten, was für ein Drachen die Madame sein konnte!

Alice bedankte sich bei Heinz und verließ die Küche. Im Salon stürzte sich gleich ein älteres Ehepaar auf sie und schnappte sich mehrere Schinkenhörnchen. Vor der Chaiselongue stand die Madame und ließ sich in ihrem Kleid bewundern. Alice war es gelungen, den Ausschnitt am Dekolleté und Rücken zu vergrößern und dem Kleid durch eine Drapierung über den Hüften etwas Extravagantes zu verleihen. Die Schleife hatte sie entfernt und dafür eine mit Pailletten verzierte Feder über die Brust genäht, welche von einem alten Hut stammte, den die Madame nicht mehr trug. Das Kleid war ihr geglückt, dachte Alice beim Anblick der Madame. Zufrieden ging sie weiter und erstarrte.

Da stand *er*. Emil! Zusammen mit seiner Verlobten, für die er sie damals verlassen hatte. Alice nahm zumindest an, dass es sich um seine Verlobte handelte, weil er einen Arm um ihre Hüften gelegt hatte. Er erschrak genau wie sie. Als sie sich wieder gefasst hatte, schluckte sie den Kloß im Hals hinunter und nickte ihm zu, blieb an seinen tiefblauen Augen haften. Ihr Herz flatterte so wild wie die Flügel eines Schmetterlings.

Auch Emil schenkte ihr ein kaum merkliches Nicken, ehe er sich wieder seiner Verlobten zuwandte, einer attraktiven Rothaarigen mit Locken, herzförmigem Gesicht und großen grünen Augen. Nach der Trennung hatte sich Alice Emils Verlobte immer als hässlich und dick vorgestellt, und diese Annahme hatte sie ein wenig beruhigt. Jetzt mit ihrer Schönheit konfrontiert zu sein ließ Neid in ihr aufwallen, der sich anfühlte wie hauchfeine Nadelstiche auf der Haut.

Neben Emil standen noch weitere Leute, und Alice vermutete bei einem älteren Paar, dass es sich um Emils Eltern handelte. Der Mann besaß die gleichen leuchtend blauen Augen und dasselbe schräge Lächeln. Nur sein Haar war nicht mehr ganz so dunkelblond und voll wie das von Emil, sondern schütter und an den Schläfen ergraut. Er und Emil trugen beide eine graublaue Ausgangsuniform der Schweizer Armee, wobei sich diese durch verschiedenfarbige Gradabzeichen, Achselschlaufen und Gürtel unterschieden.

Alices Augen wanderten wieder zu Emils Gesicht, und es gelang ihr erst, sich loszureißen, als ein Mann vor ihr auftauchte und sich ein Käseküchlein von ihrem Tablett nahm. Sie mischte sich wieder unter die Gäste, dachte an ihr erstes Treffen mit Emil im letzten Sommer auf der Landesausstellung. Sie und Kätterli hatten in der Schlange gewartet, um mit der Schwebebahn über den See zu fahren, dabei waren sie mit zwei jungen Männern ins Gespräch gekommen. Alice, die noch nie zuvor richtig verliebt gewesen war, fühlte sich sofort zu dem hübschen Emil mit den stahlblauen Augen hingezogen. Sie trafen sich fortan mehrmals pro Woche, bis Emil im September bei Kriegsausbruch einberufen wurde. Wann immer er Urlaub hatte, sahen sie sich, und schließlich reisten sie gemeinsam nach St. Moritz. Sie speisten in erstklassigen Restaurants und logierten in einem edlen Hotel, in dem Alice ihre Unschuld verlor.

Danach wurde alles anders. Emil beichtete ihr bei seinem nächsten Heimaturlaub im Oktober, einer anderen versprochen zu sein, einem Mädchen, das seine Eltern für geeignet hielten. Sie würden demnächst ihre Verlobung bekannt geben. Nichtsdestotrotz liebe er sie und wolle sie nicht aufgeben. Man könne sich fortan ja heimlich treffen. Alice hatte sich mit einer Ohrfeige von ihm verabschiedet und ihn seither nicht mehr gesehen.

Mit dem leeren Tablett kehrte sie zurück Richtung Küche. Das Kalbfleisch zischte und brutzelte auf dem Herd. Alice griff nach einem Tablett voller Blätterteiggebäck und trat aus der Tür, da stand Emil vor ihr.

»Guten Abend, Alice!«

»Emil«, brachte sie krächzend hervor.

»Du arbeitest hier? Warum? Was ist mit der Schneiderei?«, fragte er ehrlich interessiert.

»Ich musste sie aufgeben. Mein Vater ist vor sechs Wochen gestorben.«

»Oh, Alice, das tut mir sehr leid. Was ist passiert?«

»Er ist eine Treppe hinuntergestürzt und hat sich das Genick gebrochen.«

Emil hielt sich bestürzt eine Hand vor den Mund. »Das ist furchtbar!«

Alice nickte und fixierte ihre braunen Schnürschuhe, die auf dem glänzenden Parkettboden matt und unpassend wirkten.

»Und jetzt arbeitest du hier«, stellte Emil fest.

»Wie du siehst, ja.«

Schweigend starrten sie sich an, und Alice schien es, als würde die Welt stehen bleiben.

Da ging die Salontür auf, Gelächter und Musik durchbrachen die Stille. Eines der Dienstmädchen marschierte an ihnen vorbei, ein leeres Tablett in der Hand, die Augen verärgert auf Alice gerichtet.

»Ich muss jetzt los«, erklärte Alice und deutete auf ihr Tablett mit den Häppchen. »Die werden kalt.«

Emil kratzte sich am Hals. »Sag, können wir uns irgendwo ungestört unterhalten?«

»Ich wüsste nicht, worüber«, entgegnete sie und wollte weitergehen, da fasste er sie am Arm.

»Was willst du, Emil?«, zischte sie.

»Nur mit dir reden. Ich ... damals ... ach, du weißt schon.«

»Nein, weiß ich nicht.«

»Du fehlst mir.« Er sah sie mit seinen schönen Augen an, und Alice stieß einen leisen Seufzer aus.

»Du mir aber nicht. Ich bin über dich hinweg.«

»Das glaube ich dir nicht«, widersprach er und grinste schief.

»Das ist dein Problem.« Sie wollte weiter, aber er hielt sie fest und zerrte sie durch einen Torbogen in den angrenzenden Essbereich. Ein gedeckter Tisch mit Kerzenleuchtern erwartete sie, sonst war niemand hier.

»Lass mich!« Alice schüttelte Emil ab, wobei sich die Häppchen auf dem Tablett bewegten. Sie schob ein Gedeck auf dem Tisch zur Seite und stellte das Tablett hin. Beinahe wäre ein Weinglas umgefallen, doch Emil hatte es rechtzeitig bemerkt und aufgefangen.

Lächelnd wandte er sich zu ihr und legte beide Hände auf ihre Schultern. »Hör zu, Alice. Ich werde Ottilie heiraten, aber wir können uns trotzdem weiterhin ab und zu sehen.«

Sie schüttelte ihn erneut ab und trat einen Schritt zurück. »Habe ich dir beim letzten Mal nicht eindeutig klargemacht, dass ich das nicht will? Ich werde nicht deine Geliebte!«

»Aber ich liebe dich!«

»Dann verlass Ottilie!«

»Das geht nicht. Meine Eltern würden es nie zulassen. Sie würden mich enterben, ich würde alles verlieren. Die Firma und ...«

Alice hielt eine Hand hoch. »Ja, ja, das hast du mir schon mal gesagt. Aber, Emil, wenn du mich wirklich lieben würdest, könntest du doch auf all das verzichten?« Sie schaute ihn hoffnungsvoll an. Hoffnungsvoller als gewollt.

Er strich ihr über die Wange. »Ich habe Verpflichtungen, Kleines. Ich kann nicht einfach mit dir durchbrennen. Alles, was ich dir offerieren kann, sind gelegentliche Treffen. Ich würde natürlich für dich sorgen, keine Angst. Du müsstest nicht mehr hier arbeiten und ...«

»Hör auf!«, rief sie. Tränen brannten in ihren Augen.

»Oh, Alice, ich ...«

Sie hörten plötzlich ein Räuspern und zuckten beide zusammen. Ottilie stand direkt unter dem Torbogen. Alice hielt die Luft an. Ach herrje! Seit wann war sie hier? Wie viel hatte sie gehört? Oder war sie gerade erst gekommen?

Mit hoch erhobenem Haupt schritt Ottilie auf Emil zu und lächelte. »Liebster, hier bist du ja. Ich habe dich gesucht.« Sie hakte sich bei ihm ein.

»Äh ja, ich ... Ottilie, das ist Alice. Ich kenne sie von früher.«

Ottilie nahm Alice einen Augenblick lang ins Visier, und nichts an ihrer Mimik ließ darauf schließen, dass sie vorhin etwas gehört hatte. Sie legte eine Hand auf Emils Schulter und meinte mit ihrer Singsang-Stimme, es sei an der Zeit, in den Salon zurückzukehren. »Die anderen fragen sich sonst, wo wir bleiben.«

Emil zögerte. »Ja, gut. Auf Wiedersehen, Alice!« Er schaute sie eindringlich an, ehe er sich von Ottilie mitziehen ließ. Diese drehte sich unter dem Torbogen zu Alice um, und in ihren Augen funkelte pure Verachtung.

• • •

Alice bemühte sich den ganzen Abend über, das Gespräch mit Emil auszublenden und ihre Arbeit so gut wie möglich zu verrichten. Erst nachdem sie den Hauptgang abgeräumt hatte und dabei Emils verschwörerischen Blick aufgefangen hatte, dachte sie über sein Angebot nach und fühlte Zorn in sich aufsteigen. Sie liebte ihn leider immer noch, aber seine Mätresse werden wollte sie nach wie vor nicht, dafür war sie sich zu schade.

Lange darüber nachsinnen konnte sie nicht, weil sie Heinz bei der Vorbereitung des Nachtisches helfen musste. Auf dem Weg in die Küche hörte sie plötzlich die Madame ihren Namen rufen und drehte sich um. Neben der Madame stand Ottilie, ihr beigefarbenes Kleid voller Rotwein.

»Alice, Sie werden Mademoiselle Durrer bitte eines meiner

Kleider geben. Das braune Seidenkleid mit dem goldfarbenen Gürtel vielleicht. Und dann behandeln Sie sofort den Weinfleck.«

»Ja, natürlich, Madame Kesselring.«

Gefolgt von Ottilie, ging Alice die Wendeltreppe hoch. Sie fühlte sich unbehaglich, als könnte Ottilie sie von hinten attackieren. Noch immer wusste sie nicht, ob Ottilie etwas von dem Gespräch zwischen ihr und Emil mitbekommen hatte, doch der Blick, den sie ihr zuletzt zugeworfen hatte, ließ es befürchten.

»Da stoße ich doch einfach mein Glas um«, bemerkte Ottilie kichernd. »Vermutlich bin ich heute Abend etwas durcheinander.«

Alice nickte angespannt. Himmel! Was meinte sie mit *durcheinander*? Wollte sie ihr dadurch etwa indirekt mitteilen, dass sie das Gespräch zwischen Emil und ihr gehört hatte und deshalb aufgewühlt war?

Alice versuchte, gegen die bedrängenden Gedanken anzukämpfen, während sie Ottilie in das Ankleidezimmer der Madame führte. *Chanel Nr. 5* strömte ihnen entgegen. Alice mochte dieses Zimmer, in das sie schon so oft zitiert worden war, um der Madame beim Anziehen eines komplizierten Kleides oder bei der Frisur zu helfen. In der Mitte des Raums befand sich eine mit hellblauem Samt überzogene Bank, die von einem funkelnden Kronleuchter beleuchtet wurde. Auf der rechten Seite enthüllte ein offener Schrank Madames Schätze wie Kleider, Schuhe, Taschen und Hutschachteln, während die gegenüberliegende Wand verspiegelt war. Nur ein Schminktisch stand dort und in der Ecke ein Paravent aus schwarz gelacktem Holz mit farbig gefassten Vertiefungen. Blumen und Vögel waren darauf abgebildet. Alice zeigte darauf.

»Sie können sich dahinter umziehen, ich reiche Ihnen gleich ein Kleid.«

»Wie nett, dass Sie mir helfen«, flötete Ottilie, doch Feindseligkeit lauerte direkt hinter der Fassade der Höflichkeit.

Während Alice den Schrank nach dem braunen Seidenkleid durchforstete, sprach Ottilie weiter. »Sie und *mein* Emil kennen sich also von früher.«

Alice, die das Kleid entdeckt hatte und hervorziehen wollte, hielt in der Bewegung inne. »Ja, richtig.« Sie drehte sich um, Ottilie stand vor dem Paravent, sie hatte ihre beigefarbenen Riemchenschuhe bereits ausgezogen und schön nebeneinander vor den Paravent gestellt.

»Emil hat Sie nie erwähnt. Wann haben Sie ihn denn kennengelernt?«

Alice winkte ab. Sie wollte nicht sagen, dass sie Emil schon seit dem vergangenen Sommer kannte, weil er zu dem Zeitpunkt bereits mit Ottilie zusammen gewesen war.

»Das weiß ich nicht mehr. Wir kennen uns nur sehr flüchtig durch eine gemeinsame Bekannte.« Sie setzte ein Lächeln auf. »Nichts von Bedeutung.« Um rasch das Thema zu wechseln, ging sie auf Ottilie zu und zeigte ihr das Kleid. »Gefällt es Ihnen?«

Ottilie würdigte es keines Blickes, ihre Augen waren nach wie vor fest auf Alice gerichtet. »Könnten Sie mir bitte mit dem Reißverschluss helfen?«

»Sicher.« Alice hängte das Kleid hinter dem Paravent an eine Garderobe. Ottilie folgte ihr, drehte sich um und nahm das Haar zusammen.

Während Alice den Reißverschluss bis hinunter zu Ottilies Hüften zog, sagte diese: »Nun, ich bin der Ansicht, dass es von Bedeutung ist, wenn Emil Ihnen seine Liebe gesteht.«

Alices Puls beschleunigte sich, sie atmete tief durch. »Sie dürfen das nicht ernst nehmen.«

Ottilie drehte sich um. In ihren Augen lag eine solche Kälte, dass Alice zusammenzuckte.

»Nicht ernst nehmen?« Ottilies Stimme vibrierte. »Emil liebt Sie und will Sie weiterhin treffen!«

»Sie müssen keine Angst haben. Ich will Emil nicht mehr.«

Auf Ottilies Wangen bildeten sich rote Flecken. »Aber *er* will Sie. Und er wird nicht aufgeben, bis er Sie zurückbekommt, das spüre ich, ich bin ja nicht dumm. Und irgendwann werden Sie darauf eingehen, weil Sie ihn auch lieben.«

Alice schwieg.

»Nur werde ich das nicht zulassen.« Ottilies Stimme war leise, aber bestimmt. Ihre grünen Augen blitzten teuflisch. Plötzlich umfasste sie mit beiden Händen kräftig ihren eigenen Hals, packte zu und begann zu schreien.

»Was machen Sie da?«, rief Alice, doch Ottilie schrie weiter. Dann endlich ließ sie los, an ihrem Hals waren rote Abdrücke zu sehen.

»Warum haben Sie das getan?«, fragte Alice verzweifelt.

Ottilie schrie immer noch, packte nun fest Alices Hand und kratzte sich mit ihren Fingern an der Wange. Dann gab sie sich selbst zwei heftige Ohrfeigen, zerwühlte sich das Haar und griff nach dem Kleiderbügel, an dem das braune Kleid hing. Sie warf das Kleid auf den Boden und drückte Alice den Bügel in die Hand. Dann verkroch sie sich in die Ecke, schrie und weinte. »Nein! Hören Sie auf! Lassen Sie mich!«

Alice stand wie versteinert da, Gedanken rasten durch ihren Kopf. War Ottilie eine Verrückte? Besessen von Wahnvorstellungen? Solche Menschen gab es. Kätterli hatte ihr einmal von einem Cousin erzählt, den man in eine Irrenanstalt beim Zugersee hatte einliefern müssen, weil er die ganze Zeit in der Stadt fremde Leute angegriffen hatte, die ihn angeblich umbringen wollten. Ob Ottilie auch von so einer Krankheit betroffen war? Sie schrie zumindest immer lauter und schriller. Alice kniete sich zu ihr nieder und versuchte, sie zu beruhigen, indem sie sanft auf sie einsprach, doch Ottilie begann wie wild um sich zu schlagen.

»Ich hole Hilfe.« Alice erhob sich, und als sie hinter dem Paravent hervortrat, erschien die Madame im Zimmer, gefolgt von ihrem Mann, Emil und weiteren Gästen, unter ihnen auch Emils Eltern.

»Was ist hier los?«, fragte die Madame. »Wir haben Schreie gehört.«

»Es ist Ottilie«, antwortete Alice. »Sie hat plötzlich begonnen, sich selbst zu schlagen. Und jetzt sitzt sie da hinten in der Ecke und weint.«

»Hilfe!«, wimmerte Ottilie in dem Moment und trat hinter dem Paravent hervor. Sie bot ein erschreckendes Bild mit dem zerzausten Haar und dem geröteten Gesicht. Ihr mit Wein beflecktes Kleid entblößte eine Schulter, weil der Reißverschluss hinten geöffnet war.

Die Anwesenden erschraken, laute »Oh«-Rufe erklangen. Als die Madame auf Ottilie zutrat, begann diese zu weinen und zeigte auf Alice. »Sie hat mich geschlagen und gekratzt. Und versucht, mich zu erwürgen!« Sie deutete auf ihren Hals, an dem man immer noch die roten Abdrücke sah.

»Ich?«, rief Alice schockiert. »Das stimmt nicht! Sie hat sich selbst geschlagen und gewürgt …« Sie stoppte, weil sich ihre Worte unglaubhaft anhörten.

»Warum sollte sie das tun?«, fragte die Madame. »Niemand verletzt sich selbst.« Sie strich Ottilie über das zerzauste Haar.

Ottilie wimmerte. »Sie erträgt es nicht, dass Emil mit mir verlobt ist. Die beiden waren ein Paar, wie ich heute erfahren habe.

Alice hat Emil gebeten, mich zu verlassen und mit ihr zusammen zu sein.«

»Stimmt das?«, fragte die Madame und trat so nah an Alice heran, dass sie rückwärtstaumelte und beinahe auf die Samtbank fiel. Sie fand gerade noch ihr Gleichgewicht.

»Äh ja, das stimmt, aber …« Sie raufte sich die Haare. »Nur weil Emil …« Sie sah Hilfe suchend zu ihm, aber er schaute sie bloß warnend an.

»Ich würde nie jemanden angreifen«, entgegnete sie stattdessen.

»Sie lügt!«, schrie Ottilie. »Seht doch, was sie mit mir gemacht hat!«

»Das ist wirklich unerhört«, äußerte sich Emils Vater. »Und mit einer solchen Person hast du dich abgegeben?«, fragte er seinen Sohn erbost.

Emil lachte unsicher. »Sie war nur ein kleines Abenteuer, mehr nicht. Ich wusste ja nicht, dass sie verrückt ist.«

»Ich bin nicht verrückt!« Alice zeigte auf Ottilie. »*Sie* ist verrückt! Vermutlich möchte sie, dass man mich einsperrt und Emil mich nicht mehr sehen kann.«

»Warum sollte Emil Sie sehen wollen?«, fragte sein Vater. »Begreifen Sie nicht? Er will nichts von Ihnen!«

Erneut blickte Alice Emil flehend an. Warum klärte er nicht alles auf?

Emils Mutter tröstete Ottilie und wandte sich an die Madame. »Ich bringe das arme Kind ins Bad.«

»Natürlich, Auguste.« Die Madame hob den Kopf und blickte herablassend auf Alice. »Und jemand sollte die Polizei verständigen. Hermann, kannst du bitte …«

»Aber ich habe nichts getan, ich schwöre es!« Alice blickte nochmals zu Emil. »Warum hilfst du mir nicht?«

Er trat einen Schritt zurück und sah sie kalt an. »Ich weiß nicht, was du von mir willst.«

»Tu doch nicht so scheinheilig!«

»Jetzt hören Sie auf!«, rief die Madame und verpasste Alice eine Ohrfeige. »Sie sind eine Bestie! Wie konnte ich nur so dumm sein und Sie einstellen. Ich ...« Sie redete weiter, und ihre Worte prasselten auf Alice ein wie weitere Schläge. Doch Alice hörte nicht mehr zu und ließ sich auf den Boden sinken. Das war ein Albtraum!

• • •

Schlotternd lag Alice auf der Pritsche, beide Arme um die Brust geschlungen. So sah also ihr neues Leben aus. *Oh Gott*, dachte sie voller Panik, *wie soll ich das aushalten?* Sie war erst vier Tage im Gefängnis, aber es schien ihr wie eine Ewigkeit. Ihre anfängliche Zuversicht, dass sich das Missverständnis mit Ottilie klären würde oder Emil doch noch zur Besinnung käme und sich für sie einsetzte, schwand allmählich. Im Verhör hatte sie erklärt, was sich zugetragen hatte, aber dagegen stand die Aussage von Ottilie, die nach wie vor behauptete, Alice habe sie angegriffen. Weitere falsche Aussagen, unter anderem von Emil, der gemeint hatte, Alice sei schon früher gelegentlich aggressiv geworden, und auch von Madame Kesselring, belasteten sie noch mehr. An ihren Fingern hatte die Polizei sogar etwas Blut entdeckt und ging davon aus, dass es von Ottilies Wunde an der Wange stammte.

Wenigstens hatte Alice ein gutes Leumundszeugnis von den Wehrlis, von Kätterli und sogar von Werner, dem Schreibmaschinen-Techniker erhalten. Die ausgesetzte Kaution von zweihundert Franken konnte sich aber niemand von ihnen leisten.

Alice dachte an das Verhör mit dem netten Hauptmann, einem

älteren Herrn mit freundlichen Augen. Sie hatte das Gefühl, dass er ihr glaubte, auch wenn er es so direkt nicht sagte. Nur brachte ihr das leider nichts. Alles sprach gegen sie.

Eine Träne rollte ihr die Wange herunter. Sie hörte die Schnarchgeräusche ihrer Mitinsassin auf der Pritsche über sich. Die Frau war vor zwei Tagen gebracht worden. Sie hatte sich mit ihrer Nachbarin gestritten, die ihr angeblich die Eier aus dem Stall gestohlen hatte. Dabei hatte sie der Nachbarin die Nase gebrochen und einen Zahn ausgeschlagen. Alice war sich nicht sicher, ob das mit den Eiern stimmte, denn die Frau wirkte nicht besonders glaubwürdig. Doch stand es ihr in ihrer Lage zu, über andere zu urteilen? Nein.

In dem Moment hallten die Schritte der Wärterin über den Flur.

»Frau Alice Ehrler!«

Alice stand auf und trottete zur Tür, die von der Wärterin geöffnet wurde. »Ja?«

»Kommen Sie mit!«

Alice folgte ihr und wurde wie schon zuvor in den Verhörraum geführt. Dort wartete bereits der Hauptmann, diesmal mit einem Lächeln auf dem Gesicht. »Guten Tag, Fräulein Ehrler! Ich habe frohe Neuigkeiten. Sie sind frei. Ihre Kaution wurde bezahlt.«

»Wie bitte? Von wem?«

»Einem Herrn Maurizio Ferrazzini. Ich nehme an, Sie kennen ihn?«

Maurizio! Alice konnte es kaum glauben. Wie hatte er erfahren, dass sie hier war?

»Bitte setzen Sie sich. Bevor ich Sie gehen lassen kann, müssen Sie noch ein paar Papiere unterschreiben.«

Alice ließ sich erschöpft nieder. Sie war so erleichtert, dass sie dem Hauptmann beinahe in die Arme gefallen wäre.

Als sie kurz darauf die Papiere durchlas, wurde ihr bewusst, dass sie für ihre Freiheit einen hohen Preis würde bezahlen müssen.

Kapitel 6

Zürich, Februar 2019

Fee

Fee tippte mit den Fingern auf die Tischplatte. Vor ihr lagen ausgebreitet die Unterlagen der Magnolienvilla. Nun gehörte ihr eine Hälfte dieser Immobilie. Ihre Großmutter hatte sie ihr neben Geld und Schmuck vermacht. Freuen konnte sie sich über dieses Erbe nicht, zu sehr litt sie unter Violettas Tod. Dazu kam die Gewissheit, dass ihre Großmutter das Haus wegen ihrer Kindheitserinnerungen gehasst hatte. Fee dachte an ihr letztes Gespräch zurück und an den Wunsch ihrer Großmutter, den Anteil endlich zu verkaufen und sich Pippa zu stellen. Es war ihr nicht mehr gelungen. Wut braute sich in Fee zusammen. Inzwischen hatte sie einen richtigen Zorn auf Pippa entwickelt und war fest entschlossen, für eine faire Auszahlung ihres Anteils zu kämpfen. Aufgrund der Schilderungen ihrer Großmutter ahnte sie, dass es mit Pippa nicht einfach werden würde, deshalb war eine gute Vorbereitung umso wichtiger. Sie kannte sich etwas mit Immobilien aus und hatte die spärlichen Dokumente der Liegenschaft ausführlich studiert, jedoch den exakten Wert nicht ermitteln können. Christian hatte ihr einen seiner Spezialisten aus der Firma aufdrängen wollen, doch sie hatte abgelehnt. Sie wollte das selbst regeln. Vielleicht steckte auch noch etwas Trotz dahinter, denn der Streit an ihrem Geburtstag und auch sein gleichgültiges Verhalten nach dem Tod ihrer Großmutter schwebten seither wie eine düstere Wolke über ihnen. Aus diesem Grund würde sie eine unabhängige Immobilienfirma mit der Bewertung des Anwesens beauftragen. Sie kalkulierte es auf ungefähr vier Millionen, was aber hauptsächlich an der direkten Seelage und der Grundstücksfläche von knapp 2.000 Quadratmetern lag und nicht am Gebäude selbst. Die 1920 errichtete Villa im Jugendstil besaß zwar ungefähr 300 Quadratmeter Wohnfläche, doch die letzte Renovierung von Bädern, Küche und Böden lag über fünfzig Jahre zurück. Auch die in die Jahre gekommenen sanitären Anlagen wie Boiler, Rohre und die alte Heizung minderten den Wert des Hauses. Doch das alles konnte die Immobilienfirma beurteilen. Bevor Fee sich mit dieser in Verbindung setzen konnte, musste sie allerdings mit ihrer Großtante Pippa sprechen, wovor sie sich scheute wie ein Pferd vor einer Zweimeterhürde. Am besten würde sie den Anruf gleich hinter sich bringen. Sie atmete tief durch, steckte sich die Kopfhörer ihres Handys ins Ohr und tippte die Nummer ein, die aus den Unterlagen ersichtlich war. Es klingelte lange, und als Fee die Verbindung schon trennen wollte, meldete sich eine italienisch klingende Frauenstimme mit »Aurelia Toschini«.

Fee, die kein Italienisch sprach, stellte sich auf Deutsch kurz vor und fragte gleich nach Pippa Ferrazzini.

Am anderen Ende der Leitung erklang ein schweres Atmen, dann war es still, und Fee meinte Musik im Hintergrund zu hören. Oper?

»Hallo?«, fragte sie. »Sind Sie noch da?«

»*Sì un momento per favore.*« Der Hörer wurde hingelegt.

Während Fee wartete, lauschte sie der Musik, die sie nun eindeutig als Oper erkennen konnte. Als ihr ein verzweifeltes »*Ridi*

Pagliaccio« in die Ohren drang, konnte sie die Musik zuordnen: Ruggero Leoncavallos *Pagliacci*.

Fee liebte die Oper, eine Leidenschaft, die sie mit ihrer Großmutter geteilt hatte. Zuletzt hatten sie sich zusammen *La Bohème* angesehen, wobei sich Violetta über die sehr moderne Inszenierung mit halb nackten Darstellern und minimalistischem Bühnenbild aufgeregt hatte. Eine Oper solle klassisch aufgeführt werden, mit aufwendigen Bühnenbildern und schönen Kostümen, hatte sie in der Pause gemeint und wäre beinahe gegangen. Nur der Musik und Fee zuliebe war sie geblieben. Tiefe Traurigkeit überfiel Fee beim Gedanken an ihre Großmutter. Sie fehlte ihr so sehr.

Die Arie des betrogenen Canio verklang, und Fee hörte schnelle, sich nähernde Schritte.

Ein ungeduldiges »Pippa Ferrazzini« ertönte, gefolgt von einem »Was wollen Sie?«.

Fee, froh darüber, dass ihre Großtante Deutsch sprach, stellte sich als Violetta Strassers Enkelin vor und erntete als Reaktion Schweigen.

Duzte man eine Großtante eigentlich? Fee entschied sich in Anbetracht der Umstände dagegen.

»Sie wissen vermutlich, dass meine Großmutter nicht mehr lebt?«, fragte sie vorsichtig, obwohl es Pippa Ferrazzini durch die Todesanzeige bestimmt bereits erfahren hatte. Eine Kondolenzkarte hatten Fee und ihr Vater jedoch nicht erhalten, und auch auf der Beerdigung war Pippa nicht erschienen.

»Ja, ich habe es gehört«, kam es plötzlich kaltschnäuzig aus dem Hörer. »Und Sie sind die Erbin von Violettas Anteil. Wollen Sie verkaufen?«

Fee fühlte sich überrumpelt. »Ich ... äh ... denke schon. Vorerst möchte ich das Haus und das Grundstück aber noch schätzen lassen.«

»Was?«

»Schätzen. Also bewerten«, erklärte Fee, da sie davon ausging, Pippa habe das Wort nicht verstanden.

»Ja, ja. Ich habe das schon begriffen. Aber eine Bewertung ist nicht notwendig.«

»Doch. Erst wenn wir den genauen Wert kennen, können wir über den Preis verhandeln.«

Fee hörte ein verächtliches Schnauben, das klang wie ein »Pff!«. »*Incredibile!* Sie sind genauso gierig wie Violetta!«

Fee lachte auf. Gierig? »Hören Sie, es ist mein gutes Recht, als Miteigentümerin zu erfahren, wie viel ...«

»*Certamente no!*«, fuhr ihr Pippa durch den Satz. »Sie haben gar keine Rechte! Violettas Mutter, also Ihre Urgroßmutter, hat meinen Vater auf dem Gewissen. Eigentlich müssten Sie mir das Haus als Entschädigung überlassen.«

Fee legte sich ihre nächsten Worte sorgsam zurecht. »Das mit Ihrem Vater tut mir sehr leid. Ich habe erst kürzlich davon erfahren. Eine schlimme Geschichte. Doch sie liegt schon Jahrzehnte zurück und ändert nichts an der Tatsache, dass meine Großmutter rechtmäßige Besitzerin der Villa war. Und ich, als ihre Enkelin, die Erbin bin. Weder meine Großmutter noch ich sind mitverantwortlich für die Tat von Alice Ferrazzini.«

Erneut ein »Pff!«, dem ein längeres Schweigen folgte. »Sie müssen für Alices fürchterliche Tat geradestehen«, widersprach Pippa schließlich. »Treten Sie Ihren Anteil ab.«

Fee lachte vor sich hin. Die Frau hatte den Verstand verloren. Sie schluckte die scharfe Erwiderung, die ihr auf der Zunge lag, hinunter, weil sie bei Pippa auf diese Art garantiert nicht weiterkäme.

»Ich kann nachvollziehen, wie es für Sie ist«, sagte sie mit so viel Einfühlsamkeit in der Stimme, wie ihre Wut zuließ. »Dennoch müssen wir das regeln, und deshalb muss das Grundstück bewertet werden.«

»Pff! Ich kann Ihnen schon jetzt sagen, dass ich nicht genug Geld habe, um Ihnen Ihren Anteil auszubezahlen. Und einem Verkauf werde ich niemals zustimmen.«

Fee verkrampfte sich. Die Angelegenheit erwies sich als noch viel schwieriger als gedacht.

»Wie auch immer, eine Bewertung ist für alle Beteiligten von Vorteil. Ich schlage vor, dass wir uns vorher treffen, was meinen Sie? Ich könnte nach Brissago kommen und …«

»No!«, rief Pippa mit drohender Stimme. »Sie betreten mein Grundstück nicht! *Mai e poi mai!*«

Kapitel 7

Brissago, März 1940

Alice

Eine lange, schmale und steile Steintreppe führte zwischen wild wuchernden Sträuchern, Palmen und blühenden Forsythien hinab. Gelegentlich huschte eine aufgescheuchte Eidechse davon. Als Alice unten ankam, blieb sie augenblicklich stehen und starrte in den Garten, der sich zum See hinabneigte. Sie war wie gebannt von so viel Schönheit. Üppige weiß-rosa Blüten schmückten die Äste der Magnolie beim Bootshaus unten. Ein Weg aus Granitplatten schlängelte sich zwischen Sträuchern hinunter zum See, dessen Blau im Sonnenlicht glitzerte. Vor dem Ufer erhoben sich langstämmige Palmen in den Himmel. Die Luft war gefüllt mit einem Hauch von süßlichem Duft. Bienen summten, Vögel zwitscherten. Maurizio hatte recht gehabt, als er Brissago als Paradies bezeichnet hatte. Alice spürte regelrecht, wie sich jede Faser ihres Körpers auflockerte. Während der ganzen Zugfahrt war sie angespannt gewesen, was nicht an den mitfahrenden Militärtruppen gelegen hatte. Seit sie Zürich hinter sich gelassen hatte, musste sie an all das denken, das sie geliebt und verloren hatte. Ihren Vater, die Schneiderei, Emil, ihre Freiheit, ihre Ehre.

»Gefällt es dir?« Maurizios Stimme durchbrach den Nebel ihrer Gedanken.

Zusammen mit dem Hausmeister Geraldo hatte er das Gepäck die Treppe hinuntergetragen und stellte Alices Tasche auf die Steinplatten.

»Ja, es ist wunderschön. Diese Magnolie!« Alice hatte in Zürich nur selten Magnolien gesehen und spürte den Drang, sofort in den Garten zu rennen, doch sie hielt sich zurück. Geraldo, der bereits einen großen Koffer trug, warf Alices Tasche über die Schulter und verschwand hinter Palmen und hohen grünen Sträuchern mit länglichen, schmalen Blättern. Alice erhaschte einen ersten Blick auf das Haus dahinter. Sie sah ein ockerfarbenes Gemäuer mit gebogenen, hohen Fenstern und einem breiten, mit einem Eisengeländer umrandeten Balkon in der Mitte, über welche die reich mit Blüten geschmückten Äste einer weiteren Magnolie ragten.

»Da ist ja noch eine!«, rief sie entzückt.

»Das sind beides Tulpenmagnolien«, erklärte Maurizio und gab ihr einen Kuss auf den Scheitel. Alice zuckte zusammen. Nicht zum ersten Mal sagte sie sich, dass sie sich allmählich an Maurizios Berührungen und Küsse gewöhnen musste, schließlich würde er in ein paar Tagen ihr Ehemann werden. Und auch wenn ihr der Gedanke daran nicht gefiel, so fand sie doch, dass sie Glück gehabt hatte und dankbar sein musste, immerhin war sie durch Maurizio dem Gefängnis entgangen. Von ihrem Schicksal hatte er damals von Frau Wehrli erfahren, der er begegnet war, als er Alice besuchen wollte und vor der geschlossenen Schneiderei stand. Frau Wehrli berichtete ihm alles, woraufhin er sofort handelte. Alice erfuhr, dass Maurizio seine Beziehungen hatte spielen lassen. Er hatte einem Geschäftspartner von Ottilies Vater 1929 durch den Börsenkrach geholfen, und der Mann war ihm noch einen Gefallen schuldig. So setzte er sich bei Ottilies Vater für Alice ein, und am Ende wurde die Anzeige zurückgezogen. Alice kam frei. Jedoch nur unter der Bedingung, dass sie den Kanton Zürich verließe und sich weder Ottilie noch Emil jemals wieder näherte. Alice war zuerst erschüttert gewesen über diese Forderung, fehlten ihr doch jegliche Zukunftsaussichten. Ein Neuanfang in einer anderen Stadt würde nicht einfach werden, besonders in Kriegszeiten. Dann hatte Maurizio ihr ein Angebot unterbreitet, das sie nicht ausschlagen konnte. Er würde sie mitnehmen nach Brissago, wenn sie ihn heiraten würde.

Und hier war sie jetzt. Sie hatte sich für die bequeme Variante entschieden und redete sich ein, dass sie anfangs ja etwas verliebt in Maurizio gewesen war. Vielleicht kämen die Gefühle wieder zurück? Womöglich hatte sie sich in ihrem letzten Urteil über ihn geirrt? Sie hoffte es inständig.

Ein leiser Wind umfächelte ihre Stirn. Die Magnolien verströmten einen cremig-süßen Duft, fast wie eine Mischung aus Honig und Puderzucker.

»Alice?«

Sie drehte sich um, Maurizio hielt ihr eine Hand hin. »Komm, ich stelle dich meiner Familie vor.«

Alices Herz machte einen Hüpfer vor Aufregung. Zögernd griff sie nach Maurizios Hand und ließ sich von ihm mitziehen. Sie gingen denselben Weg an den Sträuchern entlang, den vorhin Geraldo genommen hatte. Um Zeit zu schinden, fragte sie Maurizio nach dem Namen der Pflanzen.

»Oleander. Momentan sind sie noch unscheinbar, aber im Sommer werden sie uns mit ihren wunderschönen roten und dunkelrosa Blüten beglücken.«

»Aha.« Alice rückte mit der freien Hand ihren weißen Hut zurecht und strich nervös über ihr hellblaues Deuxpièces, welches ihr Maurizio neben weiteren Kleidern, Schuhen und Hüten vor ihrer Abreise in Zürich gekauft hatte. Bevor sie um die Sträucher bogen, blieb Maurizio nochmals stehen und sah sie streng an. »Ach, und vergiss nicht: Sprich meine Mutter nicht auf meinen Vater an.«

Alice nickte. Maurizio hatte ihr auf der Hinfahrt erklärt, dass sein Vater nicht hier lebe, sondern in einem Tal. Den Grund hingegen hatte er verschwiegen und auf ihre Nachfrage erwidert, sie brauche nicht mehr zu wissen.

»Gut, dann komm jetzt.« Sie bogen um die Ecke, und Alices Kiefer klappte nach unten bei dem Anblick der Villa, die sich ihr nun in ihrer vollen Pracht zeigte. Vom Balkon im ersten Stock aus führte eine geschwungene Treppe hinunter in den Garten, wenige Meter davor stand die prächtige Magnolie, deren oberste Zweige sie vorhin schon gesehen hatte. Der blühende Baum erstreckte sich hoch bis zum Balkon, unter dem sich ein Laubengang befand. Davor standen in Reih und Glied die Hausbewohner, die auf Alice fast den Eindruck von Soldaten machten, sahen sie doch so gerade aus wie Kerzen. Eine große Frau, deren graues Haar zu einer gewaltigen Turmfrisur hochgesteckt war, trat einen Schritt vor, ihr bodenlanger Rock raschelte. In ihrem schwarzen hochgeschlossenen Kleid wirkte sie auf Alice wie aus einer anderen Zeit.

»Meine Mutter, Lucilla«, stellte Maurizio die Frau vor, die sogleich Alices Hand ergriff und kräftig zudrückte.

»Willkommen in der Villa Magnolia«, sprach sie in perfektem Deutsch, dem man einen österreichischen Akzent entnahm. Alice wusste von Maurizio, dass sein Großvater – Lucillas Vater – Österreicher gewesen war. Maurizio hatte ihr auch gesagt, dass alle Bewohner in der Villa Deutsch beherrschten. Weil das Deutsche Reich immer mehr an Macht gewann, hatte Lucilla angefangen, alle auf eine mögliche Besatzung vorzubereiten, indem sie ihnen

Deutsch beibrachte. Wenn man den Feind verstehe, habe man einen Vorteil, erklärte sie. Dennoch war Maurizio der Meinung, dass sich Alice so schnell wie möglich auf Italienisch verständigen müsse, und auf der Reise hatte er ihr bereits ein paar Wörter beigebracht.

»*Buona giornata!*«, sagte sie nun zu Lucilla. »Es freut mich, hier zu sein.«

Lucillas Miene blieb ausdruckslos, und Alice gelang es nicht recht, ihre zukünftige Schwiegermutter einzuschätzen. Irritiert wandte sie sich zu Maurizio, der bereits weitersprach.

»Und hier sind meine beiden Schätze Pippa und Matteo.«

»*Buona giornata!*«, quietschte der kleine Matteo vorwitzig und reichte Alice ein pummeliges Händchen. Sein Lächeln war schon genauso entwaffnend wie das von Maurizio. Alice kniete nieder und reichte ihm die Hand. »*Buona giornata*, kleiner Mann.«

»Und hier ist meine Pippa«, bemerkte Maurizio stolz.

Alice blieb auf den Knien und drehte den Kopf zu Pippa. Ihr Lächeln fror ein. Nicht, weil das dunkelblonde Mädchen mit den hervorstehenden braunen Augen, dem eckigen Gesicht und der Adlernase einem Falken glich und alles andere als hübsch war – dafür konnte es ja nichts –, sondern weil es sie anstierte wie eine Hexe ihr nächstes Opfer. Aus Pippas Augen schienen giftige Pfeile zu schießen. Nicht mal Madame Kesselring oder Ottilie hatten Alice so angesehen.

Alice rang sich ein Lächeln ab und brachte ein »Ciao, Pippa!« heraus, doch das Mädchen drehte den Kopf einfach zur Seite.

Mit einem Räuspern zeigte Maurizio nun auf den Hausmeister Geraldo, der sie in Locarno am Bahnhof abgeholt hatte. »Geraldo kennst du ja bereits. Er ist nicht nur Fahrer, sondern auch für alles Handwerkliche im Haus und für den Garten zuständig.« Geraldo nahm die Mütze vom Kopf und lächelte zurückhaltend. Alice schätzte ihn auf etwa fünfzig. Er war gut einen halben Kopf größer als Maurizio und ging leicht gebückt, sein noch immer tiefschwarzes Haar sah fettig aus, jetzt, wo er den Hut nicht mehr trug.

»Und hier haben wir unsere Filomena, die gute Seele des Hauses.« Maurizio deutete auf eine beleibte Frau mit Schürze um den dicken Bauch. Ein weißes Häubchen zierte ihr dunkelbraunes Kraushaar, und auf ihren Wangen glühten zwei rote Flecken, die aussahen, als hätte man sie ihr frisch aufgemalt.

»Filomena ist unsere Köchin und Haushälterin. Du wirst ihr *risotto ai funghi* lieben.«

Filomenas Wangen wurden noch röter, und sie hob abwehrend die Hände, murmelte etwas auf Italienisch. Alice reichte ihr die Hand und begrüßte sie, woraufhin Filomena breit grinste und mehrere Zahnlücken entblößte.

»Und das ist Filomenas Tochter. Aurelia.« Maurizio wuschelte durch den braunen Lockenkopf eines schüchtern aussehenden Mädchens mit auffällig großen, blau-grünen Augen in einem runden Mondgesicht. »Aurelia, Lucilla bringt dir doch Deutsch bei. Sag Alice bitte, wie alt du bist, hm?«

Aurelias Wangen verfärbten sich fast so rot wie die ihrer Mutter. Sie blickte auf den Boden und wippte mit den Füßen. »Ich bin acht Jahre alt.«

Alle rundherum klatschten, und Alice nickte Aurelia aufmunternd zu. Sie wollte das Mädchen loben, aber Maurizio schob sie bereits weiter vor eine schmale, sehr junge Frau mit dicken braunen Flechtzöpfen und rabenschwarzen Augen. Er stellte sie als das Kindermädchen Franca vor. Alice schätzte sie etwa auf ihr Alter.

Nach der Bekanntmachung führte Maurizio sie ins Haus, die anderen folgten ihnen. Das Foyer wirkte dunkel und erdrückend auf Alice, was an den Holzmöbeln wie dem massigen Schrank und der Kommode lag. Eingeschüchtert beäugte Alice die vielen Schwerter und Gewehre an den Wänden und hatte das Gefühl, sie könnten sie jederzeit angreifen. Die braunen Marmoraugen eines ausgestopften Hirschkopfes blickten starr auf sie herunter, und Alice schluckte leer.

»Komm, meine Liebe.« Maurizio griff nach ihrer Hand und ging voraus. »Ich zeige dir zuerst unser Schlafzimmer. Es liegt im ersten Stock. Du kannst dich frisch machen, danach erhältst du eine Führung durch das ganze Haus.«

Alices Hoffnung, dass der Rest der Villa einladender sein würde, zerschlug sich bald, und als Maurizio sie am Ende des Rundgangs ins Wohnzimmer führte, schaute sie sehnsüchtig zur Terrassentür, die in den Laubengang und den Garten hinausführte. Sie wollte weg aus dieser Dunkelheit! Die hohen Fenster hätten viel Helligkeit hineingelassen, hätte man sie nicht mit schweren Brokatvorhängen versehen. Dazu kamen kalte Steinböden, teils mit Perserteppichen belegt, und die weißen Wände waren behängt mit Kunstbildern, Waffen und ausgestopften Tierköpfen. Dann diese massigen Möbel. Alice dachte an die lichtdurchflutete Villa der Kesselrings in Zürich, deren helles Parkett geglänzt hatte. Madame Kesselring mochte bösartig sein, aber Geschmack in Bezug auf Einrichtung hatte sie allemal.

Alice spürte Maurizios Hand auf der Schulter und blickte hoch.

»Und, wie gefällt dir das Haus?«

»Es ist … schön.« Sie wandte sich ab und schaute durch die Terrassentür in den Garten hinaus. Zwei Vögel lieferten sich eine Verfolgungsjagd durch den Laubengang und verschwanden sogleich in der Magnolie. Das Haus gefiel ihr nicht, aber wenigstens der Garten war ein Traum. Alice lächelte und nahm sich fest vor, hier glücklich zu werden.

Kapitel 8

Zürich, März 2019

Fee

Fee wischte etwas Staub von einer Musikdose. Glänzendes, mit Intarsien versehenes Holz kam zum Vorschein. Sie drehte am Aufzug unten und öffnete die Klappe. Chopins *Polonaise* erklang.

Jessy, die sie bei der Räumung der Wohnung ihrer Großmutter unterstützte, schaute hinter der Tür des Kleiderschranks hervor. »Ist das schön!«

»Ja, sehr.« Wehmütig dachte Fee an die Zeit, als die Spieluhr noch im Haus ihrer Großeltern auf der Rokokokommode gestanden hatte und ihr Großvater sie bei ihren Besuchen immer aufzog. Als kleines Mädchen war sie ganz fasziniert gewesen von dem Aufziehmechanismus und dem goldfarbenen Musikwerk im Inneren. Irgendwann war die Dose nicht mehr interessant gewesen und nach dem Umzug ihrer Großmutter in die Seniorenresidenz aus ihrem Blickfeld verschwunden.

»Es gibt echt super Sachen hier.« Jessy setzte sich einen türkisfarbenen Hut mit breiter Krempe über ihre Afrolocken und wiegte vor dem Spiegel den Kopf hin und her.

»Steht dir gut«, meinte Fee. »Wie schon gesagt, du kannst haben, was immer du willst.«

»Danke! Ich glaube, den Hut nehme ich. Außer du möchtest ihn?«

»Nein, nein. Nimm ihn nur.« Fee verpackte die Spieluhr in Seidenpapier und legte sie vorsichtig in den Karton, den sie für sich selbst bestimmt hatte und der bereits einige Schätze enthielt.

»Und dein Vater will echt nichts davon?«, fragte Jessy, nahm den Hut vom Kopf und begutachtete ein Tiffanylämpchen.

»Nein, ist nicht sein Stil.«

Fee dachte an den Wohnungsrundgang zusammen mit ihrem Vater vor ein paar Tagen. Er hatte ziemlich schnell entschieden, nichts von den Dingen seiner Mutter behalten zu wollen. Nur am Schmuck hatte er Interesse gezeigt, aber den hatte Fee geerbt, und obwohl ihr Schmuck seit dem Überfall nichts mehr bedeutete und sie außer dem Verlobungsring keinen mehr trug, wollte sie ihn ihrem Vater nicht überlassen. Es war nicht so, dass sie ihm den Schmuck nicht gönnen würde, aber sie wusste, dass er ihn nur seinen Geliebten schenken würde.

Ihre Unnachgiebigkeit in dieser Hinsicht hatte ihn leicht verärgert, schließlich handelte es sich bei dem Schmuck ihrer Großmutter – Frau eines Juweliers – um eine sehr wertvolle Sammlung. Doch er würde darüber hinwegkommen, dessen war sich Fee sicher. Ihr Vater besaß genug Geld, und jetzt noch mehr, nachdem ihm seine Mutter ein beachtliches Barvermögen, Immobilien und Aktien vermacht hatte. Den Schmuck brauchte er nicht auch noch. Dass Fee den Anteil an der Villa im Tessin geerbt hatte, störte ihn hingegen nicht im Geringsten, er war sogar froh darüber, sich nicht mit der Vergangenheit seiner Mutter befassen zu müssen. Auch die Räumung der Wohnung hatte er Fee übertragen. Nachdem sich die Bewohner der Altersresidenz und Freundinnen ihrer Großmutter nach Erinnerungsstücken hatten umschauen können, sah Fee nun mit Jessy den verbliebenen Rest durch. Alles, was am Ende noch übrig blieb, würde sie einem Antiquitätengeschäft übergeben.

»Weißt du eigentlich schon, was du mit der Tessiner Villa machen wirst?«, fragte Jessy. Fee hatte ihr neulich nach der Beerdigung alles erzählt, auch von Pippa und Alice Ferrazzini. Von ihrem Gespräch mit Pippa und deren Verbot, das Grundstück zu betreten, wusste Jessy allerdings noch nichts. Fee berichtete ihr davon, und am Ende ihrer Schilderung schüttelte Jessy fassungslos den Kopf.

»Die spinnt ja! Wie hast du reagiert?«

»Ich habe ihr gesagt, dass wir es auch anders regeln können, und zwar über unsere Anwälte. Wenn wir uns nicht einig würden, müssten wir vor die Schlichtungsbehörde. Im schlimmsten Fall gäbe es ein Gerichtsverfahren. Das hat sie abgeschreckt. Kurz darauf hat sie dem Schätzungstermin zugestimmt. Damit ist aber noch nichts geregelt. Wenn wir erst den genauen Wert von Grundstück und Haus kennen, müssen wir über den Verkaufspreis verhandeln. Doch Pippa hat mir schon gesagt, dass sie mich nicht ausbezahlen könne. Verkaufen will sie die Villa aber auch nicht.«

Jessy setzte sich auf einen drehbaren Pianostuhl und streckte die Beine aus. Ihre weite Bluejeans war hoch tailliert und an den Waden gekrempelt. »Lebt eigentlich noch jemand in der Villa?«, fragte sie.

»Ja, die ehemalige Haushälterin.« Fee wischte mit einem Lappen die feine Staubschicht weg und legte das Bild in die Kiste. »Gemäß den Unterlagen ist sie gleich alt wie Pippa, also sechsundachtzig. Und auch ledig.«

Jessy kicherte und drehte eine Runde auf dem Pianostuhl. »Zwei alte Jungfern in einer riesigen Villa also. Ewig werden sie nicht dort wohnen können.«

»Schon, aber vermutlich engagiert Pippa irgendwann eine Pflegerin und lässt sich dort bis an ihr Lebensende betreuen.«

»Das kostet aber eine ganze Menge.«

»Ich glaube, sie hat genug Geld, obwohl sie behauptet, mich nicht ausbezahlen zu können. Aber von meiner Großmutter weiß ich, dass sie durch den Verkauf des Familienunternehmens, einer Privatbank, zu Geld kam ... Ganz ehrlich, ich habe mir schon überlegt, Pippa die Villa zu überlassen. Ich will mit dieser Frau nichts zu tun haben. Außerdem bin ich nicht auf das Geld angewiesen. Aber dann musste ich wieder daran denken, was mir meine Großmutter erzählt hat. Pippa hat ihr das Leben zur Hölle gemacht, und meine Großmutter wollte ihr endlich gegenübertreten und mit allem abschließen. Ich bin es ihr schuldig, das für sie zu beenden.«

Jessy blickte skeptisch. »Nein, das bist du nicht, Fee. Das war die Angelegenheit deiner Großmutter, nicht deine. Du musst keinen Kampf für sie austragen.«

»Das werde ich auch nicht. Aber ich will Pippa die Villa auch nicht einfach so überlassen.«

Jessy schwieg, und Fee nahm ein weiteres Bild von der Wand, es zeigte ihren Vater als Kleinkind. Sie wischte den Staub weg und legte den Rahmen zu den anderen. »Diese Pippa muss gar nicht meinen«, fuhr Fee fort, »sie –« Fee hielt inne, als sie plötzlich ein Foto von sich selbst in den Händen hielt. Es stammte aus den Malediven-Ferien 2006 und zeigte sie in einem türkisblauen Wickelkleid am Strand stehend, hinter ihr das leuchtende Meer. Ihre Großeltern hatten ihr den Urlaub zum zwanzigsten Geburtstag geschenkt, und sie waren alle drei zusammen hingereist. Fee dachte an ihren Großvater, der auf den Geschmack von süßen Cocktails gekommen war und jeden Abend einen anderen getrunken hatte; an ihre Großmutter, die ganz begeistert war von ihrer ersten Digitalkamera und alles Mögliche hundertfach fotografiert hatte.

Nun waren sie beide nicht mehr da.

Fee legte das Foto in die Kiste mit dem Gedanken, dass auch schöne Erinnerungen schmerzhaft waren. An ihnen haftete die Erkenntnis der Vergänglichkeit von Glück.

»Fee? Alles okay?« Jessys Stimme holte sie zurück aus ihrer Wehmütigkeit.

»Ja.« Sie lächelte müde. »Erinnerungen halt.«

Jessy stand auf und trat zu Fee, umarmte sie. »Nicht einfach, ich weiß.«

Sie gingen eine Weile schweigend ihren Tätigkeiten nach, bis Jessy fragte, wie Fee nun weiter vorgehe mit der Villa. »Wirst du hinreisen, um alles zu regeln?«

»Ja, das werde ich. Grundsätzlich muss ich nicht vor Ort sein. Ich könnte einen Anwalt bevollmächtigen. Aber ich muss da einfach hin, weil ich die Sache persönlich mit Pippa klären will. Außerdem brauche ich etwas Zeit für mich, das ist mir in den letzten Tagen klar geworden. Der Tod meiner Großmutter und auch die Anfrage des Forums haben mich ziemlich mitgenommen.«

Jessys dunkelbraune Augen sahen Fee traurig an. Sie hatten sich kürzlich lange über die Anfrage unterhalten, und Jessy hatte gesagt, dass ein Opfer-Täter-Dialog vielleicht hilfreich sein könnte für Fee und sie ihn zumindest in Erwägung ziehen sollte. Für Fee war aber nach wie vor klar, dass sie sich nicht darauf einlassen würde. Es ging ihr inzwischen wieder etwas besser, aber seit der Brief bei ihr eingetroffen war, schlief sie so schlecht wie damals nach dem Überfall. Albträume raubten ihr den Schlaf, und tagsüber konnte sie sich nur mit viel Kaffee wach halten. Sie ertappte sich dabei, wie sie öfter kleine Fehler machte bei der Arbeit. Das konnte nicht so weitergehen. Dann noch der unerwartete Tod ihrer Großmutter und die ständigen Streitereien mit Christian. Ein Tapetenwechsel konnte womöglich helfen. Außerdem hatte ihr Vater kürzlich gemeint, sie müsse endlich ihre vielen Urlaubstage nehmen, die sie im vergangenen Jahr nicht aufgebraucht hatte. Mit Christian Urlaub zu planen erwies sich jedoch als schwierig, weil er das ganze Jahr hindurch immer irgendwelche Termine hatte. Nicht mal in die Flitterwochen wollte er im Anschluss an die Hochzeit, da er es sich so kurz vor den Wahlen nicht erlauben könne. Vielleicht würden sie im Sommer eine Woche verreisen und dann nochmals im November oder Dezember. Aber es blieben immer noch viele Urlaubstage offen. Und bald hätten sie in der Firma den Jahresabschluss durch, dann wäre es perfekt.

»Jetzt im Frühling soll es im Tessin besonders schön sein«, sagte sie. »Wenn die ganzen Magnolien blühen.«

»Ah ja.« Jessy schloss eine volle Kartonbox mit Klebeband. »Du könntest versuchen, etwas über diese Mörderin herauszufinden, deine Urgroßmutter.«

»Warum?«

»Du hast doch erzählt, dass deine Großmutter es bereute, nie mit ihr geredet zu haben.«

»Ja, das stimmt. Aber meine Großmutter ist jetzt tot, also bringt es auch nichts mehr.«

»Hm, wenn ich eine Mörderin in der Familie hätte, würde ich mehr über sie wissen wollen.«

Fee runzelte die Stirn. »Wirklich? Alice Ferrazzini hat ihren eigenen Ehemann erschossen, meinen Urgroßvater. Sie war verantwortlich dafür, dass meine Großmutter durch die Hölle gehen musste. Ich will nichts über sie herausfinden.«

»Du hast doch erzählt, dass sie deine Großmutter später aufgesucht hat. Und dass sie ihr mehrere Briefe geschrieben hat. Warum sollte eine kaltblütige Mörderin so etwas tun?«

»Keine Ahnung. Vermutlich, um ihr Gewissen zu erleichtern? Evas Mörder will das ja auch. Aber, Jessy, er hat getötet! Genau wie Alice. Deshalb will ich mit beiden nichts zu tun haben.« Fee atmete aus. »Tut mir leid, ich …«

»Schon okay.« Jessy schaute sie versöhnlich an. »Hör zu, Fee: Eva war auch meine beste Freundin, und es gibt Tage, da drehe ich fast durch, wenn ich daran denke, was ihr passiert ist. Und es tut mir wahnsinnig leid für dich, dass du es miterleben musstest. Ich hasse Evas Mörder auch, wirklich, aber ich persönlich würde mir eine Erklärung für dieses Drama wünschen.«

Fee fielen die Worte ihrer Großmutter wieder ein. *Wie kann man eine solche Tat erklären?*

»Es gibt keine Erklärung für so ein Verbrechen.«

Jessy nickte langsam und fuhr sich durch die Locken. »Ja, klar. Sorry.« Sie griff nach einem neuen Karton und faltete daraus eine Box. »Wenn du Hilfe brauchst mit dieser Pippa, dann gib mir Bescheid.«

»Danke! Das ist lieb.« Fee lächelte. Jessy war ihr in den letzten Tagen eine große Unterstützung gewesen, ganz im Gegensatz zu ihren Eltern und Christian, von denen sie sich im Stich gelassen fühlte. Sie wollte Jessys Hilfe jedoch nicht noch mehr beanspruchen und würde selbst versuchen, mit Pippa klarzukommen.

• • •

Noch am selben Abend begann Fee, alles zu planen. Ihren Vater hatte sie bereits wegen des Urlaubs angerufen und ihn bewilligt bekommen. Gleich morgen würde sie die Immobilienagentur aus Ascona mit der Grundstücksbewertung beauftragen, dann musste sie erneut Pippa anrufen, um ihren Besuch anzukündigen. Eine Unterkunft brauchte sie auch noch.

Als sie später beim Abendessen mit Christian darüber sprach, reagierte er wie erwartet alles andere als begeistert. Stirnrunzelnd schob er sein Glas *Château Figeac* zur Seite.

»Du musst nicht hinreisen. Du kannst den Verkauf auch über die Agentur regeln. Hier hast du genug zu erledigen. Wir haben noch einige Termine.«

»Ich weiß, aber die sind erst im April. Ich will zwei Wochen im Tessin bleiben, bis Ende März.«

»Was ist mit dem Hochzeitskleid? Es wird allmählich knapp. Mutter hat –«

»Oh Christian! Jetzt fang bitte nicht schon wieder mit deiner Mutter an. Das ist *unsere* Hochzeit, sie soll sich da nicht einmischen.«

»Es ist ihr eben wichtig, dass alles perfekt wird.«

Fee griff seufzend zur Weinflasche und füllte sich ihr Glas nach. Sie trank einen großen Schluck und spürte den beruhigenden und wärmenden Effekt. »Wir haben auf den Wunsch deiner Mutter extra eine Hochzeitsplanerin organisiert. Die wird schon dafür sorgen, dass alles perfekt wird.«

»Wie gut, dass wir das gemacht haben«, sagte Christian, und seine Stimme triefte vor Sarkasmus. »Dir scheint die Hochzeit ja komplett gleichgültig zu sein.«

»Das stimmt nicht«, erwiderte Fee. »Es ist nur schwierig für mich. Die Vorbereitungen erinnern mich an Eva, das ist nicht leicht. Verstehst du das denn nicht?«

»Doch, schon. Aber ich habe dir kürzlich bereits gesagt, dass du damit abschließen musst. Wenn du das nicht kannst, geh wieder zur Therapeutin. Aber besser nach den Wahlen, sonst –«

»Sonst stehen deine Chancen schlecht, ich weiß.« Fee gab sich gar nicht erst Mühe, ihre Wut zu verbergen. »Es könnte ja herauskommen, dass deine Verlobte einen Knall hat. Ach, und eine kriminelle Urgroßmutter hat sie auch noch. Und einen Urgroßvater, der mit den Nazis Geschäfte getätigt hat. Macht sich alles nicht gerade gut für deinen politischen Aufstieg, oder?« Sie leerte ihr Glas in einem Zug und stellte es geräuschvoll auf den Tisch, blickte Christian herausfordernd an. Als sie erneut nach der Weinflasche greifen wollte, schob er sie weg.

»Ich denke, du hast genug. Oder willst du etwa wie deine Mutter werden?«

Sie funkelte ihn an. »Besser, ich werde wie meine Mutter als wie deine!«

Das saß. Ihm fehlten tatsächlich die Worte. Eine Seltenheit. Doch Fee bereute ihre Bemerkung bereits, sie wollte sich nicht schon wieder mit ihm streiten und sagte deshalb schnell: »Diese Unterhaltung läuft gerade echt aus dem Ruder. Eigentlich geht es ja nur darum, dass ich Urlaub machen möchte, und ich brauche deine Einwilligung nicht.«

Er seufzte. »Ja, schon klar.«

»Ich will diese Sache mit dem Haus erledigen und brauche auch Zeit, um wieder zu mir selbst zu finden. Der Tod meiner Großmutter und das Ganze mit der Anfrage haben mich –«

»Ah, übrigens, das habe ich für dich erledigt.« Er lehnte sich zurück und bedachte sie mit einem selbstgefälligen Blick.

»Was meinst du damit?«

»Ich habe das Forum heute angerufen und der zuständigen Person mitgeteilt, dass du nicht an einem Opfer-Täter-Dialog interessiert bist und sie dich nicht mehr belästigen sollen.«

»Wie bitte?« Fee sprang auf und sah ihn entsetzt an. »Sag mal, spinnst du? Das ist meine Angelegenheit. Du kannst dich nicht einfach einmischen!«

»Hey, ich habe es nur gut gemeint. Du wolltest ja sowieso absagen.«

»Ja, aber ich wollte das selbst erledigen«

»Du kannst froh sein, dass ich es für dich gemacht habe.«

Fee schritt im Wohnzimmer hin und her. Natürlich hatte sie den Opfer-Täter-Dialog nicht durchführen wollen, aber dass Christian dem Forum abgesagt hatte, regte sie auf, weil er über sie bestimmt hatte. Dazu hatte er kein Recht. Diesmal war er wirklich zu weit gegangen. Sie drehte sich zu ihm um. Er saß noch immer am Tisch, wirkte sehr entspannt. Auch Fee bemühte sich um Beherrschung. »Haben sie sich nicht gewundert, dass ich mich nicht persönlich melde?«

»Ich habe ihnen gesagt, dass dich die Anfrage sehr aufgewühlt hat und du sogar eine Depression bekommen hast. Und nicht in der Lage bist, ihnen selbst zu antworten.«

Fee starrte auf die Marmorbüste eines Römers, die Christian unbedingt hatte haben wollen. Die Figur blickte in Christians Richtung, als teilte sie voll und ganz seine Meinung. Fee wandte sich ab. Eigentlich durfte sie es Christian nicht mal übel nehmen, schließlich war es ihr wirklich nicht gut gegangen nach der Anfrage. Er hatte sie ja selbst erlebt, als sie den Brief erhielt. Nur konnte sie ihm nicht dankbar sein, denn sie wusste, dass er sich nicht eingemischt hatte, um ihr eine Bürde abzunehmen, sondern um zu verhindern, dass sie am Ende dem Treffen mit dem Täter doch noch zustimmte und somit seine politische Karriere gefährdete.

»Meine Mutter fand auch, dass ich handeln müsste«, sagte er nun beiläufig.

Fee schnappte nach Luft und unterdrückte den Impuls zu schreien. *Okay, ganz ruhig und sachlich bleiben!*

»Du hättest mich vorher wenigstens fragen sollen. Wir werden bald heiraten, und ich erwarte von meinem Ehemann, dass er nicht einfach Dinge über meinen Kopf hinweg entscheidet. Zusammen mit seiner Mutter!«

»Unter gewissen Umständen ist es notwendig, Felicia. Zum Beispiel, wenn die Partnerin eine Dummheit begehen könnte.«

»Eine Dummheit, die deiner politischen Laufbahn schadet?«

»Ja, zum Beispiel.«

»Und wenn ich das Treffen nun wollen würde? Weil es mir helfen könnte?«

Er lachte auf. »Helfen? Darüber haben wir doch gesprochen. Es hilft dir nicht.«

»Vielleicht ja doch. Ich frage dich nun, was wäre dir wichtiger: mein Wohlergehen oder deine Politik?«

»Was soll diese Frage? Natürlich dein Wohlergehen, und aus diesem Grund will ich ja nicht, dass du mitmachst. So eine Konfrontation mit Evas Mörder würdest du in deinem Zustand gar nicht bewältigen können.« Seine Stimme hatte einen sanften Klang angenommen, doch Fee ließ sich nicht beschwichtigen.

»Ich weiß! Und deshalb will ich es auch gar nicht. Aber es geht ums Prinzip. Wenn du jetzt schon über mich und mein Leben zugunsten deiner Politik bestimmst, wie wird das erst später sein, wenn wir verheiratet sind? Ich ...« Ihr fehlten auf einmal die Worte, und sie wusste nicht, ob es am Rotwein lag oder an der plötzlichen Einsicht, dass eine Diskussion mit Christian zu nichts führen würde. Von seiner Meinung ließ er sich nie abbringen.

»Ach, vergiss es«, sagte sie deshalb energielos.

»Felicia, ich will wirklich nur das Beste für dich. Das musst du mir glauben.«

»Nein, willst du nicht. Du willst das Beste für dich.« Sie setzte sich wieder hin und sah ihn an. Plötzlich schossen wieder diese Zweifel durch ihren Kopf, die sie in den letzten Wochen öfter gehabt hatte, und sie fragte sich, ob Christian wirklich der richtige

Mann für sie war. *Will ich diesen Mann heiraten, eine Familie mit ihm gründen und den Rest meines Lebens mit ihm verbringen? Liebe ich ihn wirklich?*

Bisher hatte sie ihre Bedenken immer erfolgreich verdrängen können. Christian hatte sie gerettet! Doch jetzt stellte sie erschrocken fest, dass ihr diese Tatsache nicht mehr genügte. Und dann, ganz unerwartet, war da diese Einsicht, und sie wusste, dass sie sie aussprechen musste, auch wenn ein Teil von ihr es nicht wollte. Tränen füllten ihre Augen. »Christian, es ... es tut mir leid, aber ... ich ... ich glaube nicht, dass wir heiraten sollten.«

Kapitel 9

Brissago, Mai 1940

Alice

Die ersten Wochen in der Villa flogen nur so dahin, und auch nach der Hochzeit, die sie im kleinen Rahmen unter Anwesenheit der Familie, der Nachbarn und des Personals gefeiert hatten, fiel es Alice noch schwer, sich in der Villa daheim zu fühlen. Sie hatte oft das Gefühl, als lauerten düstere Schatten in den Ecken sämtlicher Zimmer. Besonders schlimm empfand sie es in der Nacht, so wie heute, wo außer Maurizios gelegentlichen Schnarchlauten um sie herum alles still war. Trübes Mondlicht drang durch den schmalen Spalt zwischen den Vorhängen und beleuchtete die Umrisse eines ausgestopften Steinbockkopfes an der Wand, den Maurizio, wie die anderen Tiere auch, selbst erlegt hatte. Alice verabscheute seine Vorliebe für die Jagd, und noch mehr hasste sie es, dass er manche der Hirsche, Rehe und Steinböcke ausstopfen ließ und die Wände der Villa mit ihnen behängte.

Sie drehte sich zur Seite, da sie sich von dem Steinbock beobachtet fühlte. Denk an etwas Schönes, sagte sie sich und schloss die Augen, stellte sich die Magnolien vor. Der Garten war ihr Rückzugsort, und wann immer möglich, hielt sie sich dort auf, am liebsten vor der Tulpenmagnolie beim Bootshaus. Der Baum hatte eine ausladende Krone, deren Äste auf der einen Seite teilweise bis auf den Boden hingen und auf der anderen Seite weit über das Ufer hinausragten. Alice saß gerne davor auf einer Bank und genoss die Aussicht auf das dicht bewaldete Hügelpanorama und den *Lago Maggiore*, der an schönen Frühlingstagen in der Sonne glitzerte. Fast wie die Diamanten an der Halskette, die Maurizio ihr geschenkt hatte.

Maurizio war überaus großzügig, überraschte sie mit Schmuck, Kleidern, aber auch Büchern. Damit sie möglichst schnell die Sprache erlernte, hatte sie von ihm ein Vokabel- und ein Grammatikbuch erhalten, und sie bekam mehrmals Unterricht von ihrer Nachbarin Henriette Silvestri, einer Deutschen, die schon seit achtzehn Jahren mit ihrem Mann Riccardo das Haus nebenan bewohnte. Eigentlich hatte Lucilla diese Aufgabe übernehmen wollen, aber auf der Hochzeit hatte Henriette Alice überraschenderweise angeboten, sie zu unterrichten. Was sie dazu bewogen hatte, wusste Alice nicht. Anfangs hatte sie gedacht, Henriette wolle sich mit ihr anfreunden, aber sie verhielt sich immer sehr zurückhaltend und konzentrierte sich auf den Unterricht; blockte jegliche Bemühung um ein privates Gespräch ab. Wenigstens kam Alice dadurch gut vorwärts. Manchmal übte sie auch mit Geraldo, sofern er nicht in seinem Gartenhaus werkelte, etwas im Haus reparierte oder im Garten tätig war. Geraldo hatte zuvor lange in Basel gearbeitet und sprach deshalb recht gut Deutsch.

Wenn Alice der Kopf vor lauter Vokabeln zu zerplatzen schien, legte sie die Bücher weg und begann zu zeichnen. Sie entwarf am liebsten Frauenkleidung und ließ sich bei der Farb- und Musterwahl von den Magnolien inspirieren. Allmählich verwelkten die Blüten der Tulpenmagnolien leider, dafür begann jetzt Anfang Mai die Purpurmagnolie, ihre pelzigen Knospen zu öffnen. Von der Form ähnelten ihre Blüten den Tulpenmagnolien, nur ihre Farbe glich einem kräftigen, satten Purpurrosa.

Alice hatte von Geraldo erfahren, dass Maurizios erste Frau Undine die Purpurmagnolie vor fünf Jahren pflanzen ließ, ein Jahr vor ihrem Tod. Auf ihre Frage, wie Undine gestorben sei, hatte sich ein unsichtbarer Vorhang über sein Gesicht geschoben und seine Züge verschlossen. Genau wie damals bei Maurizio. Nach längerem Schweigen hatte Geraldo geantwortet, dass man nicht über Undines Tod spreche, und sich zurückgezogen. Auch Filomena wollte sich nicht dazu äußern. Aus ihr wurde Alice sowieso nicht recht schlau. Mal wirkte sie so voller Angst, als wäre sie gerade dem Teufel höchstpersönlich begegnet, dann wieder summte sie beim Putzen oder Kochen unbeschwert vor sich hin. Sobald Alice sie in ein Gespräch verwickeln wollte, blockte sie ab mit der Ausrede, sie habe zu tun. So auch das Kindermädchen Franca, mit dem sich Alice gerne angefreundet hätte, immerhin waren sie gleich alt. Doch Franca erwies sich als unnahbar und schweigsam. Mit Filomenas und Francas Art konnte Alice umgehen, viel schlimmer aber empfand sie Pippa, die sich ihr gegenüber kalt und herablassend verhielt. Alices zahlreiche Versuche, dem kleinen Mädchen näherzukommen, scheiterten kläglich. Pippa verachtete sie, das konnte Alice an ihrer Mimik und ihrem abweisenden Verhalten deutlich erkennen. Dann war da noch Lucilla, ihre Schwiegermutter. Der Gedanke an sie ließ Alice aufseufzen. Lucilla nörgelte oft an ihr herum, wie kürzlich, als Alice die Terrassentür im Wohnzimmer offen gelassen hatte, damit etwas frische Luft in den stickigen Raum käme. Ein anderes Mal, sie hatten Gäste zu Besuch, wurde sie von Lucilla für die Wahl ihres Kleides kritisiert, welches zu aufreizend sei. Solche Bissigkeiten konnte Alice aber verkraften, schließlich war sie abgehärtet durch Madame Kesselring. Tief verletzt hatte sie hingegen eine Bemerkung Lucillas auf der Hochzeit. Alice hatte Maurizio vorgeschlagen, neue Vorhänge in Weiß oder Beige für das Haus zu nähen, damit die Räume heller und freundlicher wirken würden. Er verwies sie an seine Mutter, die für solche Dinge zuständig sei, doch Lucilla schmetterte ihren Vorschlag ab und gab ihr eindeutig zu verstehen, dass sie kein Recht habe, sich einzumischen. Sie sei sowieso nur Maurizios *kleine Hure*.

Auch jetzt noch entstand ein dicker Kloß in Alices Hals, eine Träne tropfte auf das Bettlaken. Sie versuchte, sich mit der Begründung zu trösten, dass sich ihre Schwiegermutter zu allen – außer den Kindern – schroff verhielt und sogar ihren eigenen Ehemann vertrieben hatte. Carlos Ferrazzini zog ein bescheidenes Dasein im Maggiatal dem Leben an der Seite seiner Frau in der Villa vor. Alice und Maurizio hatten ihn vor der Hochzeit besucht, er wohnte zusammen mit einem Hund in einem *Rustico* – einem kleinen Steinhaus –, besaß ein paar Ziegen, zwei Esel und Hühner. Er war sehr schweigsam und las den ganzen Tag in der Bibel. Noch immer wusste Alice nicht, was ihn veranlasst hatte, ein solches Leben zu führen, vermutete aber, dass er es mit Lucilla nicht mehr ausgehalten hatte. Auch Lucilla fiel oft durch ihr wunderliches Verhalten auf. Am Vormittag saß sie meistens im Wohnzimmer, in ihrem dunkelbraunen Ledersessel vor dem Kamin, und starrte hinein, auch wenn gar kein Feuer brannte. Auf Alice wirkte sie dann, als befände sie sich in einer anderen Welt. Nach dem Mittagessen zog sie sich wegen ihrer Migräne meistens für ein Nickerchen zurück, und Franca hatte während dieser Zeit die strikte Anweisung, die Kinder ruhig zu halten, was sich bei dem aktiven Matteo jedoch oft als schwierig erwies. Pünktlich um drei Uhr tauchte Lucilla dann wieder auf und unterrichtete Deutsch, später erhielt Pippa ihre zweistündige Klavierlektion. Lucilla hielt konsequent daran fest, auch wenn das Mädchen nicht besonders viel

Talent besaß. So dröhnten die fehlerhaft gespielten Sonaten von Bach, Beethoven und Schubert durch die Räume, gemischt mit Lucillas strenger Stimme. In diesen Momenten hatte Alice tatsächlich Mitleid mit Pippa. Auch deshalb, weil Lucilla und Bekannte der Familie sie wegen ihres Aussehens oft *falco*, Falke, nannten.

Alice wälzte sich im Bett herum und bemühte sich, an etwas Erfreuliches zu denken wie die neuesten Skizzen in ihrem Notizheft. Heute Nachmittag hatte sie eine hellrosa Seidenbluse und eine purpurfarbene weite Hose entworfen. Sie versuchte, sich nun die fertigen Kleidungsstücke vorzustellen, überlegte bereits, wo sie Abnäher ansetzen könnte. Wie gerne würde sie wieder nähen. Sie wusste, dass Filomena im Bügelzimmer eine Nähmaschine hatte, mit der sie kürzlich den Saum von Aurelias Kleid geflickt hatte. Sie nahm sich vor, demnächst zu fragen, ob sie die Maschine benutzen könne. Wenn sie nicht bald eine richtige Aufgabe fände, würde sie vor Langeweile sterben!

Wie sehr wünschte sie sich, Maurizio würde sie morgens mal mitnehmen nach Locarno, wenn er in die Bank fuhr. Sie hatte ihn schon öfter darum gebeten und ihm gesagt, dass sie sich selbst beschäftigen würde. Er schlug ihr den Wunsch jedes Mal aus und meinte, ihr Platz sei zu Hause bei den Kindern. Doch Franca kümmerte sich um Matteo, und Pippa wollte nichts von ihr wissen.

Abends kam Maurizio spät heim, meistens erst gegen neun, wenn die Kinder schon schliefen. Filomena wärmte ihm das Nachtessen, und Alice und Lucilla leisteten ihm Gesellschaft. Während des Essens unterhielt er sich mit Lucilla auf Italienisch, sodass sich Alice jedes Mal ausgeschlossen fühlte. Erst später im Schlafzimmer schenkte er seine Aufmerksamkeit ihr oder vielmehr ihrem Körper. Leider war er dabei weder zärtlich noch leidenschaftlich, so wie es Alice mit Emil in Erinnerung hatte. Wenigstens war der Akt immer schnell vorbei, und Maurizio schlief danach gleich ein, wie heute. Sie hoffte, dass sie bald schwanger werden würde. Mit einem Baby hätte sie endlich eine Aufgabe. Außerdem wusste sie, dass Maurizio ein guter Vater sein würde. An den Wochenenden spielte er oft mit Pippa und Matteo, und es rührte sie zu sehen, wie liebevoll er mit ihnen umging. Selbst wenn sie ihm mal nicht gehorchten, nahm er es mit Humor und war nie wütend auf sie. Ganz anders als bei Alice, die oft von ihm zurechtgewiesen wurde, sobald sie seine Meinung zu einem Thema nicht teilte. Meistens ging es dabei um Maurizios politische Einstellungen, die Streit zwischen ihnen beiden verursachten. Alice hatte deshalb längst aufgegeben, mit ihm zu diskutieren, weil der Alltag in der Villa schon genug Konflikte lieferte. Sie wollte einfach ihren Frieden. Und solange sie Maurizio nicht widersprach, war alles gut.

Wie enttäuscht wäre ihr Vater, wenn er das gewusst hätte, schließlich hatte er Alice immer nahegelegt, sich nichts von einem Mann sagen zu lassen. *Ach, Papa!* Alice dachte wehmütig an ihn, aber auch an Kätterli, Zürich und sogar Emil. Eine andere Welt. Sie drehte sich wieder auf den Rücken und erblickte als Erstes den Steinbockkopf im Mondlicht. *Jetzt reicht es!*

Sie schlug die Bettdecke zurück, stand auf und tappte zur Balkontür, um die Vorhänge ganz zuzuziehen. Dann überlegte sie es sich anders, zog sie auf und öffnete die Tür, atmete die frische Luft tief ein. Begierig nach mehr, betrat sie den Balkon und schritt auf das Geländer zu. Die Magnolien waren erhellt durch den vollen Mond, und die Blütenblätter boten einen fast zauberhaften Kontrast zur Dunkelheit. Fledermäuse flatterten vorüber, es gab hier besonders viele. Alice beschloss, wieder reinzugehen, da bemerkte sie eine weiße Gestalt, die durch den Garten hinab zum See lief, und sie neigte sich leicht über die Brüstung. Wer war das?

Etwa Lucilla? Von der Größe und Statur her kam nur sie infrage. Ihr Haar war aber nicht wie üblich zu einer Turmfrisur hochgesteckt, sondern fiel ihr bis zu den Hüften. Inzwischen hatte sie das Ufer erreicht und betrat den Steg, streifte im Gehen ihren Morgenmantel ab. Alice erschrak. Lucilla wollte doch nicht etwa in den See um diese Zeit? Was, wenn sie schlafwandelte und ertrinken würde?

Alice zögerte nicht lange, sie rannte die Balkontreppe hinunter, durch den Garten hinab zum See. Lucilla stand nun vorne am Steg – und sprang.

Kapitel 10

Brissago, März 2019

Fee

Es regnete in Strömen, als Fee an diesem Samstagmorgen losfuhr. Der Himmel schien seine Schleusen geöffnet zu haben, um alles Wasser auszugießen. Ein Unfall auf der A4 verursachte einen Stau, doch Fee nahm es gelassen, drehte die Musik – Placebos *Running Up That Hill* – auf und verschlang eine ganze Packung saure Apfelringe. Sie liebte diese Fruchtgummis!

Kurz vor dem Gotthardtunnel legte sie eine Pause ein, füllte den Tank, trank einen Espresso und aß ein Croissant. Viel war nicht los, wenige Durchreisende, und ein paar Lkw-Fahrer schlürften Kaffee, eine Kinderschar – offenbar auf einer Klassenfahrt – stürmte den Kiosk, um sich mit Schokoriegeln und Kaugummis einzudecken. Fee beobachtete drei kichernde Mädchen, welche die Köpfe zusammensteckten, um auf das Handy der Freundin zu starren. Traurigkeit erfasste sie. Die drei erinnerten sie an Eva, Jessy und sie. Sie waren eine eingeschworene Clique gewesen.

Nachdem sie sich eine Packung Pfefferminzkaugummis gekauft hatte, machte sie einen Abstecher auf die Toilette und fuhr danach weiter. Als sie bei Airolo aus dem Gotthardtunnel kam, empfingen sie auch hier dicht am Himmel hängende Wolken, dunkelgrau wie Rauch, die sich in vollen Güssen entluden. Laut Wetterprognose konnte man erst morgen wieder mit Sonne rechnen. Eine gute Stunde später fuhr Fee die kurvige Straße des Seeufers entlang nach Brissago. Der Regen war in leichtes Nieseln übergegangen, die Wolken nicht mehr so sattgrau. Palmen, pinkfarbene Kamelien, Magnolien, Akazien und gelb blühende Forsythien säumten ihren Weg und sorgten für Farbe in der grauen Tristesse. Bei besserem Wetter hätte sie das Dach ihres silbernen Mercedes Cabrio – ein Geschenk ihres Vaters zu ihrem Dreißigsten – heruntergelassen und sich mit ihrem dunkelblauen Seidenschal ein Kopftuch gebunden. Sie nahm sich vor, das bei schönem Wetter nachzuholen. Vielleicht könnte sie mal über die Grenze und an der Riviera entlang bis nach Stresa fahren. Sie würde jedenfalls versuchen, neben der Regelung ihres Erbes die Zeit zu genießen und wieder zu sich selbst zu finden. Seit sie die Anfrage des Forums für Restaurative Justiz erhalten hatte, fühlte sich in ihrem Leben nichts mehr richtig an, vor allem die Beziehung zu Christian nicht. Als sie ihm gesagt hatte, dass sie nicht heiraten sollten, war er fassungslos gewesen und hatte ihr eine unüberlegte, emotionale Verhaltensweise vorgeworfen. Und dass der Tod ihrer Großmutter, die Anfrage, die Erinnerung an Eva und an den Überfall sie aus der Bahn geworfen hätten. Fee hatte nichts erwidert, weil alles, was er sagte, der Wahrheit entsprach. Auch sie selbst war überzeugt davon, vorschnell und zu gefühlsbestimmt reagiert zu haben. Sie hatte Christian deshalb versprochen, es sich nochmals zu überlegen und im Tessin wieder zur Besinnung zu kommen.

Ihre Unterkunft fand Fee dank des Navigationssystems problemlos. Das Hotel *Rivabella au Lac* lag zentral und war von einem Park umgeben, der direkt zum See hinunterführte. Ihr Zimmer, in das sie bereits einchecken konnte, hatte Seesicht, die ihr heute leider verwehrt blieb. Statt eines Traums aus verschiedenen Blautönen, wie Fee auf den Bildern im Internet gesehen hatte, bot sich ihr ein trostloses Grau in Grau, als wären See, Himmel und die Hügelwelt auf der anderen Seite allesamt ineinander verschmolzen. Immerhin hießen sie Palmen und rot blühende Kamelien willkommen. Der Park besaß eine große Pflanzenvielfalt, und wenn sich erst Mimosen, Lilien und Rhododendren im April und Mai entfalten würden, dann wäre er ein einziges buntes Blütenmeer. Fee kannte sich etwas mit Pflanzen aus, weil sie sich früher für ihre Schmuckkollektionen gerne von ihnen hatte inspirieren lassen.

Sie beschloss, ihren Koffer später auszupacken, zog ihre dunkelblaue Regenjacke an und machte sich auf den Weg zur Magnolienvilla.

• • •

Mithilfe des Handy-Navis gelangte sie zu Fuß zu der Adresse an der *Via Valmara*, die sie aus den Unterlagen kannte. Durch Fotos wusste sie auch, dass sie nicht vor einem Haus ankommen würde, sondern vor überdachten Parkplätzen. Das Anwesen selbst lag darunter. Die Haushälterin Aurelia hatte Fee gesagt, sie solle einfach auf der rechten Seite beim Gittertor klingeln.

Als Fee eintraf, bemerkte sie eine Gruppe Teenager vor dem Parkplatz der Nachbarn; ein Mädchen und drei Jungs, alle ähnlich gekleidet, mit zerrissenen Jeans, Kapuzensweaters und weißen Sneakers. Sie hörten einen Song, den Fee der Kategorie Rap zuordnete: wenig Gesang und Autotune, der Beat geprägt durch markante »i« und »u«-Laute.

Die erste Person, die Fee bemerkte, war das Mädchen, das lässig mit angewinkeltem Bein am Pfeiler des überdachten Parkplatzes lehnte und mit ihrem schulterlangen braunen Haar spielte. Fee fiel ein großes Knieloch in ihren Jeans auf.

»*Cosa vuoi?*«, fragte sie laut, und die Jungs, die um sie herumstanden, drehten sich um. Fee sprach kein Italienisch, aber die Frage war selbst ihr klar.

»Ich besuche die Ferrazzinis.« Sie zeigte auf das schmiedeeiserne Eingangstor rechts der Parkplätze. »Die wohnen doch hier, oder?«

Im Gegensatz zu den Jungs, die sie einer neugierigen Musterung unterzogen, schaute das Mädchen sie nach wie vor misstrauisch an. Fee dachte zuerst, es hätte sie vielleicht nicht verstanden, doch dann nickte es wortlos.

»Danke!« Fee betätigte die Klingel und spürte die Blicke der Jugendlichen auf sich. Als endlich ein unverständlicher Wortlaut aus der krächzenden Sprechanlage erklang, nannte sie erleichtert ihren Namen, und nach ein paar Sekunden öffnete sich das Tor mit einem Klick. Fee winkte der Gruppe, verschwand schnell und ignorierte dabei deren Gelächter.

Eine schmale, sehr steile Steintreppe führte durch eine Art Urwald aus Palmen und allerlei Pflanzen hinunter, wobei sich zu Fees Rechten ein Treppenlift befand. Je weiter hinunter Fee kam, umso mehr enthüllte sich zu ihrer linken Seite die Villa: ockerfarbenes Gemäuer mit einem braunen Flachdach. Viel konnte sie nicht sehen, weil die seitliche Mauer umwachsen war von Oleandersträuchern, Palmen und weiteren Sträuchern. Es raschelte und zwitscherte darin, plötzlich flatterte ein Vogel auf. Die Treppe machte einen kleinen Schwenker, und nun sah Fee eine alte, mollige Frau, die unten wartete. Sie trug ein dunkelrotes, mit weißen Tupfen bedrucktes Baumwollkleid, eine schwarze Strumpfhose und eine dunkelgrüne Regenjacke. Dazu braune Gummistiefel. Mit jedem Schritt die Treppe hinunter stachen Fee weitere Details ins Auge: das rotbraun gefärbte spärliche Haar, das runzlige, runde Gesicht mit den großen blau-grünen Augen, die sie neugierig, aber zugleich auch wachsam beäugten.

»Felicia«, sagte sie ehrfürchtig, als Fee vor ihr stand. Sie murmelte etwas auf Italienisch vor sich hin, und Fee schnappte *»Come Alice«* auf, »Alice« auf die italienische Weise mit dem »tsch«.

Nun schlug die Frau sich die Hände vor das Gesicht.

»*Oh, mi dispiace*! Tut mir leid, da rede ich einfach so vor mich hin ... Ich bin Aurelia. Es freut mich sehr, dich kennenzulernen.« Sie reichte Fee die Hand.

»Mich auch.« Fee war erleichtert über Aurelias Herzlichkeit, und dass sie sie sogar gleich duzte, machte alles lockerer.

Aurelia hielt sich seufzend eine Hand vor die Brust. »Du siehst deiner *Bisnonna* so ähnlich.«

»Urgroßmutter?«

»*Si*! Alice! Oh, es ist so lange her. Unglaublich.« Sie murmelte wieder etwas auf Italienisch, da tauchte hinter einem Oleanderstrauch wie aus dem Nichts eine weitere alte Frau auf, und Fee zuckte zusammen.

»Pippa!« Aurelia schien genauso zu erschrecken wie Fee. Das war also Pippa, ihre Großtante. Die Frau, die ihre Großmutter so schikaniert hatte. Sie wirkte grimmig, und man konnte die Gewitterwolke, die über ihrem Kopf hing, förmlich sehen. Ihre wettergegerbte Haut sah so faltig aus wie Aurelias, aber das war auch schon die einzige Gemeinsamkeit der beiden Frauen. Pippa trug eine braune, schmutzige Latzhose und dunkelgrüne Gummistiefel, ihr kariertes Hemd war an den Ärmeln hochgekrempelt. Im Gegensatz zu Aurelia war sie schlank, allerdings nicht auf zierliche, sondern eher auf robuste Art, mit breiten Schultern und kräftigen Armen. Das weiße Haar hatte sie zu einem straffen Nackenknoten gebunden, was ihre markanten Gesichtszüge mit den scharfen Wangenknochen, der eckigen Kinnpartie und der Höckernase noch mehr betonte. Hervorstehende braune Augen, unter denen dunkle Schatten lagen, musterten Fee wachsam. Sie sah aus wie ein Habicht, fand Fee.

»Sie sind also Felicia.« Für eine Frau ihres Alters sprach sie mit einer außergewöhnlich festen Stimme, was Fee während des Telefonats gar nicht aufgefallen war.

»Ja. Es freut mich«, zwang sich Fee zu sagen. Sie hatte sich im Vorfeld überlegt, wie sie Pippa begegnen würde, und sich dazu entschlossen, ihre Befangenheit so gut wie möglich zu ignorieren und freundlich, aber bestimmt aufzutreten. Sie reichte Pippa die Hand, doch da diese keine Anstalten machte, sie zu ergreifen, zog Fee sie wieder zurück.

Aurelia wandte sich zu Pippa. *»Lei assomiglia ad Alice, vero?«*

Wieder verstand Fee nur »Alice«.

Pippa nickte langsam, ohne den Blick von Fee abzuwenden. »Ja, sie sieht Alice sehr ähnlich.«

Fee spürte die Verachtung, die ihr entgegenschlug. Ein mulmiges Gefühl ergriff sie. Warum musste sie ausgerechnet Alice, der Mörderin, ähnlich sehen? Das machte die Sache hier nicht leichter.

»Es ist kalt, gehen wir ins Haus.« Pippa drehte sich um, Aurelia wandte sich lächelnd an Fee. »*Vieni.*«

Fee folgte den beiden Frauen zum Gartensitzplatz, auf dem ein Steintisch und zwei Bänke fest auf dem Boden montiert waren, ganz typisch für den Tessin. Sie schritten über die Terrasse und durch den Laubengang; vorbei an einer dicken rothaarigen Katze, die in ihrer ganzen Breite vor einem leeren Terrakottatopf lag und Fee einen grimmigen Blick zuwarf – ähnlich dem Pippas –, ehe sie sich die bauschigen Pfötchen zu lecken begann. Als Fee das Haus betrat, sah sie mindestens vier weitere Katzen, zwei davon spielten auf einem Katzenturm.

»Wie viele Katzen habt ihr?«

»Otto. Acht«, antwortete Aurelia stolz. »Meistens sind sie im Garten, aber nicht bei diesem Wetter. Ah, und einen Hund haben wir auch noch.« Sie zeigte zu einer schwarzen Couchgruppe, auf der ein großer hellgrauer Hund mit zotteligem Fell lag und vor sich hin döste.

»Das ist Lupo, ein irischer Wolfshund. Pippa hat ihn vor etwa einem halben Jahr aus dem Tierheim geholt. Er ist schon elf Jahre alt. Sein Herrchen ist gestorben, niemand wollte ihn.«

Fee, die besonders Hunde sehr mochte, war entzückt und gleichzeitig auch überrascht über Pippas Herz für Tiere. »Verstehen sich die Katzen mit dem Hund?«

Aurelia nickte eifrig. »Oh ja, er –«

Pippa räusperte sich laut und zeigte zu einem Holztisch. »Setzen Sie sich.« Ihr Befehlston gefiel Fee nicht, aber sie tat wie ihr geheißen.

»Was trinkst du? Espresso, Tee, Wasser?«, fragte Aurelia fröhlich, als müsste sie um jeden Preis versuchen, Pippas finstere Laune auszugleichen.

»Einen Espresso, danke.«

Aurelias Augen wanderten kurz besorgt von Pippa zu Fee, fast so, als befürchtete sie, sie würden übereinander herfallen, sobald sie das Zimmer verließ. Schließlich huschte sie aus dem Raum. Während sich Pippa ebenfalls setzte, sah sich Fee um. Trotz der Fensterfront zum Garten war der Salon düster, was an dem dunklen Interieur lag: brauner Steinboden, eine schwarze Couchgruppe, ein scharlachroter Orientteppich. Über einem massigen Kamin hingen zwei gekreuzte Schwerter und ein Gewehr, die Decke war von breiten Holzbalken durchzogen. Neben einer mit Büchern vollgestopften Wohnwand hing ein gerahmtes Puzzlebild eines Wasserschlosses. Über allem lag ein leicht modriger Geruch, fast wie in einem Keller. Wenigstens sorgte eine Vase voller Narzissen auf dem Tisch für etwas Fröhlichkeit. Pippas Augen hingegen verströmten Feindseligkeit. Fee versuchte, die Abneigung ihrer Großtante zu überspielen, und begann, von der Immobilienfirma zu reden, mit der sie einen Termin vereinbaren wollte.

»Für meine Kontaktperson, Luca Buzzini von *Della Valle Immobilien* aus Ascona, würde es morgen oder übermorgen passen, und Ihnen?«

Pippa rutschte unruhig auf ihrem Stuhl umher. Sie faltete die Hände zusammen. »Ich habe nachgedacht und möchte Ihnen ein Angebot machen. Ich bezahle hunderttausend Franken, und dann ist es erledigt.«

Fee lachte kurz. »Hunderttausend Franken? Das ist jetzt ein Witz, oder? Das Anwesen ist vermutlich etwa vier Millionen wert, somit würde mein Anteil ungefähr *zwei Millionen* betragen.«

»Pff!«, zischte Pippa. »Das kann ich nicht bezahlen. Ich müsste das Anwesen verkaufen.«

»Sie könnten eine Hypothek aufnehmen?«

»Nein! Das kommt nicht infrage! Ich mache keine Schulden!«

»Aber eine Hypothek wäre –«

In dem Moment betrat eine äußerst hektisch wirkende Aurelia den Raum und stellte ein Tablett mit drei Espressotassen und einen Teller mit *Biscotti* auf den Tisch. »*Ecco.* Espresso und *Biscotti.*« Sie stellte die Tassen mit so nervösen Handbewegungen auf den Tisch, dass der Kaffee beinahe überschwappte.

Nachdem Fee sich bedankt hatte, wandte sie sich wieder an Pippa und zählte die Vorteile einer Hypothek auf. Pippa schien ihr gar nicht zuzuhören und starrte die ganze Zeit rüber zu den Tieren. »Keine Hypothek!«, sagte sie plötzlich und klopfte auf den Tisch.

Mit Müh und Not hielt Fee ihren Ärger zurück. »Es war ja nur gut gemeint, aber egal. Wissen Sie, es ist nicht in meinem Interesse, so viel wie möglich herauszuholen, und wir können gerne verhandeln. Aber dazu ist eine Bewertung notwendig.«

»Pff! Ich will keine Bewertung machen lassen.«

Allmählich fiel es Fee schwer, sich zu beherrschen. »Ich dachte, wir könnten das wie vernünftige Menschen regeln. Aber ich habe mich getäuscht. Ich werde wohl oder übel einen Anwalt hinzuziehen müssen.«

Pippa wollte etwas einwenden, doch Aurelia sprach auf Italienisch auf sie ein. Fee nahm sich einen *Biscotti* und biss hinein. Er war so hart, dass sie befürchtete, sich einen Zahn auszubeißen, und sie nahm einen Schluck Espresso dazu.

»*Oh cielo!*«, rief Pippa plötzlich und fluchte vor sich hin. Dann murmelte sie ein »Gut«.

Fee stutzte. »Sie sind mit der Bewertung einverstanden?«

»Ja.« Pippa erhob sich und nahm ihre Kaffeetasse. »Geben Sie Aurelia ein paar mögliche Termine durch. Wir bestätigen Ihnen dann den passenden.«

»In Ordnung, ich rufe nachher gleich die Immobilienfirma an.«

Pippa blickte zu Aurelia, die noch immer stand. »Du führst Frau Strasser dann gleich aus dem Haus.«

Aurelia wirkte nicht erfreut, nickte aber. *»Bene.«*

Pippa verschwand schweigend, eine getigerte Katze und der Hund folgten ihr.

Fee und Aurelia schauten ihr nach. »Sie wird schnell müde«, erklärte Aurelia und machte den Anschein, als wäre ihr Pippas Auftritt sehr peinlich. Fee nickte, auch wenn sie ahnte, dass Pippas plötzlicher Weggang nicht aus Müdigkeit erfolgt war, sondern vielmehr wegen ihr. Klar, sie hatte nicht erwartet, hier willkommen zu sein, doch Pippas Verhalten wurmte sie.

Sie wollte gerade aufstehen, als sich Aurelia neben sie setzte. »Warte. Da ist noch etwas.« Ängstlich blickte sie über die Schulter, als wollte sie sichergehen, dass Pippa tatsächlich weg war. Leise fuhr sie fort. »Als Violetta, deine Großmutter, die Villa damals verließ, hat sie nicht alles mitgenommen. Kleider, Bücher, Fotos, etwas Nippes. Sie hat mir beim Abschied gesagt, dass ich damit machen könne, was ich wolle. Lucilla, deine Ururgroßmutter, beauftragte mich damals ziemlich schnell, Violettas Zimmer zu räumen und alles zu entsorgen. Ich habe mich aber nicht ganz an diese Anweisung gehalten. Es schien mir einfach nicht richtig, das ganze Hab und Gut von jemandem wegzuwerfen.« Sie schüttelte den Kopf, um ihre Worte zu unterstreichen. »Es hätte ja sein können, dass sie es irgendwann bereut und zurückkommt. Obwohl, damit gerechnet habe ich ehrlich gesagt nicht. Ich glaube, Violetta wollte einfach mit ihrem alten Leben abschließen, was ich sehr gut nachvollziehen konnte. Dennoch brachte ich es nicht fertig, alles zu entsorgen.« Sie blickte auf den Tisch, und als sie wieder hochsah, stand ein Hauch Schuldbewusstsein in ihr runzliges Gesicht geschrieben. »Ich habe Violetta immer sehr gemocht und mich gut mit ihr verstanden. Es war Lucilla, die sie von hier vertrieben hat.«

»Lucilla muss meiner Großmutter schlimme Dinge angetan haben, hm?«

Aurelia warf die Hände in die Luft. »Oh ja! Sie war eine grässliche Frau! *Una donna orribile!* Sie hat Violetta das Leben richtig schwer gemacht. Wir konnten nichts dagegen tun.« Die starken Gewissensbisse waren ihrer Miene nun deutlich abzulesen.

»Schon gut.« Fee wollte Aurelia keinen Vorwurf machen, immerhin war sie damals auch noch ein halbes Kind gewesen und hätte mit einem Aufstand gegen Lucilla nur ihre Anstellung riskiert. Sie fragte sich allerdings, was Aurelia – die einen sympathischen Eindruck machte – dazu bewogen hatte, all die Jahrzehnte hier bei Pippa zu bleiben, die anscheinend ganz nach Lucilla kam. Loyalität?

Sie neigte sich leicht vor. »Es war doch nicht nur Lucilla, die meiner Großmutter das Leben schwer gemacht hat, sondern auch Pippa.«

Aurelia griff nach ihrer Serviette und faltete sie zusammen. »Sie litt sehr unter dem Tod ihres Vaters.«

»Aber meine Großmutter konnte nichts dafür. Sie war zum Zeitpunkt der Ermordung erst drei Jahre alt!«

»*Capisco*. Es war einfach Pippas Art, mit ihrer Trauer umzugehen. Manche Menschen fühlen sich besser, wenn sie jemandem die Schuld geben können. Und da Alice im Gefängnis war, blieb nur Violetta. Die Arme. Irgendwann hat sie es nicht mehr ausgehalten und ging weg. Sie war erst sechzehn.« Sie schob die Serviette zur Seite. »Und wie erwähnt, sie hat vieles zurückgelassen. Ein paar Dinge gab ich weg, aber nicht alles. Vielleicht möchtest du ja etwas davon haben?«

»Ja, sehr gerne. Vielen Dank! Kann ich mir die Sachen jetzt gleich ansehen?«

»*Oh no*!« Aurelia wedelte mit einer Hand in der Luft hin und her. »Nicht jetzt. Pippa weiß nicht, dass ich Violettas Sachen aufbewahrt habe. Vielleicht besser morgen, dann ist Pippa in Locarno und hilft im Tierheim.« Ein Hauch Schuldbewusstsein zeichnete sich auf ihren Zügen ab. Fee ahnte, dass es ihr bestimmt nicht leichtfiel, Pippa zu hintergehen.

Nachdem sie eine Zeit für das Treffen vereinbart hatten, trank Fee ihren Espresso aus und verabschiedete sich. Sie hätte gerne mehr über Alice erfahren, doch sie konnte auch morgen noch mit Aurelia sprechen.

Aurelia begleitete sie durch die Terrassentür, und als Fee sich gerade verabschieden wollte, erklangen aus dem oberen Stockwerk des Hauses die hellen Töne eines Klaviers. Fee blickte hoch zum Balkon über dem Laubengang, der mit einem eisernen Geländer umrandet war. Es wurde teilweise von den üppigen Blütenzweigen der Magnolie verdeckt.

»Pippa spielt leidenschaftlich gerne Piano«, erklärte Aurelia.

Fee sah noch immer hoch, sie kannte das Stück. Es handelte sich um *Le rappel des oiseaux* von Jean-Philippe Rameau, dessen Stücke ihre Großmutter so oft gespielt hatte.

»Meine Großmutter war Pianistin«, bemerkte Fee von Trauer erfüllt.

Aurelia schenkte ihr ein Lächeln. »Das wundert mich nicht. Sie war schon als Kind sehr talentiert. Sie und Pippa erhielten Klavierunterricht von Lucilla. Und Lucilla hat Violetta besonders gefördert.«

»Aber nur, weil sie dachte, sie würde nicht gerne spielen.«

Sie winkte ab. »Ich weiß, dass Violetta so tat, als würde sie es hassen. Aber Lucilla war nicht dumm. Sie muss Violettas Leidenschaft gespürt haben, da bin ich mir sicher.«

»Wieso ließ sie sie dann spielen?«

»Vielleicht war ihre Liebe zum Klavier und zur Musik stärker als der Hass auf Violetta. Sie war sich Violettas außerordentlicher Begabung ganz bestimmt bewusst. Pippa spielte auch gut, aber sie hatte nicht Violettas Talent. Violetta beherrschte schon als Kind ganz schwierige Stücke, die Pippa nie gelangen, auch wenn sie sich noch so sehr anstrengte.« Aurelia blickte hoch zum Balkon. »Um dieses Stück so spielen zu können, brauchte Pippa Jahrzehnte. Violetta konnte es schon als Kind. Ich glaube, Lucillas Pianistinnenherz ließ es nicht zu, Violetta das Spiel zu verbieten. Sie lud übrigens sehr oft Gäste ein, denen Violetta vorspielen musste. Sie war halt auch anmutig und bildhübsch. Kam ganz nach den dunkelhaarigen Ferrazzinis. Das war ihr Glück. Hätte sie Ähnlichkeit mit Alice gehabt, wäre Lucilla vielleicht noch härter zu ihr gewesen.«

»Sie war schon hart genug, wenn du mich fragst«, erwiderte Fee schärfer als beabsichtigt.

Aurelia zuckte zusammen und blickte zu Boden. »Ja, du hast recht.«

Fee bereute ihre Bemerkung, schließlich konnte Aurelia nichts dafür. »Glaubst du, dass Lucilla doch ein wenig stolz auf meine Großmutter war?«

Aurelias Blick verdüsterte sich. »Ich glaube, sie war eher stolz auf sich selbst, weil sie Violetta gefördert hatte.«

In dem Moment erklang ein neues Stück. *Musette en rondeau*, wieder von Rameau. Wie interessant, dass die verfeindeten Stiefschwestern nicht nur die Liebe zum Piano, sondern auch zum gleichen Komponisten teilten, dachte Fee. »Pippa spielt jedenfalls auch sehr gut«, sagte sie.

Aurelia lächelte, aber es lag ein wehmütiger Zug darin. »Ja, das tut sie. Aber wie erwähnt, hinter ihrem Können steckt harte Arbeit. So, ich gehe mal rein. Bis morgen!« Sie drehte sich um und verschwand im Haus.

Fee sah ihr kurz nach, dann nahm sie die steile Treppe in Angriff, die sie trotz ihrer guten Kondition ins Schwitzen brachte. Als sie endlich oben ankam, atmete sie tief durch. Plötzlich wurde ihre Aufmerksamkeit auf einen Mann gelenkt, der sich mit dem Teenagermädchen von vorhin ein hitziges Wortgefecht auf Italienisch lieferte. Die Jungs waren inzwischen weg.

Das Mädchen brüllte den Mann – vermutlich seinen Vater – nun richtig an, worauf er zurückschrie. Fee ging rasch weiter.

Kapitel 11

Brissago, Mai 1940

Alice

Alice schlotterte am ganzen Leib und hielt sich verkrampft am Stuhl fest, während Lucilla ihr Worte wie Geschosse entgegenschleuderte. Maurizio stand mit verschränkten Armen daneben.

»Herrgott! Ich hätte ertrinken können!«, wiederholte Lucilla zum gefühlt zehnten Mal. »Mich einfach so im Wasser zu attackieren, das ist unfassbar!«

»Ich habe dich nicht –« Der lodernde, unbarmherzige Blick ihrer Schwiegermutter ließ Alice sofort wieder verstummen.

»Als du mich angegriffen hast, habe ich beinahe eine Herzattacke erlitten vor Schreck!«

Alice seufzte innerlich. Wie konnte sie auch ahnen, dass es nächtliche, altersbedingte Hitzewallungen gewesen waren, die Lucilla zu einem Nachtschwimmen getrieben hatten. Das hatte Alice zu Beginn zu ihrer Verteidigung gesagt, woraufhin Maurizio meinte, sie hätte ihn zuerst wecken müssen, bevor sie so eine Dummheit begehe. Lucilla sprach inzwischen auf Italienisch auf Maurizio ein, dann stand sie auf und warf Alice einen vernichtenden Blick zu, der sogar die Hölle hätte gefrieren lassen können. »Ich gehe jetzt schlafen.«

Als sie weg war, stand Alice auf und sah Maurizio flehend an. »Ich habe sie nicht angegriffen. Ich wollte sie nur retten! Es war ein Missverständnis!«

»Ich weiß.« Er sah müde aus, hatte dunkle Ringe unter den Augen, das Haar war zerwühlt.

»Warum hast du dann zugelassen, dass sie mich so zusammenstaucht?«

Er fuhr sich über das Gesicht, in dem ein eigentümlicher Ausdruck lag, und Alice kam es fast vor, als wäre er mit seinen Gedanken ganz woanders. »Meine Mutter hat Schlafprobleme, aber nicht nur wegen der Hitzewallungen. Sie hat ...« Er sah zu einem Rehkopf an der Wand und fixierte ihn.

»Was hat deine Mutter?«

Langsam schüttelte er den Kopf, als hätte das Reh ihm verboten, darüber zu sprechen. Er drehte sich zu Alice. »Gehen wir ins Bett.«

Als Alice ihm die Treppe hoch ins Schlafzimmer folgte, jagten unzählige Fragen durch ihren Kopf. Was hatte Maurizio ihr soeben über seine Mutter erzählen wollen? Und warum hatte er es doch nicht getan?

•••

Am nächsten Morgen spazierte Alice mit ihrem Zeichenblock durch den Garten. Vögel zwitscherten, auf der anderen Seite der Hecke spielte jemand Ball. Alice erinnerte sich, dass Henriette während des letzten Unterrichts erwähnt hatte, ihr Sohn habe bald Urlaub vom Militärdienst und komme zu Besuch. Tommaso heiße er und sei gleich alt wie Alice. Es war das erste Mal gewesen, dass die sonst so unnahbare Henriette etwas Privates erzählt hatte.

Alice blieb in der Mitte des Gartens stehen und drehte sich um die eigene Achse. Wie grün die Tulpenmagnolien inzwischen geworden waren! Dafür blühte die Purpurmagnolie nun in ihrer vollen Pracht. Sie verharrte vor dem Strauch, atmete seinen samtigen Duft ein. Es kam ihr vor wie eine zärtliche, liebevolle Umarmung, die sie nach der vergangenen Nacht so nötig hatte.

Plötzlich flog etwas in die Purpurmagnolie hinein, Alice wich erschrocken zurück. Ein Fußball rollte heraus, und sie hob ihn auf, blickte über die Hecke. Kurz darauf erschien ein dunkelhaariger junger Mann vom Bootshaus her. Alice wusste inzwischen, dass das Bootshaus zu beiden Grundstücken gehörte, auch dem der Silvestris. Es war die einzige Möglichkeit, von einem Grundstück auf das andere zu gelangen, die jedoch nie jemand nutzte.

Die leuchtend grünen Augen des jungen Mannes sahen sie amüsiert an.

»Tut mir leid. Ich habe ihn zu hoch geschossen.« Er sprach perfekt Deutsch.

»Macht doch nichts.« Sie warf ihm den Ball zu, er fing ihn mit seinen gebräunten, muskulösen Armen auf.

»Ist noch alles dran?«

»Wie bitte?«

Er zeigte lachend auf den Magnolienstrauch.

Alice grinste. »Ach so. Ich glaube schon.«

Er strich sich spielerisch über die Stirn. »Undine hätte mich jetzt garantiert zur Schnecke gemacht.«

Undine! Endlich jemand, der von sich aus Undine erwähnte!

Ehe sie nachhaken konnte, klemmte sich der junge Mann den Ball unter den Arm und reichte ihr die Hand. »Ich bin übrigens Tommaso, der Sohn von Riccardo und Henriette. Und du bist bestimmt Alice, oder?«

»Ja, genau. Freut mich, Tommaso.«

»Meine Eltern haben von dir erzählt. Schade, dass ich nicht zur Hochzeit kommen konnte. Aber der Militärdienst halt.« Er hob die Schultern. »Und, hast du dich gut eingelebt?«

»Ja danke. Das ist das reinste Paradies hier.«

»Stimmt. Ich liebe es auch. Und jetzt, wo ich nur noch selten hier bin, schätze ich es umso mehr. Ich bin ja mit meiner Truppe auf dem Gotthard oben stationiert. Dort ist es kalt und windig.« Er schnitt eine Grimasse, Alice lachte.

Er zeigte auf den Steg. »Komm, wir setzen uns an den See und plaudern ein wenig.«

In der darauffolgenden Stunde erzählte Tommaso von Brissago, seinen Erlebnissen als Soldat, seinem Wunsch, nach dem Krieg Jura zu studieren und hier zu leben. Er ließ aber auch Alice zu Wort kommen, und sie genoss die lockere Unterhaltung mit ihm sehr. Genau nach so jemandem wie Tommaso hatte sie sich gesehnt; einem netten Menschen, mit dem man einfach plaudern konnte.

In den nächsten Tagen kam er öfter rüber, und meistens saßen sie auf dem Steg und unterhielten sich über Belangloses wie Kinofilme, Fußball – auch wenn sich Alice darin so gar nicht auskannte –, Musik, aber auch über ernste Themen wie Krieg und Beziehungen.

Am Tag nach Maurizios Geburtstagsfest, das sie in der Magnolienvilla gefeiert hatten, saßen sie wieder auf dem Steg, da fragte Tommaso sie, weshalb sie Maurizio geheiratet habe.

Alice lachte unsicher. »Wieso sollte ich nicht?«

»Falsche Antwort.« Er grinste schräg. »Normalerweise solltest du jetzt sagen, weil du ihn liebst.« Er sah sie erwartungsvoll an, doch sie schwieg und starrte auf die Wasseroberfläche. Die Sonne schien darauf und wurde tausendfach von den kleinen Wellen reflektiert.

»Ich will ganz ehrlich sein, Alice. Meine Mutter glaubt, dass du ihn nur des Geldes wegen geheiratet hast.«

Alice schluckte. Das dachte Henriette also von ihr. Kein Wunder, dass sie sich immer so unnahbar verhielt.

»Und was denkst du?«, fragte sie.

Er kniff die Augen zusammen. »Ich glaube es nicht. Nein. Aber ich glaube auch nicht, dass du ihn liebst. Gestern Abend während der Geburtstagsfeier habe ich dich beobachtet. Du bist richtig steif in seiner Gegenwart.«

»Kann sein. Nun, Tommaso, ich will deine Frage beantworten. Ich habe ihn geheiratet, weil ich aus Zürich wegmusste. Mein Vater starb, ich habe alles verloren. Dann hatte ich Pech bei meiner letzten Arbeitsstelle. Eine unglückliche Liebe gab es auch noch. Maurizio kam mit seinem Antrag gerade richtig.« Alice entschied, die genauen Umstände für sich zu behalten.

Tommaso musterte sie. »Und jetzt bist du glücklich?«

Alice wartete lange mit ihrer Antwort. *Bin ich glücklich?* Sie vermisste ihren Vater, die Schneiderei und Zürich, zudem befriedigte sie ihre Ehe nicht. Doch sie rief sich einen Spruch in Erinnerung, den ihr Vater vor langer Zeit mal gesagt hatte: *Menschen, die dankbar sind für die kleinen Dinge, sind glücklich.*

»Im Moment gerade bin ich es«, sagte sie. »Allein schon der Anblick des Sees stimmt mich fröhlich. Und natürlich dieser Garten.« Sie drehte sich um, zeigte hinüber zu der Purpurmagnolie. »Ist dieser blühende Strauch dort nicht einfach wundervoll?«

Tommaso folgte ihrem Blick und lächelte. »Ja, ist er. Ich erinnere mich noch gut an den Tag, an dem Undine ihn gepflanzt hat.« Er hob die Hand etwa einen Meter hoch. »Damals war er erst so groß.«

»Die Magnolien waren Undines Ein und Alles, nicht wahr?«

»Oh ja. Sie war fast immer im Garten. Bis sie die Zwillinge bekommen hat und verrückt wurde.« Er tippte sich mit dem Zeigefinger an die Stirn.

Alice wollte nachhaken, doch in dem Moment betrat Franca den Steg, mit Matteo an der Hand. Matteo zeigte auf eine Stockente und plapperte drauflos, Franca kniete zu ihm nieder. Alice bemerkte, wie Tommaso Franca mit offenem Mund anstarrte und sie zurückschaute. Schon gestern Abend war Alice aufgefallen, dass sich die beiden oft verstohlene Blicke zugeworfen hatten.

Alice wollte das Thema wieder aufgreifen und fragte: »Undine war also verrückt?«

Tommaso sah noch immer gedankenverloren zu Franca. Alice stupste ihn in die Hüfte. »Tommaso?«

»Hä? ... Was hast du gefragt?«

»Undine. Sie war verrückt?«

»Ja.«

»Nein, Tommaso übertreibt.« Franca erhob sich. »Undine war nicht verrückt ... nur sehr melancholisch. Sie weinte fast nur noch und kam nicht mehr aus dem Bett.«

Matteo fing an zu quengeln, und Franca versuchte, ihn zu beruhigen.

»Was genau ist mit ihr passiert?«

Tommaso wechselte einen unsicheren Blick mit Franca, die – so kam es Alice vor – ganz leicht den Kopf schüttelte. Mit einem aufgesetzten Lächeln erhob er sich. »Ich, äh, muss mal wieder rüber. Tschüss!«

Alice sah fragend zu Franca, die Matteo auf das Köpfchen küsste. »Wir dürfen nicht darüber reden. Signor Ferrazzini hat es verboten.« Mit diesen Worten verschwand auch sie und nahm Matteo mit.

Alice blickte auf den See. Undine hatte laut Franca also unter Melancholie gelitten. Plötzlich schoss ihr eine Bemerkung Tommasos durch den Kopf. *Zwillinge*. Sie klopfte mit den Fingern auf den Steg. Er hatte eindeutig gesagt, dass Undine nach der Geburt der *Zwillinge* verrückt wurde. Aber Matteo hatte doch gar keinen Zwillingsbruder? Eigenartig. Ob sich Tommaso versprochen hatte?

Doch da war noch etwas anderes, das ihr durch den Kopf geisterte. Warum wurde so ein Geheimnis aus Undines Tod gemacht? Alice hegte eine Vermutung. Was, wenn die tieftraurige Undine sich umgebracht hatte? Das würde zumindest das Schweigen der Leute erklären. Sie nahm sich vor, Tommaso demnächst zu fragen.

Kapitel 12

Brissago, März 2019

Fee

Fee saß mit überkreuzten Beinen auf dem Steg, vor sich eine kleine alte Holztruhe mit den Sachen ihrer Großmutter. Sie hatte die Jacke ausgezogen und die Ärmel ihres Pullovers hochgeschoben. Das Wetter zeigte sich an diesem Sonntag von seiner besten Seite, der Himmel kobaltblau und nur durchzogen von ein paar weißen, gerupften Wölkchen. Der Lago Maggiore schillerte wie ein Saphir, ließ sanfte Wellen ans Ufer rollen. Palmenblätter wippten im Wind. Auf der anderen Seite des Sees erhoben sich die Berge, deren Gipfel noch mit Schnee bedeckt waren.

Fee musste sich eingestehen, dass der Anblick sie belebte und ein elektrisierendes Kribbeln durch ihren Körper laufen ließ. Wie früher, wenn sie wieder eine neue Idee für eine Schmuckkollektion bekommen hatte und es kaum erwarten konnte, Entwürfe zu zeichnen. Als Aurelia ihr vorhin die Truhe überreicht hatte, bedankte sie sich und wollte schon wieder gehen, da erhaschte sie einen Blick auf den Magnoliengarten. Ergriffen von dessen Schönheit, bat sie Aurelia, ein paar Fotos machen zu dürfen, was diese erlaubte und ihr sogar vorschlug, noch zu bleiben und den Garten zu genießen, schließlich gehöre er auch ihr.

»Was ist mit Pippa?«, hatte Fee gefragt. »Die wird nicht begeistert sein, wenn sie mich hier antrifft.«

Aurelia hatte abgewunken. »*Non preoccuparti!* Keine Sorge. Die kommt erst am Abend zurück. Du hast also Zeit.«

Fee hatte das Angebot allzu gerne angenommen, und nun saß sie da, mitten im Paradies, vor sich die Holztruhe ihrer Großmutter. »So, dann schauen wir mal, was da drin ist.«

Ein muffiger Geruch schlug ihr entgegen, als sie den Deckel öffnete. Ein paar alte, mit Flecken übersäte Bücher kamen zum Vorschein. Italienische Romane von Autoren, die Fee unbekannt waren. Sie nahm die Bücher heraus und legte sie auf den Steg, griff nach einer Blechbüchse, die voller kleiner Dellen und rund um den Deckel rostig war. Als Fee sie öffnete, schlug ihr der typische stechende Geruch alter Fotos entgegen. Die Büchse enthielt zahlreiche Bilder, und Fee stellte bei genauerem Betrachten fest, dass hauptsächlich ihre Großmutter darauf abgebildet war. Sie dachte an die wenigen Fotos aus der Kindheit ihrer Großmutter. Hier waren also die restlichen. Es gab Bilder von Violetta als Kind und Jugendliche und welche von Familienmitgliedern. Fee erkannte die junge Pippa sofort, nicht nur wegen der braunen Augen, sondern auch aufgrund ihrer charakteristischen Gesichtszüge mit der eckigen Wangenpartie und den scharf hervorstehenden Wangenknochen. Auch Aurelia mit ihrem runden Gesicht und den großen Augen erkannte sie gleich wieder. Bei einem dunkelblonden Jungen vermutete sie, dass es sich um Pippas Bruder Matteo handelte. Auf den ältesten Bildern war oft eine junge, ernst blickende Frau mit dicken Zöpfen zu sehen, um die sich die kleinen Kinder scharten, vermutlich das Kindermädchen. Fee fiel auch eine grimmige ältere Frau auf, die einen sehr hohen und turmartigen Dutt trug, und sie fragte sich, ob das Lucilla war, ihre Ururgroßmutter. Ihren Urgroßvater Maurizio sah sie hingegen auf keinem Bild, und sie mutmaßte, dass ihre Großmutter all die wenigen verbliebenen Fotos ihres Vaters mitgenommen hatte. Auch von der geheimnisvollen Alice existierte kein einziger Abzug, und Fee nahm an, dass ihre Großmutter diese Bilder vernichtet hatte. Sie betrachtete ihre Großmutter auf den Fotos genauer, wobei ihr auffiel, dass sie auf keinem einzigen Bild lächelte und stattdessen ein Ausdruck von Leere in ihren Augen stand.

Ach, Oma, du warst hier so schrecklich unglücklich!

Fees Augen verschleierten sich, und sie spürte, wie sich in ihrem Hals ein brennender kleiner Knoten zusammenschnürte. Sie schloss die Blechbüchse rasch und legte sie auf den Steg neben die Bücher, stöberte weiter in der Kiste. Die niedlichen Knopfaugen eines alten einarmigen Teddys aus steifem Plüsch blickten ihr entgegen, und Fee wunderte sich, dass ihre Großmutter nicht mal ihn mitgenommen hatte. Sie strich ihm über das borstige Köpfchen. *Du Armer, hast in der Truhe all die Jahre keine Luft bekommen.*

Sie setzte ihn sich auf den Schoß und wühlte weiter, nur um enttäuscht festzustellen, dass die Truhe außer ein paar alten Schulheften und Krimskrams nichts enthielt. Sie legte die Blechbüchse und die Bücher wieder rein, da bemerkte sie, dass aus einem der Bücher ein Briefumschlag hervorlugte, und zog ihn hervor. Die Schriftfarbe war kaum verblasst, und so stach Fee der Name des Empfängers gleich ins Auge: Violetta Ferrazzini. Der Brief war an ihre Großmutter gerichtet, nur hatte sie ihn nie geöffnet. Die Absenderadresse hingegen war ziemlich verwischt und unleserlich, als wäre die Schriftfarbe mit Wasser in Berührung gekommen. Aber Fee meinte ein *Lugano* herauslesen zu können.

Sie zögerte kurz, öffnete den Umschlag schließlich vorsichtig und zog drei zusammengelegte Seiten heraus, faltete sie auseinander. Die erste Seite enthielt an Violetta gerichtete Zeilen, jedoch auf Italienisch. Unterzeichnet war der Brief mit *Mamma*. Demnach musste es sich um Alice handeln. Fee dachte daran, was ihre Großmutter ihr über Alices Briefe aus dem Gefängnis erzählt hatte. Lucilla hatte sie ihr vorenthalten, und nur einmal war es dem Hausmeister gelungen, einen Brief abzufangen, den ihre Großmutter zu diesem Zeitpunkt allerdings nicht mehr hatte lesen wollen. Trotzdem hatte sie ihn aufbewahrt. Fee erinnerte sich daran, dass ihre Großmutter ihr Verhalten gegenüber Alice bereut hatte. Bestimmt hätte sie den Brief inzwischen lesen wollen.

Als sie die anderen Seiten auseinanderfaltete, erschauderte sie bei dem Anblick der schlichten Bleistiftzeichnungen, die vom Stil her auch von ihr selbst hätten stammen können. Skizzenartig, geprägt durch feine, geschwungene Linien und viele Schattierungen. Ein Bild zeigte den Ausblick auf den Garten und den See, bei einer anderen Zeichnung handelte es sich um Modeskizzen, diesmal detaillierter wiedergegeben: Abendkleider, Röcke, Hosen und Blusen. Die Skizze eines langen, mit tulpenförmigen Blumen bedruckten Sommerkleides stach besonders heraus. Fee betrachtete den Entwurf verwundert und gleichzeitig belustigt, da man solche Kleider inzwischen wieder überall in den Läden sah. Sie drehte die Seite um und zuckte erneut zusammen. Magnolienblüten und Blumen waren abgebildet, und Fee erstaunte die Ähnlichkeit zu ihren damaligen Entwürfen. Sie hatte sich für ihre Schmuckkollektionen oft an der Pflanzenwelt orientiert, und Alices Skizzen erinnerten sie so stark an ihre eigenen, dass ein sonderbares Empfinden in ihr aufstieg, als würde sie etwas von ihrem früheren Ich in den Zeichnungen erkennen.

Ein lautes »Giulia!« lenkte ihre Aufmerksamkeit zum Bootshaus rüber, und Fee bemerkte einen Mann in Jeans und schwarzem Poloshirt, der dort herumschlich. »Giulia!«, rief er wieder. *»Dove sei?«*

Offenbar suchte er eine Giulia. Fee blinzelte. War das nicht der

Mann, der sich gestern oben bei den Parkplätzen mit dem Mädchen gestritten hatte?

Sie faltete die Seiten zusammen und steckte sie in den Umschlag, legte ihn in die Kiste. Dann stand sie auf und ging über den Steg. »Kann ich Ihnen helfen?«

Er fuhr herum und schob seine Sonnenbrille hoch ins dunkle Haar. »Wer sind Sie?«

»Felicia Strasser. Eine ... Verwandte der Ferrazzinis.«

Er trat auf sie zu und musterte sie mit seinen auffällig grünen Augen. »Ah, das sind also Sie. Pippa hat mir von Ihnen erzählt ... Ich bin Nando Silvestri, der Nachbar.« Er reichte ihr die Hand.

»Freut mich.« Sie erwiderte seinen Händedruck und fragte sich gleichzeitig, was Pippa ihm von ihr erzählt hatte. »Sie wohnen also nebenan.« Fee wusste bereits aus ihren Unterlagen, dass nur ein Anwesen an das der Ferrazzinis grenzte, und zwar das der Silvestris. Auf der anderen Seite mündete das Grundstück in eine steile Felswand.

Nickend drehte sich Nando Silvestri leicht ab und wies zur hohen Hecke, dabei fiel Fee auf, dass seine Nase im Seitenprofil messerscharf und etwas spitz wirkte. Rasch schaute sie zu dem Grundstück, wo hinter der Hecke zwischen Palmen und Bäumen ein lachsfarbenes Haus hervorblitzte. Nando Silvestri sah wieder zu ihr, diesmal ein wenig verwundert und fast so, als hätte er noch viele Fragen an sie, traute sich jedoch nicht, sie zu stellen. Um das Schweigen zu brechen, erkundigte sich Fee erneut, nach wem er suche.

»Wie bitte?«, fragte er.

»Sie haben doch vorhin nach jemandem gerufen?«

»Oh ja, klar. Giulia. Sie treibt sich manchmal hier herum. Im Bootshaus.« Er kratzte sich am Kopf.

»Ach so. Ich habe niemanden hier gesehen. Tut mir leid.«

»Hm.«

»Wie kann Giulia überhaupt hierher gelangt sein?« *Und wie war er selbst hierhergekommen?*, fragte sich Fee und schaute hinüber zu der hohen Hecke, die die beiden Grundstücke voneinander trennte.

»Das Bootshaus ist von beiden Seiten aus zugänglich. Zu jedem Anwesen gehört eine Hälfte. Giulia vergisst manchmal, dass sie in unserer bleiben soll.« Er verzog den Mund zu einem schiefen Lächeln. »Sie hat eigentlich Hausarrest, doch im Haus ist sie nicht.« Er hielt inne. »Ich gehe mal wieder zurück und suche weiter.«

»Viel Glück!«

»Danke!« Er machte den Anschein, als wollte er noch etwas sagen, doch dann hielt er nur kurz eine Hand hoch, drehte sich um und lief davon. Fee hob die Schultern und machte kehrt, da hörte sie plötzlich: »Finden Sie es eigentlich fair, was Sie machen?«

»Wie bitte?« Sie wandte sich um und ging auf ihn zu. »Was meinen Sie?«

»Sie nehmen einer alten Frau und ihrer ebenso alten Haushälterin das Haus weg, in dem sie ihr ganzes Leben lang gewohnt haben. Finden Sie das fair?«

Was zum Teufel? Fee versuchte, ruhig zu bleiben. »Das Haus gehörte zu einer Hälfte meiner Großmutter Violetta Strasser. Sie hat nie verkauft, obwohl sie guten Grund dazu gehabt hätte. Die Ferrazzinis machten ihr einmal ein geradezu lächerliches Angebot, das sie ablehnte. Sie beließ es dabei und ermöglichte Pippa dadurch, dass sie in dem Haus leben konnte. *Das* war definitiv *fair*, wenn Sie mich fragen. Außerdem ist es nicht so, dass ich Pippa das Haus wegnehmen oder Profit machen will, im Gegenteil. Ich bin durchaus bereit, ihr entgegenzukommen. Nur müssen wir dazu zuerst wissen, wie viel Wert das alles hat.«

Seine grünen Augen wurden schmal. »Und dann? Wenn Sie das wissen? Pippa ist nicht so reich, wie Sie denken. Viel kann sie nicht bezahlen.«

»Ach ja? Meines Wissens hat sie vor ein paar Jahren profitiert, als Matteo die *Banca Ferrazzini* verkauft hat.«

Er lachte bitter. »Sie wissen aber anscheinend nicht, dass Matteo nach diesem Verkauf sehr ausgabefreudig war und einen Großteil seines Vermögens verspielte oder auf seinen teuren Reisen verprasste. Pippa hat ihm immer wieder geholfen. Als er vor vier Jahren starb, hinterließ er nur Schulden. Das Einzige an Wert, das er besaß, war sein Anteil an der Villa.«

Fee verschränkte die Arme. Okay, das hatte ihre Großmutter nicht gesagt, aber egal. »Wie erwähnt, ich will keinen Profit machen. Aber ich kann ihr meinen Anteil auch nicht einfach so überlassen. Besonders unter den gegebenen Umständen nicht.«

»Welche Umstände?«, fragte er angriffslustig.

Fee schnaubte. Eigentlich hätte sie sich gar nicht erst auf dieses Gespräch einlassen sollen, aber es wurmte sie erstaunlicherweise, dass er sie für egoistisch und geldgierig hielt und ihr zutraute, zwei alte Frauen aus einem Haus zu vertreiben.

»Ich weiß von meiner Großmutter, dass Pippa ihr das Leben damals alles andere als leicht gemacht hat. Sie vertrieb meine Großmutter aus dem Haus, da war sie erst sechzehn.« Sie zeigte hinüber zum Holzsteg, auf dem noch immer die Truhe stand. »Dort drinnen steckt einiges, das meine Großmutter hier zurückließ. Ich fand alte Fotos, und sie sieht auf jedem tieftraurig aus. Ich weiß von ihr, dass Pippa und deren Großmutter Lucilla sie spüren ließen, was ihre Mutter getan hat. Dabei konnte sie doch nichts dafür! Sie war ein Kind, als ihre Mutter die Tat beging.« Sie stockte. »Sie wissen bestimmt von Alice Ferrazzini, oder?«

»Ja. Mein Großvater hat gelegentlich von ihr gesprochen. Er

war früher mit ihr befreundet … Hören Sie, es –« Er brach ab und blickte über ihre Schulter. Sie drehte sich um. Aurelia kam auf sie zu, hinter ihr trottete Lupo. Nachdem sie Nando Silvestri auf Italienisch begrüßt hatte, wechselte sie ins Deutsche. »Ich konnte euch beide von der Terrasse aus sehen und habe mich gefragt, ob alles in Ordnung ist?« Sie blickte nervös zu Fee, Lupo neben ihr hechelte.

»Ja, alles bestens.«

»Gut.« Ihre großen Augen schweiften zu Nando Silvestri, und auch er bejahte und fügte hinzu, mal wieder nach Giulia zu suchen, von der er dachte, sie im Bootshaus anzutreffen.

»*Oh no! Di nuovo questa ragazza!*« Aurelia hielt sich die Hände an den Kopf. »Ist sie schon wieder ausgebüxt?«

Schon wieder? Fee verspürte etwas Mitleid mit Nando Silvestri. Er hatte es bestimmt nicht leicht mit seiner Teenager-Tochter. Wo wohl die Mutter war?

»Ich finde Giulia schon«, sagte er. »Also dann, auf Wiedersehen!« Er setzte seine Sonnenbrille auf und lief davon, verschwand kurz darauf im Bootshaus. Fee und Aurelia sahen ihm nach. »Das Bootshaus gehört also beiden Anwesen?«

Aurelia streichelte Lupo den Nacken. »Ja, es wurde in den Zwanzigerjahren gebaut, von Nandos Urgroßvater. Da sich die Silvestris und die Ferrazzinis schon damals gut verstanden haben, teilte man sich das Bootshaus und machte es für beide Anwesen zugänglich.«

Fee wies mit dem Kopf zu einem kleinen, alten Fischerboot, das neben dem schicken Segelboot der Silvestris ziemlich trostlos aussah. »Benutzt wird euer Boot nicht mehr?«

Aurelia lachte auf. »Oh nein. Seit Jahren nicht. Ich glaube, zuletzt noch von Matteo, der ab und zu damit angeln ging.«

Als würde das Boot der Äußerung zustimmen, wiegte es sich

sanft, und die Wellen schwappten leise und glucksend gegen seinen Rumpf.

Aurelia zeigte zum Steg. »Vergiss die Truhe nicht.«

»Nein, nein.« Fee holte die Truhe, legte den Teddy obendrauf und kehrte zu Aurelia zurück, die genauso unglücklich aussah wie Lupo neben ihr.

»*Oh, l'orsacchiotto.*« Seufzend kraulte sie dem Teddy das Köpfchen. »Violetta hat ihn so geliebt. Sie hat ihn von ihrem Vater zur Geburt erhalten.«

»Warum hat sie ihn dann nicht mitgenommen?«

Aurelia sah verlegen zu Lupo, der sich erschöpft in die Wiese fallen ließ. »Der Bär ist erst wieder aufgetaucht, als Violetta bereits weg war. Ich wollte ihn ihr eigentlich schicken, aber ich hatte ja ihre Adresse nicht. Und dann hatte er ja nur noch einen Arm ...« Sie verstummte.

Fee hob die Augenbrauen und blickte Aurelia, die beschämt zu Boden starrte, erwartungsvoll an. »Lass mich raten, Pippa hat den Teddy versteckt und ihm auch den Arm ausgerissen?«

Aurelia schwieg noch immer, doch ihre schuldbewusste Miene sprach für sich. Fee schnaubte verächtlich. »Unfassbar, diese Frau!«

»Die beiden hatten kurz vorher einen Streit«, konterte Aurelia. »Es ging um einen Mann, den Pippa mitgebracht hat und in den sie sehr verliebt war. Auch er zeigte Interesse an ihr, was gewiss nicht oft vorkam. Pippa war ja ... nun ... keine Schönheit wie Violetta, um es nett auszudrücken. Der Mann hatte dann den ganzen Abend nur Augen für Violetta. Kein Wunder eigentlich, sie sah schon mit sechzehn aus wie ein *stella del cinema*. Pippa war außer sich und warf Violetta vor, ihm absichtlich schöne Augen gemacht zu haben. Als sich der Mann nicht mehr bei ihr meldete, gab sie Violetta die Schuld und versteckte den Teddy.«

»Was für ein kindisches Verhalten«, bemerkte Fee. »Pippa war doch acht Jahre älter als meine Großmutter, also schon vierundzwanzig.«

»*Era disperata!* Sie war verzweifelt und hatte Angst, keinen Mann mehr zu bekommen. Ich zum Beispiel wollte nie heiraten, aber Pippa hat sich das so sehr gewünscht. Ihre Freundinnen waren alle schon verheiratet und hatten Kinder. Aber kein Mann interessierte sich für sie. Und dann musste sie andauernd mit ansehen, wie Violetta von allen begehrt wurde. Das hat sie sehr verletzt.«

Fee winkte ab. Sie wollte mit Pippa kein Mitleid haben, und genauso wenig wollte sie sich mit Aurelia wegen einer alten Geschichte anlegen. Sie beschloss, das Thema zu wechseln. »Ich nehme den Teddy mit, und die Truhe auch. Vielen Dank, dass du alles aufbewahrt hast.«

»*Mi fa piacere!* Das freut mich.« Ihre Züge erhellten sich. »Gehen wir doch zurück zum Haus.« Sie sah zu Lupo, der schon fast eingeschlafen war. »*Vieni, Lupo!*«

Plötzlich hörte Fee ein Rascheln, das von der Magnolie herkam, und sie schaute zu den fast bis zum Boden herabhängenden Ästen. Lupo folgte ihrem Blick, hob kurz die Schnauze, nur um sie dann gelangweilt wieder zu senken.

»*Cosa succede?* Was ist los?«, fragte Aurelia.

»Ich dachte, ich hätte was gehört.«

»*Un uccello.* Vogel. Es wimmelt nur so davon in den Magnolien.«

»Ja, vermutlich.«

Aurelia ging weiter, Lupo ihr nach. »*Vieni.*«

Während sie zum Haus schlenderten, erwähnte Fee beiläufig den Brief von Alice, woraufhin Aurelia auf dem Gartensitzplatz vor der Laube stehen blieb. Ein großer dunkelroter Sonnenschirm war heute über Tisch und Bänken aufgespannt, und auf einer Bank lag die dicke rothaarige Katze, die Fee gestern auch gesehen hatte. Lupo legte sich hin und schloss die Augen.

»*Una lettera di Alice?*« Aurelia wirkte angespannt. »Wo hast du ihn gefunden?«

»Oh, er lag in einem der Bücher.« Fee stellte die Truhe auf den Tisch, öffnete sie und nahm den oben liegenden Briefumschlag hervor. »Hier.«

Aurelia betrachtete ihn seltsam, und Fee konnte sich vorstellen, warum. »Ich weiß von meiner Großmutter, dass Lucilla alle Briefe abfing und womöglich vernichtet hat. Doch dem Hausmeister gelang es, einen Brief zu retten.«

»Geraldo«, murmelte Aurelia.

»Meine Großmutter wollte ihn damals nicht lesen.«

»Verständlich. Du kannst ihn mir geben, dann werfe ich ihn gleich weg.«

»Ich würde ihn gerne übersetzen.«

Aurelia beäugte sie skeptisch. »*Perché?* Wozu? Er ist von einer Mörderin!«

»Ich weiß, trotzdem möchte ich gerne wissen, was in dem Brief steht. Ich glaube, meine Großmutter hätte ihn heute auch lesen wollen.«

»Na gut, wenn du möchtest, kann ich ihn übersetzen.«

Fee gab ihr den Brief. »Das wäre sehr nett, danke.«

Aurelia blickte auf die Uhr. »Wir haben ja noch Zeit, bis Pippa kommt. Setzen wir uns doch. Möchtest du was trinken? Kaffee? Tee? *Una grappa?*«

Fee lachte. Einen Grappa? Um diese Zeit? »Nein danke. Aber etwas Wasser bitte.«

»*Solo acqua? Bene.* Ich komme gleich wieder.« Sie verschwand im Laubendurchgang. Die dicke Katze sprang von der Bank und folgte ihr, wohl in der Hoffnung auf ein Häppchen.

Fee betrachtete erneut die Magnolien, deren Blüten rosarot leuchteten. Kaum sattsehen konnte sie sich an ihnen, und sie spürte erneut dieses elektrisierende Prickeln, ein Kribbeln in den Fingern, wie früher, wenn sie eine Inspiration für eine neue Schmuckkollektion gefunden hatte. Sie sah ungewollt Bilder vor sich auftauchen, ein blütenförmiges Turmalinsteinchen in Rosa, einen Diamantanhänger in der Form einer Magnolie …

Fee schüttelte heftig den Kopf, und die Bilder lösten sich auf. Nein, sie würde nicht mehr zeichnen. Es ging nicht mehr. Dennoch, die Bäume und die Gegend hier waren wunderschön und inspirierend. Genauso mussten sie auch auf Alice gewirkt haben und vielleicht sogar auf ihre Großmutter, wenn sie Klavier gespielt hatte.

Als Aurelia nach einer Weile wiederkam, stellte sie die Getränke und wieder ein paar *Biscotti* auf den Tisch.

»Wie alt sind diese Magnolien?«, fragte Fee.

»Die Tulpenmagnolien vor dem Haus und am See wurden Mitte der Zwanzigerjahre von Maurizios Vater Carlos gepflanzt und sind inzwischen schon vierundneunzig. Die Purpurmagnolie ließ Undine setzen, irgendwann Mitte der Dreißigerjahre.« Sie zeigte zu dem strauchartigen Bäumchen in der Mitte des Gartens, dessen Knospen noch verschlossen waren. »Sie blüht Anfang Mai. Magnolienpflanzen gehören übrigens zu den ältesten blühenden Gehölzen der Welt.«

»Interessant. Du hast eine Undine erwähnt. Wer war das?«

»Maurizios zweite Frau.« Ihre Stimme klang eigenartig schrill. Sie setzte sich an den Tisch und nahm den Brief und ihre Lesebrille vom Tablett. »So, jetzt zu dem Brief.«

Fee war irritiert. »Maurizios zweite Frau? Ich dachte, das war Alice?«

»Nicht ganz. Alice war seine dritte Frau. Maurizio ist vor Undine schon mal verheiratet gewesen.« Aurelia setzte ihre Lesebrille auf und starrte auf den Brief. Fee wollte fragen, was mit den beiden ersten Frauen geschehen war, doch Aurelia sprach bereits weiter. »Setz dich doch. Also, ich habe den Brief vorhin in der Küche schon kurz durchgelesen ... Alice schreibt Violetta, dass nicht ein Tag vergehen würde, an dem sie sie nicht vermisse. Ihre eigene Tochter nicht aufwachsen sehen zu können, halte sie fast nicht aus, und es sei schlimmer als alles andere im Gefängnis. Inzwischen müsse Violetta ja schon dreizehn sein. Sie habe schon so viele Briefe geschrieben, jedoch nie eine Antwort erhalten und hoffe deshalb, dass man ihr die Briefe auch wirklich übergeben würde.« Aurelia sah auf, Fee erwiderte ihren Blick ohne Worte.

Aurelia sprach weiter. »Sie bittet Violetta, sie endlich zu besuchen, sie habe ihr so viel zu erzählen. Unter anderem möchte sie ihr gerne persönlich erklären, wie es damals zu dem Unglück gekommen ist. Eines müsse Violetta jedoch wissen, und zwar, dass Alice sie über alles liebe.« Aurelia verstummte. »Am Ende erwähnt sie noch, dass sie wieder gezeichnet habe. Das Zeichnen gebe ihr Kraft, um die Zeit im Gefängnis zu überstehen.« Sie legte den Brief nieder und sah auf. »Das ist alles.«

Fee nahm ihre Worte mit einem Nicken auf. Sie fragte sich, wie ihre Großmutter auf den Brief reagiert hätte.

»Dieser Brief wirkt auf mich nicht so, als sei Alice böse gewesen. Sie muss ihre Tochter über alles geliebt haben, sonst hätte sie sich doch nicht die Mühe mit den Briefen und Zeichnungen gemacht. Sie hat meine Großmutter nach ihrer Haft sogar aufgesucht und wollte mit ihr reden, aber meine Großmutter schickte sie weg. Sie wollte sich nicht anhören, dass Alice Maurizio erschossen hatte, bloß um ihren Liebhaber zu schützen.« Fee hielt inne. »Dieser Liebhaber soll ein italienischer Schmuggler gewesen sein. Weißt du mehr darüber?«

Aurelia seufzte laut. »*Spalloni*! So nannten wir die Schmuggler damals.« Sie neigte sich über den Tisch, Fee konnte ihren Atem riechen. Knoblauch. »Damals während des Krieges, ab 1942, hatte der Schmuggel an der Grenze stark zugenommen. Wir hatten Schwierigkeiten, uns selbst zu versorgen, musst du wissen. Die Deutschschweiz hinter dem Gotthard schien uns vergessen zu haben, und die Grenzen zu Italien waren zu.« Sie gestikulierte wild und stieß dabei fast Fees Wasserglas um. Fee konnte es gerade noch rechtzeitig festhalten.

»Wir haben natürlich Gemüse angebaut, und dank Maurizios guter Kontakte zu den Italienern und den *tedesco*, den Deutschen, ging es uns im Vergleich zu anderen recht gut. Aber –«

»Äh, warte kurz.« Fee, die durch Aurelias Bemerkung an Maurizios Bankengeschäfte mit den Nazis und Mussolini denken musste, sprach Aurelia darauf an.

Sie zuckte nur die Schultern. »Ich weiß nicht viel darüber. Das war ein Tabuthema. Matteo jedoch, der die Bank leitete, wurde später immer wieder damit konfrontiert. Das hat ihn sehr mitgenommen.«

»Kann ich mir vorstellen. Ich frage mich, ob meine Großmutter Bescheid wusste.«

»*Certo*. Bestimmt. Jeder wusste es. Aber wie gesagt, man hat nicht darüber gesprochen.«

Fee schlussfolgerte für sich daraus, dass ihre Großmutter diese dunkle Seite ihres Vaters verdrängt haben musste, damit das Andenken an ihn mit nichts Negativem behaftet war.

»Wie ging eigentlich Alice damit um?«, fragte sie.

Aurelia kratzte sich an der Nase. »Ihr gefiel es ganz und gar nicht, aber sie hatte nichts zu sagen …« Ihr Satz verklang, als wüsste sie nicht recht, wie sie nun fortfahren sollte. Sie lachte unsicher auf. »Ach, wir sind vom Thema abgekommen. Ich wollte dir ja von den *spalloni* erzählen … Es war so, die Lebensmittel waren knapp, und in Italien war die Situation auch nicht besser, im Gegenteil. Die *alleati*, also die Alliierten, sind ja im Sommer 1943 in Sizilien gelandet, deshalb besetzten die *tedesco* Norditalien. Mussolini wurde Regierungschef der *Repubblica Sociale Italiana*. Für die Bevölkerung hat sich die Lage stark verschlechtert. Flüchtige wie die *partigiani*, die Partisanen, oder Deserteure mussten sich ins Gebirge entlang der Schweizer Grenze zurückziehen. Aber dort konnten sie nicht arbeiten, und Lebensmittelmarken bekamen sie auch nicht, deshalb wurden sie zu Schmugglern.« Sie legte eine kurze Atempause ein. »Ganze Kolonnen von Menschen kamen über die Berge in den Tessin. Sie waren schwer beladen, mit bis zu dreißig Kilogramm auf dem Rücken.« Sie formte eine Art Rucksack mit den Händen. »Meistens brachten sie Reis, aber auch Mehl, Pasta, Mais, Schinken, Käse oder Salami. Manchmal auch Seide und Veloreifen. Ja, sogar Esel und Schuhe!« Sie lachte, und Fee stimmte ein, dachte aber gleichzeitig, dass es für die Leute damals bestimmt hart gewesen war.

»Was erhielten sie dafür? Es gab ja nichts?«

»Doch, doch! Wir hatten *Saccharin*, das ist ein Süßstoff. Und Salz. Ah, und durch die Tabakfabrik Zigaretten. Am meisten schätzten sie jedoch Schweizer Franken. Der Franken war während des Kriegs ja relativ stabil, die Lira in Italien hingegen verlor immer mehr an Wert. Mit dem Franken machten die Schmuggler auf dem italienischen Schwarzmarkt viel Gewinn.«

»Und Alice hatte einen solchen Schmuggler als Liebhaber.«

»Ja. Frag mich aber nicht, wo sie den kennengelernt hat. Ich weiß nur, dass er einen Tag vor Alices Tat einen Grenzwächter erschossen hatte. Alice versteckte ihn im Bootshaus. An dem Unglücksabend jedenfalls beobachtete Pippa, wie Alice dem Schmuggler Essen brachte und ihn küsste. Maurizio war für ein paar Tage in Lugano, kam aber früher als erwartet nach Hause. Pippa hat ihm alles erzählt, und dann suchte Maurizio Alice und den Schmuggler im Bootshaus auf.« Sie brach ab.

»Und dann hat Alice Maurizio erschossen«, ergänzte Fee.

»Ja.« Aurelia starrte auf ihre runzligen Hände. »Zuerst gab Alice bei der Polizei an, dass es ein Einbrecher gewesen war, der daraufhin flüchtete. Es gab damals ein paar Überfälle in der Gegend, von daher war ihre Ausrede grundsätzlich glaubhaft.«

»Aber die Polizei glaubte ihr trotzdem nicht?«

Aurelias Kopf hob sich langsam, in ihren Augen lag ein eigenartiger Ausdruck.

»Pippa und ich hatten alles beobachtet.«

Fee erschrak. »Die Tat?«

»Ja.«

»Das ist schrecklich.« Fee hätte gerne nachgefragt, wie es sich genau abgespielt hatte, aber sie unterließ es. Sie wusste selbst, wie es war, wenn ein geliebter Mensch vor den eigenen Augen erschossen wurde. Der Anblick musste hart gewesen sein für Pippa, und für Aurelia natürlich auch.

Aurelia fuhr sich durch das Haar, sodass es in kleinen Büscheln abstand. »Wir haben der Polizei dann gesagt, was wirklich geschehen war. Sie haben Alice verhaftet.« Sie sah Fee direkt in die Augen. »Ich mochte Alice immer, aber durch ihre Tat nahm sie Pippa, Matteo und auch ihrer Tochter Violetta den Vater. *E questo non va bene!* Maurizio mag Geschäfte mit den Nazis gemacht haben, aber er liebte seine Kinder über alles. Alice hatte kein Recht, ihn zu erschießen.«

»Hm.« Fee betrachtete wieder die Skizzen und bewunderte die

so exakt gezeichneten Magnolienblüten, das Werk einer Mörderin.

»Sie hat immer viel gezeichnet«, erklärte Aurelia besänftigend. »Sie hielt sich meistens im Garten auf, sogar im Winter setzte sie sich auf die Terrasse und zeichnete. Nur wenn es regnete, blieb sie im Haus, doch selbst dann sah man sie mit ihrem Skizzenblock am Fenster sitzen.«

Fee lächelte. Erinnerungen schossen ihr durch den Kopf. Stundenlang hatte sie damals als Mädchen in ihrem Zimmer gesessen und gezeichnet, während sich ihre Eltern Beschimpfungen an den Kopf geworfen hatten. Das Zeichnen hatte sie in eine andere, friedlichere Welt katapultiert. Sie fragte sich, ob es Alice ähnlich ergangen war.

»Felicia!« Aurelia rieb sanft über ihr Handgelenk. »*Tutto bene?* Alles gut?«

»Ja, alles in Ordnung. Aurelia, weißt du, was aus Alice geworden ist?«

»Nein«, kam es wie aus der Pistole geschossen. »Tut mir leid.« Dann sprang Aurelia von der Bank auf, als hätte sie jemand in den Hintern gestochen. »Du solltest jetzt gehen. Pippa kommt bald zurück.«

»Ja, sicher.«

Kapitel 13

Brissago, Mai 1940

Alice

Alice saß mit ihrem Zeichenblock am Fenster und betrachtete die immer größer werdenden Pfützen auf den Steinplatten vor der Villa. Es regnete schon den ganzen Tag, was sie davon abhielt, draußen zu zeichnen, doch hier im düsteren Haus fehlte es ihr an Inspiration. Vielleicht lag es aber auch am Kriegsverlauf und der damit verbundenen Abreise Tommasos. Die deutschen Truppen waren kürzlich in die Niederlande, Belgien und Luxemburg eingedrungen, und auch entlang der Schweizer Grenze tauchten deutsche Divisionen auf. Aus Furcht vor einem Überraschungsangriff hatte der Bundesrat die Generalmobilmachung befohlen. Tommaso hatte seinen Urlaub unverzüglich abbrechen und zu seiner Truppe zurückkehren müssen. Alice vermisste ihn, denn er war ihr innerhalb kurzer Zeit ein guter Freund geworden.

Nach einem kläglichen Versuch, ein Kleid zu skizzieren, legte sie den Block frustriert weg. Sie warf einen Blick zu den italienischen Lehrbüchern und stöhnte. Sie hatte heute den ganzen Morgen Vokabeln gelernt, bis ihr Kopf gedröhnt hatte. Morgen wieder.

Sie stand auf und begab sich in die Küche, wo Filomena und

Aurelia Teig für Kastanienbrote kneteten. Auf ihre Frage, ob sie helfen könne, sah Filomena sie ungläubig an. Ihre Backen glänzten rot wie blank polierte Äpfel, die Äuglein wirkten klein wie Rosinen, während die von Aurelia riesig waren und blaugrün schimmerten wie Bergseen.

»Das ist nicht Ihre Aufgabe, Signora Alice.«

»Ich weiß, aber ich würde mich gerne irgendwie nützlich machen.«

Filomenas Wangenröte breitete sich im ganzen Gesicht aus. »Nützlich?« Ihre hochgezogenen Brauen gruben eine tiefe Falte in ihre Stirn. »Sie brauchen sich hier nicht *nützlich* zu machen. Ich habe alles im Griff, Signora Alice.«

»Ja, ja, natürlich.«

Filomena knetete weiter, nur Aurelia sah unsicher zu Alice, und erst als ihre Mutter auf Italienisch auf sie einredete, fuhr sie mit der Arbeit fort. Entmutigt verließ Alice die Küche und ging hoch in die erste Etage. Der Flur war düster, die Zimmertüren bis auf die von Matteo geschlossen. Alice wusste, dass Lucilla, die um diese Zeit normalerweise ihr Mittagsschläfchen hielt, beim Arzt war. Pippa übte Klavier, was die Laute von Beethovens Mondscheinsonate, die aus dem Musikzimmer drangen, bezeugten. Ab und zu vernahm Alice einen falschen Ton, und dann begann das Mädchen das Stück von Neuem. Alice bewunderte Pippa für ihren Ehrgeiz und ihr Durchhaltevermögen. Obwohl sie nicht viel Talent hatte, wurde sie durch ihr diszipliniertes Spielen tatsächlich immer besser.

Alice ging weiter und blieb vor der halb geöffneten Tür von Matteos Kinderzimmer stehen, um hineinzuspähen. Sie sah, wie Franca am Boden saß, während Matteo auf seinem Schaukelpferdchen ritt und dabei ein kleines Ritterschwert aus Holz schwenkte. Matteos niedliches Gesichtchen glich einer Sonne, Francas Miene hingegen erschreckte Alice. Die junge Frau blickte so hoffnungslos vor sich hin, als wäre ihr gerade das Schlimmstmögliche zugestoßen. Vermutlich litt sie unter Tommasos Abreise.

Alice überlegte kurz, nachzufragen, ob alles in Ordnung sei, entschied sich aber dagegen, weil Franca ihr ohnehin nichts anvertrauen würde.

Geraldo kam die Treppe heruntergepoltert, in der Hand trug er seinen Werkzeugkasten. Alice erinnerte sich, dass Lucilla ihm heute Morgen gesagt hatte, er solle die Schranktür im Gästezimmer reparieren. Gestern war Tante Adalberta abgereist, eine Cousine von Lucilla aus Genf, die zuvor eine Woche zu Besuch gewesen war. Alice hatte die Frau, ein Abbild Lucillas, nicht gemocht und war froh, dass sie weg war.

»Hallo, Geraldo!«

»Signora Alice, ist alles in Ordnung?«

»Ja, ja. Mir ist nur langweilig.« Sie zwang sich zu einem Lächeln, das er mitleidig erwiderte.

»Morgen ist das Wetter bestimmt wieder besser. Dann können Sie draußen zeichnen.«

»Ich hoffe es.«

Er ging bereits weiter, drehte sich aber nochmals um. »Ich habe kürzlich zufällig mitgehört, wie Sie Filomena auf die Nähmaschine angesprochen haben.«

»Ja. Leider bringt es mir nichts, weil ich keine Stoffe habe.«

»Es gibt aber Stoffe, Signora Alice!« Er klang hibbelig, fast so, als handelte es sich nicht um Stoffe, sondern um einen Goldschatz. »Vermutlich hat Filomena nicht mehr daran gedacht.« Er stellte seinen Werkzeugkasten auf den Boden. »Kommen Sie, Signora Alice.«

Sie gingen in das oberste Stockwerk zu den Personalzimmern,

wo Filomena, Aurelia und Franca jeweils eine Kammer hatten. Geraldo hingegen bewohnte das Gartenhäuschen neben der Villa.

Er öffnete das letzte Zimmer auf dem Flur, von dem Alice wusste, dass es als Abstellkammer genutzt wurde. Wegen des Flachdachs gab es keinen Dachboden im Haus, und so wurden hier ausrangierte Möbel, Kisten, Truhen und Lederkoffer untergebracht. Geputzt wurde offenbar nicht oder nur sehr selten, wie Alice aufgrund der zahlreichen Spinnennetze und Staubschichten auf den Möbeln mutmaßte.

Geraldo zielte auf eine Holztruhe vor dem kleinen Fenster ab und öffnete sie.

»So, sehen Sie hier, Signora Alice.«

Alice, die neben ihm stand, kam es vor, als hätte er eine Truhe voll mit Diamanten geöffnet. Sie riss die Augen auf und kniete nieder. Stoffe! Seide, Taft und Baumwolle in Unmengen und den verschiedensten Farben. Rosarot, Grau, Hellblau, Königsblau, Golden, Cremeweiß.

»Oh, Geraldo, das ist ja wundervoll!« Sie zog einen Ballen hellblaue Seide heraus und strich zärtlich darüber.

»Von wem sind die?«

Er starrte zu Boden. »Von Undine.«

»Oh!« Alice legte den Ballen so schnell wieder zurück, als hätte sie sich die Finger daran verbrannt. Undine!

»Signora Lucilla wollte sie wegwerfen. Aber Filomena meinte, es sei zu schade. Sie durfte die Stoffe behalten.«

»Dann gehören sie Filomena?«

»Genau genommen gehören sie Maurizio.« Geraldos Stimme hatte einen raueren, härteren Ton angenommen. »Außerdem ist Filomena nicht in der Lage, mit solchen Stoffen zu arbeiten.«

»Es sind sehr edle Materialien. Woher hatte Undine sie?«

Wieder blickte er auf den Boden. »Sie hatte sie aus Mailand mitgebracht.«

»Hat sie auch genäht?«

»Nein, sie wollte einen bekannten Schneider in Ascona beauftragen, ihr ein paar Kleider zu nähen. Für nach der Geburt ... Aber dann ...« Er schien noch mehr sagen zu wollen, sein Mund öffnete sich, doch dann verstummte er.

»Was ist mit ihr passiert?«, fragte Alice, ganz erpicht darauf, endlich mehr über das tragische Schicksal ihrer Vorgängerin zu erfahren. Sie hatte keine Gelegenheit mehr gehabt, mit Tommaso über Undine zu sprechen, weil er seinen Urlaub so schnell hatte abbrechen müssen.

Geraldo knetete die Hände, und wie schon mal, als sie ihn auf Undine angesprochen hatte, schob sich ein unsichtbarer Vorhang über sein Gesicht, der seiner gebräunten Haut ein gräuliches Aussehen verlieh.

»Fragen Sie Ihren Mann, ob Sie die Stoffe haben können«, sagte er und wich ihrem Blick aus. »Irgendwo hier gibt es auch noch Fäden, Reißverschlüsse und Schleifen.« Dann machte er kehrt und verließ das Zimmer.

Alice sah ihm nach. *Verflucht! Was ist nur mit Undine passiert, dass niemand darüber sprechen will?*

Sie seufzte, doch ein Blick auf die Stoffe ließ ihr Herz erneut einen freudigen Hüpfer machen. Sie könnte einige ihrer Entwürfe umsetzen. Vielleicht sogar ein Kleid für Pippa nähen und ihr dadurch endlich näherkommen. Das Mädchen tat ihr leid. Lucillas Cousine Adalberta hatte Pippa letzte Woche andauernd wegen ihres Aussehens gedemütigt, sie *falco* genannt. Besonders schlimm war es an einem Abend gewesen, als sie den Kindern das Märchen von *Dornröschen* vorgelesen hatte. Pippa hatte am Ende gesagt, sie sei auch eine Prinzessin. Da hatte Cousine Adalberta laut gelacht und gemeint, nur hübsche Mädchen seien Prinzessinnen, Pippa hingegen sei ein kleiner Habicht. Pippa war weinend aus dem Zimmer gerannt, und als Alice sie trösten wollte, schickte sie sie weg. Alice spürte Pippas Schmerz und nahm sich vor, dem Mädchen etwas Gutes zu tun und ihr ein richtiges Prinzessinnenkleid zu nähen. Eifrig begann sie, die restlichen Truhen und Kisten nach dem Nähzubehör zu durchsuchen, stieß aber nur auf alte Spielsachen, Schuhe und Hüte. In einem Koffer kam gar eine Sammlung gruselig aussehender Marionetten zum Vorschein. Alice fröstelte und wollte den Koffer wieder schließen, da erspähte sie ein hellgraues Notizheft. Die Worte *Medicina erboristica, Carmina Ferrazzini* sprangen ihr ins Auge, und sie zog es heraus. Inzwischen verstand sie schon vieles auf Italienisch und konnte den Titel übersetzen. *Pflanzenheilkunde von Carmina Ferrazzini.*

Wer ist Carmina Ferrazzini?, fragte sie sich und öffnete das Heft, in dem sie zahlreiche von Hand geschriebene Rezepturen für Heiltinkturen fand. Alles auf Italienisch. Alice überlegte kurz, ob Maurizio jemals eine Carmina erwähnt hatte, erinnerte sich aber nicht daran.

Abends, während Maurizio Kaninchenschenkel und Risotto aß, erzählte Alice ihm von den Stoffen, woraufhin er kurz zusammenzuckte. Lucilla warf ihr einen empörten Blick zu. »Die Stoffe haben Undine gehört!«, rief sie.

Maurizio schlug mit der Handfläche auf den Tisch. »Ja, aber Undine ist tot, Mutter!«

Lucilla klappte den Mund auf und wieder zu, während Maurizio ein Stück Fleisch abschnitt. »Du kannst die Stoffe haben, Alice.«

»Danke!« Sie vermied es, Lucilla anzusehen, und spürte einen kleinen Triumph, endlich über sie gesiegt zu haben.

Wenig später, nachdem Filomena die Teller abgeräumt hatte

und den Nachttisch brachte, nutzte Alice die Gelegenheit und sprach Maurizio auf Carmina an.

Ein kaum hörbares Schnauben von Lucilla erklang. Maurizio, der sich soeben ein Stück Kastanienkuchen in den Mund schieben wollte, hielt inne und ließ die Gabel sinken. Er kniff die Augen zusammen, als machte er ihr wortlos eine Kriegserklärung. »Woher weißt du von Carmina?«, fragte er schließlich.

»Ich … fand ein Notizheft mit ihrer Kräuterheilkunde.«

Maurizio schlug wieder auf den Tisch, diesmal mit der Faust. »Damit eines klar ist: Ich will den Namen Carmina nie wieder hören!«

»Aber wieso –«

»Du brauchst keinen Grund! Ich will den Namen Carmina nie wieder hören. Nie wieder! Hast du das verstanden?« Zorn verzerrte seine Stimme.

»Ja, sicher.«

• • •

Ein paar Tage später, das Wetter zeigte sich wieder von seiner besten Seite, saß Alice unter der Pergola im Garten der Silvestris und las Henriette ihren italienischen Aufsatz vor. Henriette kraulte ihrer Hündin Luna den Nacken, während sie zuhörte. Als Alice den Aufsatz – eine einfache Geschichte über einen Ausflug nach Locarno, den sie mit Maurizio und den Kindern unternommen hatte – beendet hatte, schaute sie gespannt zu Henriette, die anerkennend nickte. »Du machst Fortschritte. Das ist sehr gut.«

Alice hob die Schultern. »Lucilla sagt, ich habe kein Talent.«

»Ach was!« Henriette winkte ab. Sonnenstrahlen fielen durch die Pergola und ließen ihren gelbblonden Seitenzopf leuchten.

Alice fiel auf, dass ihre Augen fast so grün waren wie die Rebblätter.

»Sie irrt sich. Ich finde, du machst dich gut. Wenn es nicht so wäre, würde ich es dir nicht sagen, glaube mir.«

Luna neben ihr machte ein schmatzendes Geräusch, als wollte sie ihrem Frauchen zustimmen. Henriette legte Alice eine Hand auf den Arm. »Hör nicht auf Lucilla. Sie ist ein fürchterliches Weib und redet nur dummes Zeug.« Sie schloss kurz die Augen. »Ich habe an der Hochzeit mit angehört, was sie zu dir gesagt hat.«

»Dass ich eine kleine *Hure* sei?«

»Ja. Das hat mir sehr leidgetan.«

»Hast du mir deshalb angeboten, mich zu unterrichten? Damit es Lucilla nicht tut?«

»Ja.« Sie nahm das Grammatikbuch hervor. »Lass dich von Lucilla nicht einschüchtern, ja? So, und jetzt geht's mit Grammatik weiter.«

Alice nickte und griff nach ihrem Heft. Sie dachte an Tommasos Worte, dass seine Mutter denke, sie habe Maurizio nur des Geldes wegen geheiratet. Vermutlich war sie noch derselben Meinung, aber es spielte keine Rolle, denn Henriette hatte ihr durch ihre Anteilnahme gerade gezeigt, dass sie eine Freundin war.

Am Ende des Unterrichts nahm Alice all ihren Mut zusammen und sprach sie auf Undine an. »Ich finde es seltsam, dass niemand über sie und ihren Tod spricht. Sag, hat sie sich etwa umgebracht?«

»Umgebracht? Nein. Wie kommst du darauf?«

»Ich habe gehört, dass es ihr nach der Geburt psychisch nicht gut ging.«

»Hat dir Tommaso das erzählt?«

Alice schwieg, Henriette seufzte.

»Es stimmt.« Sie sah rüber zu Luna, die sich inzwischen in die

Wiese gelegt hatte. »Es war nach der Geburt der Zwillinge. Es ging ihr sehr schlecht, sie heulte nur noch und wollte das Bett nicht mehr verlassen. Sie ...«

»Warte kurz, du sagtest Zwillinge?« Tommaso hatte sich also doch nicht versprochen!

Henriette beobachtete eine Ameise, die über den Steintisch krabbelte. »Ja, Zwillinge. Matteo hatte einen Bruder. Marcello. Aber ...« Sie stieß einen verzweifelten Seufzer aus. »Oh Gott, das ist einfach zu schrecklich, um es auszusprechen.«

»Was ist passiert?«

»Undine und Marcello wurden ermordet.«

»Ermordet?« Alice presste sich die Hände auf den Mund. »Das ist grauenhaft! Wer hat es getan?«

»Es war angeblich Carmina, Maurizios Schwester.«

»Carmina!« Ein kalter Schauer kroch langsam und bedrohlich über Alices Rücken. Dass in der Villa eine Frau und ein Säugling umgebracht worden waren – und das von Maurizios Schwester, deren Notizheft sie kürzlich gefunden hatte –, erschütterte sie. Sie versuchte, sich zu sammeln, und massierte sich die Schläfen. »Ich habe vor ein paar Tagen ein Notizheft von ihr entdeckt und Maurizio auf sie angesprochen. Er wollte nicht über sie reden und wurde sehr wütend. Er hat nicht mal gesagt, dass sie seine Schwester ist.«

Henriettes Miene umwölkte sich. »Bestimmt will er dich nur schützen, weil das alles so furchtbar ist. Bitte sag ihm nicht, dass du es von mir erfahren hast. Auch mein Mann wäre sehr verärgert. Wenn du Maurizio darauf ansprechen willst, erzähl ihm einfach, du hättest es im Dorf gehört. Er weiß selbst, dass viel geredet und getratscht wird«

»Ja, in Ordnung.« Alice verstand Henriettes Sorge. Ihr Mann Riccardo war der Advokat der Familie Ferrazzini und ein guter

Freund von Maurizio. Sie wusste selbst noch nicht, ob sie Maurizio noch mal auf seine Schwester ansprechen wollte.

»Ich bin froh, dass ich es nun weiß, auch wenn es viele weitere Fragen aufwirft. Wie und warum hat Carmina das getan?«

Henriette presste den Mund zu einer schmalen Linie, als wollte sie sich das Sprechen verbieten. Alice spürte gleich, dass sie etwas wusste, und sah sie nach wie vor fragend an. Henriette blickte um sich, ehe sie sich leise räusperte. »Ich glaube ehrlich gesagt nicht, dass Carmina es war, auch wenn vieles gegen sie spricht.«

»Du meinst, sie ist unschuldig?«

»Ja, das denke ich. Carmina war eine Art ... wie soll ich sagen? Kräuterhexe. Viele hatten Angst vor ihr, sogar Tommaso, als er noch ein Kind war. Dabei war sie eine gute Hexe. Sie hat aus Kräutern, Pflanzen und Pilzen Tinkturen gemischt, die gegen innerliche und äußerliche Leiden halfen. Sie hatte sogar einen Lehrmeister, der früher in China gewesen war. Ein Einsiedler, der im Wald lebte. Viele hielten Carmina aber für eine Quacksalberin.«

»Das Notizheft enthielt unzählige Rezepturen«, warf Alice ein.

»Carmina hat sich oft tagelang in ihrer Werkstatt im Keller verschanzt und herumexperimentiert. Sie hat auch für Undine eine Tinktur gegen ihre Depression nach der Schwangerschaft gemixt. Ja, und dann wurde Undine vergiftet. Die Tinktur in dem Glasfläschchen, das Carmina Undine gegeben hatte, enthielt Eisenhut. Hochgiftig. Später fand man ein Fläschchen davon auch in Carminas Werkstatt.«

»Wurde der kleine Marcello auch vergiftet?«

Henriettes Miene verdunkelte sich. »Nein. Er wurde erstickt. Das hat man bei der Untersuchung der Leiche festgestellt. Mit einem Kissen. Vermutlich hat er geschrien, als der Mörder bei Undine einbrach und der Tinktur das Gift hinzufügen wollte. Das

Zimmer der Zwillinge lag angrenzend an das von Undine und hatte eine Verbindungstür. Marcello war immer ein ziemlicher Schreihals. Bestimmt hatte der Mörder Angst, er würde die Hausbewohner aus dem Schlaf reißen. Das würde auch erklären, weshalb Matteo verschont wurde. Er war viel ruhiger als Marcello.«

Alice fühlte sich wie gelähmt. »Erstickt mit einem Kissen? Das ist einfach grauenvoll. Aber sag, warum glaubst du trotz all dieser belastenden Hinweise nicht an Carminas Schuld?«

Henriette wirkte nun beinahe aggressiv, ihre Augen blitzten zornig. »Weil ich Carmina kannte. Sie wäre nie in der Lage gewesen zu morden, das weiß ich. Sie hat den Menschen mit ihren Heiltinkturen immer nur helfen wollen, wie auch Undine mit ihrer Melancholie. Sie war sehr stolz auf ihre Medizin und hätte niemals einen Schaden damit angerichtet. Dazu kam, dass sie einen starken Gerechtigkeitssinn hatte und sich immer für Schwächere einsetzte. Sie hätte niemals ein unschuldiges Kind getötet.«

»Und wenn sie nun bei Undines Tinktur einen Fehler gemacht hatte? Die Pflanzen verwechselt?«

»Und wie erklärst du dir dann Marcellos Tod? Er wurde ja nicht vergiftet. Außerdem kannte sich Carmina wirklich sehr gut aus mit ihren Heilmitteln. Sie hat ja sogar den Schulkindern hier im Dorf eine Zeit lang Pflanzenkunde gegeben, damit sie aufpassen beim Sammeln von Kräutern und Pflanzen. Leider kam es dann zu einem Vorfall. Sie hat einem Kind eine Ohrfeige verpasst, weil es sie als stinkende Hexe beschimpfte.«

»War sie gewalttätig?«

Henriette glättete eine Falte auf dem blau-weiß karierten Tischläufer. »Sie neigte tatsächlich zu Wutausbrüchen, ja. Aber die waren stets gerechtfertigt. Wie gesagt, sie hatte ein großes Gerechtigkeitsempfinden. Doch niemals hätte sie jemanden umgebracht, schon gar nicht auf eine solche Weise. Carmina war sehr gescheit. Wenn sie Undine tatsächlich hätte ermorden wollen, dann wäre sie viel bedachter vorgegangen. Sie hätte niemals zu Gift gegriffen, weil man das ja mit ihr in Verbindung gebracht hätte. Leider sprach alles gegen sie.« Sie brach ab und sah Alice ernst an. »Du musst wissen, dass es Carmina den Leuten nie besonders einfach gemacht hat, sie zu mögen. Sie war rau und sagte immer ihre Meinung. Viele hatten auch Angst vor ihr, weil sie tatsächlich ein wenig wie eine Hexe aussah. Sie trug schwarze weite Röcke, ihr Haar war lang und zerzaust, und sie roch nicht besonders gut. Den Leuten war klar, dass sie schuldig sein *musste*. Insbesondere deshalb, weil sie und Undine sehr oft Streit hatten. Carmina war zum Beispiel der Ansicht, dass Undine Pippa zu sehr verwöhnte. Sie fand, man müsse bei ihr härter durchgreifen, weil Pippa schon als Dreijährige unmöglich war. Einmal wütete sie in Carminas Werkstatt und zerstörte viele Tinkturen. Carmina versohlte Pippa daraufhin den Hintern, und das machte Undine sehr wütend. Sie verbreitete im Dorf gemeine Gerüchte über Carmina, dass sie eine Hexe sei und Fledermäuse esse. Dass man Krankheiten von ihr bekomme. Undine konnte sehr glaubhaft sein und schädigte Carminas Ruf noch mehr. Die Leute wollten nichts mehr mit ihr zu tun haben. An einem Dorffest verwehrte man ihr sogar den Zugang. Da hat sie Undine gedroht, es werde ihr noch leidtun. Es war kurz vor der Geburt der Zwillinge.«

»Haben sich Lucilla und Maurizio nie für Carmina eingesetzt?«

»Nein, sie waren der Meinung, Carmina mache sich durch ihr seltsames Auftreten und Verhalten selbst zur Außenseiterin.«

»Und trotz allem hat sie Undine dann geholfen?«

»Ja. Carmina stellte die Gesundheit eines Menschen über persönliche Angelegenheiten. So wie auch Ärzte es tun.«

»Du mochtest sie, oder?«

Henriette seufzte leise. »Sie war sehr eigen, aber ja, ich

mochte sie.« Sie blickte rüber zu Luna, die friedlich schlief. »Sie hat unsere Luna gerettet. Es ging ihr sehr schlecht, sie litt unter Durchfall, musste immer wieder erbrechen. Der Tierarzt konnte ihr auch nicht helfen. Carmina hat dann eine Kräutertinktur zusammengemischt, die wir Luna über mehrere Tage hinweg verabreicht haben. Und es hat tatsächlich gewirkt. In dieser Zeit lernte ich Carmina näher kennen und bemerkte, dass sie nicht nur alles über Naturheilkunde wusste, sondern auch das Herz am rechten Fleck hatte. Aber ich gehörte zu den wenigen, die das fanden. Es war verrückt, je mehr Leuten und Tieren Carmina half, für umso unheimlicher hielt man sie. Riccardo beispielsweise wollte nicht, dass ich mich mit Carmina traf, und selbst Tommaso fürchtete sich vor ihr.«

»Und jetzt ist Carmina im Gefängnis?«

»Ja, in der Nähe von Lugano.«

Alice blickte auf die Blumentöpfe, die sich um die Pergola herum gruppierten. »Unfassbar, das Ganze. Hättest du mir nichts gesagt, hätte ich es vielleicht nie erfahren.«

»Irgendwann bestimmt. Wie erwähnt, im Dorf wird viel geredet. Ich kann Maurizios Schweigen schon verstehen. Er hat an diesem Ort schon so viel durchgemacht, da will man irgendwann nur noch vergessen. Er hat allen verboten, darüber zu sprechen.«

»Warte, *durchgemacht*? Wie meinst du das?«

Henriette zögerte. »Undines Ermordung war nicht die erste Tragödie. Gegen Ende der Zwanzigerjahre kam es in dem Haus schon mal zu einem fürchterlichen Vorfall.«

Plötzlich erklang ein lauter Schrei, Henriette sah hinunter zum Bootshaus, auch Luna war aus ihrem Nickerchen erwacht.

»Was für ein Vorfall?«, fragte Alice unbeirrt. Was hatte ihr Maurizio noch verschwiegen?

Ehe Henriette antworten konnte, kam Franca vom Bootshaus her auf sie zugerannt.

»Kommt schnell! Pippa ist gestürzt!«

Kapitel 14

Brissago, März 2019

Fee

Fee wartete am Dienstagmorgen vor den Parkunterständen oben auf Signor Luca Buzzini, den Mitarbeiter von *Della Valle Immobilien*, der die Bewertung durchführen würde. Autos rasten an ihr vorüber, und Fee fand es irgendwie kurios, dass sich so unmittelbar unter der belebten Straße ein Gartenparadies befand. Sie fächerte sich mit der Hand etwas Luft zu. Es war windstill und ungewöhnlich warm für einen Märztag. Schon gestern war sie bei ihrem Rundgang durch Brissago ins Schwitzen gekommen, besonders nach einem Telefonat mit ihrem Vater, der von Christian über ihre Hochzeitsbedenken in Kenntnis gesetzt worden war. Er hatte ihr gesagt, wie töricht ihr Verhalten sei und dass er vermute, ihre Mutter stecke dahinter. Fee hatte erwidert, dass selbst ihre Mutter nichts davon wisse. Es sei ihr Leben, und sie allein könne entscheiden, ob sie heiraten wolle oder nicht. Mit den Worten, sie brauche Zeit, um nachzudenken, hatte sie aufgelegt und seine weiteren Anrufe, auch die ihrer Mutter, ignoriert.

»Guten Morgen!«

Sie drehte sich um. Nando Silvestri stand vor ihr, dieses Mal in dunkelgrauem Anzug. Seltsamerweise machte ihr Herz einen kleinen Hüpfer, den sie aber der Nervosität zuschrieb.

»Oh, hallo.« Sie strich sich eine Haarsträhne aus dem Gesicht. »Was machen Sie hier?« Gleichzeitig ärgerte sie sich über die Frage. *Er wohnt hier, du Dummkopf!*

Er trat auf sie zu. Das Sonnenlicht ließ seinen goldbraunen Teint schimmern, und Fee bemerkte, dass er auf dem Nasenrücken und um die Augen herum winzige Sommersprossen hatte, die nur wenige Nuancen dunkler waren als seine Haut.

»Ich komme zur Grundstücksbewertung. Pippa wollte, dass ich dabei bin. Ich bin ihr Advokat.«

»Ach?« Fee verschränkte die Arme. »Davon hat sie gar nichts gesagt. Hätte ich gewusst, dass sie ihren Anwalt dabeihat, hätte ich auch einen besorgt.«

»Sie müssen keine Angst haben, ich werde Ihnen nichts tun.« Er zwinkerte.

Fee atmete mit gespielter Erleichterung aus. »Dann bin ich aber froh. Nein, Spaß beiseite: Warum haben Sie mir gestern nicht gesagt, wer Sie sind?«

Er sah sie spöttisch an. »Ich hielt es nicht für notwendig. Hätte es etwas geändert?«

»Na ja, ich hätte Ihnen vielleicht nicht so vieles anvertraut. Das könnten Sie alles gegen mich verwenden, falls wir vor Gericht gehen müssen.«

Er legte die Stirn in Falten und schaute sie an, als wäre sie nicht ganz richtig im Kopf. »Ich wüsste nicht, was ich davon gegen Sie verwenden sollte. Etwa die Truhe mit den alten Fotos?«

Sie schnaubte. »Haha. Fakt ist, dass Pippa mir absichtlich Ihre Anwesenheit heute verschwiegen hat. Damit ich im Nachteil bin. Und um mich einzuschüchtern.«

»Ach was, Sie irren sich. Pippa ist gar nicht so schlimm, wie Sie denken.«

»Sie müssen sie nicht in Schutz nehmen, ich habe genug über sie gehört und weiß, wozu sie fähig ist.«

Er hob die Brauen, und unzählige Längsfalten bildeten sich auf seiner Stirn, was ihn nur noch attraktiver machte. »Sie übertreiben. Pippa hat nun mal eine sehr harte Schale, aber auch einen weichen Kern. Sie hatte es nicht immer leicht.«

»Hm. Es war sicher anstrengend für sie, meine Großmutter zu quälen.« Fee war überrascht über ihren schnippischen Tonfall, aber bei diesem Thema konnte sie ihre Emotionen nicht zurückhalten. Die grünen Augen ihres Gegenübers wanderten forschend über ihr Gesicht, als wollten sie daraus lesen. »Das ist doch Jahrzehnte her. Pippa war noch ein Kind. Sie hatte ihre Mutter verloren, da war sie erst drei, und als ihr Vater erschossen wurde, elf! Sie wurde übrigens Zeugin des Mordes.«

Ein roter Alfa Romeo fuhr auf den Platz und hielt vor Pippas Parkunterstand. Fee blickte kurz auf den Wagen, dann zu Nando. »Ich weiß. Aurelia hat es mir gesagt. Es tut mir leid für sie, aber es gab ihr trotzdem nicht das Recht, meiner Großmutter das Leben schwer zu machen.«

Eine Autotür wurde zugeschlagen, kurz darauf stand ein Mann mittleren Alters mit zurückgekämmtem grau meliertem Haar vor ihnen und stellte sich als Luca Buzzini von *Della Valle Immobilien* vor.

Fee, erleichtert, der unangenehmen Unterhaltung mit Nando Silvestri zu entkommen, reichte Luca Buzzini die Hand und begrüßte ihn freundlich.

Die Grundstücksbesichtigung zog sich in die Länge, weil Aurelia ihnen fast jeden Winkel der Villa zeigte und dabei sämtliche Details preisgab. Während sich Luca Buzzini dazu eifrig Notizen auf seinem iPad machte, standen Fee und Nando Silvestri herum. Pippa war nur zu Beginn kurz aufgetaucht, um die Herren zu begrüßen. Fee hingegen hatte sie keines Blickes gewürdigt und verschwand sogleich mit Lupo und der dicken Katze in ihrem Klavierzimmer. Seither erfüllte ein Musikstück Jean-Philippe Rameaus nach dem anderen das Haus, was bei Fee nicht nur unzählige Erinnerungen an ihre Großmutter, sondern auch ein Wechselbad der Gefühle hervorrief. Dass ausgerechnet die Frau, unter der ihre Großmutter so gelitten hatte, dieselbe Musik spielte, machte sie einerseits wütend, andererseits auch glücklich, weil es ihr vorkam, als würde ihre Großmutter selbst spielen und wäre wieder zum Leben erwacht. Zugleich dachte sie daran, wie sehr ihre Großmutter von Pippa schikaniert worden war, und ermahnte sich, sich nicht von deren Klavierspiel und Tierliebe beeindrucken zu lassen.

Als sie den Heizungs- und Boilerraum im Keller unten inspizierten, nahm es Aurelia besonders genau und berichtete Luca Buzzini alles so detailliert wie eine Fachfrau. Fee und Nando Silvestri warteten still vor dem kleinen Raum. Fee hatte ein ungutes Gefühl hier unten im Keller, weil Violetta erzählt hatte, Lucilla und Pippa hätten sie oft hier eingesperrt. Sie schaute sich auf dem schmalen, dunklen Flur um, der nicht nur zu dem Heizungsraum führte, sondern noch zu drei weiteren Räumen, einem Luftschutzraum und einem Weinkeller mit einer Tür aus Holzlatten. Fee entdeckte durch die Öffnungen hindurch ein Regal mit verstaubten Weinflaschen. Wo man ihre Großmutter wohl eingesperrt hatte, fragte sie sich und bereute den absurden Gedanken augenblicklich. Sie wollte es gar nicht wissen. Um sich rasch abzulenken, fragte sie Nando Silvestri, ob er seine Tochter wiedergefunden habe.

Er sah sie verwirrt an. »Meine Tochter?«

»Giulia. Sie haben sie doch gestern gesucht.«

»Ach so. Sie ist nicht meine Tochter, sondern meine Nichte.« Seine grünen Augen, die hier im Keller viel dunkler wirkten, verschleierten sich. »Seit dem Tod meiner Schwester lebt sie bei mir, meinen Eltern und Großvater.«

»Es tut mir leid. Also, ich meine, das mit Ihrer Schwester.«

Er gab ein knappes Nicken von sich. »Jedenfalls ist Giulia gestern wieder aufgetaucht. Sie hat mir aber nicht verraten, wo sie war.«

Das hätte ich auch nicht, dachte Fee. Mädchen in dem Alter brauchten manchmal Zeit für sich allein, das konnte sie gut nachvollziehen. Sie schwiegen eine Weile, bis Nando Silvestri fragte, warum sie ihren Anteil an der Villa nicht einfach behalte. »Ich weiß, das Geld ist verlockend, aber ...«

»Es ist nicht das Geld«, bemerkte Fee, auch wenn ihn das nichts anging. »Aber ich bin hier ja sowieso nicht willkommen, solange Pippa lebt.«

»Dann sollten Sie vielleicht einfach etwas Geduld haben.«

»Bis Pippa stirbt?«

Er biss sich auf die Lippe. »Das haben Sie gesagt, nicht ich.«

»Pippa wird mir ihren Anteil nach ihrem Tod sowieso nicht hinterlassen. Aber das spielt auch keine Rolle, denn ich habe kein Interesse an der Villa. Meine Großmutter wollte ihren Anteil verkaufen, doch sie starb plötzlich und konnte es nicht mehr regeln. Deshalb gehe ich ihrem Wunsch nun nach.«

»Verstehe. Aber glauben Sie mir, das alles«, er machte eine weit ausschweifende Armbewegung, »wird schwierig werden. Ich kenne Pippa mein ganzes Leben lang, und wenn ich sie in einem Adjektiv beschreiben müsste, wäre das *stur*. Wollen Sie denn wirklich bis vor Gericht gehen?«

Fee dachte an ihre Großmutter. »Wenn es sein muss, ja.«

»Ich gebe Ihnen einen Rat. Verbringen Sie etwas Zeit hier, lernen Sie Pippa und Aurelia besser kennen. Und dann können Sie weiterschauen. Warum ziehen Sie eigentlich nicht in die Villa? Ist doch besser, als im Hotel zu wohnen.«

Sie lachte auf. »Vergessen Sie's. Mit Pippa unter einem Dach zu leben kommt nicht infrage. Die Frau hat meine Großmutter schikaniert.« Sie wies zu den anderen Kellertüren. »Sogar eingesperrt wurde sie! Hier unten in einem der Räume bei Wasser und Brot. Und einem unschuldigen Teddybären hat Pippa den Arm abgerissen. Kindisch und krank!« Sie bemerkte, dass er sich vergeblich ein Schmunzeln zu verkneifen versuchte.

»Sie finden das lustig?«

»Oh nein, nein, natürlich nicht. Ihre Bemerkung mit dem unschuldigen Teddybären klang nur irgendwie witzig.« Er wirkte plötzlich sehr betreten. »Aber ernsthaft: Es tut mir leid, was Pippa Ihrer Großmutter angetan hat. Das klingt wirklich schrecklich. Nur dürfen Sie nicht vergessen, dass Lucilla damals noch lebte und bestimmt vieles von ihr ausging. Pippa war fast noch ein Kind. In diesem Alter hat man manchmal noch keine Ahnung, was gut oder schlecht ist, das sehe ich nun bei Giulia. Jedenfalls war Lucilla nach dem Tod von Maurizio Pippas Vormund und somit auch eine Art Vorbild.«

»Ein abscheuliches Vorbild, würde ich behaupten. Haben Sie sie noch gekannt?«

»Nein. Ich glaube, sie starb Anfang der Siebzigerjahre. Also lange vor meiner Zeit.« Er schaute kurz in den Heizungsraum und dann wieder amüsiert zu Fee. »Das kann noch länger dauern. Aurelia erzählt ihm gerade, dass sie seine Großtante kannte.«

Fee grinste. »Okay.«

Nando Silvestri wurde wieder ernst. »Ich kann wirklich gut verstehen, dass Sie Pippa verabscheuen. Aber ich bin auch der

Meinung, dass man Vergangenes hinter sich lassen muss. Die Angelegenheit zwischen Pippa, Lucilla und Violetta betrifft Sie nicht. Ich fände es schade, wenn das Ganze wegen der Villa ausarten würde. Ich habe leider schon so oft erlebt, dass sich Familien, die vorher ein gutes Verhältnis hatten, wegen Haus und Geld zerstritten.«

Fee verschränkte die Arme. »Und Sie denken, wenn ich hier einziehe, kommt es nicht dazu? Erstens will *ich* das Verhältnis zwischen mir und Pippa gar nicht verbessern, und zweitens will *sie* das auch nicht.«

Da er nichts sagte, fuhr sie fort. »Sobald die Grundstücksbewertung vorbei ist und die Verkaufsverhandlung abgeschlossen, geht mich die Villa sowieso nichts mehr an.«

Obwohl, das stimmte nicht ganz. Da war noch etwas, das war ihr gestern bewusst geworden. Alice Ferrazzini. Die Frau ging ihr nicht mehr aus dem Kopf, und sie hatte sich den ganzen Abend Gedanken über sie gemacht, sogar im Internet nach ihr gestöbert, jedoch erfolglos. Lange hatte sie sich Alices Skizzen angesehen und sich gefragt, ob sie ihr künstlerisches Talent von ihr geerbt hatte oder ob es einfach Zufall war, dass sie auch zeichnete. Sie konnte zumindest nicht leugnen, dass Alice eine gewisse Faszination auf sie ausübte und sie mehr über sie wissen wollte. Dazu kam, dass sie immer an die Worte ihrer Großmutter denken musste, die zuletzt sogar bereit gewesen war, ihre Mutter zu suchen und ihr zu verzeihen. Fee hatte sich überlegt, nachzuforschen und herauszufinden, was aus Alice geworden war. Aurelia jedoch sprach nicht gerne über Alice, was Fee in gewisser Weise nachvollziehen konnte. Alice war nun mal die Frau, die Maurizio auf dem Gewissen und Pippa und Matteo zu Vollwaisen gemacht hatte. Aber vielleicht konnte ihr Nando Silvestri weiterhelfen, dessen Großvater mit Alice befreundet gewesen war. Nur, was, wenn sich herausstellte, dass die Frau ganz einfach kriminell gewesen war? Schließlich war der Mord nicht ihre erste Straftat gewesen.

»Was?«, fragte Nando Silvestri nun.

»Wie?«

»Ihnen liegt doch was auf dem Herzen, oder weshalb schauen Sie mich so komisch an?«

Sie lachte. »Sie haben recht.« In einer Kurzfassung schilderte sie ihm ihr Vorhaben. Er hörte ihr aufmerksam zu, stützte dabei einen Arm auf den anderen und tippte sich ans Kinn. Am Ende sagte er, dass er seinen Großvater fragen werde.

»Danke! Das ist nett.«

Luca Buzzini, gefolgt von Aurelia, trat aus dem Heizungsraum und machte sich eifrig Notizen auf seinem Tablet.

»Gut, jetzt die restlichen Räume hier unten«, sagte er zu Aurelia.

Während sie hinter Aurelia durch den Keller gingen, dachte Fee an Christian, der bestimmt nicht damit einverstanden wäre, dass sie Nachforschungen über ihre kriminelle Urgroßmutter anstellte. Aber eigentlich konnte es ihr gleichgültig sein, was Christian davon hielt, weil sie sich von ihm ganz sicher nichts verbieten lassen würde. Sie musste einfach mehr über Alice Ferrazzini erfahren, von der sie offenbar ihr Zeichentalent und auch ihr Aussehen geerbt hatte; selbst wenn sie dabei das Risiko einging, am Ende vielleicht nur enttäuscht zu werden.

Kapitel 15

Brissago, Juni 1940

Alice

Alice kämpfte mit den Tränen. Was für ein Desaster! Überall lagen bunte Stofffetzen herum, dabei hatte sie sich solche Mühe gegeben!

»Warum hast du das getan?«, fragte sie Pippa, die bösartig grinste.

»Das Kleid war doof.«

»Aber als ich dich gefragt habe, warst du einverstanden. Du hast dir selbst den Stoff ausgesucht!«

»Das Kleid war hässlich.«

»Aber warum hast du gleich alle Stoffe zerschnitten und nicht nur dein Kleid? Ich wollte noch andere Sachen nähen.«

Das Mädchen stemmte die Hände in die Hüften. »Das war der Stoff meiner Mama. Der gehört dir nicht!«

Alice kniete sich auf den Boden und griff nach einem Stück rosafarbener Seide, aus der sie sich ein Kleid hatte nähen wollen, das kombiniert mit dem weißen Taft aussehen sollte wie die Blüte einer Tulpenmagnolie. Eine Träne kullerte auf das Seidenstück. Alice schaute auf das zerschnittene hellgelbe Baumwollkleid mit den Spitzenapplikationen, das sie Pippa genäht hatte. Zwei Tage hatte sie an dem Kleidchen gesessen, war zuversichtlich gewesen und hatte gedacht, dass es sie Pippa näherbringen würde. Wie dumm!

Als Pippa vor einem Monat im Bootshaus beim Spielen von der Leiter gefallen war und glücklicherweise nur eine leichte Gehirnerschütterung und ein paar Schürfungen davongetragen hatte, war es Alice gewesen, die das weinende Mädchen getröstet und zum Arzt gebracht hatte. Pippa hatte sich danach anders verhalten, viel liebevoller, und Alice hatte bereits gehofft, dass vielleicht sogar der Sturz auf den Kopf etwas in dem Mädchen verändert hatte. Irgendwann hatte sie Pippa gefragt, ob sie ihr ein Prinzessinnenkleid nähen solle, und sie war einverstanden gewesen. So hatte Alice ihren Wünschen entsprechend eines angefertigt.

Bitter sah sie nun ein, dass Pippa ihr die ganze Zeit etwas vorgespielt hatte. *Wie hinterlistig von Pippa! Und wie naiv von mir!*

Zorn erwachte in Alice, sie schluckte den harten Kloß im Hals hinunter und stand auf, damit sie auf Pippa herabsehen konnte. »Du räumst jetzt all diese Stofffetzen sofort weg! Danach gehst du auf dein Zimmer.«

Pippa schnitt eine böse Grimasse. »Du kannst mir nichts sagen. Du bist nicht meine Mutter!«

»Nein, das nicht, aber deine Stiefmutter. Also, los jetzt.« Sie wies auf den Boden.

»Nein!« Pippa stampfte auf und wollte das Zimmer verlassen, da packte Alice sie am Arm.

»Hiergeblieben!«

Pippa schrie auf. »Lass mich los!«

Alice musste plötzlich an den Vorfall damals mit Ottilie denken und ließ Pippa sofort los. Das Mädchen rannte aus dem Zimmer, direkt in die Arme ihrer Großmutter. Lucilla erkundigte sich sofort, was passiert sei, und Pippa berichtete ihr auf Italienisch.

»Du hast sie geschlagen?« Lucilla schaute Alice finster an. Alice hatte das Gefühl, Lucillas Haarturm wäre heute noch höher als sonst.

»Nein, ich habe sie nur festgehalten, weil sie hier aufräumen muss.« Sie zeigte auf die Stofffetzen. »Sie hat das Kleid zerschnitten, das ich für sie genäht habe. Und auch all die anderen Stoffe. Ich –«

Lucilla hob eine Hand. »Still!« Sie ließ den Blick über die Unordnung schweifen, bis sie Pippa ins Visier nahm. »Warst du das, Kind?«

»Ja«, hauchte Pippa und starrte zu Boden. »Aber ich habe es nur getan, weil es Mamas Stoffe waren.« Sie sah hoch. »Niemand darf Mamas Stoffe einfach nehmen! Niemand!« Sie schluchzte auf, und Lucilla drückte sie fest an sich, fuhr ihr über das Haar.

»Ist ja gut, Schätzchen, ist ja gut. Geh jetzt in dein Zimmer, wir räumen hier schon auf.«

»Aber –«, sagte Alice, doch Lucilla brachte sie mit ihrem Blick zum Schweigen.

Als Pippa weg war, verschränkte Lucilla die Arme. »Wie konntest du es wagen, ausgerechnet mit Undines Stoffen ein Kleid für Pippa zu nähen? Du weißt doch, wie sehr sie unter dem Tod ihrer Mutter leidet.«

»Sie wollte das Kleid!«

»Bestimmt hast du sie missverstanden. Und wie du sie vorhin behandelt hast! Herrgott, sie hat erst kürzlich einen schweren Sturz erlitten.«

»Es geht ihr wieder gut. Und ihr Verhalten ist nicht akzeptabel und muss bestraft werden.«

»Das Mädchen vermisst doch seine Mutter, Herrgott! Und dann kommst du und verarbeitest einfach deren Stoffe.«

»Aber sie kann sie doch nicht einfach zerschneiden.«

Lucilla näherte sich. »Pippa darf hier machen, was immer sie will«, sagte sie mit bedrohlicher Stimme. »Du aber nicht.« Sie hob ein paar Stofffetzen auf, betrachtete sie angewidert und warf sie Alice zu. »Und jetzt räum hier gefälligst auf.«

• • •

Pippas Attacke auf den Stoff war der Auftakt zu einer ganzen Reihe von bösartigen Streichen, die Alice in den kommenden Monaten erdulden musste. Besonders schlimm wurde es, als Alice schwanger wurde und Maurizio der Familie die frohe Neuigkeit verkündete. Im Gegensatz zu den anderen Bewohnern der Villa freute sich Pippa nicht über den baldigen Familienzuwachs, und ihren Frust darüber ließ sie gänzlich an Alice aus. Ob sie nun den Geburtstagskuchen versalzte, den Alice für Aurelia selbst gebacken hatte, ihren Zeichenblock mit Entwürfen in den See warf oder ihr tote Mäuse unter das Kopfkissen legte, dem Mädchen gingen die Ideen nicht aus. Am schlimmsten aber fand Alice, dass Pippa von niemandem bestraft wurde. Alle wussten, dass sie Alice tyrannisierte, aber Lucilla und Maurizio schoben es auf das schwierige Verhältnis zwischen Kind und Stiefmutter. Maurizio meinte, dass es sich zu gegebener Zeit schon einrenken und Pippa sie als Mutter akzeptieren würde. Doch dass sie bis dahin mit ihren Streichen durchkam, fand Alice nicht richtig.

So kam es ihr gerade recht, Maurizio im Oktober für ein paar Tage nach Lugano begleiten zu können und Abstand von Pippa und Lucilla zu bekommen. Er hatte dort geschäftlich zu tun, und sie hatte ihn im wahrsten Sinne des Wortes angefleht, sie mitzunehmen, bis er schließlich nachgegeben hatte.

Alice genoss die Tage in Lugano. Sie übernachteten in einem edlen Hotel, und Maurizio führte sie an den Abenden in schicke

Restaurants und Tanzklubs aus. Er kaufte ihr Schmuck, neue Schuhe und Hüte. Sogar einem Babylätzchen und einem Teddybären konnte er nicht widerstehen. Doch am meisten freute Alice, dass hier in Lugano plötzlich wieder etwas von dem Mann zum Vorschein kam, in den sie sich damals in Zürich anfangs ein wenig verliebt hatte. Er war charmant und liebevoll, zeigte auch im Bett eine andere Seite. Er massierte ihr am Abend die geschwollenen Füße und strich ihr zärtlich über die kleine Wölbung ihres Bauches.

Sie stellte sich vor, wie es wäre, hier mit Maurizio und dem Baby zu leben. Ohne die Magnolienvilla, ohne Pippa, ohne Lucilla.

Einen Tag vor der Abreise verließ Maurizio das Hotel früh, um sich mit einem Kunden zu treffen. Da es in Strömen regnete, konnte Alice nicht wie üblich an den See oder in der Stadt spazieren gehen, und vom Einkaufen hatte sie genug. Beim Frühstück unterhielt sie sich mit Ilse, der Frau eines Nazis, die sich das Gesicht so stark schminkte, dass sie schon fast als Clown hätte auftreten können. Alice mochte sie nicht und schon gar nicht ihren Mann, mit dem Maurizio gestern an der Hotelbar noch einen Whisky getrunken hatte. Doch Ilse war, genau wie Alice, durch die Abwesenheit ihres Mannes gelangweilt und hatte sich Alice als Opfer für ihr Geschwafel ausgesucht. Ilses Lieblingsthema war ihr Aussehen und die damit verbundenen Bemühungen, es zu verbessern. So wusste Alice inzwischen alles über Schminke, Hautcremes und Lotionen. Heute erzählte Ilse von einem Wundermittel, das sie täglich einnehme und das angeblich gegen Falten helfen solle.

»Kindchen, in Ihrem Alter haben Sie ja noch keine Probleme, aber glauben Sie mir, eines Tages werden Sie in den Spiegel sehen, und dann sind sie da. Auf der Stirn, unter den Augen, um den

Mund.« Sie tippte die erwähnten Stellen in ihrem Gesicht an und seufzte tief. »Cremes helfen selbstverständlich auch, aber eine Freundin riet mir kürzlich zu einer Kräutertinktur mit Petersilie. Sie –«

»Eine Kräutertinktur«, murmelte Alice, die bisher gelangweilt zugehört hatte. Sie musste an Carmina, Maurizios Schwester, denken, die angeblich Undine vergiftet und den kleinen Marcello erstickt hatte.

»Ja!«, rief Ilse. »Sie soll wahre Wunder bewirken. Ach, und wussten Sie beispielsweise, dass Löwenzahn …«

Während Ilse weitersprach, rief sich Alice das Gespräch mit Henriette über Carmina in Erinnerung. Die ganze Aufregung wegen Pippas Sturz damals und die Freude über ihre Schwangerschaft hatten sie Carmina vergessen lassen. Sie hatte weder mit Maurizio noch mit Henriette über sie gesprochen. Nun dachte sie an Henriettes Worte. Was, wenn sie recht hatte und Carmina tatsächlich unschuldig war? Das würde bedeuten, dass Undines und Marcellos wahrer Mörder noch frei herumlief, und das höchstwahrscheinlich in der Villa. In der düsteren Villa, die Alice schon seit ihrem Einzug unheimlich erschien. Eine Welle kalten Entsetzens überkam sie, und sie legte beide Hände schützend über den Bauch. Vielleicht war ihr Kind in Gefahr. Übelkeit stieg in ihr auf, sie entschuldigte sich bei Ilse und rannte auf die Toilette in der Halle. Nachdem sie das ganze Frühstück erbrochen hatte, blieb sie auf dem Boden sitzen und fuhr sich über die schweißnasse Stirn. Erst als Ilse mit einem »Kindchen, alles in Ordnung?« heftig gegen die Tür pochte, erhob sie sich und öffnete die Tür. Während sie sich zum Waschbecken führen ließ und sich anhören musste, wie schlecht es Ilse selbst in der Schwangerschaft damals gewesen war, arbeitete ihr Gehirn fieberhaft. Ilse wusch ihr mit einem nassen Handtuch über den Mund und sprach fürsorglich auf sie ein, da hatte Alice plötzlich eine Idee. Sie entschuldigte sich bei Ilse mit der Ausrede, sie müsse etwas Dringendes erledigen, und eilte zum Concierge. Im Vertrauen bat sie ihn, herauszufinden, in welchem Gefängnis hier in der Nähe eine Carmina Ferrazzini inhaftiert war. Da es nicht viele Anstalten gab, konnte er es ziemlich schnell in Erfahrung bringen, auch die Besuchszeit. Wenn er die spezielle Bitte seines Gastes seltsam fand, so ließ er es sich zumindest nicht anmerken und verhielt sich so, als hätte ihn Alice nach einem Schuhgeschäft gefragt. Kurz darauf saß Alice in einem Taxi Richtung Gefängnis.

Kapitel 16

Brissago, März 2019

Fee

Nach der Grundstücksbesichtigung fuhr Fee auf Anraten von Aurelia nach Ascona und aß an der Seepromenade eine Pizza, dazu gönnte sie sich ein Glas Rosé. Luca Buzzini würde etwa drei bis vier Tage für die ausführliche Berechnung benötigen, also sollte sie vermutlich am nächsten Montag vorliegen. Sie und Pippa würden jeweils ein Dossier mit den ganzen Details zum Grundstück und dem Wert erhalten. Luca Buzzini hatte bereits angedeutet, dass es sich bei dem Objekt wegen der Seelage um eine Rarität handle und er es auf weit über vier Millionen schätze.

Tags darauf, am Mittwoch, regnete es, und Fee fuhr nach Locarno und verbrachte ein paar Stunden im Spa. Anschließend, inzwischen drückte sich die Sonne mit voller Kraft zwischen den Wolken durch, schlenderte sie durch die Stadt. Sie fühlte sich so entspannt wie seit Jahren nicht mehr und überlegte sich, weshalb. Christian und sie hatten beide für ihre Berufe gelebt und selten Ferien gemacht. Wenn, dann immer nur in Luxusresorts auf den Malediven, Barbados, Mauritius und in Mexiko. Christian gehörte jedoch zu den Urlaubern, die sich nicht einfach mit einem Buch die Zeit am Strand vertreiben wollten, nein, er brauchte Action. Kitesurfen, Kayaking, Katamaran-Touren, Helikopterflüge, Jachttrips, Schwimmen mit Delfinen, ja, sie hatten sogar einst mit einem Mini-U-Boot den Meerboden vor Mauritius' Nordküste entdeckt. Fee konnte sich gar nicht mehr erinnern, was sie alles schon gesehen hatte. Natürlich hatte es ihr gefallen, doch sie hätte gerne einfach mal am Strand gelegen oder bei City-Trips die lauschigen Gässchen der Städte selbst erkundet. Christian jedoch engagierte stets einen Guide, der sie bloß zu den Touristen-Hotspots und in Luxusrestaurants und Bars führte. Das wahre Stadtleben entging ihr dadurch. Unbeschwerte Urlaube wie mit ihren Großeltern oder damals mit Jessy und Eva erlebte sie mit Christian nie.

So genoss sie diese Zeit nun umso mehr und erfreute sich an Kleinigkeiten wie einem erfrischenden Vanille-Himbeer-Eis, mit dem sie über die mit Steinen gepflasterte Piazza schlenderte. In einem kleinen Souvenirshop besorgte sie sich einen Strohhut und ein paar Mitbringsel für Jessy und ihre Mutter. Die charmante alte Dame zeigte ihr alles Mögliche in ihrem wundervollen Laden, und so kaufte Fee gleich fünf Stück Knirps-Schirme, alle mit schwarzen Kätzchen bedruckt. Zwei davon waren für Pippa und Aurelia, und die anderen würde sie an weitere Katzenliebhaber verschenken. Danach besorgte sie noch einen Blumenstrauß für Pippa. Sie hatte sich vorgenommen, Pippa nochmals eine Chance zu geben, und hoffte, dass sich das Geschenk positiv auf die Verkaufsverhandlungen auswirken würde. Auf der Rückfahrt entschied sie, die Sachen gleich abzugeben, und parkte den Wagen neben Pippas altem Golf. Aurelia war überrascht, als Fee klingelte, öffnete das Tor aber umgehend. Unten an der Villa wartete jedoch nicht Aurelia auf sie, sondern Pippa, die Arme in die Hüften gestützt. »Was wollen Sie hier?«

Fee hob den bunten Blumenstrauß und die Tüte mit den Schirmen hoch. »Ich wollte nur kurz etwas vorbeibringen.«

Pippas Gesicht war voller Misstrauen. »Weshalb? Glauben Sie etwa, mich dadurch milder zu stimmen?«

»Nein, ich –«

Pippa ließ sie gar nicht ausreden. »Was auch immer bei der Bewertung herauskommen wird, ich bleibe bei meinem Angebot. Nando Silvestri ist gerade hier und hat mir versichert, dass ich mir keine Sorgen machen müsse.«

»Ach, hat er das?« Fee konnte nicht vermeiden, dass sich Wut in ihre Stimme schlich. Auf Nando Silvestri, der seiner Klientin falsche Versprechungen machte – wie unprofessionell! –, und natürlich auf die sture Pippa.

»Ihr Angebot ist nicht fair. Das Grundstück hat viel mehr Wert, als Sie denken, das hat Luca Buzzini schon angedeutet.«

»Pff!« Pippa stemmte ihre starken Arme in die Hüften. »Ausgerechnet Sie wollen von Fairness sprechen? War es etwa fair, dass Ihre Urgroßmutter meinen Vater umgebracht hat?« Vor Entrüstung überschlug sich ihre Stimme.

Fee stöhnte innerlich. Jetzt kam sie wieder damit! »Sie müssen endlich mit der Vergangenheit abschließen.«

»Pff! Von Ihnen lass ich mir nicht sagen, was ich tun soll!« Sie trat auf Fee zu, die reflexartig einen Schritt zurückwich.

Mit einem *»Cosa sta succedendo qui?«* erschien Aurelia in Begleitung von Nando Silvestri, woraufhin Pippa die beiden auf Italienisch zusammenstauchte. Fee ging davon aus, dass sie sie angewiesen hatte, sich nicht einzumischen.

»Wir wollten nur schauen, ob hier alles in Ordnung ist«, antwortete Nando Silvestri auf Deutsch und sah fragend zu Fee.

»Ja, ja, alles gut. Ich wollte Pippa bloß etwas vorbeibringen.« Sie wandte sich ab und lächelte Aurelia an. »Und dir auch.« Sie nahm die beiden Schirme aus der Tüte und überreichte einen roten Pippa und einen grünen Aurelia. »Ihr könnt auch tauschen. Es sind Katzen darauf abgebildet. Ich dachte, das passt.«

»Oh che bello!« Aurelia entfernte die Hülle des Knirpses und spannte ihn gleich auf. »*Mi piace!* Danke, Felicia!« Sie wandte sich an Pippa, die ihren Knirps betrachtete, als könnte er demnächst explodieren.

»Non sono belli, hm?«

Pippa schwieg, und Fee nutzte die Chance, um ihr noch den Blumenstrauß in die andere Hand zu drücken. »Und hier sind noch ein paar Blumen.«

»Wir haben genug Blumen hier.« Pippa reichte den Strauß an Aurelia weiter, die sich bei Fee nochmals für alles bedankte.

»Und jetzt gehen Sie!«, forderte Pippa Fee auf. »Das war das letzte Mal, dass Sie hier waren. Alles Weitere regeln wir zukünftig über unsere Anwälte.«

Wut wallte in Fee auf wie ein Feuer. Da meinte sie es gut mit der Frau, und was war der Dank? Sie wurde zum Teufel gejagt.

Aurelia und Nando Silvestri sprachen beide auf Italienisch auf Pippa ein, die mit mürrischem Gesicht dastand, die Lippen zu einem schmalen Strich verzogen. Fee hatte plötzlich einen Einfall. *So leicht werde ich es ihr nicht machen, oh nein.*

»Sie können mich nicht von hier vertreiben, weil das Haus auch mir gehört. Und deshalb werde ich noch heute Abend einziehen.« Sie wandte sich an Aurelia. »Welches Gästezimmer kann ich benutzen? Und wo finde ich Bettzeug?«

Aurelia sog die Luft scharf ein und blickte unsicher zu Pippa, die sogleich das Wort an sich riss.

»Pff! Sie werden hier garantiert nicht einziehen! Das werde ich nicht zulassen.«

»Was wollen Sie machen? Die Polizei rufen?«

Aurelia faltete die Hände und blickte in den Himmel. »*Oh Dio!*«

Pippa atmete geräuschvoll aus, während Nando Silvestri auf Italienisch beschwichtigend auf sie einredete. Es schien zu wirken, denn Pippa gab sich am Ende mit einem »Na gut!« geschlagen und schaute zu Fee. Sie sah aus, als hätte sie auf eine Zitrone gebissen.

»Ich kann es leider nicht verhindern. Aber ich rate Ihnen eines: Gehen Sie mir ja aus dem Weg.« Drohend hob sie den Zeigefinger, dann drehte sie sich um und verschwand im Laubengang. Die dicke rothaarige Katze schaute ihr nach, ehe sie das Köpfchen drehte und Fee einen griesgrämigen Blick zuwarf. Aurelia seufzte auf, fuchtelte mit den Händen herum und murmelte etwas auf Italienisch vor sich hin, ehe sie Pippa ins Haus folgte.

Nando Silvestri grinste. »Sind Sie sicher, dass Sie das tun wollen?«

»Sie haben mir doch dazu geraten.«

»Stimmt.«

»Sagen Sie, warum machen Sie Pippa falsche Versprechungen?«

»Wie bitte?«

»Ich meine, es ist mir schon klar, dass Sie ihr als Anwalt gut zureden müssen, aber Sie können ihr doch nicht einfach sagen, dass sie mit ihrem lächerlichen Angebot durchkommt. Gerade Sie müssten doch wissen, dass Pippa keine Chance hat, sollten wir vor Gericht gehen.«

Er schwieg und musterte sie mit einem unergründlichen Ausdruck. »Erstens: Ich habe Pippa keine falschen Versprechungen gemacht. Zweitens: Es ist nicht einfach, eine alte Frau darauf vorzubereiten, dass sie vielleicht ihr Zuhause verlieren wird, sollte sie keine zwei Millionen zahlen können.«

Fee stöhnte innerlich. Nando Silvestri war es schon wieder gelungen, ihr ein schlechtes Gewissen zu machen.

»Trotzdem habe ich ihr geraten zu verkaufen«, sagte er.

»Danke!« Sie wich seinem Blick aus. »Ich gehe jetzt ins Hotel und packe meine Sachen. Ich muss wirklich verrückt sein, dass ich meine Wohlfühloase dort verlasse und hier einziehe. Aber Pippa soll ja nicht denken, dass sie mit mir machen kann, was sie will. Meine Großmutter hat sie vertrieben, aber mich nicht!«

Nando Silvestri betrachtete sie mit einer Mischung aus Ehrfurcht und Zweifel. »Dann viel Glück!«

»Danke!«

»Ach, übrigens, ich habe mit meinem Großvater gesprochen. Er ist bereit, sich mit Ihnen zu treffen.«

Fee hatte in der ganzen Aufregung gar nicht mehr daran gedacht und freute sich. »Das ist nett, vielen Dank! Wann?«

»Wie wäre es morgen?«

»Ja, das ist gut. Spricht er auch Deutsch?«

»Ja, seine Mutter war Deutsche.«

»Gut, ich freue mich.«

Er lächelte. »Ich mich auch.«

Kapitel 17

Lugano, Oktober 1940

Alice

Angespannt wartete Alice in dem kleinen, muffigen Besucherraum auf Carmina. Inzwischen bereute sie, hierhergekommen zu sein. Erinnerungen an ihren Gefängnisaufenthalt stiegen in ihr auf, und sie kämpfte erneut mit Übelkeit. Aber sie musste sich einfach selbst ein Urteil bilden über die Frau, die Undine und einen Säugling umgebracht haben sollte und die Henriette Silvestri für unschuldig hielt.

Die Tür wurde geöffnet, und eine Wärterin führte eine große, magere Frau herein, deren dunkle Augen Alice voller Skepsis beäugten.

Nachdem sie sich Alice gegenübergesetzt und die Wärterin sich vor die Tür gestellt hatte, lehnte Carmina sich zurück und hob den Kopf. In ihrem Gesicht zeigten sich die widersprüchlichsten Emotionen. Misstrauen, Angst, aber auch Neugier und Hoffnung.

»*Cosa vuoi da me?*«, fragte Carmina mit rauer Stimme und kniff die Augen zusammen.

Was willst du von mir?, übersetzte Alice den Satz im Stillen.

»Sprechen Sie Deutsch?«, fragte sie, weil sie sich das Gespräch auf Italienisch noch nicht zutraute.

»Ja.«

»Gut. Ich ... bitte entschuldigen Sie, dass ich einfach so unangemeldet erscheine, aber ...«

»Eine offizielle Anfrage hätte ich schon erwartet.« Carmina zwinkerte und leckte sich mit der Zunge über die aufgesprungenen Lippen.

Alice lächelte. »Beim nächsten Mal bestimmt. Ich bin ...«

»Maurizios Frau«, beendete Carmina ihren Satz. Ihre samtschwarzen Augen blitzten belustigt.

»Sie wissen es?«

»Natürlich. Ich habe zwar keine Hochzeitsanzeige bekommen, aber du entsprichst haargenau seinem Beuteschema. Blond, blauäugig, zierlich. Du bist demnach Nummer drei.«

»Nummer drei? Ich verstehe nicht. Maurizio hatte vor mir nur eine Frau. Undine.«

»Hat er dir nie von Isidora erzählt?«

»Isidora? Nein!«

»Ha!« Carmina lachte heiser auf und rückte mit dem Stuhl ein Stück nach hinten. »Kein Wunder. Niemand spricht über die Tragödie von damals.«

Alice horchte auf. Tragödie! Henriettes Bemerkung fiel ihr wieder ein, dass es Ende der Zwanzigerjahre schon mal zu einem Unglück in der Villa gekommen war. Sie hatte wegen Pippas Sturz damals ganz vergessen, noch mal nachzufragen.

»Was ist passiert?«

Carmina starrte auf ihre verschmutzten Fingernägel. Als sie wieder aufsah, spiegelte sich in ihren Augen eine solche Verletztheit, dass Alice erschrak.

»Frag deinen Mann. Oder nein, noch besser: meine Mutter.« Sie fuhr sich mit beiden Händen über das Gesicht, und nun trat wieder ein spöttischer Ausdruck in ihre Züge.

»Also, weshalb bist du hier?«

Alice entschloss sich, nicht weiter wegen Maurizios erster Frau und dem Unglück nachzubohren, und erzählte, was sie von Henriette erfahren hatte. »Sie glaubt, dass du unschuldig bist.« Sie entschied sich, Carmina auch zu duzen.

»Bin ich auch.«

»Aber das Gift?«

»Ich war das nicht!«

Die Wärterin räusperte sich, Carmina wurde wieder leiser und neigte sich vor. »Ich wollte Undine nur helfen, verflucht! Dabei mochte ich sie ehrlich gesagt nicht mal. Sie hielt sich immer für etwas Besseres. Undine della Torre. Uhhh!« Sie verstellte die Stimme und machte mit der rechten Hand eine Wischbewegung, als wäre sie eine hochnäsige Prinzessin.

»Sie entstammte dem mailändischen Adel und verhielt sich auch so. Am Anfang zumindest. Stolz und arrogant. Ihr dummes Gör verwöhnte sie nach Strich und Faden.«

»Du redest von Pippa?«

Carmina gab ein »Brrr!« von sich, fast wie ein schnaubendes Pferd. »Genau. Pippa. Sie hat mir immer wieder Streiche gespielt, schon mit drei Jahren! Ich habe sie oft dabei erwischt und verhauen, das hatte sie verdient. Undine nahm ihr *Engelchen* natürlich immer in Schutz. Sie wollte mich aus dem Haus vertreiben und verlangte von Maurizio und von Lucilla, dass sie mich wegschicken.« Sie starrte auf den Tisch. »Und sie hat böse Gerüchte über mich verbreitet.«

»Henriette hat es mir erzählt. Du hättest Undine gedroht, es werde ihr noch leidtun.«

»Ach, das habe ich doch nur so dahergesagt!«, rief sie, woraufhin die Wärterin sie auf Italienisch zusammenstauchte. Carmina verdrehte die Augen und sprach weiter, diesmal leiser. »Sie hat alle Leute gegen mich aufgehetzt, behauptete unter anderem, dass ich Ratten und Fledermäuse esse. Ich durfte nicht mal auf das Dorffest.«

»Carmina, warum hast du Undine nach alledem trotzdem geholfen?«

»Nach der Geburt der Zwillinge hatte sie sich stark verändert. Sie bekam eine schwere Depression und wollte das Bett nicht mehr verlassen. Nichts war übrig geblieben von der schönen und stolzen Prinzessin, sie war nur noch ein jämmerliches Wrack.« Sie brach ab. »Am Anfang dachte ich, es geschieht ihr ganz recht. Doch dann bekam ich wie üblich dieses verfluchte Mitgefühl.« Sie ballte beide Hände zu Fäusten vor der Brust, als müsste sie sich verteidigen. »Ich kann einfach nicht anders, verstehst du? Wenn jemand leidet, dann muss ich helfen. Nicht umsonst habe ich die Gabe erhalten, heilende Pflanzenmittel herzustellen. Deshalb mixte ich auch etwas für Undine zusammen. Johanniskraut, Melisse, Rosmarin und meine Geheimzutat. Es hat auch recht schnell gewirkt. Nach zwei Wochen war sie schon wieder in der Lage aufzustehen, das war davor lange nicht möglich. Kurz bevor sie starb, fanden wir sie an einem Morgen sogar draußen auf dem Balkon. Die Zwillinge haben geschrien, deshalb gingen Mutter, Franca und ich nachschauen. Undine hat geweint und gesagt, sie wolle nicht wieder ins Haus. Meine Mutter wurde wütend und stauchte sie zusammen. Ich brachte Undine dann zurück ins Bett, Franca kümmerte sich um die Zwillinge. Sie schrien an jenem Morgen fast ununterbrochen. Ich habe noch überlegt, den beiden etwas zu geben. Baldrian oder so, aber bei Säuglingen kannte ich mich nicht gut aus und wollte nichts riskieren. Jedenfalls betreute Franca die Zwillinge, was sie immer sehr gut machte, und ich blieb noch eine Weile bei Undine. Als sie sich beruhigt hatte, sagte sie mir, sie habe die Magnolien gesehen, und es sei schön gewesen.« Sie machte eine Pause. »Dass sie aufgestanden war, hielt ich für einen Erfolg. Trotzdem war mir bewusst, dass wir einen langen Weg vor uns hatten. Am nächsten Morgen war sie tot. Jemand muss meiner Tinktur Eisenhut hinzugefügt haben.«

»Aber wer? Und warum? Hatte Undine Feinde?«

»Ja, ihre ehemalige Zofe, Tonia Balossi. Sie stritten sich sehr oft, und Undine wollte sie entlassen. Tonia war eine sehr schöne Frau, und Undine betrachtete sie als Konkurrenz.« Sie verstummte. Alice verstand.

»Wegen Maurizio?«

Carmina bewegte den Kopf hin und her. »Eigentlich passte sie nicht in sein Beuteschema. Aber jeder im Haus wusste, dass sie in Maurizio verliebt war. Sogar er selbst. Vermutlich schmeichelte es ihm, dass sie ihn anhimmelte. Maurizio war damals sehr eitel, und ich nehme an, er ist es immer noch.«

Alice nickte. »Hatten die beiden ein Liebesverhältnis?«

»Ich weiß es nicht. Undine jedenfalls war überzeugt davon. Da Maurizio Tonia aber nicht entlassen wollte, beschuldigte Undine Tonia des Diebstahls. Tonia stritt alles ab, aber man fand die fehlenden Schmuckstücke in ihrem Zimmer, auch Lucillas geliebtes Perlencollier. Nun hatte Maurizio keine andere Wahl mehr, als sie zu entlassen. Tonia war fest davon überzeugt, dass sie Opfer von Undines Intrige geworden war. Kurz bevor sie ging, sagte sie ihr, es würde ihr noch leidtun.«

»Tonia hatte also ein Motiv. Rache.«

»Ja. Nur war sie zu dem Zeitpunkt des Mordes gar nicht mehr in der Villa, und für die Tatnacht hatte sie ein Alibi.« Carmina hielt inne, ihr rechtes Auge zuckte. »Aber ich weiß, dass sie es gewesen ist.«

»Warum bist du dir so sicher?«

»Sie hat mich noch während ihrer Anstellung regelrecht über

die Kräuter- und Pflanzenkunde ausgefragt. Sie hatte großes Interesse daran, angeblich wegen ihrer Mutter, die zu Depressionen neigte. Deshalb habe ich ihr auch meine Geheimzutat verraten, was ich bitter bereue.«

»Warum?«

Sie zögerte. »Nun, meine Geheimzutat war ein Tonikum aus den Blütenknospen der Magnolie. Es wirkt beruhigend. Das wurde übrigens schon vor Jahrhunderten von den Ärzten der chinesischen Kaiser erkannt, wie ich von meinem Lehrmeister weiß. In Europa jedoch ist es noch nicht gängig. Die Leute sind sehr skeptisch, wenn es um Pflanzenheilkunde geht. Deshalb war die Magnolie mein Geheimnis. Tonia habe ich aber vertraut, weil es ihrer Mutter nach dem Tod ihres Mannes sehr schlecht ging. Aber jetzt pass auf.« Sie sprach schnell, und auf ihrer blassen Haut bildeten sich rote Flecken. »Ich habe das Magnolienöl in meiner Werkstatt in einem Wandkästchen aufbewahrt, weil es so wertvoll ist. Dort waren auch die Giftmittel drin wie zum Beispiel Eisenhut. Wenn man giftige Pflanzen richtig dosiert, können sie auch bei vielen Leiden helfen. Eisenhut beispielsweise gegen Rückenschmerzen, Fieber und Entzündungen. Nur in hoher Menge ist er tödlich. Als ich damals für Tonia meine Magnolientinktur aus dem Kästchen nahm, sah sie auch die anderen Fläschchen und stellte Fragen. Ich erklärte ihr, dass es sich um giftige Pflanzen handle. Tonia kannte auch den Schlüssel für das Kästchen und wusste, dass ich ihn immer in meiner Schürze hatte. Sie muss nachts in mein Zimmer geschlichen sein und den Schlüssel genommen haben. Später hat sie ihn wieder zurückgelegt. Ich schlief in jener Nacht sehr tief, deshalb habe ich es nicht bemerkt. Als dann Polizisten meine Werkstatt durchsucht haben, verlangten sie, dass ich das Kästchen öffne. Dort fanden sie den Eisenhut.«

»Aber es hätte doch auch jemand anders Eisenhut besorgen und deiner Tinktur hinzufügen können?«

»Grundsätzlich schon. Aber am Ende war der Eisenhut in der Tinktur, die *ich* gemischt hatte. Ich und niemand sonst. Ich habe der Polizei gesagt, dass Tonia von dem Gift wusste, doch wie gesagt, sie hat ein Alibi. Sie war bei ihrer Mutter. Aber ich bin fest davon überzeugt, dass sie lügt.«

»Wie gelangte sie deiner Meinung nach ins Haus?«

»Über den See. In einem Boot.«

Alice hob eine Braue, woraufhin Carmina schnaubte. »Das ist sehr gut möglich!«

»Ja. Was ist mit den anderen? Gibt es noch weitere, die ein Motiv hatten?«

»Es war Tonia!«

»Das denkst du. Aber vielleicht bist du voreingenommen.«

»Na gut. Grundsätzlich hatte jeder ein Motiv, wenn auch nicht so ein starkes wie Tonia oder ich. Geraldo zum Beispiel.«

Alice dachte an den gutmütigen Hausmeister. »Geraldo?«

»Ja, er und Undine stritten sich wegen der Magnolien. Undine war da ganz penibel und warf Geraldo vor, die Magnolien nicht richtig zu pflegen. Tulpenmagnolien sind sehr schnittempfindlich. Undine hat Geraldo als dumm bezeichnet. Geraldo ist überaus sensibel, das muss ihn verletzt haben. Aber ihm traue ich eine solche Tat eigentlich auch nicht zu. Allerdings war er es, der der Polizei vorschlug, mein Atelier nach dem Gift zu durchsuchen.«

»Geraldo ist sehr korrekt, soweit ich das beurteilen kann.«

»Das ist wahr.«

»Was ist mit Filomena?«

»Sie und Undine hatten auch oft Streit. Meistens ging es darum, dass Filomena nicht sauber genug geputzt hatte oder das Essen nicht schmeckte. Nur, deshalb hätte sie Undine doch nicht umgebracht. Außerdem liebte sie den kleinen Marcello über alles.«

Alice, deren Hals kitzelte, musste husten. Sie hatte Durst, aber sie konnte die Wärterin nicht gut um Wasser bitten. »Und Franca, das Kindermädchen? Sie wirkt immer so melancholisch auf mich.«

»Sie ist eine Waise und kam kurz vor der Geburt der Zwillinge zu uns. Mit ihren damals vierzehn Jahren war sie selbst noch ein halbes Kind, deshalb denke ich nicht, dass sie es war. Undine war zwar manchmal nicht gerade nett zu ihr, aber rechtfertigt das einen Mord? Nein. Und sie liebte die Zwillinge.«

»Und deine Mutter?«, fragte Alice vorsichtig. »Wie stand sie zu Undine?«

»Die beiden konnten sich nicht ausstehen. Undine war ihr Leben lang wie eine Prinzessin behandelt worden, und dann kam sie in die Villa und musste sich von meiner Mutter alles sagen lassen. Das war sie nicht gewohnt. Die beiden trugen oft Machtkämpfe aus, aber Undine konnte sich nie durchsetzen. Und Maurizio hielt meistens zu Mutter.«

Alice schluckte. Wenn es nicht mal einer Frau wie Undine gelungen war, sich gegen Lucilla zu behaupten, dann würde sie selbst es auch nie schaffen.

»Meine Mutter ist keine einfache Person«, sagte Carmina nur.

Was für eine Untertreibung! Alice traute sich kaum zu fragen, aber sie musste. »Könnte sie …?«

»Undine umgebracht haben?« Carmina rieb sich plötzlich wie verzweifelt die Schläfen, ließ den Kopf sinken. Als sie wieder aufsah, lag erneut ein tiefer Schmerz in ihren Augen.

»Ich weiß es nicht. Ich dachte immer, meine Mutter zu kennen, verstehst du? Doch dann hat sie …« Sie brach ab. Tränen zitterten wie Regentropfen an ihren Wimpern.

Eine dunkle Wolke aus Angst legte sich um Alice. »Was hat sie?«

Carmina rieb sich die Augen und hob den Kopf. »Nichts. Und ich glaube auch nicht, dass sie Undine oder Marcello etwas angetan hat. Sie ist einfach nur feige und egoistisch, aber keine Mörderin.«

Alice überlegte eine Weile. Ein Sonnenstrahl fiel durch das kleine Fensterchen in den Raum und beleuchtete Carminas dunklen Schopf, aus dem ein paar einzelne weiße Haare herausstachen. Staub flirrte in der Luft.

»Ist dir irgendetwas Spezielles aufgefallen an den Tagen vor dem Mord? Hat sich jemand anders verhalten als üblich?«

»Nein, nur Undine selbst. Wie gesagt, es ging ihr plötzlich besser.«

»Wo war eigentlich Maurizio?«

»Für ein paar Tage in Lugano.«

Alice atmete auf. Nicht, dass sie Maurizio als Mörder seiner Frau ernsthaft in Betracht gezogen hätte, aber sie verspürte trotzdem Erleichterung.

»Carmina, schwörst du bei Gott, dass du es nicht getan hast?«

»Ich glaube nicht an Gott. Aber verflucht ja, ich schwöre es.«

Alice nickte langsam. Da saß sie nun vor Maurizios Schwester, einer angeblichen Mörderin, für deren Schuld sämtliche Indizien sprachen. Und zugegeben, Carmina wirkte auf den ersten Blick durch ihre raue, unfreundliche und etwas unheimliche Art tatsächlich nicht besonders vertrauenswürdig. Alice jedoch erkannte in Carminas samtschwarzen Augen das Leid und den Kummer, der hinter der harten Fassade steckte. Auch wenn sie Carmina erst seit einer halben Stunde kannte, spürte sie einfach, genau wie Henriette, dass diese Frau keine Mörderin war.

»Ich kann dir helfen, deine Unschuld zu beweisen. Ich werde nachforschen.«

»Warum solltest du das tun?«

»Weil ich selbst mal unschuldig im Gefängnis war und –«

»*Du* warst im Knast?«

»Ja. Doch ich will dir nicht nur deshalb helfen. Wenn Undines Mörder noch frei herumläuft, und das vermutlich in der Villa, dann ist er eine Gefahr für uns alle.« Sie rückte mit dem Stuhl leicht nach hinten und fuhr über ihren Bauch, sah Carmina dabei eindringlich an. Sie nickte wissend.

»Natürlich kann es sein, dass der Mörder es aus einem bestimmten Grund nur auf Undine abgesehen hatte, aber was, wenn nicht? Was, wenn er irgendwann weitermorden wird? Außerdem ist es nicht gerecht, dass du unschuldig hier sitzt.«

»Danke!« Carmina sah gerührt aus. »Keine einzige Person hat sich bisher für mich eingesetzt. Henriette Silvestri glaubt zwar an meine Unschuld, aber ihr Mann hat ihr verboten, mir zu helfen. Er meinte, es schade seinem Ruf als Advokat.«

Alice neigte sich leicht vor. »Ich werde versuchen, etwas herauszufinden.«

Kapitel 18

Brissago, März 2019

Fee

Als Fee am Abend in die Villa einzog, begegnete sie Pippa nicht mehr, stattdessen hörte sie deren Klavierspiel, als sie den Balkon ihres Zimmers im zweiten Stock betrat. Direkt unter ihr lag der breite Balkon, über dessen Brüstung die Äste der Magnolie ragten. Die Blüten wippten im Wind, schienen sich im Takt von Rameaus *Les Tourbillons* zu bewegen.

Fee dachte an ihre Großmutter, wie ihre langen Finger über die Klaviertasten getanzt hatten; zart und energisch zugleich. Wie sehr wünschte sie sich, ihr noch einmal zusehen zu können, sie danach zu umarmen, mit ihr zu lachen.

»Gefällt dir das Zimmer?«

Fee zuckte zusammen und drehte sich um. Aurelia war hereingekommen und legte Frotteetücher auf das Bett.

Fee trat ein. »Ja, es ist sehr hübsch. Vielen Dank!«

Das war nicht gelogen, das Zimmer wirkte in der Tat viel freundlicher als der Rest des Hauses. Ein Kleiderschrank aus Eichenholz grenzte an eine Barockkommode mit prunkvollen goldenen Messingbeschlägen, darüber hing ein breiter Spiegel mit vergoldetem Rand. Ein breites, mit weißer Wäsche bezogenes

Messingbett stand in der Mitte des Raumes, in einer Ecke ein Holzstuhl. Weinrote Samtvorhänge zierten die Balkontür.

»Es ist das schönste Gästezimmer«, bemerkte Aurelia stolz. »Früher hat immer Lucillas Cousine Adalberta aus Genf hier übernachtet. Wenn du möchtest, kann ich dir später noch mal in aller Ruhe das Haus zeigen. Oder besser morgen, dann kannst du jetzt in aller Ruhe essen. Ich wärme dir den Risotto gleich auf. Pippa hat bereits gegessen, als du weg warst.«

»Danke, aber das ist nicht nötig. Ich esse ein Sandwich und einen Apfel.« Fee hatte vorhin im Supermarkt noch ein paar Dinge eingekauft, sie wollte den *Magnolienfrauen*, wie sie sie heimlich nannte, auf keinen Fall auf der Tasche liegen.

Aurelia fuchtelte mit den Händen. »Sandwich und Apfel! *Oh santo cielo! Bambina*! Kein Wunder, dass du so dünn und blass bist!«

Fee lachte. »Ich bin nicht dünn.«

»Doch!« Aurelias Blick wanderte von Fees Füßen bis zu ihrem Hals. »Da ist ja nichts dran an dir. Aber Männer mögen es, wenn sie was anfassen können.« Sie zeigte auf ihre üppige Oberweite, was Fee in Anbetracht von Aurelias Alter schmunzeln ließ.

»Danke für den Ratschlag, aber mein äh …Verlobter mag mich so.« Sie verschluckte die letzten Worte fast. Von Christian als ihrem Verlobten zu sprechen kam ihr eigenartig vor. Als hätte sie bereits entschlossen, ihn nicht zu heiraten.

»Wie auch immer, etwas mehr auf den Rippen schadet nicht. Ich wärme den Risotto kurz auf.«

»Nein, das musst du wirklich nicht. Ich …«

»*Nessuna obiezione*! Keine Widerrede. In fünfzehn Minuten unten.« Sie watschelte aus dem Raum, murmelte dabei ein verächtliches »Sandwich! Apfel! Ts, ts!«

Fee sah ihr schmunzelnd nach. Wie gut, dass Aurelia auch noch hier lebte und sie nicht allein mit Pippa war.

Als sie ihre Sachen verstaute, fiel ihr der Brief des Forums für Restaurative Justiz in die Hände, und sie las ihn erneut durch. Inzwischen wusste sie von Evas Eltern, dass sie dieselbe Anfrage erhalten hatten. Der Täter wollte sich bei ihnen dafür entschuldigen, dass er ihre Tochter getötet hatte. Laut Evas Mutter hatte ihr Mann das Schreiben auf ihren Wunsch hin weggeworfen. Fee dachte an ihre Worte: *Er hat unser Kind erschossen, Felicia. Wie können wir einem solchen Menschen gegenübertreten?*

Fee faltete den Brief zusammen und legte ihn zu dem von Alice, dann ging sie hinunter.

• • •

Sie erhielt eine große Portion *Risotto ai Funghi*, die locker drei Personen gesättigt hätte, und umso überraschter war sie, als sie nach kurzer Zeit einen leeren Teller vor sich hatte. »Oh Aurelia, das war so lecker!«

Aurelia lächelte selbstzufrieden, und ihre blaugrünen Augen leuchteten in ihrem runzligen Gesicht. »Das ist ein Rezept meiner *Mamma*. Es war übrigens das Leibgericht von Violetta.«

»Tatsächlich?« Fees Stimmung sank, und sie schob den leeren Teller weg. Ihre Großmutter hatte ihr immer gesagt, sie würde Risotto nicht mögen.

»Und Alice?«, fragte sie, um von den trübsinnigen Gedanken wegzukommen.

Nun verflog auch Aurelias Fröhlichkeit. »Was meinst du?«

»Was war ihre Lieblingsspeise?«

»Ich glaube, sie mochte auch gerne Risotto. Während des Krieges hatten wir irgendwann allerdings nicht mehr viel davon. Ab 1943 war es besonders schlimm. Wir mussten essen, was es gab. Viele Kastaniengerichte. Immer wieder Kastanien. Irgendwann konnte ich sie nicht mehr sehen.« Sie rollte die Augen.

»Ich mag Kastanien. Geröstete *Maroni*, *Vermicelles*, lecker.«

»Dann musst du mal im Herbst kommen, dann gibt's davon Unmengen. Früher haben wir die Kastanien im Herbst eingelegt oder zu Mehl verarbeitet, damit wir Brot daraus backen konnten. Nach dem Krieg hat meine Mutter das immer noch gemacht, aber Pippa sagte ihr eines Tages, sie wolle nie wieder Kastanien essen. Ich war erleichtert. Zu sehr erinnerte es mich an die Kriegszeit.« Sie hielt inne. »Alice aß übrigens gerne Fisch. Geraldo, das war unser Hausmeister, fuhr oft frühmorgens mit dem Boot raus, um zu angeln.« Aurelia sah verträumt vor sich hin und schien gedanklich gerade weit weg zu sein.

»Gibt es eigentlich noch Fotos von Alice? Du hast gesagt, ich sehe ihr ähnlich, aber ich habe noch nie ein Bild von ihr gesehen.«

Aurelia griff nach der leeren Risottopfanne und stellte sie auf das Tablett. »Sämtliche Fotos von ihr wurden vernichtet.«

»Schade. Ich hätte gerne gewusst, wie sie aussah.«

Aurelia zögerte. »Vielleicht finde ich in meinem persönlichen Familienalbum noch welche. Ich kann ja mal nachschauen.«

»Das wäre nett, danke.«

Nachdem sie zusammen die Küche aufgeräumt hatten, setzten sie sich mit einem Grappa und dem Album auf die Couch. Der dicke rothaarige Kater – Fee wusste mittlerweile, dass er Don Camillo hieß und Pippas Liebling war – sprang auf Fees Schoß, und sie streichelte ihm über das Fell. Lupo lag vor dem Kamin und schlief tief und fest. Aurelia legte das Album, welches schon ihrer Mutter gehört hatte, auf den Schoß. Fee musste Aurelia versprechen, Pippa nichts davon zu sagen.

»Wenn sie wüsste, dass wir die Fotos von Alice nicht vernichtet haben, wäre sie sehr wütend.«

»Ich sage nichts, keine Angst.« Sie fragte sich plötzlich, ob Aurelias Abneigung gegenüber Alice, die ihr anfangs aufgefallen war, hauptsächlich Pippa zuzuschreiben war. Gut möglich. Aurelia war sehr loyal.

»Hier, das ist Alice«, bemerkte Aurelia und zeigte auf eine Porträtfotografie. Fee schaute sich das Bild genauer an und stellte fest, dass sie ihr tatsächlich sehr ähnlich sah. Sie hatten beide hellblondes Haar – wenn auch Alices viel voller und gelockt gewesen war –, die gleichen blauen Augen, ein ebenmäßiges Gesicht mit hohen Wangenknochen, Stupsnase und vollen Lippen. Auf einem Gruppenbild, das von der Hochzeit stammte, sah Alice in ihrem elfenbeinfarbenen Spitzenkleid aus wie eine Märchenfee.

»Sie war wunderschön.«

»Wie du«, meinte Aurelia.

Fee hob die Schultern. Sie würde sich selbst nie als schön bezeichnen, vielleicht höchstens als ganz ansehnlich. Das sagte sie nun auch Aurelia, die den Kopf schüttelte. »*Non troppo modesta*! Nur nicht so bescheiden. Du bist eine *bellezza*.«

Aurelia blätterte weiter, es folgten noch weitere Hochzeitsfotos, und auf einem Bild erkannte Fee einige Personen wieder, die sie auf den Abzügen in der Truhe ihrer Großmutter gesehen hatte: ihre Ururgroßmutter Lucilla mit der Turmfrisur und das schwarzhaarige Mädchen mit den dicken Zöpfen. Es war tatsächlich das Kindermädchen, wie sie von Aurelia erfuhr. Franca hieß sie, sie sei eine Waise gewesen und habe im Alter von vierzehn Jahren bei den Ferrazzinis begonnen.

»Sie heiratete später übrigens Tommaso Silvestri, unseren Nachbarn«, erklärte Aurelia. »Nando Silvestris Großvater. Er ist schon siebenundneunzig. Franca jedoch ist vor einigen Jahren gestorben.«

»Ich werde mich morgen mit ihm unterhalten. Er war laut seinem Enkel mit Alice befreundet und kann mir bestimmt auch etwas über sie erzählen.«

Aurelia sah ihr unverwandt in die Augen. »Weißt du noch nicht genug über sie?«

»Ich möchte gerne wissen, was aus ihr geworden ist.«

»Tommaso kann dir das auch nicht sagen, glaub mir.« Es klang verärgert, aber auch verletzlich, deshalb sagte Fee schnell, dass sie es sehr schätze, diese Fotos sehen zu können.

Aurelia lächelte besänftigend und legte eine Hand auf Fees. »Das mache ich gerne.«

Aurelia zeigte ihr weitere Bilder, auch von ihrer Mutter Filomena, einer beleibten Frau mit lockigem Haar. Dann Geraldo, dessen Gutmütigkeit einem schon auf den Fotos gleich ins Auge sprang.

»Was ist mit deinem Vater?«, fragte Fee vorsichtig.

Aurelia ließ den Kopf hängen, Fee konnte ihr Gesicht nicht sehen. »Ich habe ihn nie kennengelernt. Meine Mutter wollte nicht über ihn sprechen ... Sie war bereits einundvierzig, als sie mich zur Welt brachte. Sie arbeitete seit ihrem sechzehnten Lebensjahr für Lucillas Familie und blieb ihr treu, als Lucilla Carlos Ferrazzini heiratete. Deshalb schickte Lucilla sie nicht weg, als sie schwanger wurde, sondern unterstützte sie.« Aurelia blätterte viele Seiten zurück. »Die Ferrazzinis kamen 1920 nach Brissago. Davor lebten sie in Locarno. Carlos ließ die Villa bauen. Meine Mutter war damals achtundzwanzig.« Sie zeigte ein paar alte Bilder, und Fee bemerkte, dass Filomena auch schon in jungen Jahren von robuster Statur gewesen war. Auf vielen Fotos war auch Lucilla abgebildet und Maurizio als Kind. Auf einem Bild erkannte Fee die Villa, doch irgendetwas war anders. Und da bemerkte sie es: Die Magnolie war noch ganz winzig, erst ungefähr einen Meter hoch.

»Ist das dieselbe Magnolie, die jetzt vor dem Haus steht?«

»Ja«, sagte Aurelia stolz. »Hier wurde sie frisch gepflanzt, zusammen mit der Magnolie am See.«

Fee schaute auf das Jahr, welches unter dem Foto notiert worden war. 1925. »Diese Bäume haben schon so viel erlebt, unglaublich.« Sie lächelte, doch schon im nächsten Moment stutzte sie beim Anblick eines Fotos, das den jungen Maurizio im frühen Teenageralter zeigte, neben ihm ein Mädchen, das Fee ein wenig jünger schätzte. Sie war dunkelhaarig wie Maurizio, aber sehr blass und schmal.

»Wer ist das?«

Ein eigenartiger Ausdruck erschien in Aurelias Augen, doch er verschwand so rasch wieder, dass Fee ihn nicht deuten konnte.

»Das ist Carmina Ferrazzini, Maurizios jüngere Schwester.«

»Carmina.« Fee erinnerte sich, dass ihre Großmutter eine Tante Carmina erwähnt hatte. »Sie war doch in einer Irrenanstalt, nicht?«

»Ja.« Aurelias rechter Mundwinkel zuckte.

»Wieso –«

»Ich will nicht über sie sprechen«, sagte Aurelia schnell. »Man soll böse Geister nicht heraufbeschwören.« Sie blätterte so heftig weiter, dass Don Camillo auf Fees Schoß zu ihr aufsah. Fee beschloss, nicht nachzubohren. Ein weiteres Gruppenfoto fiel ihr auf. Sie erkannte Lucilla, Maurizio als etwa achtzehnjährigen Burschen, Carmina und Filomena. Doch da waren noch zwei weitere Personen, ein Mann, der große Ähnlichkeit mit Maurizio hatte, und eine junge blonde Frau mit bildhübschem Gesicht. »Wer sind diese beiden?«

»Der Mann ist Carlos, Maurizios Vater.«

»Habe ich mir gedacht. Meine Großmutter erzählte, dass er nicht in der Villa lebte, sondern zurückgezogen in einem Tal. Weißt du, weshalb? War er etwa auch verrückt?«

»Nein, das nicht. Carlos war einfach ein eigenartiger Mann.« Aurelia wirkte sehr in sich gekehrt und bedrückt.

Fee fragte nach der blonden Frau. »Und sie? Ist sie etwa Maurizios erste Frau?«

»Ja. Isidora«

Fee blätterte das dünne, vergilbte Zwischenblatt um und sah eine weitere Aufnahme des Mädchens vor sich, diesmal zusammen mit Filomena. »Deine Mutter mochte sie sehr, hm?«

Fee konnte hören, dass Aurelia hart schluckte. »Ja.«

Etwas auf dem Bild stach Fee ins Auge. Eine Diamantenbrosche in Form einer Blume, die den Kragen von Isidoras hochgeschlossenem Kleid schmückte. Was für ein schönes Schmuckstück. Sie hatte Broschen immer gern gemocht und zuletzt eine in ihre Kollektion integriert. Ihr Vater war jedoch der Meinung gewesen, Broschen seien nicht mehr zeitgemäß und etwas für alte Frauen. Dank der Unterstützung ihres Großvaters durfte die Brosche in der Kollektion bleiben – und wurde ein Verkaufsschlager. Fees Magen schnürte sich zusammen. Das war nun ziemlich genau neun Jahre her. Zu dem Zeitpunkt hätte sie nie gedacht, dass sie nur ein Jahr später keinen Schmuck mehr zeichnen würde – und dass Eva tot wäre.

»Felicia!« Aurelia stupste sie an.

»Äh, ja?«

»Geht's dir gut?«

»Ja, ja.« Sie zeigte auf das Foto. »Was ist mit Isidora passiert?«

»Sie hat sich angeblich umgebracht. Das war aber vor meiner Geburt, gegen Ende der Zwanzigerjahre.«

»Schrecklich.«

Aurelia sah aus, als wollte sie noch etwas hinzufügen, überlegte es sich dann aber anders und starrte auf das Bild. Dann klappte sie das Album gähnend zu, Don Camillo sprang von Fees Schoß.

»Was ist eigentlich mit Maurizios zweiter Frau?«, fragte Fee. »Undine. Gibt es von ihr auch Fotos? Und was ist mit ihr passiert?«

Aurelia gähnte erneut. »Oh, Felicia, ich bin so müde. Ein anderes Mal.«

»Gut. Danke, dass du mir die Fotos gezeigt hast.«

»*Prego*. Gern geschehen.«

Während sie die Treppe in die zweite Etage hochgingen, hörte Fee im ersten Stock erneut die Klänge von Pippas Klavierspiel. Diesmal ein Stück von Chopin. Sie sah rüber zu dem leicht geöffneten Klavierzimmer. Licht drang durch den Spalt in den Flur.

»Ein wunderschönes Stück, das sie gerade spielt. Sie ist mir zwar nicht sympathisch, aber ich liebe ihre Musik.«

»*Anch'io*! Ich auch! Stundenlang könnte ich ihr zuhören. Weißt du, Pippa kann nicht über ihre Gefühle reden, dafür bringt sie sie durch das Pianoforte umso mehr zum Ausdruck.«

»Sieht ganz so aus.«

• • •

Nach diesem Abend voller Eindrücke und Informationen brauchte Fee dringend noch etwas frische Luft, und so betrat sie den Balkon. Der Mond erhellte die Magnolienzweige auf eine fast magische Weise, düster ragten die Palmenwedel in den Sternenhimmel. Fledermäuse drehten ihre unsystematisch aussehenden Kreise, und ihr Geflattere vermischte sich mit den Klängen von Pippas Klavierspiel. Fee schaute auf den Balkon herunter, über den die Zweige der Magnolie ragten und unheimliche Schatten warfen.

Ich bin nun auch eine Magnolienfrau, schoss es ihr plötzlich durch den Kopf. Genau wie Pippa und Aurelia und schon so viele vor ihnen. Ihre Großmutter, Alice, Undine. Ein Kribbeln durchfuhr ihren Körper, und sie wusste nicht, ob es am Grappa lag oder an der Tatsache, was hier in der Villa passiert war. Maurizios erste Frau Isidora hatte sich umgebracht, und später war Maurizio von Alice erschossen worden. In dem Moment verklang Pippas Pianospiel. Kurz darauf betrat Pippa den Balkon, schlenderte zur Brüstung und blieb stehen, blickte genau wie Fee in die Ferne.

Kapitel 19

Lugano, Oktober 1940

Alice

Nach dem Besuch bei Carmina nahm Alice ein Taxi zurück ins Hotel. Sie schaute aus dem Fenster und überlegte sich ihr weiteres Vorgehen. Der Regen prasselte auf die Straßen und bildete breite Pfützen.

Zuerst würde sie Tonia Balossi aufsuchen, weil Carmina von ihrer Schuld überzeugt war. Danach musste sie den anderen Bewohnern auf den Zahn fühlen. Sie war richtig aufgeregt und konnte es kaum erwarten, mit den Nachforschungen zu beginnen. Zurück im Hotel, sie betrat gerade die Halle, bemerkte sie Maurizio, der am Conciergetresen stand, neben ihm eine unruhig wirkende Ilse. Als er sie erblickte, stürmte er auf sie zu wie Hades, der Gott der Unterwelt, persönlich. Fehlten nur noch der Zweizack und der Bart. Sein Gesicht war gerötet, die Augen glänzten. Er fasste sie an den Schultern.

»Wo zum Teufel warst du? Ich habe mir Sorgen gemacht! Ilse hat gemeint, dass du dich nach dem Frühstück übergeben musstest und danach plötzlich verschwunden seist. Auch der Concierge wusste nichts.«

Alice blickte zum Concierge; es war nicht mehr der gleiche, der ihr heute Morgen geholfen hatte.

»Komm, wir gehen aufs Zimmer, dann erzähle ich dir alles.«

Oben angekommen, legte sie ihren Hut auf die Kommode und richtete sich das Haar im Spiegel. »Ich habe Carmina besucht.«

Maurizio blickte sie verblüfft an, als wüsste er nicht, von wem sie sprach. »Meine Schwester?«

»Ja.« Alice drehte sich um und sah ihn fest an.

»Woher wusstest du, dass sie hier im Gefängnis ist?«

»Ich hab's im Dorf gehört. Auch, dass man sie für unschuldig hält.«

Maurizio kniff die Augen zusammen. »Henriette hat es dir gesagt. Sie hat mich schon damals von Carminas Unschuld überzeugen wollen.« Er senkte den Blick, und eine tiefe Traurigkeit ging von ihm aus. Dann hob er ruckartig den Kopf, sein Gesicht war verzerrt vor Wut. »Aber ich habe ihr gesagt, dass sie sich täuscht!«

Alice, die mit dieser Reaktion gerechnet hatte, blieb ruhig und schritt in den Salon. »Ich glaube, sie ist wirklich unschuldig.« Vor der Kommode blieb sie stehen und griff nach dem Wasserkrug und einem Glas, schenkte sich ein und trank.

Maurizio kam auf sie zu. »Denkst du etwa, dass du das nach einem einzigen Gespräch beurteilen kannst? Carmina ist eine Quacksalberin! Sie war schon immer eine Schande für unsere Familie. Und sie ist ganz eindeutig die Mörderin. Sie hat Undine gehasst. Und man hat das Fläschchen mit dem Gift bei ihr im Atelier gefunden.«

Alice stellte das Glas wieder hin. »Auch jemand anders könnte Undine das Gift in die Tinktur gemischt haben. Um den Verdacht auf Carmina zu lenken. Vielleicht Tonia?«

Maurizio zuckte kaum merklich zusammen, und Alice sah ihm direkt ins Gesicht.

»Sag, hattest du damals ein Liebesverhältnis mit ihr?«

»Hat Carmina das behauptet?«

»Nicht direkt. Nur, dass Tonia verliebt in dich war.«

»Ja, das war sie. Aber ich hatte kein Liebesverhältnis mit ihr. Sie war schön, ja, entsprach aber nicht meinem Geschmack.«

Alice beschloss, nicht mehr nachzuhaken, sondern wieder auf den Mord zurückzukommen. »Sie hatte jedenfalls ein Motiv, Undine zu töten. Rache.«

»Tonia hat ein Alibi! Warum nur bist du von Carminas Unschuld überzeugt?«

»Sie hätte Undine doch nicht vergiftet. Wenn sie sie hätte töten wollen, dann auf andere Art. Aber nicht so, dass man gleich sie verdächtigen würde.«

Er schaute sie verächtlich an. »Dass du dich von ihr und Henriette blenden lässt, ist einfach unfassbar. Und dass du sie ohne meine Erlaubnis besuchst!« Er holte mit der Hand weit aus, und Alice, in der Annahme, er wolle sie schlagen, wich zurück. Doch Maurizio ließ die Hand wieder fallen. »Wie konntest du das nur tun?«, fragte er.

»Ich will doch nur nicht, dass Undines Mörder noch frei herumläuft! Er ist eine Gefahr für mich und das Baby. Deshalb –«

»Der Mörder ist keine Gefahr mehr«, unterbrach er sie mit wachsendem Zorn. »Er ist bereits im Gefängnis! Der Mörder – oder genauer, die Mörderin – ist Carmina! Dass du dich auf ihre Seite stellst, liegt wohl daran, dass du selbst eine Kriminelle bist!«

»Was?« Sie taumelte leicht zurück und stützte sich mit einer Hand auf der Kommode ab.

»Du hast schon richtig gehört. Du bist nichts weiter als eine Kriminelle!«

Seine Worte sickerten in ihr Inneres wie Gift. »Das ist nicht wahr! Du weißt doch, dass ich Ottilie damals nichts angetan habe. Sie hatte alles inszeniert.«

Er schwieg.

»Du weißt das doch, sonst hättest du mir damals nicht geholfen.«

Er nahm einen langen Atemzug, als müsste er sich die Antwort zuerst überlegen. »Denkst du wirklich, ich habe dir geholfen, weil ich von deiner Unschuld überzeugt war?« Er lachte spöttisch. »Oh, Alice, ich habe mich nur für dich eingesetzt, weil ich dich so sehr wollte. Und ich will dich immer noch. Aber als meine Frau musst du dich benehmen, hast du das verstanden? Du kannst nicht einfach eine Mörderin im Gefängnis besuchen.«

»Aber –«

»Nichts aber!« Er packte sie am Handgelenk. »Du wirst dich künftig von Carmina fernhalten, kapiert?«

Alice versuchte, ihn abzuschütteln, doch Maurizios Griff war wie eine Fessel aus Stahl.

»Ich werde ihr helfen!«

»Nein, das wirst du nicht. Du bist meine Frau, und ich verbiete es dir!«

»Ich verstehe dich einfach nicht! Carmina ist deine Schwester. Warum willst du ihr nicht helfen?«

»Weil ich nicht an ihre Unschuld glaube. Und das solltest du auch nicht. Alice, im Gegensatz zu dir weiß ich etwas über Carmina, das du nicht weißt.« Er ließ sie endlich los, und Alice fuhr sich über das gerötete Handgelenk.

»Sie hat vor langer Zeit etwas erlebt, das sie schwer verstört hat. Sie ist zu allem fähig.«

»Was hat sie erlebt?«

Er wich ihrem Blick aus. »Du musst keine Details wissen. Es

reicht, wenn ich dir sage, dass Carminas Seele vor langer Zeit verdorben wurde.«

Sie hämmerte ihm mit den Fäusten leicht gegen die Brust. »Ich will wissen, was passiert ist! Hör endlich auf, Geheimnisse vor mir zu haben! Du verschweigst mir alles. Sogar, dass du vor Undine schon mal verheiratet warst.«

Er starrte sie sprachlos an, schritt durchs Zimmer und setzte sich langsam in einen Sessel am Fenster. »Hat Carmina dir von Isidora erzählt?«

»Ja. Aber nicht alles. Sie meinte, ich solle dich fragen. Und sie hat recht. Es ist deine Aufgabe, mir zu sagen, mit wem du bereits verheiratet warst.«

Sein Gesicht war kreidebleich. »Das, was mit Carmina passiert ist, steht in enger Verbindung mit Isidora.«

Alice setzte sich ihm gegenüber. Der Sessel war weich, und sie sackte tief herein.

»Es war 1927, Carmina war sechzehn, ich achtzehn.« Er rieb sich über die Wangen. »Carmina ist nie darüber hinweggekommen. Kein Wunder, es war zu grausam.« Er machte eine Pause, als wollte er die Spannung steigern. »Ich war in Lugano und habe Vater auf einem Geschäftstreffen vertreten, weil er die Grippe hatte. An jenem Abend wurde die Villa von vier Männern überfallen. Sie haben nicht nur alles Wertvolle geraubt, sondern auch Isidora und Carmina mehrfach vergewaltigt. Vater wollte ihnen helfen, doch sie stachen mit einem Messer auf ihn ein. Wie durch ein Wunder hat er überlebt.«

Ein eiskalter Schauer durchfuhr Alices gesamten Körper. Sie stand auf, kniete vor Maurizio nieder und legte ihren Kopf auf seine Oberschenkel. »Oh, Maurizio, das ist furchtbar. Nun verstehe ich, weshalb dein Vater nicht mehr in der Villa lebt und sich so seltsam verhält.« Sie blickte zu ihm hoch. »Haben sie Isidora umgebracht?«

»Nein, das hat sie selber getan, ein paar Tage nach der Tat.« Tränen liefen über seine Wangen. »Sie war in einem fürchterlichen Zustand, als ich sie aufgefunden habe. Eine Stunde lang hat man sie –« Er brach ab. »Sie konnte einfach nicht mehr weiterleben. Sie hat sich im See ertränkt.«

Alice fuhr ihm über die Hände. »Wo war deine Mutter? Und Geraldo? Filomena?«

»Geraldo besuchte damals seine kranke Mutter in Italien.« Ein bitterer Ausdruck erschien auf seinem Gesicht. »Mutter und Filomena versteckten sich im Keller. Zu dem Zeitpunkt, als die Täter kamen, waren sie unten, weil Mutter eine Bestandsaufnahme der Vorratskammer machen wollte. Als sie merkten, was oben vor sich ging, versteckten sie sich im Waschraum. Ich fand sie dort ganz verstört. Carmina hat meiner Mutter später nie verziehen, dass sie ihnen nicht geholfen hat. Ich denke aber, meine Mutter hat richtig gehandelt. Sie und Filomena hätten rein gar nichts tun können. Carmina fand, sie hätten aus dem Keller schleichen und Hilfe holen müssen. Aber die beiden hatten Angst. Und man hätte sie bemerken können. Einer der Männer hielt Wache, wie wir später durch die Polizei erfuhren.« Er sah aus, als würde er den Atem kurz anhalten. »Die Täter konnten später alle gefasst werden.«

»Das ist gut«, sagte Alice, weil ihr nichts anderes einfiel. Sie dachte an Carminas Bemerkung, ihre Mutter sei egoistisch und feige. Nun wusste sie, was sie damit gemeint hatte. Lucilla hatte nichts unternommen, während man ihre Tochter und ihre Schwiegertochter quälte. Das negative Bild, das sie bereits von Lucilla hatte, verstärkte sich noch, und sie konnte Carminas Groll gut nachvollziehen. Sie dachte an ihr Kind im Bauch und wusste, dass sie ihr Leben opfern würde, um es zu retten.

Sie tauchte aus ihren Gedanken auf, zurück zu Maurizio.

»Hast du es deiner Mutter nie übel genommen, dass sie nicht versucht hat, Isidora und Carmina zu helfen?«

Er schien mit sich zu ringen, schüttelte dann aber den Kopf. »Nein. Ich bin realistisch. Meine Mutter hätte ihr Leben riskiert, ohne etwas gegen die Täter ausrichten zu können. Jedenfalls hat sich Carmina nach der Tat vollkommen verändert. Sie war zuvor ein fröhliches Mädchen und verlobt mit einem jungen Mann aus Ascona. Nach dem Vorfall hat sie die Verlobung gelöst. Sie trug nur noch schwarze Kleider und begann mit ihren Tinkturen. Manchmal hielt sie sich wochenlang in den Wäldern auf. Niemand wusste, ob sie noch lebte, bis sie stinkend, dünn und schmutzig wiederauftauchte.«

»Sie hat viel durchgemacht, und so konnte sie das Erlebte verarbeiten.«

Maurizio schoss plötzlich hoch, Alice wich erschrocken zurück und erhob sich.

»Nein! Sie hat gar nichts verarbeitet!« Er raufte sich das Haar. »Mein Vater versucht wenigstens, es zu verarbeiten, deshalb ging er weg und sucht nun Antworten in der Bibel. Die wird er zwar nicht finden, aber wenigstens gefährdet er dort im Tal niemanden. Carmina jedoch wurde zu einem höchst seltsamen Geschöpf voller Hass. Als ich mich mit Undine verlobte, warf sie mir vor, nur Ersatz für Isidora zu suchen. Sie hatte von Anfang an etwas gegen Undine. Und am Ende hat sie sie getötet!«

Alice hörte gar nicht mehr hin. Ihr war gerade klar geworden, dass Carmina mit ihrem Vorwurf recht hatte. Undine war nur ein Ersatz für Isidora gewesen und sie genauso. Tatsächlich hatte Maurizio immer nur eine geliebt: Isidora. Deshalb hatte er sich auch Frauen ausgesucht, die ihr ähnlich sahen. Auch wenn sie diese Einsicht hätte beunruhigen sollen, war das Gegenteil der

Fall. Sie hatte nun endlich eine Erklärung für Maurizios seltsames Verhalten. Genau wie Carmina musste auch er noch immer stark traumatisiert sein. Er hatte nicht nur seine Schwester und seine Frau geschändet vorgefunden, sondern auch seinen schwer verletzten Vater.

Sie erhob sich und trat auf Maurizio zu. Er stand am Fenster, der Regen prasselte gegen die Scheiben.

»Warum seid ihr damals nicht weggezogen? Ihr hättet an einem anderen Ort ein neues Leben beginnen können?«

Er drehte sich zu ihr um, ein harter Zug umspielte seinen Mund. »Nein. Die Villa war der Traum meines Vaters. Er hat sie nach dem Großen Krieg bauen lassen, ich kann mich noch gut daran erinnern. Als wir 1920 eingezogen sind, hätten wir glücklicher nicht sein können. Vater hat immer zu mir gesagt, dass er das Haus für mich errichten ließ. Er war so stolz. Als er dann ein paar Wochen nach der Tragödie ging, konnte ich ihn zwar verstehen, nahm mir aber vor, seinen Traum weiterzuleben. Vielleicht kehrt er ja irgendwann zurück.« Alice sah ihm an, dass er selbst nicht daran glaubte. Sie dachte an das Haus und verstand nun, weshalb sie sich dort nicht gut fühlte. Die Schatten der Vergangenheit waren noch immer allgegenwärtig.

Sie strich über ihren Bauch. »Wir sollten wegziehen. Irgendwo mit dem Kind neu beginnen. Nur wir drei und natürlich Matteo … und Pippa.« Vielleicht würde sich das Verhältnis zwischen ihr und Pippa an einem anderen Ort auch verbessern. Sie fuhr fort. »Deine Kinder leben in einem Haus, in dem Menschen gequält wurden und ihre Mutter und ihr kleiner Bruder auf tragische Weise starben. Maurizio, so etwas ist nicht gut für die Seele eines Menschen. Du sagst ja selbst, dass Carmina sich verändert hat.«

»Aber das hat nichts mit dem Haus zu tun, sondern mit Carmina selbst.« Er sah sie verzweifelt an. »Alice, hör mir gut zu: Ich konnte weder Isidora noch Undine beschützen, aber das werde ich besser machen. Ich werde alles tun, damit du und das Kind ein sicheres Zuhause habt. Aber um das tun zu können, muss ich die Vergangenheit hinter mir lassen. Und dazu gehört auch Carmina. Sie ist wie ein dunkler Schatten, den ich endlich loswerden muss. Du darfst sie nie wieder besuchen. Ich muss damit abschließen. Und ich will glücklich werden, mit dir und unserem Kind. Verstehst du das?«

In diesem Moment erkannte sie, dass Maurizio zwar seine große Liebe verloren hatte, jedoch bereit war, weiterzuleben und wieder zu lieben. Vielleicht liebte er sie nicht so wie Isidora, aber ihr Kind würde er vergöttern. Und sie glaubte ihm, dass er sie beide beschützen würde. Das musste reichen, dachte sie und verdrängte die düsteren Gefühle.

Teil 2

Kapitel 20

Brissago, März 2019

Fee

Mit noch müden Augen saß Fee auf der Terrasse, vor sich eine dampfende Tasse Kaffee, frische Croissants und ein Omelett mit Tomaten und Pilzen; ihr gegenüber Aurelia, die es sich offensichtlich zur Aufgabe gemacht hatte, Fee zu mästen.

Seit den frühen Morgenstunden schon erfüllten Amseln die Luft mit ihrem harmonischen Gesang. Sonnenstrahlen schienen durch die kahle Pergola, die in ein paar Wochen mit üppigen Reben überwachsen sein würde, stellte sich Fee vor. Sie zog ihren dicken Pullover aus, da es schon recht warm war.

Pippa, die bereits eine Stunde zuvor gefrühstückt hatte, streifte im Garten umher, ausgerüstet mit einem großen Flechtkorb, in dem sie verwelkte Magnolienblüten vom Boden aufsammelte. Auf Fees Begrüßung vorhin hatte sie nicht reagiert.

»Hast du gut geschlafen?«, fragte Aurelia und bestrich ein Croissant dick mit Butter.

»Ja danke«, antwortete Fee, obwohl es nicht der Wahrheit entsprach. Momentan beschäftigten sie einfach zu viele Dinge, und so hatten wirre Träume leichtes Spiel.

»Wie gehst du eigentlich weiter vor? Mit Pippa und dem Haus, meine ich.«

Fee schnitt ein Stück des Omeletts ab. »Anfangs nächster Woche werden wir das Ergebnis der Bewertung erhalten, dann habe ich zumindest etwas vorzuweisen. Ich hoffe, dass Pippa dadurch einsichtiger wird. Ewig bleiben kann ich nicht, in eineinhalb Wochen muss ich wieder zurück.«

Aurelia schaute sie kauend an, ihre Augen drückten Bedenken aus.

»Was meinst du, wie gelingt es mir, Pippa zu einer friedlichen Einigung zu bringen? Ich will eigentlich nicht vor Gericht.«

»Das wird sehr schwierig. Pippa war schon immer unglaublich stur.«

»Hm.« Fee zerkaute den Bissen Omelett. Es schmeckte köstlich. Aurelia hatte Petersilie und Basilikum beigefügt. »Oh, Aurelia, das ist einfach himmlisch!«

»Danke!«

Sie aßen schweigend weiter, bis Aurelia fragte, warum sich eigentlich Fee mit dem Erbe herumschlagen müsse und nicht ihr Vater, Violettas Sohn.

Fee, auch nach dem Omelett noch hungrig, griff nach einer Banane aus der Obstschale und begann, sie zu schälen. »Meine Großmutter hat mir ihren Anteil vermacht, nicht meinem Vater. Er hat natürlich alles andere geerbt. Ich glaube, meine Großmutter war der Ansicht, ich könne mit dem Erbe, das ja an ihr lang gehütetes Geheimnis gebunden ist, besser umgehen als er.«

»Hatte sie kein gutes Verhältnis zu ihm?«

»Das würde ich so nicht sagen. Sie kamen schon miteinander aus, doch es gab gelegentlich Meinungsverschiedenheiten. Mein Vater kann manchmal etwas speziell sein. Ich liebe ihn ja, aber ab und zu denke ich, wir stammen von unterschiedlichen Planeten.« Sie lachte, und Aurelia stimmte mit ein.

»Oh, dieses Gefühl kenne ich. Das ging mir mit meiner Mutter auch oft so.« Aurelia strich sich einen Croissantkrümel vom Kinn. »Ist das Verhältnis zu deiner Mutter besser?«

Fee seufzte. »Nicht wirklich. Ich hatte schon immer einen viel besseren Draht zu meinen Großeltern als zu meinen Eltern.« Sie schnitt die Banane in Stückchen und gab sie zusammen mit einem Erdbeerjoghurt in eine Schale. »Mein Vater hat immer viel gearbeitet, war auf Geschäftsreisen und zeigte wenig Interesse an mir. Und meine Mutter war früher ein Model. Sie lernte meinen Vater während einer Werbekampagne kennen. Sie war das Gesicht für eine neue Schmuckkollektion. Als meine Mutter schwanger wurde, hörte sie auf zu arbeiten. Sie hat mir mal gesagt, dass ich ihr die Figur ruiniert habe und sie deswegen nicht mehr als Model arbeiten konnte. Tja, jedenfalls war ich dann ihre Hauptaufgabe, weil sich mein Vater entweder um seine Arbeit oder seine aktuelle Affäre kümmerte. Besonders schlimm wurde es nach ihrer Scheidung, da war ich acht. Meine Mutter hat meinen Alltag komplett durchgeplant, ich wurde die ganze Zeit herumchauffiert, ein Unterricht folgte dem anderen. Reiten, Tennis, Ballett, Geige. Dann natürlich der Nachhilfeunterricht, wenn ich in einem Schulfach mal keine Bestnote hatte. Sie wollte einfach, dass ich all die Chancen bekam, die sie nicht gehabt hatte. Dabei brauchte ich das alles nicht, ich wollte einfach nur zeichnen, lesen oder mit Freunden spielen. Aber mein durchorganisiertes Leben ließ mir dafür keine Zeit und hat mich gestresst. Ich litt unter Schlafstörungen, Bauchweh, Kopfschmerzen. Irgendwann rebellierte ich und ging nirgends mehr hin. Mutter und ich stritten uns deshalb oft. Ich flüchtete zu meinen Großeltern. Sie hatten immer Verständnis für mich und setzten sich für mich ein.« Sie rührte in ihrem Joghurt und sah zu Aurelia, die ihren Blick voller Anteilnahme erwiderte. »Inzwischen verstehen Mutter und ich uns wieder besser. Aber unsere Beziehung wird nie so sein wie die zu meiner Großmutter. Und genauso verhält es sich auch mit meinem Vater. Was ich hier mache, interessiert ihn nicht. Die Vergangenheit seiner Mutter ist ihm gleichgültig.«

Aurelia reichte Lupo, der sich soeben zu ihnen gesellt hatte, ein Stückchen Wurst. Er verschlang es gierig und wollte mehr. Aurelia streichelte ihn stattdessen. »Ich glaube, dein Vater kommt nach Maurizio. Ihm waren seine Geschäfte auch stets wichtiger als die Familie.« Sie runzelte die Stirn. »Obwohl, für seine Kinder nahm er sich immer Zeit am Wochenende. Er war ein wunderbarer Vater, und ich war oft neidisch auf Pippa und Matteo.« Eine verlegene Stille trat ein, der schließlich ein abrupter Themenwechsel folgte: Aurelia erzählte Fee von der Insel Brissago, einem kleinen subtropischen Paradies mit botanischem Garten, den man allerdings erst ab April besuchen konnte. »Du könntest aber auch eine Schiffsfahrt machen. Heute ist das Wetter ja so schön.«

»Das klingt gut, aber ich treffe mich nachher mit Tommaso Silvestri.«

»Ah ja, stimmt.«

Nach dem Frühstück half Fee beim Abräumen, anschließend rief sie Christian zurück, der sie per WhatsApp um Rückruf bat, weil er sie telefonisch nicht erreichen konnte. Das Gespräch lag ihr auf dem Magen. Sie hatte Christian die vergangenen Tage nicht vermisst, im Gegenteil.

Er ging sofort ran. »Felicia! Endlich! Ich versuche schon den ganzen Morgen, dich anzurufen.«

»Sorry, ich habe gefrühstückt.« Sie schlenderte durch den Garten, hinunter zur Magnolie, deren Zweige im Wind wippten. Pippa kniete auf der Ufermauer des Sees und rupfte Unkraut. Sie trug einen breiten Strohhut. *Wie eine nette alte Frau sieht sie aus*, dachte Fee. *Der Schein trügt.*

Christians Stimme drang in die Idylle. »Und, hast du das mit dem Haus schon geregelt?«

»Nein, noch nicht. Ich warte auf den Bewertungsbericht.«

In den folgenden Minuten musste sie sich anhören, wie dumm ihre Idee gewesen sei und dass sie die ganze Angelegenheit besser seinem Anwalt hätte überlassen sollen. Fee gestand sich ein, dass er recht hatte, aber wieder nervte sie seine Art.

»Ich schaffe das schon.« Sie setzte sich auf den Steg. »Ich wohne übrigens seit gestern in der Villa. Da –«

»In der Villa? Was soll das bringen? Denkst du, die alte Schachtel wird plötzlich deine Freundin?«

»Nein, aber ich –«

»Also wirklich, du triffst in letzter Zeit nur noch falsche Entscheidungen. Du solltest besser zurückkommen und mich das mit dem Haus regeln lassen. Dann kannst du dich in Ruhe auf die Hochzeit konzentrieren.«

Fee versuchte, ihre Wut im Zaun zu halten, und schloss kurz die Augen. »Ich habe dir gesagt, dass ich es selbst mache. Ich brauche deine Hilfe nicht. Und wegen der Hochzeit ...« Sie senkte ihre Stimme. »Ich bin nach wie vor unsicher und brauche noch Zeit.« Fee erwähnte nicht, dass sein Verhalten soeben ihre Zweifel massiv verstärkt hatte. Stille herrschte, bis ein hysterisches Lachen erklang.

»Unsicher? Zeit? Felicia, ich dachte, du hättest vor Kurzem einfach überreagiert. Und dass du inzwischen wieder zur Vernunft gekommen wärst. Aber offenbar habe ich mich getäuscht, und der Tessin scheint dich nur noch mehr zu verwirren. Meine Mutter hat noch gesagt, dass ich dich nie hätte gehen lassen dürfen.«

Seine Mutter! Fees überfüllter Magen zog sich zusammen.

»Erstens: Der Tessin verwirrt mich nicht, im Gegenteil. Zweitens: Deine Mutter ist einfach ... unmöglich! Und drittens: Ich werde mir die Zeit nehmen, darüber nachzudenken. Ob es dir nun passt oder nicht. So, und jetzt muss ich zu einem Termin. Tschüss!« Sie beendete den Anruf und schaltete das Handy sofort aus. Pippa hatte sich aufgerichtet und warf Fee einen undefinierbaren Blick zu, ehe sie sich niederkniete, um ein Büschel auszureißen.

Als Fee wenig später vor dem Tor der Silvestris stand, dachte sie noch immer an das Gespräch mit Christian. Er wollte, dass sie zur Vernunft käme, aber sie fragte sich immer mehr, ob eine Heirat mit ihm überhaupt *vernünftig* wäre. Momentan eher nicht, alles in ihr sprach dagegen. Aber eine achtjährige Beziehung einfach so zu beenden war nicht leicht. Insbesondere dann nicht, wenn ihr Leben erneut durcheinandergeraten war.

Sie schaute auf das Messingschild, das neben dem Tor an einer Mauer befestigt war, und las *Nando Silvestri Avvocato*. Sie klingelte.

»Ja?«, klang es kurz darauf durch die Gegensprechanlage, und Fee erkannte Nando Silvestris Stimme.

»Hallo, hier ist Felicia Strasser.«

»Einen Moment. Ich öffne Ihnen.«

Genau wie bei den Ferrazzinis gelangte man über eine Treppe hinunter, allerdings befand sich die Haustür auf mittlerer Höhe, und man musste nicht bis ganz hinunter in den Garten. Das Haus war im Gegensatz zu der Magnolienvilla in den Hang hineingebaut worden.

Nando Silvestri wartete bereits auf sie, in einem dunkelgrauen Anzug, mit ernstem Gesichtsausdruck. »Kommen Sie herein.«

Sie folgte ihm in ein großzügiges Foyer; viel heller als das der Ferrazzinis. Das lag nicht nur daran, dass nicht alles mit Möbeln zugestellt war, sondern auch an dem warmen Eichenparkett und den zahlreichen Deckenspots. Fee entdeckte auf der rechten Seite das gleiche Messingschild wie beim Eingang oben an einer Zimmertür.

»Ich bringe Sie gleich zu meinem Großvater«, erklärte Nando Silvestri. »Er erwartet Sie schon im Garten unten. Ich kann bei dem Gespräch nicht dabei sein, weil gleich ein Klient kommt. Vielleicht stoße ich später dazu.«

Fee zeigte auf das Schild. »Sie haben Ihre Kanzlei hier im Haus.«

»Ja, das war schon immer so. Mein Urgroßvater war Anwalt, genau wie mein Großvater und mein Vater.«

»Schön, dass die Kanzlei in der Familie bleibt.« Fee sah sich um, ihr Blick blieb an einem Bild haften, ein klassisches Gemälde, welches Brissago vom See aus zeigte, wie Fee an der Kirche gleich erkannte. »Leben Ihre Eltern auch noch hier?«

»Ja. Sie sind aber gerade auf Madeira im Urlaub.«

Plötzlich polterte jemand die Treppe runter, es war Giulia. Sie blickte kurz abschätzig zu Fee, dann schnappte sie sich ihre weiße Jacke – eine Art Sweatshirt – von der Garderobe.

»*Dove vai?*«, fragte Nando streng, und Giulia antwortete ebenfalls auf Italienisch. Es folgte ein Schlagabtausch zwischen den beiden, den Fee beschämt mitverfolgte. Sie vermutete, dass Nando nicht wollte, dass Giulia das Haus verließ. Am Ende drängte sich Giulia schnaubend an ihm vorbei, doch er hielt sie zurück und sprach drohend auf sie ein. Sie schrie ihn an, fluchte laut und wedelte wild mit den Armen herum. Dann löste sie sich und rannte wieder die Treppe hoch. Kurz darauf schlug eine Zimmertür zu. Nando schaute hoch und rieb sich den Nacken, murmelte etwas auf Italienisch.

»Alles klar?«, fragte Fee vorsichtig.

Er lachte, aber nicht freudig. »Sie hat heute Morgen gesagt, sie fühle sich wegen ihrer Periode nicht gut und könnte nicht in die

Schule gehen. Ich habe angerufen und sie krankgemeldet. Und nun will sie plötzlich raus.«

»Und ich nehme an, nicht in die Schule.«

»Nein. Sie hat zwar gesagt, dass sie gehen will, weil sie sich besser fühle, aber ich weiß genau, wann sie lügt. In letzter Zeit kommt so was öfter vor. Meistens verlässt sie morgens das Haus, und später erfahren wir von der Schulverwaltung, dass sie wieder geschwänzt hat. Ihre Schule ist in Ascona, oft fährt sie weiter bis nach Locarno und hängt dort am See mit irgendwelchen schrägen Typen herum. Manchmal geht sie aber auch einfach nur in den Garten der Ferrazzinis. Pippa hat sie schon mehrmals im Bootshaus erwischt.«

Es klingelte.

»Das muss mein Klient sein.« Er zeigte zu einer Wendeltreppe, die hinabführte. »Gehen Sie doch einfach in den Garten, mein Großvater sitzt am See. Die Terrassentür ist offen. Wir sehen uns bestimmt später noch.«

»Ja danke.«

Er hob zum Abschied die Hand und drückte auf die Gegensprechanlage, sprach etwas hinein.

Fee ging hinunter, betrachtete die Schwarz-Weiß-Aufnahmen des Tessins an den Wänden. Sie mochte das Haus. Es war durch die Fensterfront hell und freundlich. Allerdings fand sie auch, dass ihm etwas von dem Tessiner Charme fehlte, den die Magnolienvilla im Übermaß ausstrahlte. Die renovierte Villa der Silvestris hingegen hätte überall auf der Welt sein können. Immerhin hatte man die Pergola und die Steintische auf der Terrasse stehen lassen, stellte Fee fest, als sie draußen war. Das Anwesen ähnelte von der Hanglage her dem der Ferrazzinis. Es war allerdings etwas kleiner, und der Park hatte keine Magnolien, dafür mehr Palmen, Oleandersträucher und einen Rosengarten, der vermutlich schon bald in den unterschiedlichsten Farben erblühen würde. Tommaso Silvestri wartete unten am See, zusammen mit seiner Pflegerin, die gerade einen Teekrug und eine Schüssel auf den runden Steintisch stellte.

Fee war sehr gespannt, was er ihr über Alice erzählen würde.

Kapitel 21

Brissago, Mai 1943

Alice

Es war ein wunderschöner Tag Ende Mai, der See glitzerte, nicht eine einzige Wolke verdüsterte den Himmel. Alice saß vor der Magnolie beim Bootshaus. Auf der Wiese spielte ihr Töchterchen Violetta mit ihren bunten Holztieren, die ihr Maurizio kürzlich aus Mailand mitgebracht hatte. Von Weitem vernahm Alice Lucillas Klaviersonate *Le Rappel Des Oiseaux* von Jean-Philippe Rameau, die sich mit dem Zwitschern der Vögel mischte. Lucilla versuchte, das Stück Pippa beizubringen.

Alice konzentrierte sich auf den Brief, den sie von Carmina erhalten und den ihr Geraldo vorhin heimlich zugesteckt hatte. Fast drei Jahre waren seit ihrem Besuch bei Carmina inzwischen vergangen. Nachdem ihr Maurizio den Kontakt damals verboten hatte, schrieb sie Carmina einen Brief und hörte danach nichts mehr von ihr. Bis jetzt. Carmina bat dringend um Hilfe. Sie halte es kaum mehr aus, da sie von einer neuen Wärterin andauernd schikaniert werde und niemand etwas dagegen unternehme. Dazu kämen noch die anderen Häftlinge, die sie, angestachelt durch die Wärterin, vermehrt als Säuglingsmörderin bezeichneten und ihr das Leben erschwerten. Carmina bat Alice inständig, ihr zu helfen und ihre Unschuld zu beweisen. Sie wisse, es sei viel verlangt, aber Alice sei ihre einzige Hoffnung. Alice ließ den Brief auf ihren Schoß sinken. Sie hatte damals trotz Maurizios Verbots heimlich ermittelt. So studierte sie die Bewohner der Villa genauestens und ließ sich deren Motive durch den Kopf gehen, machte sich Notizen in ihrem Zeichenblock. Am Ende war sie immer genauso schlau wie zuvor, deshalb gab sie es irgendwann auf. Sie war nun mal keine Detektivin wie Agatha Christies Romanfigur Miss Marple. In diesen Büchern wurde jeder Mord aufgedeckt, die Schuldigen am Ende entlarvt, nur in der Realität sah dies leider anders aus. Alice schaute wieder auf den Brief, und plötzlich erwachte ein Funke Kampfgeist in ihr. Carmina war in Not, und sie musste wenigstens versuchen, ihr zu helfen. Sie steckte den Brief in die Tasche ihrer Strickjacke und besann sich auf den letzten Stand ihrer damaligen Erkenntnisse: die möglichen Täter und ihre Motive.

Zuerst dachte sie an Geraldo. Dass der gutmütige Mann nur wegen eines Magnolienstreites eine Frau und ein Baby umbringen würde, konnte sich Alice beim besten Willen nicht vorstellen. Geraldo war buchstäblich nicht in der Lage, auch nur einer Fliege etwas zuleide zu tun. Er rettete sogar die Spinnen im Haus, indem er sie einsammelte und ins Freie entließ.

Dann war da Filomena. Alice war davon überzeugt, dass Filomena, die Kinder über alles liebte, niemals einen Säugling töten könnte. Genauso wenig, wie sie Undine vergiftet hätte, auch wenn sie sich laut Carmina des Öfteren wegen des Haushalts mit ihr gestritten hatte.

Und was war mit Lucilla? Sie hatte Undine nicht gemocht, aber Alice wusste mittlerweile, dass Lucilla – außer Carlos und Maurizio, ihren Enkelkindern und ihrer Cousine Adalberta aus Genf – niemanden gut leiden konnte. Zudem war Lucilla ohnehin die Stärkere gewesen, weil sie Maurizio auf ihrer Seite hatte. Wenn, dann hätte also eher Undine einen Grund gehabt, sie zu töten. Andererseits hatte sich Lucilla Jahre zuvor – wie auch Filomena – im Keller versteckt, während im Haus oben ihr Mann verletzt und ihre Tochter und Schwiegertochter vergewaltigt wurden. Natürlich hatte die Angst die beiden gehindert, aber es brauchte schon ein gewisses Maß an Egoismus und Kälte, in einer solchen Situation nicht zu helfen. Dennoch fehlte Alice bei beiden Frauen ein starkes Motiv.

Schließlich war da noch Franca, das Kindermädchen. Undine habe sie nicht immer nett behandelt, hatte Carmina erwähnt. Doch 1936, zum Zeitpunkt von Undines Tod, war Franca erst vierzehn gewesen. Dass sie in diesem Alter einen so perfekten Giftmord hätte planen und durchführen können, schien Alice genauso abwegig wie dass sie einen Säugling ersticken würde, auf den Franca sonst immer aufpasste. Alice hatte außerdem selbst erlebt, wie überaus liebevoll Franca mit Kindern umging. Gerade in der Anfangszeit, als Violetta so oft geschrien hatte, war ihr Franca mit ihrer Geduld und Gelassenheit eine große Hilfe gewesen. Kurz nach der Geburt war Alice nie von Violettas Seite gewichen aus Angst, jemand könnte ihrer Tochter etwas antun. Sie hatte kaum mehr geschlafen, bis sie an einem Morgen aus Erschöpfung einen Heulkrampf bekommen hatte. Franca hatte ihr Violetta abgenommen und Alice ermahnt, dass dies kein gutes Ende nähme, wenn sie nun nicht endlich schlafen würde. Alices enorme Müdigkeit hatte in dem Moment über ihre Ängste gesiegt, und so hatte sie Violetta an Franca übergeben. Nach und nach kam Alice wieder zu Kräften, und sie begann, Franca zu vertrauen.

Am Ende ihrer gedanklichen Aufzählung möglicher Täter gelangte Alice immer zu Tonia, Undines ehemaliger Zofe – Carminas Meinung nach die wahre Mörderin. Tonia hatte ein Motiv, Rache, aber genauso hatte sie auch das Alibi, sie sei bei ihrer Mutter gewesen. Doch wie viel Glauben konnte man einer Mutter schenken, die nur ihr Kind schützen wollte?

Alice hatte sich mehrmals überlegt, Tonia aufzusuchen. Von Carmina wusste sie, dass Tonia in einem Weiler namens Mergugno lebte, weit oberhalb Brissagos, etwa zwei Stunden zu Fuß. Verschiedene Gründe, wie die Geburt Violettas und auch Maurizios Verbot, hatten Alice abgehalten. Stattdessen hatte sie während eines Besuchs im Maggiatal bei Maurizios Vater Carlos versucht, diesen vorsichtig zu befragen. Auch wenn sie geahnt hatte, dass er ihr keine große Hilfe sein würde – schließlich war er zum Zeitpunkt der Tat längst nicht mehr in der Villa wohnhaft gewesen –, so erhoffte sie sich, seine Meinung dazu zu hören. Doch Carlos hatte sich geweigert, darüber zu sprechen, und nur gesagt, Carmina habe den Teufel im Leib.

»Mamma, Mamma.« Violettas Laute rissen Alice aus ihren Gedanken, und sie schaute zu ihrem Töchterchen, das ihr ein rotes Holzpferdchen entgegenstreckte und breit lächelte. Mit ihren dunklen Löckchen und den großen hellbraunen Augen kam sie ganz nach Maurizio.

»Für mich? Oh, danke, Schätzchen!« Sie sprach Deutsch mit Violetta und Maurizio Italienisch.

Alice setzte sich neben Violetta auf die Wiese und bewegte das Pferdchen mit einem nachgeahmten Gewieher hin und her. Violetta strahlte über das pausbackige Gesicht. »Pony hü, Pony hü!«

Alice drückte ihr einen Kuss auf die Stirn. Violetta war ihr ganzes Glück, genauso auch Maurizios. Er liebte Violetta abgöttisch, und deshalb nahm Alice sein nach wie vor kühles Verhalten ihr gegenüber in Kauf, wie auch Pippas und Lucillas Allüren. Obwohl sie nicht leugnen konnte, besonders unter Pippas herablassender Art zu leiden. Viel mehr Sorgen bereitete ihr aber deren zunehmende Eifersucht auf Violetta, die hauptsächlich aus Maurizios Liebe zu dem Kind keimte, die er vor allen offen zur Schau stellte. Alice hatte ihn sogar darum gebeten, sich vor Pippa etwas zurückzuhalten, stieß jedoch auf Unverständnis. Maurizio meinte, Pippa sei alt genug, damit umzugehen, zudem kümmere er sich ja auch genug um sie und Matteo. Alice hingegen spürte, dass ein Mädchen wie Pippa – einst des Vaters Liebling – die Zuneigung nicht teilen wollte. Sie konnte sich ein wenig in Pippa hineinversetzen. Wie sehr hatte auch sie sich einst nach Maurizios Zuneigung gesehnt, wenn auch in anderer Form. Damals in Lugano war sie zuversichtlich gewesen und dachte, er würde sich ändern, stattdessen war er immer unnahbarer geworden, und inzwischen hatte sie die Hoffnung längst aufgegeben. Sie vermutete, dass er nach dem Verlust seiner beiden ersten Frauen keine tiefen Gefühle einer Frau gegenüber mehr zulassen wollte, um nicht wieder den Schmerz spüren zu müssen. So wurde sein Panzer ihr gegenüber von Monat zu Monat dicker, und damit stieg auch Alices Wut auf ihn. Ob im Bett – wenn er sie wie eine Hure behandelte – oder an den zahlreichen Abendgesellschaften, wo er sie öfter vor allen demütigte. Wie zuletzt vor zwei Wochen, als er wieder mal dieses Nazipack aus Ascona eingeladen hatte. Ein Gast hatte ihr gerade Komplimente zu ihrem Aussehen gemacht, da ließ der schon etwas angetrunkene Maurizio die Bemerkung fallen, sie sei zwar schön, aber außer für das Bett zu nichts zu gebrauchen. Alice hatte längst aufgegeben, ihn zurechtzuweisen, weil er dann nur noch härter zu ihr war. »Immerhin schlägt er dich nicht«, hatte Henriette ihr gesagt, als sie sich ihr anvertraut hatte. Doch seine Behandlung erschien Alice fast schlimmer als jeder Schlag. Mittlerweile war sie froh, wenn er geschäftlich unterwegs war, weil sie dann auch abends ihre Ruhe hatte vor ihm.

Sie hörte Gelächter und drehte sich um, Matteo rannte auf sie zu.

»Mato, Mato«, rief Violetta mit ihrem Piepsestimmchen. Sie konnte seinen Namen noch nicht richtig aussprechen.

Franca folgte ihm und ermahnte ihn aufzupassen, sonst falle er noch hin. Doch Matteo hörte nicht auf sie, steuerte wie ein Blitz auf Alice und Violetta zu, plumpste neben sie ins Gras. Er griff nach einem blauen Holzhund und begann sofort, mit Violetta zu spielen. Im Gegensatz zu Pippa liebte der inzwischen Sechsjährige sein Halbschwesterchen. Franca war nun auch bei ihnen angekommen und kniete nieder. »Na, Matteo, singen wir Vio das Lied von Pipistrello vor, das ich dir beigebracht habe?«

»Oh ja!«

Franca gab den Ton an, Matteo stimmte mit ein.

Balla, Balla – dentro il castello
Un menestrello – con il cappello
E nel cappello – c'è un pipistrello
Un pipistrello – dentro il cappello ...

Während die beiden den Refrain »Tralalala, tralalala« sangen und Violetta mitzusingen versuchte, beobachtete Alice Franca zufrieden. Sie hatte sich inzwischen sehr verändert. Der stets leidvolle Ausdruck in ihren Augen war gewichen, was an ihrer Liebe zu Tommaso lag, dessen war sich Alice sicher. Sie wusste von Tommaso, dass er sich mit Franca traf, sobald er auf Urlaub war. Allerdings heimlich, weil sein Vater die Verbindung mit einem armen Kindermädchen nie tolerieren würde. Alice hoffte, dass Tommaso sich gegen seinen Vater würde durchsetzen können, sollte es mit Franca ernster werden. Nicht, dass es Franca so erginge wie ihr damals mit Emil.

Emil. Die Zeit in Zürich kam Alice unendlich weit weg vor. Sie hatte zu niemandem mehr Kontakt, nicht mal mehr zu Kätterli, die ihr anfangs noch geschrieben hatte.

»Gehen Sie nachher ins Heim, Signora Alice?«, fragte Franca, als sie das Lied beendet hatten. Sie wie auch die anderen sprachen nur noch Italienisch mit Alice, da sie die Sprache mittlerweile perfekt beherrschte. Nur ihren Deutschschweizer Akzent konnte man nach wie vor heraushören.

»Ja, das habe ich vor.« Alice hob Violetta in die Luft. »Na, meine Süße, gehen wir zu Lilly?«

»Illy!« Violetta gluckste. Seit Kurzem arbeitete Alice ehrenamtlich in Lilly Volkarts Kinderheim, dem sogenannten *Casa Bianca* im benachbarten Ascona. Lilly Volkart hatte es 1928 ursprünglich als Ferienheim eröffnet, seit einem Jahr war es offiziell ein Flüchtlingsheim, in dem hauptsächlich jüdische Kinder untergebracht wurden. Alice hatte durch Henriette erfahren, dass freiwillige Helferinnen gesucht wurden, und sich gemeldet. Maurizio war zuerst dagegen, ließ sich aber durch Henriette und deren Mann überreden. Mit der Arbeit im Heim fand Alice eine Aufgabe, die sie neben der Mutterrolle erfüllte. Sie hatte durch Violetta festgestellt, wie sehr ihr der Umgang mit Kindern gefiel, und zu wissen, dass andere Kinder nicht so viel Glück wie Violetta hatten, sondern allein in einem fremden Land lebten, ohne zu wissen, wo die Eltern und Geschwister waren, fand Alice so quälend, dass sie Lilly Volkart unbedingt unterstützen wollte.

Sie nahm Violetta meistens mit, weil sie ihre Tochter gerne in ihrer Nähe hatte. Maurizio hatte es ihr zuerst verbieten wollen, doch überraschenderweise hatte Alice Unterstützung durch Lucilla bekommen. Lucilla meinte, mit ihrer Migräne halte sie den Lärm eines weiteren Kindes im Haus nicht aus, deshalb wäre ihr

Violettas Abwesenheit nur recht. So hatte Maurizio am Ende zugestimmt.

»Sie haben etwas verloren«, sagte Franca plötzlich und reichte Alice den Brief, der beim Spielen aus ihrer Jackentasche gefallen sein musste.

»Oh, danke.« Sie steckte ihn ein und dachte an ihr Vorhaben, Tonia in Mergugno aufzusuchen. Nur, Maurizio durfte nichts davon erfahren.

• • •

Eine passende Gelegenheit ergab sich schon die Woche darauf, Anfang Juni. Maurizio war von Montag bis Freitag in Lugano und Lucilla drei Tage in Genf bei ihrer Cousine Adalberta. Alice hatte Henriette in ihren Plan eingeweiht, doch deren Angebot, sie zu begleiten, hatte sie ausgeschlagen, da sie nicht wollte, dass Henriette Ärger mit ihrem Mann bekäme, sollte alles auffliegen. Außerdem brauchte Lilly Volkart im Heim gerade jede Hilfe, da ein paar Kinder an der Sommergrippe erkrankt waren.

So teilte Alice den Angestellten mit, eine Wanderung zu machen, um an den Hängen des Gridone den zurzeit blühenden Berggoldregen zu zeichnen. Weder Filomena noch Franca – die auf Violetta aufpasste – oder Geraldo stellten weitere Fragen. Nur als Alice heimlich Wurst, einen Laib Brot, Schokolade und eine Packung Reis – alles Geschenke für Tonia – in den von Filomena bereits gepackten Rucksack legte, wurde sie von der kleinen Aurelia ertappt. Alice errötete, wollte etwas sagen, entschied sich dann aber zu schweigen. Sie musste sich nicht rechtfertigen.

Der steile Aufstieg nach Mergugno dauerte über zwei Stunden und führte durch den Wald, der sich an manchen Stellen lichtete und freie Sicht auf die Umgebung bot. So machte Alice immer wieder einen kurzen Halt und schaute durch die Bäume, wo unter blauem Himmel und ungetrübter Sonne der Lago Maggiore vor ihr lag, tiefblau und leuchtend. In Mergugno bot sich ihr ein weiteres gewaltiges Panorama aus See, Wald und Bergen. Sie marschierte noch ein Stück weiter den Hang hinauf und gelangte in den heiligen Wald von Mergugno, über sich die gelben, traubenförmigen Bergblumen und herumschwirrende Bienen. Auf einer Wiese voller Rhododendren setzte sie sich und aß eines der Schinkenbrote, danach ging sie zurück zum Weiler, der aus ein paar Berghütten aus Stein bestand. Ein Schafhirte erklärte Alice den Weg zu dem kleinen Häuschen, in dem Tonia und ihre Mutter wohnten, und als sie dort ankam, atmete sie tief durch, ehe sie anklopfte. Schon öffnete ihr eine verhärmt aussehende Frau mit schmutziger Schürze und fettigem schwarzem Haar, das von weißen Strähnen durchzogen war.

»Guten Tag! Frau Balossi?«

»Was willst du?« Die Frau beäugte Alice voller Argwohn.

Alice stellte sich unter ihrem Vornamen vor, weil der Name Ferrazzini womöglich abschreckend gewirkt und man sie gar nicht erst ins Haus gelassen hätte.

»Ich würde gerne mit Tonia sprechen. Ist sie hier?«

»Ich bin die Mutter. Was willst du von Tonia?«

»Das würde ich ihr gerne selbst sagen. Ist sie da?«

Die Frau schwieg und schob den Unterkiefer vor. Oha! Alice öffnete rasch den Rucksack. »Ich habe auch etwas für Tonia mitgebracht.« Sie zog das Brot heraus, und sofort leuchteten die Augen der Frau auf. »Ist das Brot? Richtiges Brot mit richtigem Mehl?«

»Ja. Und ich habe noch Wurst und Schokolade.«

»Komm rein. Tonia ist da.« Ungefragt griff sie nach Alices Rucksack und trat ins Haus, das sich vielmehr als dunkle Hütte erwies, bestehend aus nur einem Raum und einem offenen Dachstock, zu dem eine klapprige Leiter hochführte. An einem kleinen Tisch saß eine Frau mit dem Rücken zu ihnen und schälte Kartoffeln.

»Bitte erschrick nicht«, flüsterte die Mutter Alice zu. Alice verstand erst, als sie Tonia erblickte. Eine fürchterliche Brandnarbe verunstaltete die Wange ihrer rechten Gesichtshälfte. Abgesehen davon war sie eine Schönheit mit ihren pechschwarzen Locken und den veilchenblauen Augen.

»Wer ist das, Mutter?«, fragte Tonia feindselig.

Ohne die Frage zu beantworten, schob die Mutter die Kartoffeln zur Seite und breitete den Inhalt des Rucksacks auf dem Tisch aus. »Schau, was sie uns mitgebracht hat.«

Tonia und ihre Mutter machten sich gleich über das frische Brot und die Wurst her, während Alice ihnen zuschaute. Irgendwann hielt Tonia inne und starrte auf die Wurst, als könnte sie vergiftet sein. »Warum bringst du diese Sachen? Was willst du von mir? Ich kenne dich nicht.«

Alice entschied sich nun für die Wahrheit. »Ich bin Alice Ferrazzini, die Frau von Maurizio.«

Die beiden erschraken, die Mutter hörte auf zu kauen. Zwischen Tonias Brauen bildete sich eine tiefe Linie. Alice nutzte die Stille, um gleich weiterzureden. »Kurz nach meiner Heirat mit ihm vor drei Jahren habe ich von Undines Tod erfahren. Seither muss ich immer daran denken. Ich habe Angst, versteht ihr? Angst um mich und mein Kind.« Das war zwar inzwischen nicht mehr der Fall, aber irgendetwas musste sie ja als Grund für ihren Besuch angeben.

»Warum?«, fragte die Mutter und schob wieder den Kiefer vor. »Die Mörderin sitzt längst im Zuchthaus.«

»Carmina Ferrazzini«, fügte Tonia hinzu. »Wusstest du das nicht?«

»Doch, aber angeblich ist sie unschuldig. Ich habe sie im Gefängnis besucht und glaube ihr.«

Tonia kniff die Augen zusammen. »Und sie hat behauptet, dass ich es war?«

Alice wich aus. »Nein, nicht direkt. Carmina hat gemeint, es kämen mehrere Täter infrage. Ich habe mir Gedanken gemacht, wer es gewesen sein könnte, aber ich war damals ja noch gar nicht in der Villa und –«

»Tonia war es nicht!«, rief die Mutter dazwischen. »Sie war zu dem Zeitpunkt, als der Mord passiert ist, bei mir. Undine hatte sie ja zuvor entlassen.«

»Ja, das habe ich gehört. Warum eigentlich?« Alice kannte den Grund, wollte ihn aber von Tonia selbst hören.

»Sie hat mich beschuldigt, Schmuck gestohlen zu haben«, erklärte Tonia. »Aber das hat sie nur erfunden, um mich loszuwerden. Weil ich mit Maurizio geschlafen habe.« Triumphgefühl blitzte in ihren Augen auf, während die Mutter beschämt wegschaute.

Alice blieb ruhig. Sie hatte das schon vor drei Jahren vermutet. Vielleicht wäre sie damals angesichts dieser Wahrheit erschüttert und enttäuscht gewesen, doch inzwischen schockierte sie in Bezug auf Maurizio nichts mehr. Sie hegte schon seit einiger Zeit den Verdacht, dass er sie betrog, sobald er in Mailand oder Lugano war.

»Du hast mit Maurizio geschlafen, und Undine hat es herausgefunden?«

»Ja. Und dann hat sie mir Vorwürfe gemacht – statt ihm oder sich selbst. Ich meine, es war kein Wunder, dass er zu mir kam, Undine ließ ihn kaum mehr ran. Schließlich hat sie einfach behauptet, ich würde klauen, damit sie gegenüber Maurizio und Lucilla einen Grund hatte, mich zu entlassen. Und als wäre das nicht genug, stellte sie mir auch noch ein schlechtes Arbeitszeugnis aus und hat überall herumerzählt, ich würde stehlen. Dadurch konnte ich keine Stelle mehr finden. Dann passierte auch noch der Unfall und –«

»Tonia!«, zischte die Mutter. »Beherrsch dich!« Sie wandte sich an Alice, in ihrem Gesicht zeigten sich die widersprüchlichsten Emotionen: Kampfgeist, aber auch Angst. »Fakt ist, dass sie Undine nicht umgebracht hat. Sie war den ganzen Abend über bei mir.«

»So war es«, stimmte Tonia zu und starrte auf den Tisch, als stünde dort eine Botschaft für sie allein.

»Tonia«, begann Alice mit einfühlsamer Stimme. »Ich bin nicht hergekommen, weil ich dich verdächtige, sondern um mir Klarheit zu verschaffen. Meine kleine Tochter und ich leben vermutlich mit einem Mörder unter einem Dach. Wenn du also mehr wissen solltest über die Leute dort und ihre möglichen Motive, dann sag es mir bitte. Das würde mir sehr helfen. Die anderen sprechen nicht über Undine.«

Tonias Blick wurde glasig. »Ich habe der Polizei damals schon alles gesagt. Auch, wer meiner Meinung nach ein Motiv hatte, Undine zu vergiften. Und das waren einige.«

»Ja, aber keines ist stark genug.«

»So, und meines schon?« Tonias unverwüstete Gesichtshälfte verfärbte sich rot. Ihre Mutter legte ihr eine Hand auf den Arm.

»Tonia, beruhige dich!«

»Nein! Sie glaubt, ich habe Undine und Marcello getötet. Aber ich habe ein Alibi! Ein Alibi!« Sie hob triumphierend den Kopf, die Mutter dagegen senkte ihren.

Alice glaubte, mit ziemlicher Sicherheit zu wissen, dass das

Alibi auf einer Falschaussage der Mutter beruhte. Nichtdestotrotz, je länger sie hier saß, umso schwerer fiel es ihr, sich Tonia als Mörderin vorzustellen.

»Denk zurück, Tonia. Wem würdest du den Mord am ehesten zutrauen?«

»Lucilla«, schoss es aus ihr heraus. »Sie hat ein Herz aus Stein.«

»Aber sie würde doch nicht ihr eigenes Enkelkind umbringen?«

Tonia wippte den Kopf hin und her. »Sie ist sehr lärmempfindlich. Immer wieder hat sie sich über Pippas Geschrei aufgeregt, als diese noch ein Säugling war. Ich nehme an, das war später bei den Zwillingen nicht anders.«

Alice nickte. Sie erinnerte sich an Lucillas böse Blicke, als Violetta in den ersten Monaten so geschrien hatte.

»Warum hätte sie Undine umbringen sollen?«

»Weil Undine das alleinige Sagen haben wollte im Haus. Das gefiel Lucilla nicht.«

Alice hörte zu, wie Tonia diese Theorie zu verfestigen suchte. Von Carmina als Mörderin sprach sie nicht mehr, und Alice hatte das Gefühl, Tonia würde jeden verdächtigen, Hauptsache, es lenkte von ihr selbst ab. Irgendwann sah Alice ein, dass sie von Tonia nicht mehr erfahren würde. Sie griff nach ihrem inzwischen leeren Rucksack und verabschiedete sich. Die Mutter brachte sie zur Tür, und Alice bemerkte ein Jesuskreuz und ein Marienbild an der Holzwand. Auf der Türschwelle wandte sie sich nochmals um. »Irgendwann wird es Gerechtigkeit geben, auch für Undine. Denn vor Gott kann niemand die Wahrheit verbergen.«

Die Mutter schluckte, ihre Augen weiteten sich. Alice legte den Rucksack an und marschierte los. Das Wetter hatte sich massiv verschlechtert, seit sie angekommen war; es windete stark, dunkle Wolken jagten über den Himmel, und Goldregenblüten wirbelten durch die Luft direkt in Alices Gesicht. Immer wieder musste sie stehen bleiben und sich die Augen reiben. Im Wald war es viel dunkler, als es um diese Zeit hätte sein sollen, und Alice erkannte kaum noch den Weg. Nun begann es auch noch, wie aus Güssen zu regnen, der Boden durchweichte innerhalb kurzer Zeit und erschwerte den Abstieg. Alice stolperte über Steine, rutschte immer wieder aus, bis sie irgendwann feststellte, dass sie vom Weg abgekommen war. Sie sah nichts mehr, es regnete, es donnerte. Verzweifelt ging sie weiter, rutschte wieder aus und stürzte einen Hang hinab.

Kapitel 22

Brissago, März 2019

Fee

Seine siebenundneunzig Jahre sah man Tommaso an. Er saß im Rollstuhl, wirkte kraftlos, die Haut dünn wie Pergament, übersät von zahlreichen Altersflecken. Geistig sei er aber noch gut in Form, betonte er, nachdem die Pflegerin gegangen war.

»Das liegt an der Sonne. Deshalb werden die Menschen hier im Tessin so alt. Und ich trinke jeden Tag Zitronentee und esse Walnüsse.« Er schmunzelte und zeigte auf den Teekrug und das rote Tonschälchen voller Walnüsse. »Die sind gut für das Gehirn, wussten Sie das, Fräulein Felicia?«

Fee lächelte. »Nein, aber danke für den Tipp.«

Er nickte mehrmals, wirkte sehr ernst. »Die Walnuss wird oft unterschätzt, besonders von den jungen Leuten. Kürzlich sagte mir meine Urenkelin Giulia, dass sie Erdnüsse bevorzuge.« Er verzog den Mund und faltete die Hände über der dunkelroten Wolldecke, die ihm die Pflegerin zuvor über die Beine gelegt hatte. »Aber wenigstens hat sie mir im letzten Herbst beim Knacken der Nüsse geholfen.«

Fee schmunzelte bei der Vorstellung einer missgelaunten

Giulia beim Nussknacken. »Ich finde es schön, dass hier gleich vier Generationen leben.«

»Ja, nur ist es nicht immer so einfach, besonders mit Giulia. Und Nando ist ja nur wegen Giulia zurückgekehrt. Der hat sein altes Leben aufgegeben. Aber was rede ich da. Sie sind hergekommen, um etwas über Alice zu erfahren.«

Das stimmte zwar, aber Fee hätte gerne auch mehr gewusst über die Familiengeschichte der Silvestris. Welches *alte Leben* hatte Nando aufgegeben?

»Warum eigentlich?«, fragte Tommaso plötzlich und brachte Fee, die in Gedanken noch bei Nando war, ganz durcheinander.

»Was meinen Sie?«

»Warum wollen Sie etwas über Alice erfahren?«

Sie erzählte ihm von ihrer Großmutter, aber auch von Alices Brief und den Zeichnungen. »Ich möchte wissen, was für ein Mensch sie war. Und ich will versuchen, sie zu finden.«

Tommaso sah nachdenklich auf den See, als läge die Antwort irgendwo dort draußen. »Wo Alice ist und ob sie überhaupt noch lebt, weiß ich leider nicht. Aber ich kann Ihnen gerne etwas über sie erzählen. Es ist gewiss sehr lange her, doch ich erinnere mich gut an sie.« Nun drehte er den Kopf wieder zu ihr. »Sie war noch so jung, als sie hierherkam. Erst achtzehn, wie ich. Sie hatte es anfangs nicht leicht. Hatte keine Freunde und litt unter Lucillas herrischer Art und unter Pippas gemeinen Streichen. Sie hielt sich oft im Garten auf und zeichnete viel. Besonders von den Magnolien war sie angetan. Oft war sie auch bei uns, weil meine Mutter ihr Italienisch beibrachte. Die beiden wurden später Freundinnen, doch anfangs war meine Mutter ihr gegenüber recht voreingenommen.«

»Weshalb?«

»Sie konnte nicht verstehen, dass Alice einen Mann wie Maurizio geheiratet hatte. Sie mochte ihn nicht besonders, auch wenn mein Vater und er gut befreundet waren. Sie fand ihn arrogant und rücksichtslos. Deshalb hielt sie Alice für ein dummes Ding, das Maurizio nur des Geldes wegen geheiratet hatte. Das war nicht so, aber darauf komme ich gleich zurück. Ich freundete mich mit ihr an. Leider war ich fast während der ganzen Kriegsjahre beim Militär und nur selten zu Hause. Aber wenn wir uns sahen, unterhielten wir uns oft stundenlang. Meistens trafen wir uns bei der Magnolie am Bootshaus.«

»Hat Ihnen Alice jemals von ihrer Zeit in Zürich erzählt?«

»Ja, sie lebte dort mit ihrem Vater, der dann aber starb. Er stürzte eine Treppe runter, das war sehr schlimm. Ihre Mutter hat sie ja auch früh verloren. Alice war übrigens Schneiderin, wie ihr Vater auch.«

Das erklärt die perfekt gezeichneten Kleiderentwürfe, dachte Fee.

»In der Schneiderei traf sie auch zum ersten Mal auf Maurizio«, erzählte Tommaso weiter. »Er machte ihr den Hof, aber Alice wollte nichts von ihm. Dann starb kurz darauf ihr Vater und hinterließ ihr Schulden, deshalb musste sie das Geschäft verkaufen. Sie arbeitete danach als Dienstmagd, doch es kam zu Problemen.«

»Meine Großmutter hat gesagt, dass Alice schon in Zürich kriminell wurde. Wissen Sie, was passiert ist?«

Er hob die schneeweißen buschigen Brauen. »Das ist mir jetzt neu. Alice hat nie so etwas erwähnt. Sie sagte nur, dass es Schwierigkeiten mit der Hausdame gab und man ihr gekündigt habe. Kurz darauf sei sie wieder Maurizio begegnet, und er nahm sie mit nach Brissago.«

»War sie glücklich mit ihm? Am Anfang?«

Er kratzte sich am Ohr. »Nein. Eine Frau wie Alice konnte mit einem Mann wie Maurizio gar nicht glücklich werden. Wissen Sie, Alice gehörte nicht zu den Frauen, die sich mit einem schönen

Haus und vielen Geschenken zufriedengaben. Sie wollte etwas tun. Deshalb hat sie so oft gezeichnet. Und genäht, wenn Maurizio ihr aus Mailand Stoff mitbrachte. Gearbeitet hat sie auch, in Lillys Heim. Selbst die Geburt ihrer Tochter hinderte sie später nicht daran, dort weiterhin zu helfen. Das gefiel Maurizio aber nicht.«

»Lillys Heim?«

»Das Heim für jüdische Flüchtlingskinder in Ascona. Es wurde von Lilly Volkart geführt. Meine Mutter unterrichtete die Kinder während des Krieges, und Alice half dort auch aus. Aber es kam zu einigen Problemen. Wegen eines Flüchtlingskindes und eines Nazis.«

»Eines Nazis?«

Er hustete und trank einen Schluck Zitronentee. »Ja, ja. Die waren damals auch in Ascona. Alice legte sich mit einem ganz hohen Tier an.« Er hielt seine rechte Hand über seinen Kopf, um das zu verdeutlichen. »Aber um auf den Punkt zu kommen: Es war leider so, dass sich Alice immer wieder für die schwachen Menschen einsetzte und deshalb oft mit Maurizio aneinandergeriet. Er hatte kein Verständnis für sie. Einmal hat er sie sogar drei Tage lange in den Keller gesperrt.«

»Das ist ja schlimm! Weshalb?«

»Ich glaube, es hatte mit Carmina zu tun.«

»Carmina«, wiederholte Fee, als wäre der Name heilig. »Maurizios Schwester. Ich habe ein Foto von ihr gesehen, aber Aurelia wollte nicht über sie sprechen. Sie war in einer Irrenanstalt.«

»Ja.« Tommaso wirkte verärgert, fast so, als bereute er, Carmina erwähnt zu haben. Er strich sich ein paar Walnusskrümel von der Decke.

»Was hatte Alice mit ihr zu tun?«

Er kniff die Lippen zusammen und schloss die Augen. Es sah

aus, als wollte er sich das Sprechen verbieten. Nachdem er einmal tief ein- und ausgeatmet hatte, fuhr er fort. »Sie wollte ihre Unschuld beweisen. Carmina hat Undine vergiftet.« Er knetete nervös die Hände. »Maurizios zweite Frau.«

»Das ist ja schrecklich! Warum hat sie das getan? Weil sie verrückt war?«

»Nein, sie wurde erst später im Gefängnis verrückt. Sie hasste Undine, weil die ihren Ruf geschädigt hat. Alice aber hielt Carmina für unschuldig. Sie hat eine Zeit lang recherchiert, um das zu beweisen. Dabei hatte Maurizio es ihr verboten. Schlussendlich hat es ihr nichts als Ärger eingebracht.«

»Meine Großmutter hat erzählt, dass Carmina in der Irrenanstalt starb. Ihre Unschuld konnte demnach nie bewiesen werden?«

Tommaso, der zuvor die ganze Zeit ruhig dagesessen hatte, wirkte nun richtig zappelig, die Wolldecke war verrutscht und entblößte seine karierte Stoffhose. »Nein.«

»Warum glaubte Alice denn an ihre Unschuld?«

»Ich weiß es nicht. Ich jedenfalls fand, dass Carmina eine sehr eigenartige Person war, und jeder traute ihr die Tat zu. Sie war wie eine Hexe, als Kind hatte ich immer Angst vor ihr ... Ich weiß nicht, warum Alice ihr helfen wollte.« Sein rechtes Auge begann zu zucken. »Fräulein Felicia, ich muss Ihnen ganz ehrlich sagen, dass ich Alice auch nicht immer verstand. Später ließ sie sich ja mit einem Schmuggler ein. Und ihre Tat konnte ich sowieso nie nachvollziehen. Ich wusste ja, dass sie nicht glücklich war mit Maurizio, aber ihn deshalb gleich zu erschießen? Maurizio war vielleicht kein guter Ehemann gewesen und hatte seine schlechten Seiten, aber er war ein sehr guter Vater. Die Kinder waren sein Ein und Alles. Pippa, Matteo und Violetta litten sehr unter seinem Tod.«

»Ja, ich weiß. Sagen Sie, wissen Sie mehr von dem Schmuggler?«

»Nein. Ich erfuhr erst nach Alices Tat von ihm. Sie hatte davor nie über ihn gesprochen, auch mit meiner Mutter nicht. Keine Ahnung, wo und wie sie den kennengelernt hatte.« Er drehte sich leicht ab und zeigte hoch zu dem dicht bewaldeten Berghang über Brissago. »Die italienischen Schmuggler hielten sich im Gebirge auf. Sie kamen von Italien her über den Gridone bis zum Monte Verità. Sie waren nur selten in den Dörfern hier unten. Getauscht wurde oben in Hütten. Es gibt heute noch einen sogenannten Schmugglerpfad, der von Cortaccio über den Gridone bis ins italienische Cannobio führt.«

»Aber als Maurizio getötet wurde, war der Schmuggler auch hier.«

»Ja, der musste flüchten. Nach ihm wurde gefahndet, weil er zuvor einen Grenzwächter erschossen hatte. Deshalb kam er aus den Bergen runter.«

»Hatten Sie nach der Tat noch Kontakt zu ihr?«

Er starrte vor sich hin, und Fee fand, er sah ein wenig verdrossen aus. »Nein. Wissen Sie, ich erlebte damals selbst eine turbulente Zeit. Es war immer noch Krieg. Zudem kam es zum Bruch mit meinem Vater. Sie wissen vielleicht schon, dass ich Franca, das ehemalige Kindermädchen der Ferrazzinis, geheiratet habe?«

»Ja, Aurelia hat es erzählt.«

»Mein Vater war nicht einverstanden mit dieser Verbindung, weil Franca mittellos war. Ich heiratete sie aber trotzdem. Wir lebten in Locarno, wo ich nach dem Krieg mein Studium begann. Danach erhielt ich das Angebot von Maurizios Patenonkel, für ihn in seiner Kanzlei in New York zu arbeiten. Das war die Chance meines Lebens, und für mich und Franca war klar, dass wir sie ergreifen mussten. Auch wenn es bedeutete, meine Eltern und meine Freunde hier zurückzulassen. So auch Alice. Meine Mutter erzählte aber in ihren Briefen gelegentlich von ihr. So erfuhr ich, dass Alice gegen Ende der Fünfzigerjahre auf Bewährung aus dem Gefängnis kam. Sie kehrte zurück nach Brissago und suchte nach Violetta, doch sie war bereits weg, und niemand wusste etwas. Mutter riet Alice, beim Einwohneramt nachzufragen, aber dort hatte sich Violetta nicht abgemeldet.«

»Alice hat Violetta später gefunden, da war meine Großmutter bereits verheiratet. Aber sie wollte nichts mit ihr zu tun haben.«

»Ja, das hat mir Mutter auch geschrieben. Alice sei unendlich niedergeschlagen gewesen. Sie sagte meiner Mutter, sie wolle nach ihrer Bewährungszeit nach Italien. Bis dahin kam sie bei Lilly Volkart unter. Ein paar Monate später schrieb sie ihr, sie lebe im Onsernonetal und arbeite in einem Hotel. Kurz darauf wurde meine Mutter schwer krank und starb innerhalb weniger Wochen. Ich kam für die Beerdigung zurück.«

»War Alice auch da?«

»Nein. Ich glaube, man hat sie gar nicht erst in Kenntnis gesetzt. Sie war noch immer eine Persona non grata, wie man so sagt. Dafür habe ich sie an Geraldos Beerdigung gesehen, das war ein paar Monate nach dem Tod meiner Mutter.« Er hustete erneut und trank etwas Tee. »Wissen Sie, bei der Beerdigung meiner Mutter versöhnten mein Vater und ich uns wieder. Wir haben beide eingesehen, wie schnell das Leben vorbei sein kann. Franca und ich kehrten zurück nach Brissago.«

»Haben Sie sich an Geraldos Beerdigung mit Alice unterhalten?«

»Nicht wirklich.« Er presste die Lippen zusammen, als wollte er dazu nichts mehr sagen, doch Fee schaute ihn erwartungsvoll an. »Ich musste auf meinen Ruf achten. Ich war eben erst zurückgekehrt und dabei, die Kanzlei meines Vaters zu übernehmen. An Alice haftete noch immer ihre Tat.«

»Natürlich.«

Fee bemerkte, wie unangenehm es Tommaso geworden war, über Alice zu sprechen. Sie entschied sich, das Thema zu wechseln. Sie fragte ihn nach ihrer Großmutter, doch er konnte nicht viel über sie erzählen, weil Violetta längst weggegangen war, als er aus den Staaten zurückkehrte. »Ich habe sie nur als Kleinkind erlebt. Später berichtete ab und zu meine Mutter von ihr in den Briefen. Violetta sei sehr schüchtern, aber auch eine talentierte Klavierspielerin. Sie gab schon als Kind Pianokonzerte. Franca hat Violetta übrigens sehr gemocht. Es fiel ihr damals schwer, sie und Matteo zu verlassen, um mit mir wegzuziehen. Aber wir bekamen ja bald eigene Kinder. Drei insgesamt. Anna, Lorenzo und Edoardo. Edoardo, mein Jüngster, hat meine Kanzlei übernommen. Er ist Nandos Vater.« Tommaso erzählte noch mehr über seine Kinder, Enkel und Urenkel, bis er irgendwann über Fees Schultern spähte und sein Gesicht zu strahlen begann. »Ah, da ist ja mein Nando.«

»Hallo, ihr zwei!« Nando Silvestri setzte sich auf den freien Stuhl und nahm sich eine Handvoll Walnüsse. »Mmh, ich liebe diese Dinger.«

Tommaso zwinkerte Fee zu. Während Tommaso von seinen anderen Enkeln erzählte, beobachtete Fee, wie Nando zärtlich die Wolldecke auf seinen Beinen zurechtrückte. Die Geste berührte sie zutiefst und erwärmte ihr Herz.

Irgendwann wurde Tommaso müde, und seine Pflegerin brachte ihn zurück ins Haus. Fee griff nach ihrer Tasche und stand auf. »Ich sollte auch gehen.« Sie zeigte zum Bootshaus. »Darf ich die Abkürzung nehmen?«

Nando lachte. »Wenn Sie sich dabei nicht von Pippa erwischen lassen, klar. Aber wie wär's vorher noch mit einem Glas Rosé?«

Sie zögerte kurz, ging schließlich auf sein Angebot ein. Als er kurz darauf mit einer Flasche *Rosato di Merlot Ticino* zurückkehrte, hatten sich die Wolken am Himmel verdichtet. Die Sonne verschwand ab und zu hinter ihnen, nur um wenig später wieder zum Vorschein zu kommen.

»Und, wie war das Gespräch?«, fragte Nando, während er die beiden Gläser füllte.

»Interessant. Allmählich bekomme ich ein Bild von Alice. Nur ist es nicht das einer Mörderin, sondern einer Frau, die sehr jung den falschen Mann geheiratet hat.«

»Kein Grund, ihn deshalb zu erschießen, oder?« Er schmunzelte und hob sein Glas.

Sie stieß mit ihm an und trank einen Schluck. Der Geschmack von roten Beeren erfüllte ihren Gaumen. »Mmh, der ist wirklich gut ... Und ja, Sie haben recht. Aber Fakt ist, dass Maurizio sie schrecklich behandelt hat. Er hat sie sogar mal drei Tage in den Keller gesperrt. Kein Wunder, dass das Lucilla und Pippa später auch mit meiner Großmutter getan haben. Die Ferrazzinis dachten wohl, sie könnten Probleme nur auf diese Weise lösen.« Sie taxierte ihr Glas. »Außerdem hat Maurizio Bankengeschäfte mit den Nazis und den Italienern gemacht, er war also auch kein Lamm. Und schlussendlich hat Alice ihn erschossen, um jemand anderen zu retten.«

»Ja, einen Kriminellen. Einen Schmuggler, der einen Grenzwächter getötet hatte.« Er hielt inne. »Du musst aufpassen, dass du das alles nicht zu subjektiv betrachtest, weil Alice deine Urgroßmutter war.«

Fee schwieg und betrachtete das klare Hellrosa des Weines. »Du hast schon recht. Nur muss ich immer an einen Brief denken, den ich gefunden habe. Alice schrieb ihn meiner Großmutter, und er klang so zärtlich. Dann waren da noch diese Zeichnungen.« Sie lachte unsicher. »Ich weiß, es hört sich albern an, aber ich glaube, Alice war ein guter Mensch.«

»Weil sie so schön zeichnete?« Er zwinkerte.

Fee hob die Schultern. »Wie gesagt, es hört sich albern an.«

Er neigte sich vor, wirkte ernst. »Nein, ich habe nur Spaß gemacht. Ich kann das schon verstehen. Und nur weil Alice ihren Mann erschossen hat, bedeutet das ja nicht, dass sie ein schlechter Mensch war.«

»Ja, ich weiß. Sie hat sogar versucht, Carmina Ferrazzinis Unschuld zu beweisen. Maurizios Schwester.«

»Undines Mörderin? Deren Unschuld wollte sie beweisen?«

»Ja.«

»Ich hatte schon ganz vergessen, dass es ja zwei Verbrechen gab.« Er blickte über die Schulter hinweg in Richtung des Anwesens der Ferrazzinis. »Ein richtiges Gruselhaus.« Er sah sie wieder an, diesmal spöttisch. »Haben Sie keine Angst?«

»Nein.« Sie nahm einen Schluck Rosé.

»Und falls doch: Sie wissen ja jetzt, wo Sie Hilfe holen können.« Er grinste schief, und Fee musste lachen.

»Das meine ich ernst.« Sein eindringlicher Blick verursachte ein Prickeln in Fees Nacken. Vielleicht lag es auch am Wein. Jedenfalls wurde ihr bewusst, dass Nando Silvestri mit ihr flirtete. Oder täuschte sie sich? War das einfach seine Tessiner Art? Sie sollte demnächst mal ihren Verlobten erwähnen, nur um klarzustellen, dass sie vergeben war. Ja, sie war sich mit Christian nicht mehr sicher, aber das bedeutete noch lange nicht, dass es bereits aus war.

Sie räusperte sich. »Jedenfalls wollte Alice Carmina helfen, aber Maurizio hat es ihr verboten. Ich frage mich, ob Carmina tatsächlich unschuldig war.«

»Hm, dass eine Kriminelle einer anderen Kriminellen helfen wollte, ist doch naheliegend. Solche Menschen empfinden schnell mal ihresgleichen als unschuldig.«

»Aber Alice war zu dem Zeitpunkt noch gar nicht kriminell.« Sie hielt inne. »Obwohl, eigentlich schon. Laut meiner Großmutter gab es einen Vorfall in Zürich, mehr weiß ich darüber auch nicht. Und diese Carmina war zumindest seltsam. Dein, äh sorry, *Ihr* Großvater nannte sie eine Hexe.« Verdammt, jetzt duzte sie ihn auch noch!

»Wir können uns schon duzen. Es würde mich freuen.« Er lächelte, und seine Augen blieben wieder einen Moment zu lange an ihren haften. Wie grün seine Iriden waren, dachte Fee. Fast wie die Palmenblätter. Verlegen sah sie weg.

»Ja, mich auch. Zurück zu Carmina. Ich hatte das Gefühl, dass dein Großvater nicht gerne über sie sprach.«

»Wer spricht schon gerne über mörderische Nachbarn.«

Fee musste ihm recht geben. Das Thema war nicht sehr erfreulich, kein Wunder, dass es Tommaso Mühe bereitet hatte.

»Etwas anderes geht mir auch nicht mehr aus dem Kopf«, fuhr sie fort. »Alice wollte meiner Großmutter alles *erklären*. Ich glaube ehrlich gesagt nicht, dass sie ihr einfach sagen wollte, sie habe Maurizio nur erschossen, damit ihr Liebhaber flüchten konnte. Es musste noch mehr dahinterstecken. Nur was? Was wollte sie ihr erklären?«

»Keine Ahnung. Vielleicht, dass sie so sehr in diesen Schmuggler verliebt war und ihn deshalb schützen musste.« Er schenkte ihr noch etwas Wein nach.

»Oh, das ist jetzt aber das letzte Glas.« Sie fasste sich an die heißen Wangen. Alkohol trieb ihr immer sofort die Röte ins Gesicht. »Ich glühe schon richtig.«

Nando neigte sich etwas vor. »Ich finde das niedlich.«

Fee schloss die Augen. Zu gerne würde sie dieses Spiel fortsetzen und mit Nando flirten, aber sie wusste allzu gut, wohin so etwas führen konnte. Und es war nicht fair, niemandem gegenüber. »Hör zu, Nando, ich ... ich bin verlobt. Ich wollte das einfach erwähnen, nicht dass ... du weißt schon.«

Nando lehnte sich augenblicklich zurück, und Fee warf ihm einen entschuldigenden Blick zu.

»Oh. Ja klar. Schön. Und, wann findet die Hochzeit statt?«, fragte er freundlich.

Ich weiß es nicht! Fee war hin- und hergerissen. Wenn sie ihm nun sagte, dass es vielleicht gar keine Hochzeit gebe, dann würde sie alles nur unnötig verkomplizieren. »Anfang September.«

»Ein perfekter Monat zum Heiraten.«

»Ja, das finden wir auch.« *Verdammt!*

»Und, wie gehst du nun weiter vor? Wegen Alice, meine ich.«

Fee war erleichtert, dass er das Thema wechselte. »Ich möchte herausfinden, was aus ihr geworden ist. Dein Großvater konnte es mir nicht sagen. Ich dachte, ich frage beim Einwohneramt nach.«

»Gute Idee. Es gibt übrigens noch einen älteren Mann namens Nevio Ferraro, der in dem Antiquariat arbeitet. Er weiß fast alles über Brissago und die Bewohner. Du solltest unbedingt mit ihm sprechen.«

»Das mach ich. Danke!«

Kurz darauf verabschiedeten sie sich, und als Fee durch das Bootshaus ging, empfand sie ein unbefriedigendes Gefühl, fast so, als hätte sie etwas verpasst.

Kapitel 23

Brissago, Juni 1943

Alice

Das Erste, das Alice sah, als sie wieder zu sich kam, war Stroh. Sie nahm einen eigenartigen Geruch wahr, eine Mischung aus Mist, Schweiß, Feuer und Zigaretten. Sie blinzelte. Ihr Schädel brummte heftig, und sie stöhnte. Eine kratzige Wolldecke verhüllte ihren Körper bis zum Hals. Es donnerte laut, Regen prasselte auf das Dach. Sie drehte den Kopf auf die andere Seite und bemerkte einen Tisch, an dem ein paar Männer saßen und sich lauthals auf Italienisch unterhielten. Obwohl, *unterhielten* war das falsche Wort, vielmehr wurde geflucht und gelacht.

»Hey, Raffaele, deine Signora ist wach!«, rief einer von ihnen, woraufhin sich ein Mann, der mit dem Rücken zu Alice saß, erhob und auf sie zukam. Ihr Herz pochte wie wild, sie zitterte. *Um Himmels willen, wo bin ich hier gelandet?*

Der Mann setzte sich auf einen Strohballen. »Wie geht es Ihnen?« Er reichte ihr eine verbeulte Blechflasche. »Haben Sie Durst?« Seine Stimme war tief, aber warm.

»Ja.« Alice wollte sich aufrichten, nur drehte sich alles vor ihren Augen. Sie sackte wieder zurück.

»Bleiben Sie noch liegen.« Der Mann öffnete die Flasche und

schob vorsichtig eine Hand unter Alices Kopf, hob ihn leicht an und setzte die Flasche an ihren Mund. Sie trank gierig. »Danke!«

»Schon gut.«

»Was ist passiert? Wo bin ich?«

»Sie sind einen Hang hinuntergestürzt. Glücklicherweise sind Sie auf dem Pfad gelandet. Wir haben sie gefunden.«

»Wir?«

Er zeigte zu dem Tisch. »Meine Kumpane und ich.«

»Wer sind diese Männer? Und wer sind Sie?«

»Keine Angst, wir tun Ihnen schon nichts«, entgegnete er etwas brüsk, ohne ihre Frage zu beantworten.

Alice versuchte erneut, sich aufzurichten, und diesmal gelang es besser. Sie lehnte sich mit dem Rücken an einen Strohballen und sah dem Mann direkt ins Gesicht. Es war gebräunt, mit einer leicht schiefen, aber schmalen Nase und einer kleinen Narbe über der rechten Braue. Schwarze Augen musterten sie mit einer Mischung aus Besorgnis und Interesse. Alice zog die Wolldecke bis hoch zum Kinn.

»Ist Ihnen kalt?«

»Nein.«

»Sie müssen wirklich keine Angst vor uns haben.« Er fuhr sich durch das glatte schwarze Haar.

»Wo bin ich hier?«

Lauter Donnerknall erklang, Alice zuckte zusammen.

»In einer Scheune, in der Nähe von Mergugno.«

»Mergugno«, murmelte sie. »Dann bin ich nicht weit gekommen.«

»Haben Sie Schmerzen?«

»Mein Kopf tut weh, ja. Und mein Handgelenk, aber sonst …« Alice bewegte die Beine. »Ich glaube, ich bin noch ganz.«

»Das ist gut.«

Nun standen die Männer auf und begannen, ihre Rucksäcke zu packen. Sie füllten sie mit Zigaretten und Zuckerpackungen, die auf dem Tisch lagen. Alice realisierte plötzlich, um was für Männer es sich handeln musste. *Spalloni*, Schmuggler! Sie brachten Ware wie Mehl, Reis und Mais aus Italien in die Schweiz und erhielten im Gegenzug Zigaretten, Zucker oder Geld. Meistens trafen sie ihre Abnehmer in den Bergdörfern, und diese verkauften die Ware später auf dem Schwarzmarkt weiter. Alice wusste, dass auch Filomena und Geraldo auf diese Weise Nahrungsmittel für den Haushalt besorgten. Die Leute im Tessin schätzten die Schmuggler.

»Raffaele, kommst du?«, rief einer der Männer und setzte sich den Rucksack auf die Schultern.

»Geht ihr schon vor, ich komme nach.«

Der Mann grinste. »Ah, willst dich noch vergnügen mit der Süßen.« Die anderen Männer lachten, und Raffaele schaute zu Alice.

»Keine Angst, die machen nur Scherze.«

Kurze Zeit später waren sie weg, und damit kehrte Stille ein. Bis auf den Donner und das Prasseln des Regens hörte man nur noch das Feuer knistern. Alice fühlte sich durch den Weggang der Männer nicht sicherer, im Gegenteil. Jetzt war sie mit dem Schmuggler allein, und sie würde sich niemals wehren können.

»Sie können auch gehen«, sagte sie zu ihm und stellte fest, wie ängstlich sie klang. »Ich komme schon zurecht. Ich werde mich auch demnächst auf den Weg machen.«

»Das halte ich bei dem Sturm für keine gute Idee. Viel zu gefährlich, und den Weg werden Sie nicht finden. Außerdem sind Sie noch zu schwach. Sie sollten etwas essen und trinken und dann schlafen.«

»Aber Ihre Kumpane sind auch draußen.«

Er lachte freudlos. »Wir sind jedes Wetter gewöhnt und können uns nicht erlauben, darauf Rücksicht zu nehmen. Die Nacht ist unser Freund, der Tag der Feind.«

»Und warum bleiben Sie dann hier?«

Seine Augen ruhten auf ihr, als könnte nur sie die Antwort darauf wissen. »Verantwortungsgefühl«, sagte er schließlich. »Es treibt sich allerlei Gesindel in der Gegend herum. Deserteure, Gauner. Andere Schmuggler. Sie haben Glück, dass Sie mir und meiner Truppe in die Hände gefallen sind. Keiner von uns würde die Notlage einer Frau ausnutzen. Bei anderen hingegen kann ich das nicht garantieren.« Er stand auf und ging zum Tisch, kam kurz darauf mit Brot, Käse und Wurst zurück und legte alles neben sie.

»Essen Sie.«

»Danke!« Alice setzte sich vorsichtig auf und legte ein Wurststück auf eine Brotscheibe. Während sie kaute, schaute sie sich diesen Raffaele genauer an. Er trug ein kariertes Hemd und ein schwarzes Gilet darüber, braune Hose. Ihr fielen seine Schuhe auf, die nur aus Stoffresten und Jute bestanden und unzählige Löcher aufwiesen.

»*Peduli*«, erklärte er, da er ihren Blick bemerkt hatte. »Sie halten nur eine Reise durch, machen aber weniger Geräusche und Spuren wegen der weichen Sohle.«

Alice nickte und aß schweigend weiter. Nach einer Weile fragte sie:

»Warum tun Sie das?«

»Was?«

»Schmuggeln.«

»Keine andere Wahl.« Bitterkeit lag in seiner Stimme. »Ich muss meine beiden Söhne ernähren. Und das hier gibt gutes Geld. Heute haben wir neben Zigaretten und Zucker einige Schweizer Franken bekommen. Auf dem Schwarzmarkt bringt das viele Lira.«

»Verstehe. Aber es ist gefährlich.«

»Die Gefahr nehme ich in Kauf für meine Kinder.«

»Wie alt sind Ihre Kinder?«

»Nicolo, mein Ältester, ist sieben. Und Vincenzo ist fünf.« Er sah sie an. »Haben Sie auch schon Kinder?«

»Ja, eine Tochter. Sie ist zwei Jahre alt und heißt Violetta.«

»Ich nehme an, Sie würden sich auch in Gefahr begeben, wenn Sie wüssten, dass Violetta dadurch nicht hungern müsste?«

Alice atmete tief durch. »Ja. Allerdings, wenn mir etwas zustoßen würde, dann wäre ihr auch nicht geholfen.«

»Sie haben recht. Immerhin achtet mein Bruder Salvatore auf die beiden, solange ich weg bin.«

»Was ist mit Ihrer Frau?«

Ein dunkler Schatten glitt über sein Gesicht. »Tot. Keuchhusten. Vor drei Jahren.«

»Das tut mir leid.«

Er nickte knapp. »Sie sollten versuchen zu schlafen. Damit Sie morgen bereit sind für den Rückmarsch ins Dorf. Ich bleibe hier und passe auf.«

»Danke, das ist sehr nett. Was ist mit Ihnen?«

»Ich werde mich tagsüber hier verstecken. Das ist kein Problem. Der Besitzer der Hütte ist einer unserer Tauschpartner. Wenn es dunkel wird, werde ich aufbrechen. Wie gesagt, die Nacht ist der Freund.«

Alice hatte ein schlechtes Gewissen, da Raffaele wegen ihr wertvolle Zeit verlieren würde.

Irgendwann wurde sie durch einen lauten Donnerknall aus dem Schlaf gerissen. Es bebte um sie herum, und sie hatte das Gefühl, die Hütte würde demnächst durch den Wind weggefegt werden. Hagel schlug auf das Dach, und Alice befürchtete, es könnte einbrechen. Raffaele lag neben ihr auf dem Stroh. »Fürchten Sie sich?«

»Ein wenig. Erzählen Sie mir etwas, irgendetwas. Das lenkt mich ab.«

»Ich bin kein guter Geschichtenerzähler.«

»Ihnen fällt schon etwas ein.«

Er schwieg eine Weile, dann drehte er sich auf die Seite. Das Feuer war längst erloschen, durch die Dunkelheit konnte sie nur die Umrisse seines Kopfes erkennen. Gelegentlich erhellte ein Blitz sein Gesicht, dann stachen seine Augen dunkel und samtig hervor.

»Es gibt da eine Stadt in Norditalien«, begann er. »Sie heißt Biella. Dort lebt eine Familie, die gießen seit Generationen die schönsten Glocken weit und breit. Jedes Dorf möchte für seine Kirche eine Glocke von ihnen. Eines Tages kommt eine wunderhübsche junge Frau vorbei und gibt dem Glockengießer den Auftrag, eine Glocke für die Kapelle ihres *Palazzos* zu gestalten.« Er verstummte.

»Und?«, hakte Alice nach.

»Was und?«

»Wie geht es weiter?«

»Es geht nicht weiter.«

Alice lachte. »Wirklich nicht?«

»Wie gesagt, ich bin kein guter Geschichtenerzähler.«

»Sind Sie der Glockengießer?«

»Nein, aber mein Bruder. Salvatore. Er führt die Glockengießerei seit dem Tod meines Vaters allein.«

»Und wer ist die wunderhübsche junge Frau?«

Er lachte. »Erfunden. Mein Bruder ist mit den Glocken verheiratet, der hat keine Zeit für eine Frau.«

Sie redeten die ganze Nacht. Raffaele erzählte ihr, dass er

eigentlich Journalist sei, jedoch wegen seiner antifaschistischen Haltung die Stelle bei der Zeitung verloren und sich einer kleinen Widerstandsbewegung angeschlossen habe. Er sei verraten und verhaftet worden, doch ihm gelang die Flucht, und so kam er nach Verbana zu seinem Onkel, wo er mit dem Schmuggeln anfing. Er sprach über seine Kinder, seinen Bruder und seine tote Frau. Alice hatte irgendwann das Gefühl, als würde sie ihn schon ihr ganzes Leben lang kennen, und deshalb gab sie auch über sich einiges preis. Sie erzählte ihm sogar von dem Vorfall mit Ottilie und Emil.

»Und deshalb mussten Sie diesen Maurizio heiraten?«

»Ich hatte keine andere Wahl.«

»Die hat man immer.«

»Maurizio hat mich aus dem Gefängnis geholt. Ich war ihm sehr dankbar. Und ich musste und wollte aus Zürich weg.«

»Sie hätten an einem anderen Ort ein neues Leben anfangen können.«

»Vielleicht hätte ich das. Aber ich entschied mich für die sichere Variante. Und es war auch gut so. Ich habe nun Violetta.«

Er schwieg.

»Es ist nicht immer leicht mit Maurizio, aber er liebt Violetta, und sie liebt ihn.«

»Sie müssen auch an sich denken.«

»Das Wohlbefinden von Violetta hat immer Vorrang. Das geht Ihnen mit Ihren Söhnen ja auch so.«

»Sie haben recht.«

Irgendwann fiel Alice in einen unruhigen Schlaf, aus dem sie durch ein sanftes Wachrütteln Raffaeles geweckt wurde. Die ersten Sonnenstrahlen fielen durch das Fenster, Vögel zwitscherten. »Guten Morgen«, sagte er leise. »Es ist noch früh, aber besser, Sie gehen jetzt. Man wird bestimmt schon nach Ihnen suchen.«

Kurze Zeit später beim Abschied blickte ihr Raffaele so tief in die Augen, dass Alices Herz in einen hektischen Rhythmus verfiel. »Es war schön mit Ihnen.«

»Das fand ich auch.«

Er zögerte kurz, dann küsste er sie auf die Stirn. »Geben Sie gut auf sich acht.«

Eine Woge des Begehrens und der Sehnsucht überflutete Alice so heftig, sodass sie nur mit Mühe ein »Sie auch« hervorbrachte. Auf dem Heimweg konnte sie nicht aufhören, an ihn zu denken.

• • •

Alice hatte Maurizio schon oft zornig erlebt, aber sein Wutanfall übertraf alle vorherigen um Längen, und sie befürchtete, er würde sie gleich schlagen. Stattdessen ließ er bloß Worte auf sie niederhageln; fast wie der Sturm gestern, wild und unberechenbar. Dabei hatte sie so gehofft, er würde nichts von ihrem Ausflug erfahren, und anfangs hatte es auch gut ausgesehen. Filomena und Geraldo hatten eine Suchaktion gestartet, nachdem sie nicht nach Hause gekommen war. Sie baten auch Henriettes Mann Riccardo um Hilfe, damit er mit Geraldo in den Hügeln oben nach Alice suchen würde. Die besorgte Henriette hatte schließlich gebeichtet, dass Alices angebliche Wanderung nur ein Vorwand gewesen war, um Tonia aufzusuchen. Geraldo, Riccardo und ein paar weitere Dorfbewohner hatten sich nach Mergugno begeben wollen, mussten wegen des Unwetters aber abbrechen und konnten die Suche erst am Morgen fortsetzen. Da waren sie Alice begegnet.

Alice bat Filomena, Geraldo und Franca inständig, Maurizio nichts zu sagen, und alle drei versprachen es ihr. Schlussendlich war es Riccardo gewesen, der Maurizio alles erzählt hatte.

»Ich verstehe einfach nicht, dass du trotz meines Verbots noch immer versuchst, Carmina zu helfen!«, rief Maurizio nun mit feuerrotem Kopf.

»Der Brief –«

»Vergiss den Brief! Er ist eine einzige Lüge. Carmina hat doch alles nur erfunden, um Mitleid zu erregen. Und meine dumme Frau fällt darauf herein.«

»Nein! Ich glaube ihr. Sie wird schikaniert, wir müssen ihr helfen.«

»Gar nichts müssen wir! Sie hat es nicht anders verdient. Sie hat Undine getötet!«

»Es gibt auch noch andere, die ein Motiv haben. Wie Tonia beispielsweise. Sie wurde von Undine wegen Diebstahl entlassen, aber die Wahrheit ist, dass Undine sie nur loswerden wollte, weil sie mit dir geschlafen hat.«

Maurizio erstarrte und trat einen Schritt zurück. »Das hat sie dir erzählt? Und du glaubst es auch noch? Wie dumm bist du, Alice! Wie dumm!«

Er fluchte vor sich hin, warf ihr eine Beleidigung nach der anderen an den Kopf. Am Ende sagte er, dass sie bestraft werden müsse, um wieder zur Vernunft zu kommen.

• • •

Er sperrte sie für drei Tage in den Keller. Sie bekam genug zu essen und zu trinken, aber darauf hätte sie verzichten können, denn die schlimmste Strafe war, dass sie Violetta nicht sehen durfte. In dem dunklen Raum ohne Tageslicht hatte sie das Gefühl, beinahe durchzudrehen. Als sie wieder herauskommen durfte, fühlte sie sich wie geprügelt, und sie stank fürchterlich. Zuerst wollte sie Violetta sehen, aber Maurizio verlangte von ihr, dass sie sich davor wusch. Danach konnte sie ihre Tochter endlich wieder in die Arme schließen.

Maurizio kniete zu ihnen nieder und fuhr Violetta über die dunklen Löckchen. Gleichzeitig näherte er sich Alices Gesicht. »Du hältst dich in Zukunft an meine Anweisungen, sonst werde ich mich von dir scheiden lassen. Und dann wirst du Violetta nie mehr sehen, das schwöre ich dir.«

Kapitel 24

Brissago, März 2019

Fee

Das Gespräch mit Tommaso über Alice ging Fee nicht mehr aus dem Kopf, und sie überlegte fast fieberhaft, was aus ihr geworden sein könnte. Tommaso hatte gesagt, dass sie gegen Ende der Fünfzigerjahre nach Brissago gekommen war, um nach Violetta zu suchen, danach lebte sie bei Lilly Volkart, später im Onsernonetal. Fee suchte das Einwohneramt in Brissago auf und erfuhr, dass man ihr aus Datenschutzgründen keine Auskunft geben könne, sie müsse zuerst einen Antrag stellen. Das tat Fee noch vor Ort, aber sie würde erst am Montag Bescheid erhalten. Etwas frustriert suchte sie danach das Antiquariat auf, das Nando erwähnt hatte, doch es hatte am Morgen geschlossen. So kehrte sie enttäuscht in die Villa zurück und sprach mit Aurelia beim Frühstück über ihre Recherche, stieß jedoch auf Unverständnis. Mit dem Buttermesser in der Hand fuchtelte Aurelia herum, ihre Stimme klang angespannt. »Warum nur willst du wissen, was aus ihr wurde? Sie ist eine Mörderin!«

Fee stöhnte innerlich. »Ich weiß, aber ich muss es einfach herausfinden, meiner Großmutter zuliebe. An Geraldos Beerdigung hat Tommaso sie zuletzt gesehen. Du warst bestimmt auch da. Hast du mit ihr gesprochen?«

»Nein. Lucilla war ja auch anwesend und hätte es nicht toleriert. Alice stand sowieso ganz abseits.«

»Verstehe.«

• • •

Am Nachmittag suchte Fee das Antiquariat auf. Nevio Ferraro, ein etwa achtzigjähriger Mann mit Brille und Gehstock, aber wachem Blick, schien sich über ihre Anfrage zu freuen. Er sagte, er habe Alice nicht persönlich gekannt, weil er zum Zeitpunkt ihrer Verhaftung noch ein Kleinkind gewesen sei. An Violetta jedoch könne er sich sehr gut erinnern, sie sei ja nur drei Jahre jünger gewesen als er. Er geriet regelrecht ins Schwärmen.

»Das schönste Mädchen in ganz Brissago«. Er schloss die Augen, als genösse er eine köstliche Praline, dann brach ein richtiger Wortschwall aus ihm heraus. »Jeder wollte sie haben. Leider war sie sehr schüchtern und ließ niemanden an sich heran. Sie hatte sowieso keine Freunde. Von uns Knaben hielt sie sich fern, und die Mädchen mochten sie nicht. Kein Wunder, die waren ja alle neidisch. Man hat Violetta gehänselt wegen ihrer Mutter.«

Fees Magen verkrampfte sich. Es tat weh, so etwas zu hören. Deshalb war sie nicht hergekommen. Da der alte Herr aber so nett war, erzählte sie ihm ein wenig von ihrer Großmutter, was ihn erfreute. Danach lenkte sie das Gespräch wieder auf Alice.

»Wissen Sie, was aus ihr wurde?«

»Nein, tut mir leid. Aber es gab einst einen Artikel in der *Tessiner Zeitung* über sie. Sie hat nach ihrer Haftstrafe im Onsernonetal in einem Hotel gearbeitet. Das war ein ziemlicher Skandal, doch der Gemeindepräsident setzte sich für sie ein. Sie hat damals sogar ein Kind gerettet. Mehr weiß ich aber nicht mehr darüber. Ist sehr lange her.«

»Wie finde ich diesen Artikel?«

Er schlug ihr vor, es im Archiv der *Tessiner Zeitung* in Locarno zu versuchen. Als Fee zurück in die Villa kam, durchforstete sie zuerst das Internet nach Suchergebnissen zu *Alice Ferrazzini* und *Onsernonetal*. Wie erwartet erfolglos. So fuhr sie nach Locarno zum Archiv der *Tessiner Zeitung*, des einzigen Blattes im Tessin auf Deutsch. Eine nette Mitarbeiterin erklärte ihr, wie alles funktionierte, und endlich wurde Fee fündig. Es gab nicht viel, denn die *Tessiner Zeitung* war früher nur zwei- bis dreimal pro Jahr erschienen, dafür waren die Artikel umso ausführlicher. Außerdem gab es auch einen Bericht über Carmina Ferrazzini. Fee begann mit dem Artikel über Alices Verbrechen aus dem Jahr 1944, der zugleich der längste war. Während Fee die Informationen zum Tathergang schon kannte, erfuhr sie endlich auch etwas über Alices früheres Vergehen in Zürich, das ihre Großmutter erwähnt hatte. Laut Artikel hatte Alice 1940 eine junge Frau angegriffen und zu erwürgen versucht. Später wurde die Aussage jedoch wieder fallen gelassen, und Alice ging in den Tessin. Fee war schockiert. War Alice wirklich so gewalttätig gewesen?

Sie las weiter, kurz darauf wurde auch erwähnt, dass es sich 1944 nicht um das erste Unglück in der Magnolienvilla handelte. Bereits 1936 war Maurizios zweite Ehefrau Undine Ferrazzini della Torre vergiftet und deren Säugling erstickt worden. Die Mörderin: Maurizios Schwester Carmina. Fee horchte auf vor Entsetzen. Ein Säugling erstickt! Wie furchtbar! Tommaso hatte ihr nur von dem Giftmord an Undine erzählt, jedoch nicht von der Tötung eines Babys.

Sie las weiter, jedoch mit einem Gefühl des Unbehagens. Tatsächlich war es 1927 in der Villa zu einem Überfall durch eine vierköpfige Bande gekommen, die Maurizios erste Ehefrau Isidora Ferrazzini Tedeschi und Carmina Ferrazzini mehrfach vergewaltigten und Carlos Ferrazzini mit Messerstichen verletzten. Isidora hatte sich drei Tage nach der Tat im See ertränkt.

Fee spürte ein kaltes Frösteln im Nacken. Isidora. Das schöne Mädchen mit der Diamantenbrosche. Sie fragte sich, wo die anderen Bewohner zu dem Zeitpunkt des Überfalls gewesen waren. Maurizio, seine Mutter Lucilla, das Hauspersonal. Sie würde Aurelia nochmals darauf ansprechen, ahnte aber schon jetzt, dass diese nicht viel darüber erzählen würde. Jedenfalls war es kein Wunder, dass Carmina später wunderlich geworden war. So ein Drama ging nicht spurlos an einem vorüber, das wusste sie selbst. Über die Überlebenden einer derartigen Katastrophe wurde immer wieder gesagt, welches Glück sie gehabt hatten, aber Fee war seit dem Überfall auf das Juweliergeschäft nicht mehr so sicher. Die Überlebenden waren es, die danach von den grauenvollen Bildern verfolgt wurden. *Das Opfer erhält »lebenslänglich«, so ist es.*

Fee fragte sich, ob das Drama Carmina später zu einer Mörderin gemacht hatte, die nicht mal ein unschuldiges Baby verschonen konnte.

Sie recherchierte weiter, las auch die älteren Artikel, die sie zu Undines Tod aus dem Jahr 1936 fand. Carmina habe immer wieder auf ihre Unschuld plädiert, doch die Beweise sprachen gegen sie. Am belastendsten seien das Fläschchen mit der Gifttinktur auf Undines Nachttisch gewesen, das von Carmina gemixt worden war, und der Fund des Giftes in ihrer Kräuterwerkstatt. Auch gab es zahlreiche Zeugenaussagen zu Streitereien zwischen Carmina und Undine, und Carmina selbst gestand, für Undine zwei Wochen vor ihrem Tod ein Mittel gegen ihre Wochenbett-Depressionen hergestellt zu haben. Undine habe diese Tinktur bereits mehrmals eingenommen und sich besser gefühlt. Carmina behauptete, jemand habe ihrem Fläschchen den Eisenhut hinzugefügt, und beschuldigte Undines ehemalige Zofe. Vergeblich, denn am Ende war sie zu lebenslänglicher Haft verurteilt worden und gelangte 1944 in eine Nervenheilanstalt, wo sie 1957 an plötzlichem Herztod verstarb.

Grausame Geschichte, dachte Fee und fragte sich gleichzeitig, ob Carmina wirklich unschuldig gewesen war.

Sie entdeckte schließlich den von Nevio Ferraro erwähnten Artikel. Er stammte aus dem Jahr 1959 und berichtete über die ehemalige Strafgefangene Alice Ferrazzini, die 1944 ihren Mann erschossen hatte und inzwischen in einem kleinen Hotel in Auressio arbeite, der Villa Castelli im Onsernonetal. Der Gemeindepräsident von Auressio sagte in dem Artikel, dass auch ehemalige Häftlinge wie Alice eine zweite Chance verdient haben, besonders, wenn sie sogar einem Kind – in diesem Fall der dreizehnjährigen Brigida Castelli – das Leben retteten. Der damals vierzigjährige Domenico Castelli, Besitzer der Villa Castelli, war so dankbar, dass er Alice in seiner Pension als Zimmermädchen einstellte. Fee stieß auf ein Zitat von Alice:

Domenico hat mir klargemacht, dass ich nach vorne schauen und meine Vergangenheit hinter mir lassen muss. Er war meine Rettung.

Sie stutzte kurz, weil der Satz auch von ihr hätte stammen können. Christian war damals ihre Rettung gewesen. Sie erinnerte sich gut an die Zeit nach dem Überfall, an die verschiedenen Phasen der Trauer, die sie durchgemacht hatte.

Schock, Nicht-wahrhaben-Wollen, Wut, Depressionen. In der nicht enden wollenden Depressionsphase hatte sie versucht zu verdrängen, hatte nächtelang gefeiert, zu viel getrunken und sich mit One-Night-Stands abgelenkt. Nur um am nächsten Morgen wieder in ein tiefes Loch zu fallen. Sie hatte Christian in einem Zürcher Nachtklub in den frühen Morgenstunden kennengelernt, und als sie später in seinem Haus aufgewacht und sich wieder der bitteren Realität bewusst geworden war, bekam sie in seinem Badezimmer einen Heulkrampf. Im Gegensatz zu den anderen Typen, die meistens klägliche Tröstungsversuche gestartet hatten, hielt Christian ihr, nachdem sie ihm alles anvertraut hatte, eine Standpauke. Er machte ihr bewusst, dass sie sich nur selbst zerstöre, wenn sie so weitermachen würde, und dass ihre tote Freundin nicht stolz wäre, sie in diesem Zustand zu sehen. So hart Christians Worte gewesen waren, so groß war auch ihre Wirkung. Nachdem Fee in den vergangenen Monaten von allen mit Samthandschuhen angefasst worden war, hatte Christians nüchterne Betrachtung sie wachgerüttelt, und sie begann auf seinen Rat hin, ihr Leben radikal zu ändern.

Fee starrte auf den Bildschirm. Die Worte darauf verschwammen vor ihren Augen. Sie fragte sich, ob sie damals zu überstürzt gehandelt hatte. Anstatt sich ihrem Problem zu stellen, hatte sie nur weiterhin verdrängt und alles, was sie an Eva und den Überfall hätte erinnern können, aus ihrem Leben verbannt. Ein Schatten tauchte vor ihr auf und durchbrach ihre Gedankenflut. Die Angestellte der *Tessiner Zeitung* fragte sie in diesem herrlich klingenden Deutsch mit Akzent, ob sie fündig geworden sei. Fee bejahte. Sie notierte sich noch kurz den Namen des Hotels in ihrem Handy und beschloss, später im Web zu schauen, ob es noch existierte. Auf dem Weg zurück nach Brissago versuchte sie, den Faden ihrer Überlegungen von vorhin wieder aufzunehmen. Christian hatte ihr in der schwersten Zeit ihres Lebens geholfen, aber jetzt, wo ihre Vergangenheit sie zu überwältigen drohte, fühlte sie sich von ihm im Stich gelassen. Genau die Charakterzüge, die sie damals so an ihm bewundert hatte, waren ihr jetzt zuwider. Und wenn sie ganz ehrlich zu sich war, hatten ihre Zweifel schon vor Monaten begonnen. Doch erst der Brief des Forums hatte dafür gesorgt, dass sie Christians Verhalten ernsthaft infrage stellte. Fee dachte oft an Violettas und Jessys Worte, den Opfer-Täter-Dialog zu überdenken. Noch konnte sie sich nicht vorstellen, dem Täter gegenüberzutreten, geschweige denn, ihm jemals zu vergeben. Sie hasste ihn.

Später in der Villa setzte sie sich mit dem Notebook in den Garten und spürte wieder die Kraft, die dieser Ort auf sie ausübte. Die Zweige der Magnolie wiegten sich im leisen Wind, das kräftige Rosa der Blüten glühte. Fee schloss die Augen und atmete den süßen Duft tief in ihre Lungen ein. Eine Mischung aus Honig, reifen Pfirsichen, Puderzucker. Ein glückliches Kribbeln jagte durch ihren Körper, sie spürte förmlich, wie sie entspannte. Und plötzlich überkam sie ein eigenartiges Gefühl, das sich nur schwer beschreiben ließ; fast wie eine magische Kraft. Wie neulich schon juckte es sie in den Fingern, und sie spürte das Verlangen zu zeichnen. Bilder von Schmuckstücken tauchten vor ihr auf, diesmal ließ sie es zu.

Ein Diamantanhänger in der Form einer Magnolie, an einer feinen Ankerkette aus Weißgold oder Platin. Ein Ring in Gelbgold mit einem blütenförmigen Turmalinsteinchen in Rosa. Ein Solitaire mit Aquamarin und Brillanten, wie das glitzernde Blau des Sees. Ohrschmuck in Roségold mit pinkem Turmalin-Granat. Oder vielleicht sogar ein Schmuckstück, welches alle diese wunderbaren Farben hier im Garten vereinte. Das Blau des Sees, das Gold der Sonne, das Rosa, Weiß und Grün der Magnolien. Ein Armband aus verschiedenfarbigen Edelsteinen beispielsweise. So eines, wie sie es damals für Eva entworfen hatte. Fee riss die Augen auf und holte tief Luft. Der Schmerz war wieder da, aber in einer anderen, fast versöhnlichen Form. Trotzdem entschied sie sich, nicht weiter ihrem Tagtraum nachzugehen, und startete ihr Notebook, widmete sich ihrer Suche nach dem Hotel in Auressio. Als sie auf die Website gelangte, entdeckte sie Bilder eines alten Mannes, der einen weißhaarigen Pferdeschwanz trug, und sie erfuhr, dass es sich um Domenico Castelli handelte, den Gründer der Villa Castelli. Domenico war vor zweiundzwanzig Jahren gestorben, und inzwischen wurde das kleine Boutique-Hotel von seiner Tochter Brigida geführt. Brigida, das Mädchen, das von Alice gerettet worden war. Fee durchsuchte die ganze Hotel-Website nach Alice, fand aber wie erwartet keinen Hinweis.

Sie zögerte nicht lange, griff zum Handy und wählte die Nummer der Villa Castelli. Eine Angestellte ging ran und verband sie mit Brigida Castelli, die ebenfalls Deutsch sprach. Fee erklärte ihr Anliegen, und nachdem sie Brigida Castelli glaubhaft machen konnte, keine Journalistin zu sein, vertraute diese ihr an, dass Alice damals tatsächlich zu Beginn der Sechzigerjahre dort gewesen sei. Nach ungefähr einem Jahr sei sie nach Italien gegangen.

»Wissen Sie, wohin genau?«, fragte Fee.

»Nein. Ich habe nie wieder etwas von ihr gehört. Obwohl, das stimmt nicht ganz, doch … ach, es ist kompliziert. Zumindest weiß ich nicht, was aus Alice wurde.«

»Ach so.«

Brigida Castelli spürte offenbar Fees Enttäuschung und sagte rasch, dass sie trotzdem einiges über Alice erzählen könne, falls Fee Interesse habe. Sie schlug ihr ein persönliches Treffen am kommenden Tag vor, das Fee dankend annahm. Als Fee das Telefonat beendet hatte, hörte sie wie schon einmal ein Rascheln von der Magnolie her. Sie sah hinüber, meinte, unter den tief hängenden Ästen etwas gesehen zu haben. Sie stand auf und ging zur Magnolie. Sie hob die üppigen Äste etwas an und staunte nicht schlecht, als sie Giulia entdeckte. Das Mädchen saß im Schneidersitz vor dem Stamm, mit einer Packung Erdnussflips in der einen und dem Handy in der anderen Hand. Erschrocken blickte sie zu Fee auf.

»Ah, du bist das«, sagte Fee freundlich. »Du warst kürzlich schon hier, oder? Als dein Onkel nach dir gesucht hat.«

Sie zuckte die Schultern. »Kann sein.«

»Cooles Versteck hast du da.«

»Yeah. Ganz nice.« Sie stopfte sich eine Handvoll Flips in den Mund und schaute auf das Handy. »Wenn man nicht gestört wird«, fügte sie bissig hinzu.

Fee ignorierte die Bemerkung. »Und niemand weiß, dass du hierherkommst?«

»No! Und das soll auch so bleiben, *capito*?«

»Ja klar. Von mir erfährt niemand was. Aber dein Onkel macht sich oft Sorgen um dich und sucht nach dir.«

»Der soll mal chillen. Ich komme immer wieder zurück. Aber hier habe ich meine Ruhe.« Sie betonte das Wort *Ruhe* mit einer gewissen Schärfe, und Fee verstand die Aufforderung zu gehen. Dennoch wollte sie sich nicht so einfach vertreiben lassen.

»Ich gehe jetzt. Aber das ist übrigens mein Grundstück. Und mir gefällt dieser Platz. Könnte sein, dass ich ab und zu auch hierherkomme.« Sie zwinkerte, dann marschierte sie los.

Im Wohnzimmer traf sie auf Aurelia, die der Putzfrau Anweisungen erteilte. Fee wusste inzwischen, dass einmal wöchentlich eine Putzfrau und gelegentlich ein Gärtner erschienen, um sich um die Arbeiten zu kümmern, die weder Aurelia noch Pippa bewerkstelligen konnten. Fee wollte gerade die Treppe hoch in ihr Zimmer gehen, da spürte sie einen eisigen Schauer im Rücken und drehte sich um. Pippa stand da, mit verschränkten Armen und grimmigem Gesicht. Don Camillo schlängelte sich um ihre Beine.

»Soeben habe ich erfahren, dass Sie herumschnüffeln.«

»Herumschnüffeln?«

»*Esatto!* Genau. Sie haben Tommaso befragt, das weiß ich von seiner Pflegerin. Ich will das nicht.«

»Aber ich versuche nur, etwas über meine Urgroßmutter herauszufinden. Was ist so schlimm daran?«

»Pff! Sie hat meinen Vater getötet! Es ist also sehr anmaßend, dass Sie sich hier, in meinem Umfeld, mit dieser Mörderin befassen.« Mit diesen Worten ließ sie Fee stehen, nur Don Camillo stand noch da und blickte Fee vorwurfsvoll an.

Aurelia, die alles gehört hatte, kam auf Fee zu. »Vielleicht solltest du diese Nachforschungen wirklich beenden, hm? Das führt doch zu nichts.«

»Nein. Ich werde erst aufhören, sobald ich weiß, was aus Alice geworden ist.«

Kapitel 25

Brissago, August 1943

Alice

Lilly Volkarts Flüchtlingsheim, das *Casa Bianca* – ein von Pflanzen umranktes Haus mit Hanglage –, bot einen traumhaften Ausblick auf den See. Es war eines der wenigen Häuser in Ascona Collina und etwa fünfzehn Minuten zu Fuß von der Piazza entfernt.

An diesem Morgen spielten die Kinder vergnügt im Garten, während Alice und Henriette die Wäsche aufhängten. Alice hörte das nachgeahmte Indianergeheul, das klang wie »Wuwuwu«. Die Kinder hatten sich als Indianer verkleidet, mit altem Federschmuck, den Alice von zu Hause mitgenommen hatte, und mit selbst gemachten Bögen aus Bambus. Der Garten, aber auch das angrenzende Wäldchen waren ein Paradies zum Spielen. Violetta würde das bestimmt gefallen, dachte Alice. Aber seit dem Vorfall vor zwei Monaten durfte sie ihre Tochter nicht mehr ins Heim mitnehmen. Zuerst hatte Maurizio ihr gänzlich die Arbeit im Heim verbieten wollen, doch Henriettes Mann Riccardo hatte ihm erklärt, wie wichtig die freiwilligen Helfer für Lilly Volkart seien.

Alice hörte fröhliches Gelächter. Nur verspürte sie an diesem Morgen alles andere als Fröhlichkeit. Maurizio hatte gestern erfahren, dass Carmina versucht hatte, aus dem Gefängnis auszubrechen. Sie war jedoch nicht weit gekommen und hatte sich bei dem Fluchtversuch den Knöchel verstaucht. Nachdem Maurizio Lucilla und ihr die Nachricht des Telegramms vorgelesen hatte, vernichtete er es sofort. Alice hatte sich nicht getraut, wieder für Carmina Partei zu ergreifen, doch nun sprach sie sich bei Henriette aus.

»Sie muss wirklich sehr verzweifelt sein, wenn sie einen Fluchtversuch unternimmt. Vermutlich lag es an meinem Brief. Ich habe ihr geschrieben, dass mein Besuch bei Tonia erfolglos war und ich wegen Maurizio nicht mehr weiter nachforschen könne. Ich frage mich nun, ob das wirklich richtig war. Vielleicht hätte ich –«

»Alice!«, zischte Henriette und hängte ein Laken an die Leine. »Hör auf, dir Vorwürfe zu machen. Du hast alles in deiner Macht Stehende getan. Vergiss Carmina! Mit Maurizio ist nicht zu spaßen, das solltest du jetzt wissen.«

»Ja. Aber es ist einfach nicht richtig. Ich würde ihr so gerne helfen, doch mir sind nicht nur die Hände gebunden, nein, ich wüsste auch nicht, wie ich weiter vorgehen sollte.«

»Das ist eben Carminas Schicksal, so schrecklich es auch ist.« Henriette hielt inne und starrte auf das leere Körbchen für die Wäscheklammern. »Ich gehe nach mehr Klammern suchen. Irgendwo im Haus muss es doch noch welche geben. Bestimmt haben die Kinder sie wieder versteckt.«

Alice nickte geistesabwesend. Dass sie Carmina nicht helfen konnte, frustrierte sie zutiefst. Dazu kam nun auch noch die Tatsache, dass Maurizio seit ihrem Besuch bei Tonia viel strenger geworden war und ihr kaum noch Freiheiten gewährte. Als befürchtete er insgeheim, sie würde flüchten. Alice hatte eine Flucht tatsächlich schon in Erwägung gezogen, nur hätte das bedeutet, dass sie Violetta aus ihrem Zuhause reißen und von ihrem geliebten Vater trennen musste. Das konnte sie einfach nicht. Violetta hing an Maurizio und umgekehrt genauso.

»Alice?«

Sie blickte hinter den Leinen hervor und sah Judith vor sich, die Backen gerötet, die Hände gefaltet. Das achtjährige Mädchen stammte aus der deutschen Stadt Offenburg und war besonders anhänglich. Inzwischen kannte Alice fast alle Schicksale der jüdischen Flüchtlingskinder. So unterschiedlich ihre Lebensgeschichten auch waren, so teilten sie doch eines: Sie alle waren aus ihren bisherigen Leben vertrieben worden, hatten flüchten müssen, wussten nichts über das Schicksal ihrer Angehörigen. Sie erlebten Flucht, Versteck, Internierungslager, die Trennung von ihrer Familie, aber auch Gewalt, Krieg und Tod. Am Ende erschienen sie alle im gleichen Zustand bei Lilly Volkart: verwahrlost, voller Wanzen und Läuse, hungrig, blass und seelisch verletzt. Bei Lilly wurden sie gepflegt und ernährt, und alle taten, was in ihrer Kraft stand, um ihre körperlichen, aber auch seelischen Schmerzen zu lindern. Lilly betonte immer wieder, dass die Angstbereitschaft der Kinder nur mit viel liebevoller Zuwendung, Geduld, Zuhören und Beruhigen abnehme und sich wieder Lebenskräfte einstellten. Und sie hatte recht, wie Alice stets bemerkte. Die meisten Kinder begannen sich nach ein paar Wochen wohlzufühlen, und schlossen Freundschaften. Hier waren sie fast wie eine Familie.

Judith war 1940 mit ihren Eltern von Offenburg nach Frankfurt in ein Lager gebracht worden, dort hatte man sie vom Vater getrennt. Die Mutter und Judith landeten über Umwege im französischen Lager Gurs, durch eine Hilfsorganisation gelangten sie zu Lilly Volkart.

Alice kniete nieder und strich ihr über das braune Haar. »Ja, Liebes?«

»Wir haben uns gefragt, ob wir vielleicht was essen können.

Wir haben Hunger.« Sie zeigte zu ein paar anderen Kindern, die mit Pfeil und Bogen etwas verloren dastanden. Alice seufzte innerlich. Die Lebensmittel für die Kinder waren wie überall auch hier im Heim stark rationiert, und sie litten ständig unter Hunger. Nicht selten kam es vor, dass man wochenlang auf die Coupons warten musste, da das Territorialkommando – dem die Kinder unterstanden – sehr lange brauchte, um die Unterlagen für die Lebensmittelkarten zu senden. Dann waren da noch die Kinder, die gar nicht offiziell registriert waren, aber auch verköstigt werden mussten. Immerhin gab es gutherzige Lebensmittelhändler und Bauern, die gelegentlich kostenlos Gemüse und Früchte verschenkten. Auch Alice nahm ab und zu Schokolade, Wurst und Käse aus der Villa mit. Dinge, die Maurizio von seinen Geschäftsreisen aus Mailand mitbrachte. Sie hatte ihm gesagt, sie wolle keinen Schmuck und kein Parfüm mehr, dafür lieber Nahrungsmittel. In dieser Hinsicht schätzte sie Maurizios gute Kontakte. Zurzeit war er aber noch weg, deshalb hatte sie nichts für die Kinder. Und Lillys Vorrat an Backschokolade wollte sie nicht angreifen, der war für Geburtstagskuchen gedacht.

Inzwischen war noch der kleine Luigi zu ihnen gestoßen und blickte mit großen Augen zu Alice hoch. Er trug ein Stirnband um den Kopf, an dem zwei rote Federn befestigt waren. Luigi zählte zu den fünfzehn Kindern, die im *Casa Gentile* wohnten, einem Haus, das im letzten Herbst eröffnet worden war und etwa zehn Gehminuten vom Haupthaus entfernt lag. Es beherbergte hauptsächlich italienische Kinder, die in die Schweiz geflüchtet waren, nachdem sich die Lage der Juden in Norditalien vor einem Monat so zugespitzt hatte. Anfang Juli landeten die Alliierten in Sizilien, König Vittorio Emanuele III. ließ in der Folge Mussolini verhaften und beauftragte Generalfeldmarschall Pietro Badoglio mit der Regierungsbildung, der einen Waffenstillstand herbeiführte. Auf diesen Verrat reagierte die NS Führung mit der Entwaffnung und Gefangennahme der italienischen Armeeeinheiten und mit der Besetzung Nord- und Mittelitaliens. Luigi war mit seinem großen Bruder in die Schweiz geflüchtet, nachdem sie sich seit der Abholung der Eltern wochenlang versteckt gehalten hatten. Es gelang ihnen, den Fluss bei Tresa zu überqueren. Sein Bruder, der schon achtzehn war, landete in einem Auffanglager in Bellinzona.

Luigi war ein fröhlicher Junge, der spielte und lachte und manchmal mit anderen Kindern etwas von der Backschokolade aus der Vorratskammer stibitzte. Ein normaler Lausbub. Nachts aber schrie er, sobald auch nur das kleinste Geräusch erklang, denn in der Nacht hatte man auch seine Eltern abgeholt.

Alice strich Luigi über das Haar. »Tut mir leid, aber ihr müsst noch warten bis zum Abendessen, ja?«

Judith presste die Lippen zusammen und nickte, Luigi hob die Schultern. Als sie zu den anderen zurückrannten, sah Alice ihnen nach. Es waren ja nicht nur die Kinder hier, die nichts hatten, alle Tessiner litten unter der Lebensmittelknappheit. Wären die Schmuggler nicht, würden sie am Ende noch verhungern. Die Schmuggler. Alice schloss kurz die Augen und dachte an Raffaele. Seit ihrer Begegnung vor rund zwei Monaten ertappte sie sich des Öfteren bei dem Gedanken an ihn, und sie fragte sich, wie es ihm ging. Wenn Filomena oder Geraldo mit Waren der Schmuggler zurückkamen, stellte sie sich vor, dass sie aus Raffaeles Rucksack stammten.

»Wuwuwu! Wuwuwu!«

Alice öffnete die Augen. Sie blickte zu der kleinen Camille, die auf dem Rücken ihrer älteren Schwester Jeanne saß und fröhlich quietschte. Jeanne drehte Kreise und lachte. Man sah den beiden Schwestern in dem Moment nicht an, dass die Nazis ihren Vater vor ihren Augen erschossen hatten, nachdem sie die Familie in ihrem Haus in der Nähe von Lille abgeholt hatten. Mit ihrer Mutter kamen die Mädchen ins Konzentrationslager Royallieu und von dort, wie Judith, dank einer Hilfsorganisation in die Schweiz. Jeanne verhielt sich tagsüber tapfer und kümmerte sich liebevoll um Camille. Erst in der Nacht, wenn die Albträume sie plagten, merkte man, was sie erlebt hatte. Was war das nur für eine Welt, dachte Alice. Eine Welt voller Gewalt, Hunger, Tod. Und dennoch blieb nichts anderes übrig, als zuversichtlich zu bleiben. Das Leben war zwar oftmals ein Kampf, doch man wurde gelegentlich auch mit schönen Momenten belohnt. Und allein dafür lohnte es sich zu leben.

• • •

Heute war für Alice ein außergewöhnlicher Tag im Heim. Lilly Volkart war zusammen mit Baron Schey von Koromla, dem Präsidenten des SHEK Tessin – dem Schweizer Hilfswerk für Emigrantenkinder –, in Zürich, um sich mit der Leiterin der SHEK Zentralstelle zu treffen. Sie würde erst morgen wiederkommen, deshalb würde Alice heute Nacht in der *Casa Bianca* übernachten. Sie hatte bei Maurizio regelrecht darum betteln müssen, aber am Ende hatte er eingewilligt unter der Bedingung, dass Alice dafür die nächsten zwei Wochen gar nicht ins Heim gehe. Alice hasste es, dass Maurizio seine Macht über sie immer wieder demonstrierte, doch ihr blieb keine andere Wahl, als mitzuspielen.

Als die Kinder in allen drei Häusern endlich im Bett waren, legte sich auch Alice hin. Sie übernachtete im Parterre in dem kleinen Gästezimmer, das direkt neben der Küche lag. Lillys Schäferhündin Putzi, die normalerweise oben in Lillys Zimmer schlief, war heute bei ihr. Erschöpft durch die Arbeit, fiel Alice recht schnell in einen tiefen, traumlosen Schlaf und wurde mitten in der Nacht von Putzis Gebell herausgerissen.

»Putzi! Was ist los? Du weckst noch das ganze Haus auf.« Putzi knurrte und bellte abwechselnd. Ein frischer Wind drang durch das geöffnete Fenster herein und streichelte sanft Alices Arme. Die alte Wanduhr zeigte im Mondlicht kurz nach drei Uhr an. Putzi scharrte an der Zimmertür, woraufhin Alice gähnend aus dem Bett stieg. »Na gut, schauen wir mal nach.« Sie nahm Putzi an die Leine, griff nach der Laterne und öffnete die Tür. Jeanne und Alma standen bereits davor, mit vor Angst geweiteten Augen.

»Ich habe Putzi gehört«, flüsterte Jeanne. »Was ist los?«

»Ich weiß es nicht. Ich muss nachschauen. Sind die anderen auch wach?«

»Ein paar schon, ja«, antwortete Alma.

»Dann geht wieder rauf und sagt ihnen, dass alles in Ordnung ist, ja?«

Nickend flitzten sie hoch.

Draußen fing Putzi wie wild an zu bellen, und Alice ging mit ihr durch den Garten. Ein paar der älteren Kinder, die den Bungalow bewohnten, waren wegen Putzis Gebell auch aufgewacht und halfen Alice, den Garten abzusuchen. Als sie das Tor erreichte, bellte Putzi im Sekundentakt, und nun bemerkte sie zwei dunkle Gestalten vor dem Tor. Sie hielt die Laterne hoch und sah einen Mann und ein schluchzendes Kind.

»Was haben Sie hier verloren?«, fragte Alice laut, um Putzis Gebell zu übertönen. Zwei Jugendliche gesellten sich zu ihr und hielten ihre Laternen ebenfalls hoch.

Der Mann schaute durch das Gittertor. Er trug eine Baskenmütze auf dem schwarzen Haar. Eine Hälfte seines Gesichts war dunkel, während die andere von dem goldenen Licht der Laterne angeleuchtet wurde. Alice erkannte ihn sofort. Raffaele. Ihr Herz begann wie wild zu toben.

»Sind Sie Lilly Volkart?«, fragte er auf Italienisch.

Sie trat einen Schritt näher. »Raffaele, ich bin es, Alice.«

Er blinzelte mehrmals. »Alice!«

»Was machst du hier?«

»Ich habe gehört, dass das hier ein Heim für jüdische Flüchtlingskinder ist?«

»Ja, das ist richtig.«

»Gut.« Er zeigte auf den Jungen. »Das hier ist Giannino Mancino. Alle nennen ihn Gianni. Er ist sieben Jahre alt und stammt aus Turin. Ich habe ihn kurz vor der Grenze kennengelernt. Sein Onkel, der mit ihm gereist ist, wurde von den Faschisten umgebracht. Schrecklicher Anblick.« Er schüttelte den Kopf. »Gianni konnte sich verstecken. Ich habe ihn dann über die Grenze gebracht.«

Putzi bellte nach wie vor, Gianni versteckte sich hinter Raffaele.

»An der Grenze waren auch überall Hunde«, bemerkte Raffaele. »Gianni fürchtet sich vor ihnen. Können wir kurz reinkommen?« Er schaute sie aus flehenden Augen an. »Bitte!«

»Ja, sicher.« Sie erklärte den Jugendlichen, dass keine Gefahr bestehe, und schickte sie zurück in den Bungalow. Sie selbst ging zusammen mit Raffaele und dem Jungen ins Haus. In der Küche beruhigte sich Putzi endlich und legte sich vor den Ofen, beobachtete aber alles wachsam.

Raffaele nahm die Baskenmütze vom Kopf und fuhr sich durch das zerzauste Haar. Längere Bartstoppeln bedeckten sein Kinn und die Wangen.

Alice setzte sich. »Und, wie kann ich euch helfen?« Eigentlich kannte sie die Antwort bereits.

»Kann Gianni hierbleiben?«, fragte Raffaele auch schon.

»Lilly ist nicht hier. Sie entscheidet.«

»Meine Kontaktperson oben in den Bergen hat gesagt, Lilly nehme alle Kinder auf.«

Alice nickte. Lilly hatte in der Tat auch schon oft Kinder wie Gianni aufgenommen, die nirgends von den Behörden registriert worden waren und somit offiziell gar nicht hier sein durften. Das Problem war, dass diese Kinder jederzeit des Landes verwiesen werden konnten, sollte es Kontrollen geben. Zudem erhielt man für sie keine Essensmarken, obwohl sie dennoch ernährt werden mussten.

»Gut, er kann vorerst bleiben. Lilly ist übermorgen wieder hier, dann rede ich mit ihr.«

»Danke!«

Alice wandte sich zu Gianni, der sich krampfhaft an seinem Glas Milch festhielt. »Hallo, Gianni, ich bin Alice. Du wirst vorerst hierbleiben.«

Gianni sah sie aus verstörten großen Augen an. Er erinnerte sie ein wenig an Luigi. »Heute Nacht wirst du bei mir schlafen. Morgen schauen wir weiter.« Falls er bleiben konnte, was mit ziemlicher Sicherheit der Fall war, würden sie ihn in der *Casa Gentile* unterbringen. Die anderen Häuser waren erstens voll, und zweitens würde sich Gianni bei seinen Landesgenossen anfangs wohler fühlen.

Sie sah zu Raffaele. »Was ist mit dir? Willst du hier übernachten?«

»Wäre das möglich? Es dämmert bereits, und du weißt ja, dass ...«

» ... der Tag der Feind ist«, beendete Alice seinen Satz. »Natürlich kannst du hierbleiben.«

»Danke!« Er öffnete seinen schmutzigen Rucksack und nahm

etwas heraus. »Ich habe meine Waren oben schon umgetauscht in Schweizer Franken. Aber etwas habe ich für Lillys Kinder aufbewahrt. Ich konnte ja nicht gut mit leeren Händen kommen.« Er nahm zwei dicke Würste, eine Salami, Schinken und jeweils eine große Packung Reis und Mais hervor und breitete alles auf dem Tisch aus.

Alices Augen leuchteten. »Vielen Dank! Das können wir gut brauchen. Warte, ich hole rasch Geld.«

Er winkte ab. »Schon gut. Schau einfach, dass es Gianni gut geht hier.«

Nachdem Alice Gianni ins Gästezimmer gebracht und gewartet hatte, bis er schlief, kehrte sie zu Raffaele in die Küche zurück.

»Er schläft ... Ich habe dir ein paar Decken ins Gästezimmer gelegt. Ich hoffe, das geht für dich.«

»Bestimmt. Danke! Was ist mit dir?«

»Ich werde in Lilly Volkarts Zimmer oben schlafen. Ach, und morgen bleibst du bitte mit Gianni unten. Ich möchte nicht, dass die Kinder etwas herumerzählen. Denjenigen, die dich gesehen haben, werde ich sagen, dass du bereits gegangen bist. Und Gianni werden wir dann übermorgen, wenn Lilly zurück ist, den anderen vorstellen.«

»Das ist gut, danke.«

Sie setzte sich. »Wie geht es deiner Familie?«

Er stützte die Ellbogen auf dem Tisch auf und faltete die Hände, als wollte er beten. »Den Umständen entsprechend. Die Lage momentan ist schrecklich.«

Sie spürte das Verlangen, ihm über den Rücken zu streichen, hielt sich aber zurück. »Ich weiß, wir spüren es auch. Ich lebe in Brissago, und der Flüchtlingsstrom momentan ist gewaltig.«

»Es wird aber bestimmt noch schlimmer werden. Sobald die Faschisten endgültig kapitulieren, wird die Wehrmacht alles besetzen. Es werden sich vermehrt Widerstandsgruppen bilden und …« Er brach ab. »Aber reden wir nicht über den Krieg. Sag, wie geht es deiner Tochter?«

»Gut. Sie wächst und wächst.«

Er lächelte. Sie sahen sich eine Weile schweigend an, und Alice hatte das Gefühl, in seinen dunklen Augen zu versinken. Sie wurde von einer starken Anziehungskraft überwältigt. »Ich habe oft an dich gedacht«, sagte sie leise.

»Das ging mir auch so. Ich habe gehofft, dich wiederzusehen, aber nicht damit gerechnet.« Er rückte näher zu ihr und strich ihr über die Wange, Alice spürte seinen warmen Atem auf ihrer Haut. Sie erkannte die Begierde in seinem Blick, und die unverhüllte Kraft, die aus seinen Augen sprach, ließ einen erwartungsvollen Schauer durch ihren Körper rieseln. Ihre Lippen berührten sich, und der Kuss, der folgte, berauschte sie derart, dass sie fast vergaß, wo sie war. Als es ihr bewusst wurde, schob sie ihn widerwillig von sich. »Raffaele, wir können nicht … Nicht hier … Die Kinder.« Sie erhob sich und rannte aus der Küche, machte die Tür hinter sich zu. Ihr Herz raste, und sie lehnte sich mit dem Rücken an der Tür. Frust breitete sich in ihr aus. Nicht weil sie sich Raffaele nicht an diesem Ort hingeben durfte, sondern wegen der Einsicht, dass sie beide keine gemeinsame Zukunft hatten.

Kapitel 26

Brissago, März 2019

Fee

Nach einem Streit mit Pippa flüchtete Fee in ihr Zimmer. Pippa hatte sie angefaucht, weil ihr beim Frühstück eine Kaffeetasse auf den Boden gefallen war. Pippa hatte daraus gleich eine Staatsaffäre gemacht und gemeint, es sei endlich Zeit, dass Fee abreise, sie mache nichts als Ärger. Genau wie Violetta damals, der im Übrigen auch andauernd Dinge heruntergefallen seien. Erst Aurelia hatte Pippa beruhigen können. Wegen des Regens konnte Fee heute nicht in den Garten flüchten, also blieb nur das Zimmer. Und da saß sie nun und las den Brief des Forums erneut durch. Sie fragte sich, wie aus diesem Mann jemand hatte werden können, der aus Geldgier einen bewaffneten Raubüberfall auf ein Juweliergeschäft beging. Und warum wollte er sich jetzt, nach acht Jahren, bei ihr entschuldigen? Ging es ihm nur darum, sein Gewissen zu erleichtern, oder steckte noch etwas anderes dahinter? In ihre Überlegungen schlich sich nun auch Alice, und sie sagte sich, dass man die beiden Taten nicht vergleichen konnte. Evas Mörder hatte aus Gier gehandelt, und geschossen hatte er aus Angst. Alice jedoch hatte getötet, um einen anderen Menschen zu retten. Einen Menschen, der zuvor auch jemanden umgebracht hatte. Alice hatte für ihn das Leben ihres Mannes und Vaters ihres Kindes geopfert.

Fee faltete den Brief zusammen und dafür den von Alice auseinander, betrachtete wieder die Skizzen. Hatte Nando recht, betrachtete sie die ganze Angelegenheit nicht objektiv genug? Ließ sie sich zu sehr von ihren Gefühlen leiten? Nur weil sie in Alices Zeichnungen etwas von sich selbst entdeckte?

Seufzend stand sie auf und griff nach ihrer Jacke. Wie auch immer, sie würde weiterhin versuchen herauszufinden, was aus Alice geworden war. Vielleicht half ihr das Treffen mit Brigida weiter.

Der Tag war mit seinen neunzehn Grad sehr mild für einen Märztag, und da es inzwischen aufgehört hatte zu regnen und bereits die ersten Sonnenstrahlen durch die Wolken drangen, entschied sich Fee, mit geöffnetem Dach zu fahren. Nachdem sie in Intragna das siebzig Meter hohe Eisenbahnviadukt und den höchsten Glockenturm des Tessins besichtigt hatte, fuhr sie weiter ins Onsernonetal, eine gewundene Straße hoch über zahlreiche Brücken, durch kleine, auf sonnigen Terrassen gebaute Dörfer. Dazwischen viel Grün; Kastanienbäume, Palmen, Rebberge. Auressio selbst wirkte verschlafen, aber wunderschön. Die Wege waren steil und uneben, die Häuser bunt und eng aneinandergebaut. Das Hotel, die *Villa Castelli*, stand auf einer kleinen Anhöhe, umgeben von Palmen und Magnolien.

Brigida Castelli war mit ihren dreiundsiebzig Jahren eine attraktive Frau mit langem silbergrauem Haar, das ihr Gesicht wie ein Schleier umgab. Sie trug ein elfenbeinfarbenes Hemdkleid aus Leinen, das einen Kontrast bildete zu ihren gebräunten Beinen und Armen. Fee kam sich neben ihr in der schwarzen Hose und dem dunkelblauen Pullover vor wie die langweilige Nacht gegenüber der strahlenden Sonne.

Sie saßen im Garten, vor sich den atemberaubenden Blick auf

das grüne Tal, auf dem Tisch eine Käseplatte und Traubensaft. Fee hatte den angebotenen Weißwein abgelehnt, weil sie befürchtete, auch nach nur einem Glas die kurvenreiche Straße später nicht mehr meistern zu können.

»Ich kann mich noch gut an Alice erinnern«, sagte Brigida, die wie alle Tessiner, denen Fee bisher begegnet war, recht gut Deutsch sprach. »Sie sah aus wie ein Engel, fand ich damals. Wie Sie.«

Fee hob lächelnd die Schultern. »In der Zeitung stand, dass sie Ihnen das Leben gerettet hat?«

»Ja. Ich wäre beinahe im Fluss ertrunken.« Brigida klang kummervoll. »Es hat nur leicht geregnet, als ich damals an den Isorno runterging. Vater hat mir ja immer eingebläut, bei Regen den Fluss zu meiden, weil sich das Wetter hier im Tal ziemlich schnell ändern kann. Dann wird aus leichtem Nieselregen, ehe du dichs versiehst, ein heftiges Gewitter. Und so war es auch an jenem Tag. Aber ich war mal wieder so wütend auf meine Tante. Sie hatte mich zum Putzen im Hotel verdonnert, weil uns kurz vorher das Zimmermädchen verlassen hatte.« Sie seufzte. »Ich wollte für mich allein sein, deshalb ging ich an den Fluss. Doch dann zog das Unwetter auf. Der Fluss hat mich mitgerissen, zusammen mit Geröll und heftigen Wassermengen. Ein Baumstamm traf mich mitten in den Bauch.« Sie fuhr sich sanft darüber. »Ab dann verliert sich meine Erinnerung. Ich weiß nur, dass ich später diese blonde Frau sah und dachte, sie sei ein Engel und ich wäre im Himmel.« Sie lächelte. »Mein Vater war ihr natürlich überaus dankbar. Er erfuhr dann, dass Alice eine Stelle suchte. Sie arbeitete in einem Kinderheim in Ascona, aber gewisse Leute wollten sie in Ascona loswerden. Die Besitzerin des Kinderheims setzte sich für Alice ein, doch Alice wollte ihr keine Probleme machen. Und so gab mein Vater ihr die Stelle als Zimmermädchen.«

»Wie lange war sie hier?«

»Leider nur etwa ein Jahr. Von mir aus hätte sie für immer bleiben können. Alice und ich waren einfach ...« Sie hielt inne und schaute hoch in den Himmel. » ...*come si dice*, wie soll ich sagen, auf einer Wellenlänge. Sie war fast wie eine Ersatzmutter. Meine Mutter hat meinen Vater ja früh verlassen, ich war erst fünf. Sie hielt es in dem Tal einfach nicht mehr aus und wollte etwas von der Welt sehen. Ich traf sie nur ungefähr zwei- bis dreimal pro Jahr. Meine weibliche Bezugsperson war deshalb meine Tante, doch wir kamen nicht gut miteinander aus. Mit Alice verstand ich mich von Anfang an bestens. Sie teilte auch meine Leidenschaft für die Mode. Sie nähte selbst, und ich durfte ihr Modell sein.« Sie nahm eine Box aus rotem Pappkarton von dem Stuhl neben sich und öffnete sie. »Tut mir leid, meine Fotos sind nicht in Alben eingeklebt. Hier.«

Fee sah die Bilder durch. Auf den meisten war die junge Brigida abgebildet; in hübschen Kleidchen. Schmal geschnitten, mit tiefer Taille, hochgeschlossen, teilweise mit Kragen. Gelb, hellgrün, gemustert. Manchmal war auch Alice zu sehen. Eine Nahaufnahme von ihr und Brigida aus dem Jahr 1960 schaute sich Fee genauer an. Im Gegensatz zu den Bildern, die Aurelia ihr gezeigt hatte, sah man deutlich, was Alice in den vergangenen Jahren durchgemacht hatte. Sie war immer noch schön, aber auch gezeichnet von der Inhaftierung. Es lag nicht an den Falten, von denen sie mit ihren damals achtunddreißig Jahren erstaunlich wenige hatte, sondern an ihren unglücklichen Augen und dem leicht verbissenen Zug um den Mund.

Fee legte das Foto weg. »Hat sie jemals mit Ihnen über ihre Tat gesprochen?«

»Nein. Dabei hätte ich gerne mehr gewusst. Als Jugendliche

fand ich es spannend, dass sie im Gefängnis war.« Sie lächelte verlegen.

»Hatten Sie nie Angst vor ihr?«

»Nein. Alice hat mir ja das Leben gerettet. Sie war wie ein Engel, immer herzlich und nett. Auch bei den Hotelgästen war sie sehr beliebt. Leider gab es auch hier im Dorf Leute, die anderer Meinung waren, allen voran meine Tante. Für sie war Alice eine Kriminelle. Anfangs wurden wir gemieden, weil wir Alice aufgenommen hatten. Aber es legte sich mit der Zeit, besonders nach dem Artikel in der *Tessiner Zeitung*, in dem der Bürgermeister zu Wort kam.«

»Alice erwähnte in dem Artikel, dass Ihr Vater ihre Rettung war. War da mehr zwischen den beiden?«

»Nein. Aber mein Vater hat sie geliebt. Alice sah in ihm jedoch nur einen guten Freund. Er hat ihr dabei geholfen, über die Geschehnisse der Vergangenheit hinwegzukommen. Anfangs litt Alice ja sehr darunter, dass ihre Tochter nichts mehr von ihr wissen wollte.« Sie brach ab. »Sie hatte immer ein Foto von ihrer Tochter dabei. Es war schon ganz zerknittert. Sie hat es oft angeschaut.«

Frust und Trauer überkamen Fee. Hätte ihre Großmutter doch nur gewusst, wie sehr Alice sie liebte. »Die Kindheit und Jugend meiner Großmutter war sehr schlimm«, erklärte sie Brigida. »Sie war den Schikanen ihrer Großmutter und ihrer Halbschwester ausgesetzt und hatte niemanden, der sie beschützte. Sie machte Alice dafür verantwortlich.«

»Das verstehe ich. Doch Alice litt darunter. Mein Vater hat oft stundenlang mit ihr darüber geredet und ihr klargemacht, dass sie nach vorne schauen müsse. Und das hat auch tatsächlich funktioniert. Selbst ich bemerkte, dass Alice hier zu einem neuen Menschen wurde. Es war deshalb umso schwerer für meinen Vater, als sie uns plötzlich verließ. Er hatte immer gehofft, dass aus ihnen doch noch ein Paar werden würde.«

»Warum ging sie, wenn sie es hier doch gut hatte?«

»Ich glaube, ihr Ziel war es immer, nach Italien zu reisen. Und da sie ja auf Bewährung draußen war, durfte sie ein Jahr lang nicht ausreisen.«

»Was wollte sie in Italien? Etwa zu dem Schmuggler?«

»Von dem Schmuggler hat sie nie erzählt. Ich weiß es nicht. Jedenfalls sind in den Wochen vor ihrer Abreise ein paar Dinge passiert, und ich glaube, ihre eigene Vergangenheit hat sie am Ende doch eingeholt. Deshalb wollte sie weg. Angefangen hat alles mit der Beerdigung des ehemaligen Hausmeisters der Ferrazzinis.«

»Geraldo?«

»Ich weiß nicht mehr, wie er hieß. Aber als Alice per Zufall seine Todesanzeige in der Zeitung entdeckte, sagte sie, dass sie auf seine Beerdigung wolle. Mein Vater hat sie gewarnt und riet ihr davon ab. Er meinte, sie sei dort bestimmt nicht willkommen. Doch Alice ließ sich nicht davon abbringen. Sie litt darunter, dass sie schon bei der Beerdigung einer ehemals guten Freundin ein paar Monate zuvor nicht dabei gewesen war.«

Henriette, dachte Fee. Tommasos Mutter.

Brigida erzählte weiter. »Als sie spät von der Beerdigung zurückkam, wirkte sie regelrecht verstört und niedergeschlagen. Es ist ja normal, dass man nach einer Beerdigung nicht glücklich ist, aber bei ihr ging es weit über die Trauer hinaus. Vater hat gemeint, dass die Leute, insbesondere die Ferrazzinis, vermutlich nicht nett zu ihr waren.« Brigida nahm einen Schluck Wein.

Fee fielen Tommasos Worte ein, dass er sich nicht mit Alice unterhalten hatte. Bestimmt hatte es sie sehr verletzt, dass sich sogar ihr früherer bester Freund von ihr abgewandt hatte.

»Kurz darauf kam dann Gianni zu Besuch«, fuhr Brigida fort.

»Gianni?»

»Alice lernte ihn im Kinderheim kennen. Sie hat ja schon während des Krieges dort gearbeitet. Damals war es ein Heim für Flüchtlinge. Nach dem Krieg bekam Gianni ein Dauerasyl, weil er keine Verwandten mehr hatte, zu denen er hätte zurückkehren können. Zusammen mit einem anderen Jungen kam er zu Pflegeeltern nach Lavertezzo ins Verzascatal. Alice ist ihm auf der Beerdigung begegnet. Er hat sie wenige Tage später hier aufgesucht, ich kann mich noch gut an ihn erinnern. Er war etwa Mitte zwanzig und sehr attraktiv. Einer der schönsten Männer, die ich je gesehen habe. Sein Name ist mir deshalb in Erinnerung geblieben.« Sie kicherte, wurde aber schnell wieder ernst. »Ich weiß noch, dass Alice nach seinem Besuch noch aufgewühlter war. Die beiden waren lange am Fluss unten, und als Alice heimkehrte, wirkte sie sehr nachdenklich. Die Tage darauf war sie oft weg, ging stundenlang wandern. Schlussendlich kam es zu einem großen Streit zwischen ihr und meinem Vater. Ich konnte nicht lauschen, sie schlossen die Tür ab. Kurz darauf reiste Alice ab. Ich wollte von meinem Vater wissen, was geschehen war, aber er schwieg.«

»Könnte es bei dem Streit um diesen Gianni gegangen sein?«

»Das weiß ich leider nicht.«

»War er nach Alices Abreise nochmals hier?«

»Nein.«

»Und von Alice haben Sie nichts mehr gehört?«

Brigida seufzte. »Sie hat uns geschrieben. Aber meine Tante, die für die Post verantwortlich war, fing die Briefe ab und vernichtete sie. Das hat sie mir Jahre später gestanden, als sie schon sehr krank war. Sie hatte Lungenkrebs.« Sie hielt inne. »Es war nicht das Einzige, das sie mir anvertraute, um ihr Gewissen zu erleichtern. Tante Ginevra war streng katholisch und handelte ihrer Meinung nach immer nach Gottes Willen. Als ihr ein junger Mann, der sich für mich interessierte, nicht passte, behauptete sie, er habe ein Mädchen aus der Gegend geschwängert und sich der Verantwortung entzogen. Ich war damals recht naiv und habe ihr geglaubt.« Sie blickte auf die Käseplatte. »Aber egal, jedenfalls tat es mir sehr leid für Alice, dass sie auf ihre Briefe nie eine Antwort von uns erhielt. Ich hätte ihr bestimmt geschrieben. Ich versuchte sogar noch herauszufinden, wohin sie in Italien gegangen war, und fragte beim Einwohneramt nach. Leider wussten die auch nicht mehr als ich.«

»Oh nein. Dann habe ich meinen Antrag dort vergeblich gestellt.« Fee ließ frustriert die Schultern hängen. Keine Spur von Alice.

Wenig später auf der Heimfahrt ließ sie sich nochmals das Gespräch durch den Kopf gehen. Was hatte Alice so sehr aufgewühlt, dass sie die Schweiz verlassen hatte? Geraldos Tod? Das Wiedersehen mit Gianni? Oder wollte sie zu dem Schmuggler, für den sie sogar ihren Mann getötet hatte? Fee fragte sich, wo genau sie nun weiter nach Alice suchen sollte. Ob dieser Gianni ein Anhaltspunkt sein könnte? Aber wie sollte sie ihn finden? Ob Tommaso vielleicht etwas von ihm wusste? Oder Aurelia? Immerhin war Gianni zu Geraldos Beerdigung gekommen, er musste ihn also gekannt haben. Aber wieso eigentlich? Unzählige Gedanken schwirrten in ihrem Kopf umher, und erst als sie auf der Küstenstraße nach Brissago an einer Bushaltestelle Giulia entdeckte, kam sie davon los. Sie bremste ab. Es sah ganz so aus, als hätte Giulia Ärger. Sie wurde von drei Mädchen geschubst und angebrüllt. Ob Fee sich einmischen sollte?

Zwei Mädchen hielten Giulia nun fest, ein weiteres verpasste ihr eine Ohrfeige und zerrte an ihren Haaren. Okay, das reichte. Sie musste einschreiten.

Kapitel 27

Brissago, Oktober 1943

Alice

Gianni war nun schon zwei Monate in Lilly Volkarts Heim. Anfangs zeigte er sich sehr misstrauisch und verängstigt, litt unter fürchterlichen Albträumen, was allerdings nichts Besonderes war. Im Gegensatz zu den anderen Kindern, die sich mit der Zeit öffneten, wurde Gianni hingegen immer verschlossener. Und dann, von einem Tag auf den anderen, veränderte sich sein Verhalten: Er wurde aggressiv. Alice versuchte, sich besonders gut um ihn zu kümmern, und hatte dabei das Versprechen im Hinterkopf, das sie Raffaele damals gegeben hatte. Raffaele. Er fehlte ihr. Sie schloss die Augen und dachte an den Kuss, welcher Glück, aber auch eine schmerzliche Sehnsucht in ihr ausgelöst hatte. Wenn sie Raffaele doch nur wiedersehen könnte ... Sie machte sich Sorgen um ihn, weil sich die Lage in Norditalien seit der bedingungslosen Kapitulation des faschistischen Italiens am dritten September massiv verschärft hatte. Die deutschen Truppen besetzten Norditalien nun endgültig. Teile der italienischen Armee gingen in den Widerstand und wurden zu Partisanen.

Ein Schrei riss Alice aus ihren Gedanken. Die Kinder hatten eben noch friedlich im Garten gespielt, aber nun rauften sich

Gianni und Luigi am Boden. Alice zog die beiden mithilfe von Henriette auseinander. Luigis Ellbogen war aufgeschürft, und er weinte laut. »Es war Gianni!«, rief er. »Er hat mich geschubst!«

Alice versuchte, ihn zu beruhigen, während Henriette sich Gianni vorknöpfte. »Gianni! Was ist nur los mit dir?« Sie schüttelte ihn an den Schultern. Er funkelte sie an, dann trat er gegen ihr Schienbein und rannte Richtung Wäldchen. Henriette kniete nieder, rieb sich über das Bein. »Dieser verflixte Bengel!«

Alice, die mit einem Taschentuch Luigis Schürfung säuberte, sah zu ihr. »Er hat Schlimmes erlebt, er braucht Zeit.«

Henriette schnaubte. »Schlimmes erlebt! Alle hier haben Schlimmes erlebt!« Sie zeigte auf die Kinder.

»Aber er ist noch neu.« Alice konnte manchmal kaum fassen, wie wenig Verständnis Henriette für die Kinder aufbrachte. Es kam oft zu Diskussionen zwischen ihnen wegen Henriettes Ansicht, man dürfe die Kinder nicht zu sehr verwöhnen und müsse auch mal härter durchgreifen. In solchen Momenten erinnerte sie Alice ein wenig an die vom Schweizer Hilfswerk für Emigrantenkinder beauftragte Kontrollperson, die von Lilly Volkart eine straffere Disziplin verlangte und von *preußischer Ordnung* sprach. Alice jedoch war genau wie Lilly der Ansicht, dass man mit Liebe und Geduld mehr erreichen konnte als mit strengen Erziehungsmaßnahmen. Sie legte eine Hand auf Henriettes Schulter. »Ich gehe mal nach ihm schauen.«

Im Wäldchen rannten ein paar Kinder umher, und Alice entdeckte Jeanne hinter einem Farn. »Jeanne, hast du Gianni gesehen?«

»Ja, der ist weggerannt. In diese Richtung. Bestimmt will er in die *Casa Gentile*.«

Das vermutete Alice auch, weil Gianni dort untergebracht war. Sie verließ das Wäldchen, und etwa auf halber Strecke entdeckte sie ihn. Er stand mit dem Rücken an einen Kastanienbaum gelehnt, die Augen voller Angst, vor sich Gauleiter Waldemar Tremmel mit seinem Dobermann. Der Hund knurrte und war nur ungefähr dreißig Zentimeter von Gianni entfernt. Tremmel hielt den Hund zwar an der Leine, man konnte ihm aber ansehen, welches Vergnügen ihm sein Spielchen bereitete. Alice rannte die letzten Meter auf die beiden zu. Von allen Nazis, mit denen sich Lilly Volkart in Ascona bisher angelegt hatte, war Waldemar Tremmel, der Ortsgruppenleiter der NSDAP, der schlimmste. Er verabscheute »das Gesindel« aus Lillys Heim, wie er es nannte, und jüngst war es zu ein paar Vorfällen gekommen. So spie Waldemar Tremmel stets auf den Boden, sobald er Lilly und die Kinder im Dorf erblickte, nannte sie Saujuden. Ein paar ältere Volkart-Knaben hatten ihn deshalb angegriffen, was eine Anzeige bei der Polizei und eine Ermahnung Lillys zur Folge hatte. Man dürfe dem *Gauleiter*, wie er genannt wurde, nicht zu nahe treten, weil er unter diplomatischem Schutz stehe, so die Polizei. Um noch mehr Ärger zu vermeiden, hatte Lilly den Kindern verboten, allein ins Dorf zu gehen. Nur wohnte Tremmel gleich hinter der *Casa Ciedro* und hielt sich oft mit seinem Hund in der Gegend auf. Begegnungen waren unvermeidlich.

Alice konnte Tremmel nicht ausstehen. Leider hatte Maurizio wegen der Bank mit ihm und anderen Nazis zu tun, und Tremmel war sogar schon Gast bei ihnen in der Villa gewesen. Er hatte keinen Hehl daraus gemacht, wie sehr er Alices Einsatz im Heim verabscheute. Maurizio hatte sich später nur durch Henriettes Mann davon abbringen lassen, Alice die Arbeit im Heim ganz zu verbieten.

»Halt!«, rief Alice, die keuchend vor Tremmel und Gianni ankam, doch Tremmel machte keine Anstalten, den Hund wegzuziehen. »Nehmen Sie sofort den Hund weg! Sehen Sie nicht, dass das Kind Angst hat?«

Tremmel, ein großer, schlanker Mann mit kurzem grauem Haar, musterte sie mit seinen Eisaugen.

»Aha, die Signora Ferrazzini.« Er riss den Hund etwas zurück, und so konnte sich Alice schützend vor Gianni stellen.

»Ist das einer von Ihren Drecksjuden, hm? Wissen Sie etwa nicht, dass die Kinder nicht hier herumschleichen dürfen?«

»Gianni ist nicht herumgeschlichen. Er wollte nur in seine Unterkunft zurück.«

»Ich verlange, dass die Kinder auch dort bleiben. Diesen Judenpöbel will ich nicht in meinem Ascona haben, verstanden?«

Sein Ascona! Alice schaute ihn verächtlich an. Jetzt verhielten sich diese Nazis auch noch so, als ob ihnen die Schweiz gehöre. Ungeheuerlich. Sie antwortete nicht, griff stattdessen nach Giannis Hand und ging. Der Hund bellte, und Gianni drückte ihre Hand fest.

»Grüßen Sie Ihren Mann von mir«, rief Tremmel ihr mit spöttischem Unterton nach.

• • •

Alice bemühte sich nach dem Vorfall noch mehr, den Kindern einzutrichtern, dass sie sich zwingend von Tremmel fernhalten mussten. Auch mit Lilly sprach sie darüber, die sich über Tremmel aufregte, ihr aber sagte, dass man leider nichts gegen ihn unternehmen könne.

Ein paar Tage später hatte Maurizio Gäste in der Villa, darunter auch Tremmel und seine Gattin. Tremmel konnte es nicht lassen, Maurizio brühwarm von seiner Begegnung mit Alice zu erzählen, und zog die Angelegenheit ins Lächerliche, nannte Alice eine *kleine Judenbeschützerin*.

Maurizio war zutiefst beschämt und warf Alice den ganzen Abend über finstere Blicke zu. Irgendwann flüchtete sie in den Garten. Es war kühl, unter der Magnolie lag Laub, obwohl Geraldo erst heute Morgen gerecht hatte. Die kahlen Äste der Magnolie sahen aus wie knochige Finger, die hoch in den dunklen Himmel griffen. Alice sehnte sich schon jetzt nach dem Frühling. Sie stand am Ufer und sog die frische Luft tief ein, als sie plötzlich Geräusche aus dem Bootshaus vernahm, die wie ein Flüstern klangen.

Alice griff nach der Laterne und näherte sich der Tür, trat herein. Sie erschrak. Vor ihr stand Raffaele, völlig durchnässt, und war dabei, den Strick des Ruderboots vom Holzmast zu lösen. Im Boot selbst saßen zwei junge Leute, eine Frau und ein Mann, beide schauten entsetzt zu Alice. Alice wusste sofort, dass es sich um Flüchtlinge handeln musste. Viele versuchten derzeit, über die Grenze zu gelangen, und wurden zurückgewiesen. Diejenigen, die es trotzdem schafften, wurden oft später aufgegriffen und wieder zurückgeschickt. *Das Boot ist voll*, so die Worte der Schweizer Regierung.

»Alice!« Raffaele hielt den Strick des Bootes verkrampft fest. »Du wohnst hier?«

»Ja. Was tut ihr hier?«, fragte sie und schalt sich im selben Moment für die Frage. Es war offensichtlich, was sie hier taten. »Das sind Flüchtlinge, oder?«

»Ja.« Er trat auf sie zu, hielt den Strick noch immer fest. »Sie waren mit einem Fluchthelfer unterwegs, doch kurz nach der Grenze hat man ihn erwischt. Sie versteckten sich in einer Hütte. Ich habe sie gefunden und entschieden, mit ihnen runter ins Dorf zu kommen. Oben wimmelt es momentan von Deutschen. Im

Dort ist aber die Polizei unterwegs, deshalb haben wir den Seeweg genommen. Wir sind geschwommen, nur … « Er zeigte zu dem jungen Mann, der vor sich hin hustete. »Er ist sehr schwach und stark erkältet. Er braucht einen Arzt.«

»Und nun wollt ihr mit dem Boot weiter.«

»Ja, nach Ascona. Einer meiner Kumpane hat gesagt, dass ich bei Doktor Bianci Hilfe bekomme. Ich werde das Boot wieder zurückbringen, versprochen.«

»Mach dir um das Boot keine Sorgen.«

Der Mann hustete wieder, und die Frau sah erwartungsvoll zu Alice. »Oder können wir hierbleiben?«

»Das geht leider nicht. Mein Mann würde es nie zulassen. Er ist mit Nazis befreundet … Momentan sind sogar welche im Haus.«

Die beiden Flüchtlinge schauten sich erschrocken an, und Raffaele blickte düster zu Alice. »Wir müssen schnell weg. Wenn sie uns entdecken, werden sie uns sofort der Polizei ausliefern.«

»Aber Ascona ist zu weit. Geh besser nach Ronco, dann zu Doktor Brambilla. Er wird euch helfen. Sein Grundstück liegt direkt am Ufer, du wirst es an dem grünen Bootshaus erkennen.«

Er nickte. »Ich werde das Boot heute Nacht zurückbringen.« Er zögerte kurz, trat dann einen Schritt auf Alice zu und reichte ihr die Hand. Sie spürte, dass er sie gerne küssen würde, sich wegen der Zuschauer aber nicht traute. Immerhin hatte sie gerade ihren Mann erwähnt, der zudem jederzeit auftauchen könnte. »Gute Nacht«, sagte er und warf ihr einen zärtlichen Blick zu.

Als Alice das Bootshaus verließ, blieb sie noch kurz vor der Magnolie stehen und sah dem Ruderboot nach, bis es in der Dunkelheit verschwand.

Kapitel 28

Brissago, März 2019

Fee

Fee fuhr rechts ran. »Hey, Giulia!«, rief sie und stieg aus. »Brauchst du Hilfe?«

Das Mädchen, das Giulia geschlagen hatte, eine große, kräftige Wasserstoff-Blondine mit zugekleistertem Gesicht, sah Fee abschätzig an. *»Cosa te ne importa!«*

Ein altes Ehepaar ging vorbei, blickte kurz hin, nur um schnell wieder wegzuschauen und die Schritte zu beschleunigen.

Fee zog ihr Handy aus der Tasche. »Ich rufe die Polizei.«

Die beiden anderen Mädchen, die Giulia eben noch festgehalten hatten, ließen ruckartig von ihr ab, ihre eben noch blasierten Mienen waren nun ganz baff.

»Nessuna polizia!«, rief eine dünne Brünette und strich sich eine fettige Haarsträhne aus der pickeligen Wange. Sie sprach auf die Blondine ein, woraufhin auch diese Giulia losließ und sie – italienische Flüche ausstoßend – geradezu in Fees Arme schubste. Dann spuckte sie auf den Boden und zog mit ihren Freundinnen weiter.

Nun hatte Fee endlich Zeit, Giulia genauer anzusehen, die mit ihren zerwühlten Haaren und der verschmierten Wimperntusche einen tragischen Anblick bot.

»Was ist passiert? Warum hat dich dieses Mädchen geschlagen?«

Giulia antwortete nicht und starrte finster auf ihre weißen Sneakers.

»Na gut, steig in den Wagen. Ich fahre dich nach Hause.«

»Kann auch zu Fuß gehen. Ist nicht mehr weit.«

Fee zeigte zu den Mädchen hinüber, die ungefähr hundert Meter weiter vorne standen und sie beobachteten wie Füchse ein Hühnergehege. »Sobald ich weg bin, kommen sie wieder. Aber okay, wenn du lieber zusammengeschlagen werden willst, als –«

»Ja, ja, schon gut.« Giulia öffnete die Wagentür und setzte sich hinein.

Die Fahrt verlief schweigend, wobei es sich ohnehin nur um ein paar Minuten handelte. Giulia rieb sich mit einem Taschentuch die verschmierte Schminke weg und band sich das Haar zusammen. Fee entschied sich, nicht erneut wegen des Streits zu fragen, Giulia würde ihr sowieso nichts sagen. Nachdem sie ausgestiegen waren und Giulia wortlos zum Tor ging, folgte Fee ihr und sagte, dass sie noch kurz mit ihrem Onkel sprechen wolle.

»*Perché*? Willst du etwa petzen?«

»Nein, stell dir vor, es geht nicht um dich. Ich will kurz fragen, ob ich mich noch mal mit deinem Urgroßvater unterhalten kann.«

Giulia verdrehte die Augen und öffnete das Tor.

Kurz darauf erklärte Fee Nando im Flur, dass sie Giulia unterwegs gesehen und ihr eine Mitfahrgelegenheit angeboten habe, was ja auch stimmte. Giulia warf ihre Jacke auf den Boden und rannte die Treppe hoch. »Giulia!«, rief Nando ihr nach, und ein paar schnelle Worte auf Italienisch folgten; vermutlich, dass sie die Jacke richtig aufhängen solle. Irgendetwas mit *mangiare* sagte er auch noch, woraufhin von Giulia prompt ein *»Nessuna fame«* zurückkam. Dann schlug auch schon die Zimmertür mit einem lauten Knall zu; so, wie es nur ein Teenager schaffen konnte. Fluchend griff Nando nach der Jacke und warf sie die Stufen herauf. Sein rebellisches Grinsen verriet, wie sehr er das gerade gebraucht hatte. Fee überlegte, ob sie ihm nicht doch von Giulias Ärger mit den Mädchen erzählen sollte. Sie wäre zwar eine Petze, aber es ging um Giulias Wohlergehen. So berichtete sie ihm alles, woraufhin er erblasste und sich besorgt über das Gesicht fuhr. »Ich schaue mal nach ihr ... Setz dich doch ins Wohnzimmer.«

»Äh, ich ...« Sie wollte ihm gerade erklären, weshalb sie eigentlich hier war, doch er rannte bereits die Treppe hoch. Also betrat sie das Wohnzimmer mit der offenen Küche, auf deren Herd zwei Töpfe vor sich hin köchelten. Tomatensoße und Penne, bemerkte Fee und beschloss, ein Auge darauf zu haben. Im großen Flachbildfernseher an der Wand lief ein Fußballspiel, auf dem Salontisch standen eine Flasche Rotwein und ein halb volles Glas. Eine lange Fensterfront gewährte Ausblick auf den See, der in der Dämmerung genau wie der Himmel leicht rotgolden schimmerte. Es war warm, Fee zog ihre Strickjacke aus und legte sie auf einen Stuhl.

Als Nando nach einer Weile zurückkehrte, schaltete er den Herd aus und starrte betrübt auf die Pfannen. Fee entnahm seinem Gesichtsausdruck, dass sein Gespräch mit Giulia nicht zufriedenstellend verlaufen war.

»Keine Chance«, sagte er auch schon. »Sie will nicht darüber reden.«

»Tut mir leid.«

»Hab's schon geahnt. Es war nicht das erste Mal, dass sie Ärger hatte mit diesen Mädchen. Ich habe gerade die Eltern der Anführerin angerufen, und sie werden mit ihrer Tochter reden.« Er hob die Schultern. »Ist manchmal nicht leicht, das alles ... Danke, dass du es mir gesagt hast.«

»Schon gut. Sie hasst mich jetzt zwar bestimmt ...«

Er zwinkerte. »Willkommen im Klub ... Sag, hast du Hunger? Oder wartet Aurelia auf dich?«

»Nein, das tut sie nicht. Ich habe ihr gesagt, dass ich heute später zurückkomme. Sie und Pippa essen ja immer schon um halb sechs. Und ja, ich habe Hunger.«

Sie waren nur zu zweit, weil Tommaso bereits schlief. Nandos Pasta schmeckte ausgezeichnet, sodass sich Fee gleich zwei Portionen nahm. Dazu gab es Salat und Rotwein. Der Fernseher war inzwischen aus, dafür liefen die Stones.

Fee erzählte Nando von ihrer Begegnung mit Brigida und von Gianni. Sie fragte ihn, ob sie sich noch mal mit Tommaso unterhalten dürfe.

»Ja, sicher. Ich werde ihn morgen fragen.« Er wirkte nachdenklich. »Alice hat Brigida also tatsächlich aus dem Fluss gerettet, wow!«

»Sie war zum richtigen Zeitpunkt am richtigen Ort.«

»Brigida hatte wirklich Glück. Und Alice auch. Sie hat ihr eigenes Leben riskiert.«

Fee sah ihn schweigend an, wartete, ob noch etwas kommen würde, aber er blieb stumm. *She's a Rainbow* von den Stones erfüllte den Raum.

Nando betrachtete sie eindringlich. »Darf ich dich etwas Persönliches fragen?«

»Nur zu.«

»Warum trägst du keinen Verlobungsring? Oder macht man das heutzutage nicht mehr?«

Fee blickte auf ihre Finger. »Ich habe eigentlich einen Ring ... Es ist nur so, dass ... nun ... mein Verlobter und ich haben eine

Auszeit genommen.« Sie strich sich die Haare aus dem Gesicht. »Besser gesagt, ich wollte die Auszeit. Es ist sehr viel passiert in letzter Zeit. Der unerwartete Tod meiner Großmutter, dann hat mich meine Vergangenheit eingeholt, und ... es war mir einfach alles zu viel. In dieser Krise fühlte ich mich genau von der Person im Stich gelassen, die ich in ein paar Monaten heiraten sollte. Ich war schon zuvor unsicher, aber sein Verhalten gab mir sehr zu denken. Tut es immer noch. Deshalb brauche ich Zeit für mich. Um mir Klarheit zu verschaffen.«

»Das kann ich verstehen. Allerdings solltest du dich deinen Problemen stellen. Stattdessen bist du hierher geflüchtet und lenkst dich mit den Nachforschungen ab.«

Fee lachte unsicher. »Ich bin nicht geflüchtet. Ich muss das mit dem Haus regeln. Und ich lenke mich nicht ab. Alice interessiert mich nun mal.«

»Das mit dem Haus hättest du rein theoretisch auch von zu Hause aus regeln können. Die Sache einem Anwalt übergeben.«

»Nein, eben nicht. Meine Großmutter wollte ja auch selbst hierherkommen. Ich schließe das für sie ab.«

Er musterte sie wieder mit diesem Blick, als wollte er sich jedes Detail in ihrem Gesicht genau einprägen. Fee sah weg. »Ich sollte allmählich gehen, es ist schon spät.«

Er schaute auf die Uhr und schmunzelte. »Ja, halb neun. Das ist wirklich spät.«

»Es war ein langer Tag. Vielen Dank noch mal für das Essen!«

»Jederzeit wieder.«

Nachdem sie sich verabschiedet hatten, ging Fee gefrustet die Treppe hoch. Sie konnte nicht leugnen, dass sie gerne noch geblieben wäre, weil sie sich in Nandos Gegenwart sehr wohlfühlte. Sie mochte seine Ehrlichkeit, wenn sie sich vorhin auch etwas in die Enge getrieben gefühlt hatte. Sie war doch nicht vor ihren

Problemen geflüchtet! Oder doch? Als sie oben ankam und das Tor hinter sich schloss, hörte sie plötzlich ein klägliches Miauen und bemerkte, dass sich ein rotes Fellbüschel über die Straße schleppte. Im Licht der Straßenlaterne erkannte sie Don Camillo, den dicken rothaarigen Kater von Pippa. Er musste verletzt sein, denn er hinkte und kam nur langsam voran. Und dann hörte Fee auch schon ein heranfahrendes Auto. Ohne zu zögern, rannte sie auf die Straße und stellte sich vor Don Camillo, machte in der Luft ein Stoppzeichen. Dann hob sie den dicken Kater hoch, was nicht nur wegen seines Gewichts schwierig war, sondern auch, weil er heftig mit den Pfoten um sich schlug. Der Fahrer des Wagens hupte, kurz darauf ging die Scheibe herunter, ein Mann fluchte auf Italienisch und hupte erneut.

»Das ist eine verletzte Katze!«, rief Fee. Nun hatte sie Don Camillo endlich auf den Armen und verließ die Straße. Der Motor des Autos heulte auf, das Auto raste davon.

»Volldepp!« rief Fee ihm nach.

»Hey, Felicia!«

Nando kam ihr entgegen, er hatte ihre Strickjacke in der Hand, die sie vergessen hatte. »Was ist passiert?«

»Don Camillo ist verletzt und wäre beinahe überfahren worden. Kannst du meine Jacke auf den Boden legen?«

Er tat es, Fee kniete nieder und legte Don Camillo auf die Strickjacke, versuchte, die Wunde am Hinterbein anzusehen. Fauchend fuhr Don Camillo die Krallen aus und wollte beißen, aber es gelang Fee schließlich mit Nandos Hilfe.

»Ich bin kein Tierarzt, aber ich glaube, die Wunde ist nicht allzu tief. Nur wissen wir nicht, was ihm zugestoßen ist. Vielleicht wurde er angefahren und hat innere Verletzungen. Erst vor einem halben Jahr ist eine von Pippas Katzen angefahren worden und musste eingeschläfert werden.« Er zog sein Handy hervor. »Der nächste Tierarzt ist in Ascona. Ich werde versuchen, ihn zu erreichen. Letztes Mal hat mein Vater Pippa hingefahren.«

»Ich muss Pippa informieren.«

»Geh nur. Ich schaue auf Don Camillo.«

»Danke!«

• • •

Pippa war nirgends im Haus anzutreffen, auch nicht in ihrem Schlafzimmer, welches Fee nach mehrmaligem Anklopfen und Rufen betreten hatte. Irgendwann erschien immerhin Aurelia, in einem bodenlangen dunkelblauen Nachthemd, das Haar in altmodische Lockenwickler gedreht. Fee schilderte ihr kurz, was passiert war, und Aurelia versprach aufgeregt, Pippa zu holen. Sie sei im Garten unten, da sie momentan nicht gut schlafen könne.

Als Fee wieder bei den Parkplätzen erschien, neigte Nando sich über Don Camillo und streichelte ihn. Der Kater miaute herzzerreißend. »Wir können gleich vorbeikommen. Pippas Tierarzt ist nicht da, aber seine Kollegin, die Notfalldienst hat. Hast du Pippa gefunden?«

»Aurelia holt sie. Sie ist im Garten.« Sie streichelte Don Camillos Köpfchen. »Wird er durchkommen?«

»Ich weiß es nicht. Er wäre nicht die erste Katze, die an dieser Straße stirbt. Pippa lässt ihnen die Freiheit, aber das bedeutet auch Gefahr.«

In diesem Moment erschien Pippa in einem weißen Nachthemd und einer alten hellbraunen Strickjacke. Das sonst straff frisierte Haar stand ihr wirr vom Kopf ab.

»Don Camillo! *Oh no!*« Schluchzend beugte sie sich über den Kater.

Nachdem sie Pippa hatten beruhigen können, stiegen sie ins

Auto, Pippa auf dem Rücksitz mit Don Camillo auf dem Schoß. Sie weinte während der ganzen Fahrt.

• • •

Fee und Nando warteten, während sich Pippa mit der Tierärztin unterhielt. Don Camillo hatte bereits eine Beruhigungsspritze bekommen und wurde geröntgt. Die Tür ging auf, und Pippa erschien, bleich wie ein Gespenst, aber Erleichterung sprach aus ihren Augen. Fee und Nando standen sofort auf.

»Er hatte Glück«, sagte Pippa auf Deutsch. »Die Verletzung stammt offenbar von einem anderen Tier. Er wurde nicht angefahren, alles ist in Ordnung mit ihm.« Nun sah sie zu Fee. »Wer weiß, was passiert wäre, wenn Sie ihn nicht von der Straße geholt hätten. Vielleicht hätte ihn das gleiche Schicksal ereilt wie seinen Bruder Peppone. Der hatte auch eine Verletzung am Bein, aber dazu auch noch ein zertrümmertes Becken. Die Knochensplitter stachen in seine Organe, er hatte schon innere Verletzungen. Ich musste ihn einschläfern lassen.« Eine Träne rann ihr über die Wange, doch sie wischte sie hastig weg. »Er war ein guter Kater.« Nando legte einen Arm um sie, eine Geste, die sich Fee nicht traute.

»Das tut mir sehr leid, Pippa«, sagte er. »Aber wenigstens geht es Don Camillo nun gut.«

Der Hauch eines Lächelns huschte über ihr Gesicht. Fee war erstaunt, weil sie Pippa bisher noch nie hatte lächeln sehen.

»Danke«, sagte Pippa nun auch noch in Fees Richtung.

»Schon gut. Ich bin froh, dass es ihm gut geht.«

Das war sie wirklich. Und gleichzeitig hoffte sie auch, dass sich die Beziehung zwischen ihr und Pippa etwas verbessern würde.

Kapitel 29

Brissago, März 1944

Alice

Alice hielt ihre Teetasse mit beiden Händen und beobachtete, wie Maurizio mit Violetta spielte. Die Kleine hatte von der heißen Schokolade und dem Marmeladenbrötchen einen ganz verschmierten Mund und lachte laut auf, weil Maurizio sich aus seiner Serviette einen Hut gebastelt hatte und Grimassen wie ein Clown schnitt. Auch Matteo fand es lustig und schlug vor Lachen mit der Faust auf den Tisch. Das spornte Maurizio nur noch mehr an. Sie waren die einzigen drei, die an diesem Freitagmorgen guter Laune waren. Pippa saß mit missmutigem Gesicht und verschränkten Armen da und starrte auf Violetta. Lucilla klagte über ihre Migräne, und auch Aurelia, die sich um den Service kümmerte, wirkte bedrückt. Filomena war gereizt, weil die Zeitung heute Morgen nicht gekommen war und sie extra eine für Maurizio kaufen musste. Geraldo lag mit einer Erkältung im Bett, und Franca war von Lucilla dazu verdonnert worden, die Kinderzimmer aufzuräumen.

Alice fühlte sich von der schlechten Stimmung niedergedrückt, was vielleicht auch an Maurizios Verhalten während der vergangenen Nächte lag. Wegen des Kriegsverlaufs in Norditalien war er länger nicht mehr in Mailand gewesen und vermehrt zu Hause. Von ihrem Körper schien er nie genug zu bekommen.

Filomena betrat den Raum und übergab Maurizio die Zeitung. Er wollte sie soeben zur Seite schieben, als ihm eine Schlagzeile ins Auge stach. Er begann zu lesen. Schließlich sah er auf und fixierte Alice, warf ihr voller Genugtuung die Zeitung zu. »Hier hast du den Beweis für Carminas Schuld.«

Verwirrt starrte Alice ihn an. Sie hatte in der Angelegenheit nichts mehr unternommen, wie auch? Sie betrachtete die Zeitung und zuckte zusammen. Tonia war verhaftet worden! Rasch las sie den Artikel durch und erfuhr, dass in Lugano ein Mann festgenommen worden war, der an einem Überfall auf eine Villa in Bellinzona 1936 beteiligt gewesen war. Der Juwelier hatte ein Collier wiedererkannt, welches er für die Besitzerin vor Jahren angefertigt hatte und das der Dieb nun verkaufen wollte. Der Juwelier meldete es der Polizei, und der Dieb, Diego P., wurde verhaftet. In seiner Wohnung fand man noch weiteres Diebesgut von jenem Überfall. Als Komplizen gab Diego P. den Drahtzieher Toni M. an und auch eine junge Frau, Tonia B. Letztere sei nicht an der Beute beteiligt worden, weil wegen ihr fast alles aufgeflogen wäre. Um ihr Angst einzuflößen, hatte Toni M. ihr die Wange verbrannt und gedroht, sie würden ihr und ihrer Mutter noch viel Schlimmeres zufügen, sollte sie die Polizei einschalten.

Alice ließ die Zeitung senken. »Was hat das mit Carmina zu tun?«

»Das Datum. Der 25. März 1936. In jener Nacht wurde Undine getötet.«

Alice schluckte. Tonias Alibi war also tatsächlich falsch. Sie war nicht bei der Mutter gewesen, sondern stattdessen an einem Überfall beteiligt. Davon hatte sie der Polizei natürlich nichts sagen können.

»Na gut, dann war es Tonia eben nicht. Aber das bedeutet noch lange nicht, dass Carmina deshalb schuldig ist.«

»Carmina war eine Hexe!«, rief Pippa plötzlich. »Sie hat Mama getötet!«

»Exe, exe«, zwitscherte Violetta, und Matteo schnitt eine gruselige Grimasse. Maurizio warf Alice einen überheblichen Blick zu, ehe er sich wieder den Kindern widmete.

• • •

Alice schätzte es heute umso mehr, ins Flüchtlingsheim gehen zu können und die triste Atmosphäre in der Villa hinter sich zu lassen. Die Ablenkung gelang ihr gut, es gab viel zu waschen, zu bügeln und zu kochen. Mit Lilly zusammen ging sie die Lebensmittel durch, später half sie Alma bei der Suche nach ihrer Puppe. Mit Jeanne musste sie zum Arzt, da sich auf deren Rücken ein Furunkel gebildet hatte, vermutlich ein Zeichen des Vitaminmangels. So fiel Alice erst beim Abendessen auf – als Lilly Volkart die Kinder zählte –, dass Gianni nicht da war. Sie suchten überall nach ihm: im Haus, in den Nebengebäuden, im Garten und im Wäldchen, allerdings vergeblich. Alice und Lilly führten die Suche im Dorf fort, wobei Lilly mit dem oberen Teil begann und Alice gleich zum See hinunterging. Es dämmerte bereits, als sie sich der Promenade näherte, an der keine Menschenseele anzutreffen war. Schon bald jedoch hörte sie Schreie und Gelächter, erkannte in der Mitte der Promenade eine kleine Traube von Menschen vor einem Restaurant. Mit ungutem Gefühl rannte sie auf die Menge zu und blieb bestürzt stehen. Wie ein Riese stand Waldemar Tremmel vor einem Tisch, auf dem bäuchlings Gianni mit heruntergelassenen Hosen lag. Mit einem Stock schlug Tremmel ununterbrochen auf ihn ein. Alice schob einen Mann zur Seite, sprang auf Tremmel zu und griff nach dessen Stock.

»Hören Sie sofort auf!«, schrie sie. »Warum schlagen Sie ihn?«

Tremmels Augen waren von einem dunklen Feuer erfüllt. »Er hat sich in Albertos Vorratskammer den Bauch vollgeschlagen.« Er wies zu dem beleibten Wirt, der eifrig nickte. Alice fragte sich, wie dieser in den momentan so kargen Zeiten noch immer einen so dicken Bauch haben konnte. Sie blickte wieder zu Tremmel und legte schützend einen Arm um Gianni, der inzwischen aufgestanden war und sich dicht an sie drängte, das Gesicht vor Schmerz verzogen, den Körper gekrümmt.

»Das ist noch lange kein Grund, ihn zu schlagen.«

»Er ist ein dreckiger Jude!« Tremmels Gesicht war dunkelrot wie eine überreife Tomate. »Und er hat im Dorf nichts verloren, schon gar nicht in Albertos Vorratskammer. Lilly Volkart weiß genau, dass sie ihre Drecksjuden im Haus halten muss. Sie hat gegen die Regeln verstoßen, und ich werde dafür sorgen, dass dieses Heim endlich schließen muss.«

»Wir sind hier in der Schweiz, Herr Tremmel, und nicht in Deutschland. Dies ist neutraler Boden, und Gianni darf hier sein. Was er heute gemacht hat, war nicht in Ordnung, und er wird seine Strafe von Lilly bekommen. Aber Sie haben nicht das Recht, ihn zu schlagen.«

»Der Bengel muss sofort des Landes verwiesen werden!«

»Nein!« Sie wandte sich an den Wirt. »Ich werde für sämtliche Kosten aufkommen.«

»Oh, das ist nicht so einfach«, sagte er und fuhr sich über den dünnen Schnurrbart. »Sie wissen ja selbst, wie rar die Nahrungsmittel momentan sind. Mit Geld nicht zu ersetzen.«

Alice zog die Brauen zusammen und unterdrückte eine Bemerkung. *Oh ja, man sieht Ihnen an, wie rar die Nahrungsmittel momentan sind!*

»Keine Sorge. Mein Mann wird sich mit Ihnen in Verbindung setzen und das regeln. Sie kennen ihn doch. Maurizio Ferrazzini von der *Banca Ferrazzini*. Er ist ein guter Kunde und führt viele Geschäftsessen und die jährliche Weihnachtsfeier der Bank bei Ihnen durch.« Sie hielt inne und schnalzte mit der Zunge. »Vielleicht auch dieses Jahr.«

Der Wirt setzte ein falsches Lächeln auf. »Wir finden bestimmt eine Lösung, Signora Ferrazzini.«

»Gut.« Sie griff fest nach Giannis Hand. »Komm, Gianni, wir gehen.«

»Das wird Ihnen noch leidtun!«, rief Tremmel, und die Schärfe in seiner Stimme fuhr Alice unter die Haut.

• • •

Zwei Tage später grübelte Alice noch immer über den Vorfall nach. Sie hatte mit Lilly gesprochen, und sie beide befürchteten, dass Tremmel sich bei den Behörden über Gianni beschweren könnte. Wenn man bemerkte, dass Gianni illegal in der Schweiz war, könnte man ihn ausweisen. Immer wieder kam es zu solchen Fällen. Erst kürzlich hatte Lilly erneut die Kantonale Fremdenpolizei in Bellinzona aufsuchen müssen, um gegen die Ausweisung eines Kindes zu protestieren.

Etwas Ablenkung fand Alice an ihrem freien Tag im Garten. Der Frühling war endlich eingekehrt, die Magnolien leuchteten in voller Kraft und erfüllten die Luft mit ihrem süßen, intensiven Duft.

Violetta und Matteo spielten auf dem Steg, während Pippa und Aurelia auf der Ufermauer saßen und redeten. Alice zeichnete und plauderte gleichzeitig mit Franca, die an einem Jäckchen für Violetta strickte. Gelegentlich erlaubte sich Alice einen Tagtraum, dachte an Raffaele. Wie es ihm wohl ging? Wo er jetzt war? Seit Oktober hatte sie ihn nicht mehr gesehen. Damals hatte sie sich bei Doktor Brambilla wegen der beiden Juden erkundigt. Er hatte gemeint, er habe den kranken Mann behandelt und würde sich dafür einsetzen, dass er mit seiner Frau in ein Flüchtlingslager konnte und nicht zurück nach Italien musste wie so viele andere Flüchtlinge. Inzwischen wusste sie, dass Doktor Brambilla die beiden hatte retten können. Alice hätte es Raffaele gerne mitgeteilt, nur wusste sie nicht, wie. Eine Nachricht zu schreiben und jemandem zu übergeben, der sich mit Schmugglern traf, war viel zu gefährlich. Ohnehin hatte sich in Brissago einiges verändert. Die Partisanenaktivität in Norditalien, insbesondere im nahe gelegenen Ossolagebiet, hatte seit dem Winter stark zugenommen und glich zeitweise einem Bürgerkrieg. Die Angst war auch in Brissago spürbar, und einige von den Gutbetuchten, die nicht schon längst in die Zentralschweiz geflüchtet waren, taten es jetzt. Zurückgeblieben waren drei Gruppen: Da waren die, die kein Geld besaßen für eine Flucht über den Gotthard oder zumindest weg von der Grenze. Dann die Helfenden, die sich um Flüchtlinge und Kranke kümmerten, wie Henriette und ihr Mann. Zuletzt gab es die hartgesottenen Einwohner wie Maurizio Ferrazzini, die ihre Grundstücke nicht verlassen wollten und fest daran glaubten, ihnen würde schon nichts passieren. Diese Einstellung wurde zumindest von dem verschärften Einsatz von Armee und Polizei unterstützt.

»Tommaso kommt nächste Woche zurück«, erklärte Franca und riss Alice aus ihren Gedanken.

»Wurde seine Truppe etwa hierher verlegt?«

»Nein, nein, das nicht. Er hat drei Tage Urlaub. Er hat mir geschrieben, dass er endlich mit seinen Eltern sprechen will. Wegen uns.«

»Oh, Franca, das freut mich. Henriette wird ganz bestimmt nichts dagegen haben, das weiß ich.«

Franca schaute düster auf ihre Strickware. »Henriette nicht, nein. Aber sein Vater ist sehr streng. Tommaso hat Angst, ihm von uns zu erzählen. Doch ich bin optimistisch. Sein Vater hat ja grundsätzlich ein großes Herz. Er setzt sich beispielsweise für die Flüchtlinge ein und spendet großzügige Beträge an Lilly Volkarts Heim, aber auch an das Frauenflüchtlingsheim hier in Brissago. Und dank ihm darfst du noch bei Lilly arbeiten.«

»Ja, das stimmt.« Alice unterließ es zu sagen, dass jemand wohltätig sein konnte, aber gleichzeitig auch an seinen Traditionen festhielt, besonders wenn es den einzigen Sohn betraf. Und Henriettes Wort zählte in dieser Hinsicht nicht, da war Riccardo genau wie Maurizio.

Franca schnupperte in der Luft. »Oh, riechst du es auch? Die Magnolien?«

»Ja, ich liebe den Duft.«

»Würden sie doch nur das ganze Jahr blühen. Früher hat Lucilla übrigens jeden Frühling ein Magnolienparfüm hergestellt. Es roch sehr intensiv. Carmina hat für das Parfüm ein Öl aus den Blütenknospen der Magnolien gewonnen, das Lucilla benutzen konnte. Das gleiche Öl, das Carmina auch für ihre Tinkturen verwendete.«

Traurigkeit erfasste Alice. Dass sie Carmina nicht hatte helfen können, frustrierte sie noch immer. Sie hatte damals, als sie von Tonias Verhaftung erfuhr, einen Brief an Carmina geschrieben und sie darüber in Kenntnis gesetzt. Seither hatte sie nichts mehr von ihr gehört. Plötzlich gelangten Francas Worte mit aller Wucht in ihr Bewusstsein. Lucilla hatte ein Parfüm hergestellt!

»Sag, wo hat Lucilla das Parfüm gemixt?«

Franca runzelte die Stirn. »In Carminas Kräuterwerkstatt.«

Alice schnappte nach Luft. Lucilla hatte sich demnach in der Werkstatt ausgekannt. Ob sie auch von dem Giftschrank gewusst hatte?

Franca stand plötzlich auf. »Hey, Kinder! Passt doch auf!«

Alice blickte rüber zum Steg. Violetta, Matteo, Aurelia und Pippa sprangen darauf herum, da verpasste Pippa Violetta einen Schubs. Sie fiel ins Wasser.

• • •

Alice beobachtete, wie Violetta tief und fest schlief. Glücklicherweise war nichts passiert heute Nachmittag. Sie hatte Violetta zusammen mit Franca sofort aus dem Wasser holen können. Der Doktor war noch kurz vorbeigekommen, hatte aber gemeint, dass alles in Ordnung sei. Größere Sorge bereitete Alice momentan Pippa. Das Mädchen war unglaublich!

Als Maurizio spätabends zurückkam, erzählte sie ihm alles. Sie hatte ihn extra ins Schlafzimmer gebeten, weil sie nicht wollte, dass sich Lucilla einmischte. Maurizio verhielt sich seit seiner Ankunft noch kühler ihr gegenüber, doch Alice war es gleichgültig. Hauptsache, er würde Pippa diesmal bestrafen. Nur tat er das Ganze als harmloses Versehen ab.

»Sie haben gespielt, da kann so was vorkommen«, sagte er und setzte sich auf die Chaiselongue.

»Nein, ich habe alles beobachtet. Sie hat Violetta absichtlich gestoßen.«

»Warum sollte sie so etwas tun?«

»Frag sie! Ich weiß es nicht. Vielleicht, weil sie eifersüchtig ist und sie loswerden wollte?«

»Ach was.«

»Pippa ist gemein und gefährlich. Du musst sie auf ein Internat schicken.«

Er stand auf. »Wie bitte? Du willst, dass ich meine Tochter auf ein Internat schicke?«

»Ja. Violetta ist sonst in Gefahr.«

Ein verdrießlicher, fast bösartiger Blick verfinsterte seine Miene. »Violetta ist hier nicht in Gefahr. Ich sage dir etwas, Alice, das Problem liegt bei dir. Du hast die Kinder nicht im Griff. Kein Wunder, wenn du immer wieder in dieses Flüchtlingsheim gehst. Aber das ist ab sofort vorbei. Du wirst hierbleiben, wo du hingehörst. Dann kannst du auch eine bessere Beziehung zu Pippa aufbauen.«

»Was? Aber ... ich ... Maurizio! Pippa akzeptiert mich nicht als ihre Mutter. Das hat sie noch nie getan und wird es auch nicht. Und die Arbeit im Heim kannst du mir nicht verbieten, ich –«

Er bewegte den Kopf so energisch hin und her, dass Alice innehielt.

»Waldemar Tremmel hat mich heute in der Bank aufgesucht und mir von dem Zwischenfall mit diesem Judendieb erzählt. Du hättest den Burschen in Schutz genommen. Schon zum zweiten Mal.«

Alice verschränkte die Arme. Aha, daher wehte der Wind. »Gianni hatte nur Hunger. Tremmel hatte kein Recht, ihn zu schlagen. Gianni steht unter Lilly Volkarts Schutz.«

Maurizio wirkte nicht so, als würde ihn das interessieren. Er warf die Hände in die Luft.

»Weißt du eigentlich, wie dumm es war, sich schon wieder mit Waldemar Tremmel anzulegen? Es kann gut sein, dass wir irgendwann noch froh sein werden, ihn als Freund zu haben.«

»Auf einen solchen Freund können wir verzichten! Er ist ein verfluchter Nazi!«

»Sprich nicht so! Wir müssen aufpassen, mit wem wir uns anlegen. Ich bemühe mich schon die ganze Zeit, die Beziehungen, die für die Bank wichtig sind, aufrechtzuerhalten. Doch du riskierst, das alles zu zerstören! Aus diesem Grund verbiete ich dir ab sofort, weiterhin im Heim zu arbeiten.«

»Das darfst du nicht!«

Er lachte auf. »Oh doch, und ob ich das darf. Ich bin dein Mann!«

»Henriette arbeitet auch dort. Riccardo toleriert es.«

Er schwieg kurz, und Alice hoffte, ihn durch die Erwähnung seines besten Freundes umstimmen zu können.

Aber er verengte die Augen zu Schlitzen. »Wir müssen an uns denken. Wenn Riccardo Henriette dort weiterhin arbeiten lässt, ist das sein Problem. Ich kann Riccardos politische Ansichten sowieso nicht nachvollziehen. Er will nichts mit den Nazis zu tun haben. Tremmel hat gemeint, ich solle mir einen anderen Advokaten suchen.« Er presste die Lippen zusammen, und Alice ahnte, dass ihm dieser Schritt schwerfiel, verband ihn mit Riccardo doch eine langjährige Freundschaft.

Er sah wieder zu Alice, griff nach ihrem Arm. »Aber zurück zu dir: Du wirst nicht mehr im Heim arbeiten! Du wirst hierbleiben und dich um die Kinder kümmern. Und solltest du dich nicht an meine Anweisung halten, dann lasse ich mich von dir scheiden. Violetta wirst du dann nie wiedersehen, das schwöre ich dir.«

Alice gefror das Blut in den Adern. Sie wusste, dass er leider recht hatte. »Wie kannst du nur so grausam sein?«

»Ich bin nicht grausam. Ich biete dir ein schönes Leben. Dafür verlange ich nur Gehorsam von dir, verstanden?«

Sie sagte nichts, und er griff nach ihrem Kinn. »Sind wir uns einig?«

Sie nickte.

»Gut. Ach, und bei Waldemar Tremmel wirst du dich entschuldigen. So, und jetzt gehe ich essen.«

Er schloss die Tür hinter sich, Alice setzte sich auf das Bett. Wie sehr sie Maurizio hasste!

Kapitel 30

Brissago, März 2019

Fee

Dass Fee Don Camillo gerettet hatte, machte aus Pippa und Fee noch lange keine Freundinnen. Immerhin grüßte Pippa sie nun, was Fee als kleinen Fortschritt betrachtete. Am Sonntag frühstückten sie sogar alle zusammen, wenn auch Aurelia als Einzige munter vor sich hin plapperte. Am Nachmittag, es regnete in Strömen, traf sich Fee noch mal mit Tommaso und sprach ihn auf Gianni an. Er erinnerte sich an ihn und sagte, Alice und auch seine Mutter hätten ab und zu von ihm gesprochen. Gianni sei ein Problemkind gewesen und hätte immer wieder für Ärger gesorgt. Seinetwegen gab es auch Stress mit einem hohen Nazi, der damals in Ascona lebte. Tommaso hatte das alles nur nebenbei mitbekommen, weil er die meiste Zeit im Militärdienst war. Sonst konnte er nichts über Gianni sagen.

Aurelia hingegen erinnerte sich nicht an Gianni, als Fee sie auf ihn ansprach. »Gianni? Nein, das sagt mir nichts.«

»Aber er war auf Geraldos Beerdigung. Er musste ihn also gekannt haben.«

»Vielleicht eine private Bekanntschaft von Geraldo.«

»Ja, vielleicht.«

Immerhin fand Fee am Montagmorgen im Stadtarchiv einiges über Lilly Volkart und die Flüchtlingskinder heraus. Die Mitarbeiterin hatte freundlicherweise für sie übersetzt. Fee wusste nun, dass Lilly später zur Ehrenbürgerin von Ascona ernannt worden war und im Alter von einundneunzig verstarb. Unter den Kindern, die in den Kriegsjahren im Heim lebten, war ein Giannino Mancino aufgeführt, und Fee vermutete, dass es sich bei ihm um Gianni handelte. Auch, weil erwähnt wurde, dass er nach dem Krieg zusammen mit einem Luigi Viscoli von Pflegeeltern im Verzascatal aufgenommen worden war. Sie erinnerte sich, dass Brigida so etwas gesagt hatte. Im Internet entdeckte Fee einen Hinweis auf Luigi Viscoli, der in Lavertezzo ein kleines *Grotto* führte.

Zurück in Brissago, traf sie an den Parkplätzen Nando, der ebenfalls gerade heimkehrte. Er sagte, er sei an Giulias Schule gewesen und habe mit dem Direktor und den Eltern der Mädchen gesprochen, die Giulia attackiert hatten. Giulia nehme es ihm sehr übel und rede nicht mehr mit ihm.

»Tut mir leid«, sagte Fee.

»Ach, ich bin das gewohnt ... Hey, wie war es im Archiv?« Sie hatte ihm gestern nach dem Gespräch mit Tommaso von ihrem Vorhaben erzählt und berichtete ihm nun davon, auch, dass sie Luigi Viscoli morgen aufsuchen wollte.

»Das Verzascatal wird dir gefallen«, sagte er und empfahl ihr ein paar Sehenswürdigkeiten. Dann machte er eine kurze Pause und sah sie an, als wollte er ihr Gesicht studieren. »Ich könnte dich begleiten, wenn du willst. Ich habe morgen erst am Nachmittag einen Termin. Wir könnten in Luigis *Grotto* etwas zu Mittag essen?«

»Ja, das wäre schön.« Fee wusste, dass es besser wäre, sie würde den Kontakt zu Nando einschränken, doch sie wollte es nicht. So redete sie sich ein, dass er nur ein Freund war. Nachdem sie sich von ihm verabschiedet und kurz darauf das Wohnzimmer der Villa betreten hatte, standen dort Pippa und Aurelia, als hätten sie nur auf sie gewartet. Pippa wedelte mit einem Dokument, sie wirkte aufgebracht.

»Hier bist du ja endlich.« Sie drückte Fee das Dokument in die Hände.

»Vier Millionen und siebenhundertfünfzigtausend!«

Fee erkannte den Schätzungsbericht und blätterte darin. Tatsächlich. Das Anwesen wurde auf fast fünf Millionen geschätzt. Mit so viel hätte sie nicht gerechnet.

»Ich kann dich nicht ausbezahlen«, sagte Pippa. »Aber das habe ich dir ja schon ganz am Anfang gesagt.«

»Wir finden bestimmt eine Lösung. Wir können uns einigen.«

»Pff! Du verstehst mich nicht: Ich kann dir nicht mehr als hunderttausend anbieten.«

Ehe Fee etwas erwidern konnte, sagte Aurelia: »Ich habe eine andere Idee. Felicia, wie wäre es, wenn du einfach nicht verkaufst und deinen Anteil behältst? Als Anlage sozusagen. Du könntest jederzeit hierherkommen. Wir verstehen uns ja inzwischen richtig gut.«

Fee nickte. Um des guten Friedens willen war sie mittlerweile sogar zu einem solchen Arrangement bereit. Und seit sie wusste, dass Pippa nicht ganz so gefühlskalt war, wie sie vorgab, empfand sie nicht mehr den gleichen Hass wie zu Beginn. Sie sah in Pippa nun eine alte Frau, die nur noch ihre Tiere und ihre ehemalige Haushälterin hatte.

»Von mir aus«, sagte sie deshalb, doch Pippa schien die Idee gar nicht zu gefallen, und sie verzerrte das Gesicht.

»Halte dich da raus, Aurelia! Ich will nicht, dass diese Person auftauchen kann, wann immer sie will. Das ist mein Haus!«

»Unser Haus«, korrigierte Fee.

»Pff!« Pippa wandte sich an Aurelia. »Es kann nicht sein, dass Alices Urenkelin hier ein und aus geht, wann immer es ihr passt.«

»Aber sie würde sich doch anmelden.« Aurelia sah nervös zu Fee. »Nicht wahr?«

Fee stieß einen lauten Seufzer aus. »Ja, sicher. Aber ich glaube, das will Pippa auch nicht.« Sie wandte sich an Pippa. »Nur musst du mir auch entgegenkommen. Du kannst froh sein, dass ich nicht vor Gericht gehe.«

»Das fehlte noch! Vor Gericht! Pff!« Pippa warf den Bericht auf den Boden und verschwand. Kurze Zeit später erklang das Piano. Rameaus *Le Rappel Des Oiseaux*.

Fee setzte sich auf die Couch und streichelte Don Camillo, der neben ihr lag. »Oh, Aurelia, was soll ich nur machen?«

»Nimm doch die hunderttausend.«

»Habe ich auch schon gedacht, ja. Aber es wäre meiner Großmutter gegenüber nicht fair. Sie hat sich immer geweigert, ihren Anteil quasi zu verschenken. Wenn ich auf Pippas Angebot eingehe, dann hat sie am Ende doch gewonnen. Weißt du, mir geht es nicht ums Geld, sondern ums Prinzip. Und um Gerechtigkeit. Pippa muss auch einen Schritt auf mich zu machen.«

»Ich versuche noch mal, mit ihr zu reden, ja?«

Fee bedankte sich, obwohl sie wusste, dass sich Pippa auch durch Aurelia nicht würde umstimmen lassen.

• • •

Als Fee am nächsten Morgen die Balkontür öffnete, wehte ihr ein warmer Wind entgegen. Die Farben waren überwältigend. Das Blau des Himmels, das Grün der Palmen, das Pink der Magnolien. Die Sonne stach auf den See herunter, der aussah wie flüssiges Gold.

Als sie sich nach dem Duschen anziehen wollte, stellte sie fest, dass sie nichts Leichtes dabeihatte, nur schwarze Hosen, graue oder dunkelblaue Blusen und Pullover. Kurzerhand entschloss sie sich, den Kleiderladen im Dorf aufzusuchen. Sie fand ein hellgraues schlichtes Kleid, doch die Verkäuferin, eine ältere Dame mit rotem Haar, rümpfte die Nase. »Das macht Sie nur noch blasser«, meinte sie und trat hinter dem Tresen hervor. Sie zeigte Fee ein paar Kleider mit bunten Blumenmustern, aber nun war es Fee, die die Nase rümpfte. »So etwas steht mir nicht.«

Sie entschied sich am Ende für ein rosafarbenes wadenlanges Baumwollkleid mit Dreiviertelärmeln, dazu trug sie ihre hellgrauen Stoffschuhe. Das Haar ließ sie offen. Als sie Nando bei den Garagen oben traf, spürte sie seinen interessierten Blick auf sich, der ihr schmeichelte.

Sie fuhren mit seinem Wagen nach Lavertezzo und machten den ersten Halt bei der Staumauer, die durch den James-Bond-Film *GoldenEye* bekannt geworden war. Anschließend ging es weiter nach Lavertezzo, wo sie lange nach einem Parkplatz suchen mussten und sich schließlich zusammen mit gefühlt tausend anderen Leuten bei der Römerbrücke wiederfanden. Luigi Viscolis *Grotto* lag auf der anderen Seite, deshalb mussten sie über die überfüllte Brücke. Sie zwängten sich an einer Frau auf Stöckelschuhen und im Minirock vorbei, die mit ihrem Selfiestick eifrig Fotos schoss.

»Das ist ja schlimm«, murmelte Fee und folgte dem lachenden Nando.

»Der Fluch der Influencer.«

Auf der anderen Seite gingen sie ein kurzes Stück, bis sie schon bald das *Grotto* erreichten, ein schmuckes *Rustico* mit Pergola, unter der bereits einige Gäste saßen. Luigi Viscoli, ein kleiner Mann mit gebräunter, stark zerfurchter Haut und freundlichen dunklen Augen, hielt sie für Touristen und wies sie zu dem letzten freien Steintisch. Sie bestellten Apfelschorle, dazu Gnocchi mit Tomatensoße für Fee und Polenta für Nando. Erst später, als Luigi etwas weniger zu tun hatte, sprach Nando ihn auf Italienisch an. Er wirkte kurz irritiert, musterte Fee dann mit zusammengekniffenen Augen, bis ihm ein Licht aufzugehen schien.

»*Tu sei la pronipote di Alice?* Sie sind Alices Urenkelin?«

»Ja.«

Er strahlte über das ganze Gesicht, und seine Züge verwandelten sich in eine Landschaft aus wundervollen kleinen Runzeln. Nachdem er sich vergewissert hatte, dass sein Angestellter den Service auch allein im Griff hatte, setzte er sich zu ihnen und begann von sich aus zu erzählen: über seine Flucht damals und wie er später von Lilly Volkart aufgenommen worden war. Fee bemerkte, dass er perfekt Deutsch sprach und eine sehr gute Aussprache hatte. Als sie ihm das sagte, lächelte er stolz und erklärte, dass er Lehrer gewesen sei. »Das verdanke ich Lilly. Sie hat mich dazu ermutigt.« Er seufzte tief. »Sie war eine wunderbare Frau, wissen Sie. Klein und zart, keine Frau der vielen Worte, aber voller Energie. Sie stammte aus Zürich, und neuen Kindern stellte sie sich immer gleich mit dem Vornamen vor und auf Schweizerdeutsch. Das verstanden natürlich viele zuerst nicht, nicht mal die Kinder aus Deutschland oder Österreich.« Er hielt kurz inne. »*Grüezi mitenand, ich bin Lilly.*« Er lachte. »Sie lehrte alle Kinder Schweizerdeutsch. Das war ihr wichtig.« Ein melancholisches Lächeln erschien auf seinem Gesicht. »Wir fühlten uns bei ihr geborgen. Man musste zwar helfen und arbeiten, durfte aber auch spielen und herumtollen. Ab und zu kam es zu Auseinandersetzungen mit Mitarbeitern, die der Meinung waren, man müsse strenger zu uns sein. Aber Lilly fand immer, es brauche einfach guten Menschenverstand und Liebe, um Kinder richtig zu erziehen. Sie hatte ein großes Herz. Einmal wurde ein Mädchen wegen ihrer Kleidung ausgelacht, da schenkte Lilly ihr ihren schönsten Rock. Sie war immer wie eine Art Ersatzmutter für uns. Dabei quälten sie viele Sorgen. Sie arbeitete bis zur Erschöpfung, führte täglich einen Kampf um Essen und Lebensmittel- und Kleidermarken. Und doch nahm sie sich die Zeit für jedes Kind und hat die einzelnen Gaben eines jeden gefördert, so gut es ging.« Er sah zu Fee. »Ihre Urgroßmutter Alice tat das auch. Ich fand immer, dass ihre Art und Weise der Erziehung Lillys am ähnlichsten war. Am Anfang brachte Alice übrigens ihre kleine Tochter mit, dann plötzlich nicht mehr. Ab dann kam sie immer seltener, und irgendwann leider gar nicht mehr.«

»Warum?«

»Lilly hat uns gesagt, dass Alice zu Hause viel zu tun habe mit den eigenen Kindern. Kurze Zeit später hörten wir, dass sie ins Gefängnis musste. Sie hatte ihren Mann erschossen. Ich war eine Zeit lang davon überzeugt, dass sie unschuldig ist.«

Fee horchte auf. »Unschuldig?«

»Ja, ich konnte es ihr einfach nicht zutrauen. Und ich wollte mir selbst nicht eingestehen, dass jemand wie Alice den eigenen Mann töten konnte. Aber es gab ja sogar Zeuginnen, hat mir Lilly gesagt. Lilly besuchte Alice oft, wir durften leider nie mit.«

Fee sprach ihn auf Gianni an und das, was sie bereits über ihn erfahren hatte. »Er ist angeblich ein Problemkind gewesen?«

Luigi fuhr sich über den Bart und blickte zwei Touristen nach, die die Treppe hinuntergingen.

»Ja, das war er. Die meisten Volkart-Kinder, so wurden wir genannt, waren ja stark traumatisiert, als sie bei Lilly ankamen, doch mit der Zeit begannen sie wieder, etwas Freude am Leben zu haben. Nicht Gianni. Er hatte viel Misstrauen und Wut in sich und ließ es an den anderen aus. Es gab oft Ärger mit ihm, auch später, als wir bei den Pflegeeltern lebten. Früher hat mich das wütend gemacht, aber ich habe eingesehen, dass Gianni ein Opfer seines Schicksals war. Immer weiter auf der Flucht, vor sich selbst und den Konflikten seines Daseins.« Er verstummte und furchte die Stirn. »Vielleicht kennen Sie das Zitat des Philosophen Herbert Spencer. ›*Der Mensch ist entweder Opfer seines Schicksals oder Meister seiner Bestimmung*‹ ... Jedem Menschen widerfahren im Leben schlimme Dinge, aber jeder kann auch selbst entscheiden, ob er Opfer bleiben will oder nicht.« Seine Augen lagen mit voller Intensität auf Fee. »Gianni gelang es nicht, das Erlebte zu verarbeiten. Er geriet als Jugendlicher oft in Schlägereien, wurde sogar mal beim Ladendiebstahl erwischt. Er wollte immer nach Italien zurück, doch Lilly und Geraldo redeten es ihm aus. Sie rieten Gianni, hier zuerst eine Lehre zu machen, was er zum Glück auch tat. Ich glaube, sie befürchteten, er würde sich in Italien der Mafia anschließen.«

»Sie erwähnten Geraldo. Das war der Hausmeister der Ferrazzinis. Er und Gianni verstanden sich anscheinend recht gut?«

»Ja. Geraldo war die einzige Person, auf die er neben Lilly gehört hat.«

»Woher kannten die beiden sich?«

»Gianni musste während seiner Zeit im Heim für kurze Zeit evakuiert werden, zusammen mit anderen Kindern. Sie waren nicht registriert, und es gab Kontrollen. Gianni kam mit vier weiteren Kindern zu den Silvestris, das waren die Nachbarn von Alice.«

Fee tauschte einen Blick mit Nando, Luigi sprach bereits weiter. »Er ist dort aber immer wieder abgehauen und hat sich auf das Grundstück der Ferrazzinis geschlichen. Er freundete sich in dieser Zeit mit Geraldo an. Auch nach dem Krieg und als wir später Pflegeeltern hatten, besuchte er Geraldo oft. Ich glaube, er sah in ihm eine Art Ersatzvater, deshalb war sein Tod schwer für ihn. Er hat mir einmal anvertraut, dass Geraldo ihm das Leben gerettet habe. Er ging aber nicht näher darauf ein. Wissen Sie, Gianni war ein recht schweigsamer Typ.«

»Nach Geraldos Beerdigung hat er Alice aufgesucht«, sagte Fee. »Wissen Sie, weshalb?«

»Nein. Wie gesagt, Gianni hat nicht viel geredet. Eines Tages hat er uns einfach gesagt, dass er nach Italien zurückkehren werde. Er hatte ja von Geraldo etwas Geld geerbt. Wir hielten ihn nicht zurück, er war inzwischen alt genug, hatte sogar seine Abschlussprüfung als Maler bestanden. Und ich muss dazu sagen, dass er in der Zeit nach Geraldos Beerdigung viel reifer und überlegter wirkte.«

»Haben Sie je wieder von ihm gehört?«

»Nein. Er hat sich leider nicht mehr gemeldet.«

»Sie wissen also nicht, was aus ihm oder aus Alice wurde?«

»Nein, tut mir leid.«

»Die beiden musste doch etwas verbunden haben? Sie reisten kurz nach Geraldos Beerdigung nach Italien.«

»Hm.« Luigi sah aus, als dächte er angestrengt darüber nach. »Etwas ist mir gerade noch eingefallen im Zusammenhang mit Giannis Wunsch, nach Italien zurückzukehren. Er betonte dabei immer wieder, dort nach ›Raffaele‹ suchen zu wollen, der ihn damals über die Grenze brachte und ihm das Leben rettete. Raffaele war wohl ein Schmuggler und Fluchthelfer. Gianni hat ja nie viel gesprochen, über diesen Raffaele aber schon. Für ihn war er ein Held. Ich war damals sogar etwas neidisch, weil Gianni zusammen mit einem richtigen Schmuggler über die Grenze kam.«

»Ein Schmuggler.« Fee sah zu Nando. »Vielleicht Alices Schmuggler?«

»Könnte sein.«

»Falls es so ist«, bemerkte Luigi, »wäre der Schmuggler das verbindende Element zwischen den beiden.«

»Wir haben also einen kleinen Anhaltspunkt. Nur, von dem Schmuggler wissen wir noch weniger als von Alice und Gianni. Und was die beiden betrifft: Wir können ja nicht ganz Italien nach ihnen absuchen.«

»Wenn Sie wissen würden, wo der Schmuggler lebte, dann könnten Sie die Suche zumindest eingrenzen. Vielleicht finden Sie etwas über ihn im alten Zollmuseum heraus? Es ist in Lugano, und die hatten dort mal eine Ausstellung über die Schmuggler. Einen Versuch ist es wert, finde ich.«

• • •

Nach dem Besuch bei Luigi spazierten sie die Verzasca entlang. Je weiter sie gingen, umso kleiner wurde der Touristenstrom, es wurde ruhiger, nur das Rauschen des Wassers war zu hören. Dann plötzlich kamen ihnen drei Esel entgegen und trotteten weiter den Pfad entlang. Fee und Nando sahen den herrenlosen Tieren, die schließlich in einen steilen Waldweg abbogen, verblüfft nach. »Wo sind die denn ausgebüxt?«, fragte Fee amüsiert. »Und wo die wohl hinwollen?«

»Es gibt in den Weilern oben einige Weiden. Sie wirken jedenfalls so, als würden sie ihr Ziel genau kennen.«

Belustigt gingen sie weiter, setzten sich irgendwann auf einen großen Stein am Fluss und beobachteten einen kleinen Wasserfall.

»Und, wirst du deine Suche fortsetzen?«, fragte Nando.

»Ich weiß es nicht. Die Chance, diesen Raffaele zu finden, ist sehr klein. Zudem ist nicht sicher, ob er auch Alices Liebhaber war. Und falls ja, bedeutet das nicht, dass ich durch ihn auch Alice finde.«

»Darf ich fragen, was du tun würdest, wenn du sie finden würdest? Sie ist vermutlich tot.«

»Ich weiß. Aber wenn nicht, dann kann ich ihr sagen, dass meine Großmutter keinen Hass mehr auf sie hatte. Und wenn sie nicht mehr lebt, dann werde ich das an ihrem Grab tun. Ich habe Alice in den letzten Tagen etwas kennengelernt und glaube, dass es ihr viel bedeutet hätte.«

Er nickte. Sie starrten beide schweigend auf den Fluss.

»Es ist wunderschön hier«, sagte Fee irgendwann. »Und ich habe das Gefühl, der Fluss schwemmt sämtliche negativen Gedanken und auch Sorgen weg.«

Da Nando nichts sagte, schaute sie ihn an. Das Funkeln, das sie an seinen Augen so mochte, war erloschen, stattdessen entdeckte sie eine tiefe Leere darin. Sein Mund war zu einer schmalen Linie gestrafft.

»Habe ich etwas Falsches gesagt?«

»Nein, nein.« Er knetete die Hände. »Es ist nur so, dass Flüsse nicht nur Gutes tun. Meiner Schwester beispielsweise wurde dieser Fluss zum Verhängnis.«

Fee biss sich auf die Unterlippe. »Das tut mir leid.«

»Es gab eine Zeit, da habe ich den Fluss richtig gehasst. Dabei konnte er eigentlich gar nichts dafür. Es sind wir Menschen, die denken, wir könnten ihn beherrschen. Aber gegen die Natur sind wir machtlos.« Er starrte auf den Wasserfall, ganz von seinen Erinnerungen überwältigt.

»Was ist passiert? Ist deine Schwester ertrunken?«

»Ja. Hier in der Verzasca. Etwas weiter unten, bei Corippo. Dabei kannte niemand die Verzasca so gut wie Sofia. Sie hatte eine Adventure- und Outdoorfirma und bot unter anderem Canyoning-

Touren an. Sie war darauf spezialisiert und beachtete auch immer strikt die Sicherheitsanforderungen. Sofia hätte niemals leichtsinnig gehandelt. An jenem Tag war sie mit einem Mitarbeiter unterwegs, um die Route vor dem Saisonbeginn zu kontrollieren. Die letzten Tage davor hatte es stark geregnet, deshalb war die Strömung stärker ... Es ist nicht ganz klar, was genau geschah, jedenfalls sind beide ertrunken.«

Fee fuhr ihm über den Rücken. »Das ist schlimm.«

»Ja.« Er atmete tief durch. »Ich habe mich immer damit getröstet, dass Sofia wenigstens an dem Ort starb, den sie am meisten liebte.«

»Es muss schrecklich sein, diesen Fluss jetzt so zu sehen. Als könnte er kein Wässerchen trüben.«

Nando stieß einen kehligen Laut aus. »Ich habe ihn anfangs gehasst. Es klingt verrückt, oder? Einen Fluss zu hassen ... Aber es war so. Ich stand weiter unten, an der Unfallstelle, und habe aus Wut immer wieder Steine reingeworfen.« Er lachte bitter auf. »Als könnte ich ihm dadurch Schmerzen zufügen. Lächerlich, ich weiß.«

»Nein, überhaupt nicht.«

»Wenigstens hat es gewirkt. Ich habe es einige Male wiederholt. Kam immer wieder hierher, irgendwann auch mit meinen Eltern und Giulia, als sie bereit dazu waren. Und nach ein paar Monaten konnte ich tatsächlich behaupten, dass ich dem Fluss verziehen hatte. Ich habe mich mit ihm versöhnt. Und doch muss ich bei seinem Anblick jedes Mal an Sofia denken.«

»Das ist verständlich. Verzeihen bedeutet nicht vergessen.« Noch während Fee die Worte aussprach, wurde sie von der Erkenntnis erfasst, dass sie gegenüber Evas Mörder nie hatte ihre Wut rauslassen können, so wie Nando es mit dem Fluss getan hatte. Ihre Wut damals hatte sich auf sie selbst gerichtet, weil sie sich die Schuld gegeben hatte, dass Eva an diesem Tag im Schmuckgeschäft gewesen war.

Sie verspürte das Bedürfnis, darüber zu sprechen, jetzt und hier. »Ich habe auch mal jemanden verloren, der mir sehr nahestand. Sie hieß Eva und war meine beste Freundin. Eigentlich sogar wie eine Schwester.«

Nandos Blick schwenkte zu ihr herüber, sie hatte seine volle Aufmerksamkeit. »Vor acht Jahren wurde sie bei einem Raubüberfall erschossen. Ich war dabei.«

Nun war er es, der ihr über den Rücken fuhr. »Ich habe damals für unser Juwelierunternehmen als Schmuckdesignerin gearbeitet. Eva wollte heiraten, und da ich wusste, wie sehr sie Schmuck liebte, schenkte ich ihr als vorzeitiges Hochzeitsgeschenk eine eigene Kollektion aus bunten Edelsteinen. Ein Collier, Ohrringe, Armband, einen Ring. Alles nach ihren Wünschen.« Ihre Stimme erstickte fast, Tränen traten in ihre Augen, sie kämpfte mit dem harten Kloß in ihrem Hals. »An dem Tag wollte ich ihr die fertigen Entwürfe zeigen, bevor die Kollektion in die Herstellung gehen sollte. Wir trafen uns in der Hauptfiliale ... Eva war so wie immer. Gut gelaunt, fröhlich. Und natürlich aufgeregt wegen der Entwürfe. Ich habe sie zur Begrüßung umarmt. Sie trug ihren Lieblingsduft, *Happy* von Clinique. Den benutzte sie schon seit Jahren ... Wir wollten in mein Büro hoch und gingen zu den Aufzügen, da stürmten maskierte Männer die Filiale.« Fees Herz pochte wie wild, als würde sie alles nochmals erleben. »Ich kann mich nicht mehr genau erinnern, was dann geschah. Ich weiß nur noch, dass sie bewaffnet waren und brutal. Sie schrien und stießen Kunden zur Seite. Einer meinte, es würde uns nichts passieren, wir sollten einfach ihre Anweisungen befolgen. Wir sollten uns auf den Boden legen. Doch ehe wir das tun konnten, bemerkten sie, wie eine Mitarbeiterin den Alarmknopf drücken wollte.

Sie stand leider nicht in der Nähe, deshalb machte sie ein paar Schritte, und es fiel ihnen auf. Einer der Männer rastete voll aus und schoss an die Decke. Alle schrien, und dann begann der andere Mann plötzlich, auf uns zu schießen.« Fee zitterte, eine Kälte rauschte durch ihren Körper. »Eva, die neben mir stand, fiel einfach um, und ein asiatischer Tourist ebenfalls. Dann traf mich auch ein Schuss. Ich kam erst im Krankenhaus wieder zu mir.« Sie brach ab und ließ es zu, als Nando sie näher zu sich zog.

»Ich habe später erfahren, dass die Täter auf der Flucht gefasst worden waren. Es waren insgesamt sechs. Vier in der Filiale, einer draußen und einer im Fluchtfahrzeug.« Sie hielt inne. »Evas Mörder sitzt noch seine Haftstrafe ab ... Er will sich mit mir treffen.« Sie berichtete ihm von der Anfrage des Forums für Restaurative Justiz.

»Und was wirst du tun?«, fragte Nando.

»Nichts. Also, ich werde den Täter nicht treffen. Ich kann ihm nicht vergeben.«

»Aber ein Treffen bedeutet nicht, dass du das auch musst. Vielleicht würde es dir ja helfen, alles zu verarbeiten.«

Fee dachte an das Bedürfnis, das sie vorhin verspürt hatte: ihre Wut und ihren Frust an dem Täter auszulassen. Sie erzählte Nando davon, auch von ihrem Umgang mit ihrer Trauer. »Ich habe Angst, dass, wenn ich den Täter sehe, die alten Wunden wieder aufgerissen werden.«

»Sind sie denn jemals verheilt? Das, was du mir gerade erzählt hast, macht nicht den Eindruck, im Gegenteil.«

»Ja, du hast recht.«

Sie schwiegen eine Weile, bis Nando Fee ernst ansah. »Alice bat deine Großmutter auch um Verzeihung und wurde abgewiesen«, sagte er vorsichtig, und Fee wusste bereits, worauf er hinauswollte. Dennoch ließ sie ihn ausreden. »Du hast mir gesagt, dass deine Großmutter es am Ende bereut hat.«

Fee rückte etwas von ihm weg. »Ja, aber das kannst du doch nicht vergleichen.«

»Beide haben jemanden erschossen.«

»Aber Alice hatte eine ganz andere Vorgeschichte. Sie war ein guter Mensch.«

»Und der Mörder deiner Freundin nicht? Du kennst seine Vorgeschichte ja gar nicht.«

»Als er den Raubüberfall beging, und zwar mit der Waffe, nahm er bewusst in Kauf, Menschen zu erschießen … Ich weiß ja nicht, was sich damals zwischen Alice, Maurizio und dem Schmuggler genau abgespielt hat, aber ich glaube nicht, dass Alice absichtlich töten wollte.« Sie verstummte. »Siehst du, und deshalb muss ich sie suchen. Ich will wissen, was damals passiert ist.«

Kapitel 31

Brissago, März 1944

Alice

Alice verabscheute Maurizio dafür, was er an diesem Abend von ihr verlangte. Sie musste sich vor allen Gästen bei Waldemar Tremmel entschuldigen. Unter anderen Umständen hätte sie sich geweigert, aber zu groß war die Angst, Maurizio könnte seine Drohung wahr machen, sich von ihr scheiden zu lassen und ihr Violetta wegzunehmen.

Maurizio, der gewartet hatte, bis alle Gäste ein Glas *Prosecco Spumante* hatten, schob Alice vor Tremmel und dessen Gattin Emma, eine kleine graue Maus, die jedes Mal zusammenschreckte, sobald man sie ansprach. Bevor sie antwortete, schaute sie immer zuerst zu ihrem Mann, als bräuchte sie seine Erlaubnis.

Maurizio räusperte sich. »Waldemar, meine Gattin hat Ihnen noch etwas zu sagen.«

»So?« Tremmels Eisaugen besahen Alice kalt.

»Was kürzlich vorgefallen ist, tut mir leid und wird nie wieder vorkommen.« *Du verfluchter Mistkerl*, fügte sie gedanklich hinzu.

Tremmels nach wie vor strenger Blick schien ihr direkt in den Kopf dringen zu wollen. »Ihr Gatte hat mir versichert, dass Sie ab sofort nicht mehr für Lilly Volkart arbeiten?«

Alice tauschte einen Blick mit Maurizio, der sie mit einem leichten Nicken dazu aufforderte, den einstudierten Text vorzutragen. Zigarettenqualm erfüllte die ohnehin schon dicke Luft im Raum.

»Das ist richtig, ja. Ich habe damals bei Lilly Volkart angefangen, weil mich eine Freundin dazu überredet hatte. Sie meinte, ich müsse mich wohltätig engagieren. Aber ich habe inzwischen eingesehen, dass die Arbeit nichts für mich ist.«

»Nach zwei Jahren!« Er lachte höhnisch auf. »Und vor dem Restaurant sah es auch nicht so aus, als wäre die Arbeit nichts für Sie. Das Judenkind haben Sie wie eine Löwin verteidigt.«

Maurizio räusperte sich. »Lilly Volkart hatte ihr die Anweisung gegeben, sich für die Kinder starkzumachen, nicht wahr, Alice?«

Alice nickte kaum merklich, doch Tremmel fiel es ohnehin nicht auf, da er sofort begann, über Lilly Volkart zu schimpfen. »Ich werde mich dafür einsetzen, dass dieses Heim endlich geschlossen wird.«

»Soviel ich weiß, ist das nicht so einfach«, erwiderte Maurizio und drückte seine Zigarette aus. »Schon andere sind gescheitert. Lilly Volkart hat wichtige Unterstützer. Baron Schey von Koromla zum Beispiel.«

»Ich habe bereits einen Plan.« Teuflisch zwinkerte Tremmel Alice zu. »Und nun zu Ihnen. Ich nehme Ihre Entschuldigung an. Sie sind noch sehr jung, und ganz offensichtlich ging Ihr jugendliches Temperament mit Ihnen durch. Ich gehe doch davon aus, dass Sie sich in Zukunft Manieren aneignen werden?«

»Das wird sie«, sagte Maurizio rasch und legte fest einen Arm um ihre Taille. Alice versteifte sich. Dass sie hier gedemütigt wurde, war ihr gerade gleichgültig, es überwogen andere Sorgen. Sie musste unbedingt herausfinden, was Tremmel vorhatte. Von ihm selbst würde sie allerdings nichts erfahren. Tremmel war nicht dumm, er wusste genau, dass ihre Entschuldigung nicht ernst gemeint war. Er spielte nur mit, weil Maurizio für ihn wegen der Bank wichtig war.

Während des Essens hatte Alice das Glück, neben Sigmund Vogt zu sitzen, Tremmels jungem Assistenten, dem bei ihrem Anblick jedes Mal fast die Augen aus dem Kopf fielen. Auch wenn es Alice widerstrebte, war sie nett zu ihm; erwiderte seine Blicke mit einem zuckersüßen Lächeln und achtete darauf, dass er immer genug Wein im Glas hatte. Damit niemand Verdacht schöpfte, verhielt sie sich gegenüber Maurizios Vizedirektor aus der Bank genauso zuvorkommend.

Maurizio fand offenbar Gefallen an ihrem Verhalten, denn nach dem Dessert, als sich die Herren in den Salon zurückzogen, nahm er sie am Arm. »Du bist ja ausnahmsweise richtig nett heute Abend, sehr schön.«

Schweigend entzog sich Alice seinem Griff und folgte den anderen Frauen in den Garten. Sie hoffte, dass Sigmund Vogt auch bald dazustoßen würde, damit sie ihn über die Pläne zu Lillys Heim aushorchen konnte. Er war ziemlich angetrunken und heiter, deshalb würde er sich später garantiert nicht mehr an ihre Befragung erinnern können. Sofern er überhaupt etwas wusste.

Nur kam er leider nicht. Offenbar bevorzugte er den Grappa und die Zigarren im Salon. Niedergeschlagen, weil ihr Plan nicht funktioniert hatte, und gelangweilt durch das Geschwätz der Frauen, nahm Alice sich eine Laterne und setzte sich auf die Bank beim Bootshaus. Der See war ruhig mit nur ganz leicht rollenden Wellen, das Wasser klar.

»Darf ich mich zu Ihnen setzen?«

Alice sah auf. Tremmels Gattin Emma blickte sie ängstlich an.

»Ja, sicher«, antwortete Alice, auch wenn sie nicht in Stimmung war für ein Gespräch.

Emma setzte sich und strich den fürchterlichen Baumwollstoff ihres grauen Rockes glatt. Alice betrachtete ihr hochgeschlossenes Kleid, über dem sie schon den ganzen Abend eine schwarze Strickjacke trug.

»Wir leben an einem schönen Ort, finden Sie nicht auch?« In Emmas Blick lag etwas Undeutbares, und in ihrer Stimme schwang Zweideutigkeit mit.

»Ja, Sie haben recht. Ich liebe den Frühling am meisten, jetzt, wo die Magnolien blühen.« Alice zeigte auf den Baum neben sich, dessen üppige Krone sogar in der Dunkelheit hell leuchtete.

»Ja, die Magnolien. Sie haben wunderbare Bäume hier im Garten. Ein richtiges Paradies.«

Sie saßen schweigend da, bis sich Emma plötzlich ruckartig Alice zuwandte. »Warum haben Sie sich bei meinem Mann entschuldigt?«

Die Frage ließ Alice erstarren. Was bezweckte Emma damit? Wollte sie sie im Auftrag ihres Mannes etwa auf die Probe stellen? Garantiert.

»Ich verstehe Ihre Frage nicht. Warum hätte ich mich nicht entschuldigen sollen?«

»Hat Ihr Mann Sie dazu gezwungen?«

Alice lachte nervös. »Nein.«

»Sie müssen mich nicht belügen.« Emma streifte ihre Jacke ab, und selbst im Laternenlicht erkannte Alice die zahlreichen blauen Flecken an ihren Armen.

»Oh, Emma!«

Emma zog die Jacke schnell wieder an und starrte auf den See. Alice betrachtete ihr perfektes Profil mit dem langen, anmutigen Hals, der zierlichen Nase und den langen Wimpern.

»Ich war nicht immer so wie jetzt. Waldemar hat mich verändert.«

»Sie müssen ihn verlassen.«

Emma stieß einen kehligen Laut aus. »Sie wissen genau wie ich, dass das nicht geht. Er würde mir die Kinder wegnehmen und mein Leben zerstören.«

Ihre Worte schnitten Alice mitten durchs Herz. Sie konnte sich gerade so gut in Emma hineinversetzen. Maurizio schlug sie zwar nicht, aber seine Gewalt zeigte sich in anderer Form, wie in seinen Drohungen.

Emma sah sie eindringlich an. »Ihr Mann hat verlangt, dass Sie die Arbeit bei Lilly Volkart aufgeben. Und dass Sie sich bei Waldemar entschuldigen?«

Alice schwieg. Konnte sie Emma vertrauen? Sie war ihrem Mann hörig und würde bestimmt alles für ihn tun. Auch spionieren.

Emma atmete geräuschvoll aus. »Ich verstehe, dass Sie vorsichtig sind. Dann hören Sie mir jetzt einfach zu, ja?« Sie drehte sich kurz um, sprach dann leise weiter. »Für die Nazis ist die Kriegslage momentan eher schlecht, aber das hindert sie noch lange nicht daran weiterzumachen. Sie kämpfen an *allen* Fronten weiter, verstehen Sie? Sogar im kleinen Rahmen.« Sie holte tief Luft. »Mein Mann will Lilly Volkarts Heim schließen, und ich habe zufälligerweise mitbekommen, wie er vorgehen wird. Er vermutet, dass Lilly Volkart nicht nur registrierte Kinder im Heim aufnimmt, sondern auch illegale. Juden, die über die Grenze gekommen sind und keine Aufenthaltserlaubnis haben.«

Ein eisiger Schauer kroch Alice über den Rücken. Ihre Gedanken drehten sich um Gianni und die anderen Kinder, die unerlaubt hier waren.

»Waldemar wird demnächst die Behörden darum ersuchen, das Heim zu kontrollieren«, sagte Emma. »Jedes Kind, das keine gültigen Aufenthaltspapiere hat, soll des Landes verwiesen werden. Und er hofft, dass die Behörden dann Lillys Heim schließen, weil sie sich nicht an die Regeln gehalten hat. Falls Ihnen also etwas an Lilly und den Kindern liegt, dann schauen Sie, dass die betroffenen Kinder bald irgendwo untertauchen.« Sie verharrte einen Augenblick. »Passen Sie auf sich auf.« Sie erhob sich.

»Emma.« Alice schaute zu ihr hoch. »Danke!«

Sie nickte und ging.

• • •

Sämtliche Kinder ohne Aufenthaltserlaubnis wurden durch Lilly, Henriette und Alice an anderen Orten untergebracht; bei Leuten, denen man vertrauen konnte. Gianni kam mit vier weiteren Kindern zu Henriette und lebte dort im Keller. Alice fand es bedauerlich, dass sie selbst keine Kinder aufnehmen konnte, aber mit Maurizio und Lucilla im Haus war es einfach nicht sicher. Leider erwies sich Gianni noch immer als Problemkind und verschwand regelmäßig. Henriette hatte ihn schon eingesperrt, aber dann schrie er ununterbrochen, was auch keine Lösung war. Oft schlich er sich durch das Bootshaus zu den Ferrazzinis und kletterte dort auf die Magnolie beim Ufer. Bisher hatten ihn glücklicherweise immer Alice, Filomena, Franca oder Geraldo – alle eingeweiht von Alice – entdeckt und ihm die Leviten gelesen. Auch Aurelia hatte ihn bereits gesehen, war aber von ihrer Mutter angewiesen worden zu schweigen. Sobald nämlich Pippa von Gianni erführe, würde es nicht mehr lange dauern, bis Lucilla und Maurizio es wussten. Umso wichtiger war es, Gianni im Zaun zu halten. Geraldo hatte einen guten Draht zu dem Jungen und sprach mit ihm. Es stellte sich heraus, dass sich Gianni im Keller fürchtete, weil er sich kurz vor seiner Flucht aus Italien in einem hatte verstecken müssen. Die Nazis hatten seine Eltern gefunden und sofort erschossen. Gianni selbst, verborgen in einem Holzfass, war wie durch ein Wunder unentdeckt geblieben.

Geraldo schlug Alice vor, Gianni bei sich im Gartenhaus wohnen zu lassen, um ein Auge auf ihn haben zu können. Alice und Henriette willigten ein und hofften, dass die von Tremmel angekündigten Kontrollbesuche bald stattfinden würden. Lilly würde ihnen dann Bescheid geben, und die Kinder könnten zurückkehren.

Es war nicht das einzige Problem, das Alice derzeit beschäftigte. Sie musste immerzu an Francas Worte über Lucilla denken, dass sie Parfüm aus Magnolienblüten hergestellt hatte. Bestimmt hatte sie sich in Carminas Kräuterwerkstatt ausgekannt. Hatte sie Undine vergiftet? Und dann zugelassen, dass man ihre eigene Tochter verhaftete? Alice kannte Lucilla nun seit vier Jahren und hätte es ihr zugetraut. Aber den Mord an ihrem eigenen Enkelkind? Lucilla mochte zwar keine Kleinkinder wegen deren Geschrei, aber sie könnte doch niemals eines umbringen, oder?

Alice sprach mit Henriette darüber, die gleich den Kopf schüttelte. »Nein, das würde sie nicht tun.«

»Aber Lucilla ist hart. Sie hat sich zu dem Zeitpunkt, als man ihren Mann, ihre Tochter und ihre Schwiegertochter überfiel, im Keller versteckt und nichts unternommen.«

»Was hätte sie tun können?«, konterte Henriette.

»Irgendwas. Durch den Keller flüchten und Hilfe holen.«

»Sie hätte dabei nur ihr eigenes Leben riskiert. Oh, Alice, du musst endlich aufhören. Deine Theorie ist sehr weit hergeholt. Nur weil Lucilla gelegentlich Parfüm hergestellt hat, soll sie eine Mörderin sein?«

»Carmina sitzt unschuldig im Gefängnis!«

»Ja, aber wir können nichts tun.«

»Ich muss herausfinden, was für ein Motiv Lucilla gehabt haben könnte.«

Henriette seufzte.

• • •

Zwei Tage später kam es zu einem heftigen Streit zwischen Alice und Lucilla. Alles hatte damit begonnen, dass eines Abends eine verzweifelte Emma Tremmel bei den Ferrazzinis klingelte, bei sich ihre beiden Kinder.

Emma sah schlimm aus mit ihrem blauen Auge, der Schramme auf der Wange und der aufgeplatzten Lippe.

»Oh, Alice, bitte entschuldigen Sie, aber ich wusste nicht, wohin. Ich halte es nicht mehr aus. Heute hat Waldemar sogar Ruppert geschlagen. Das hat er zuvor noch nie getan.«

Alice umarmte sie. »Ich werde Ihnen helfen. Sie können vorerst hierbleiben. Maurizio ist momentan in Lugano und kommt erst übermorgen zurück. Ich werde morgen mit Lilly Volkart sprechen, bestimmt finden wir eine Lösung.«

»Danke!«

Alice wies Filomena an, das Gästezimmer vorzubereiten, und führte Emma und die Kinder ins Wohnzimmer. Um in Ruhe mit Emma sprechen zu können, schickte sie die Kinder in den Garten, damit sie mit Franca, Matteo, Pippa und Violetta Ball spielen konnten. Das ließen sich die beiden nicht zweimal sagen und rannten hinaus zu den anderen. Gerade als Alice etwas zu Emma sagen wollte, rauschte Lucilla herein, hinter ihr Filomena mit hochrotem Kopf. »Diese Leute können nicht hierbleiben!«

Alice bat die verstört blickende Emma, sich draußen kurz zu den Kindern zu gesellen, und als sie weg war, klärte sie Lucilla über alles auf. Lucilla schaute sie mit unverhüllter Verachtung an.

»Sie müssen sofort zurück. Ihr Mann sucht bestimmt schon nach ihr und den Kindern.«

»Aber er schlägt sie!«

»Das geht uns nichts an.«

»Nur eine Nacht! Morgen werde –«

»Nichts wirst du!«, unterbrach Lucilla sie mit wachsendem Zorn. »Du schickst diese Frau und ihre Kinder jetzt nach Hause.«

Eine Welle der Wut übermannte Alice. »Nein, das werde ich nicht tun!« Sie sah zu Filomena. »Bitte kümmere dich jetzt um die Gästezimmer.«

Filomena stand unschlüssig da, aber weil Lucilla nichts entgegnete, ging sie schließlich davon. Lucilla warf Alice einen giftigen Blick zu, ehe auch sie verschwand. Alice hatte das ungute Gefühl, dass sie diese Schlacht noch nicht gewonnen hatte. Und tatsächlich: Am nächsten Morgen tauchte Waldemar Tremmel mit zwei Begleitpersonen auf und holte seine Frau und Kinder trotz Alices Protest ab.

Als sie weg waren, sah Alice zu Lucilla, die mit einem überheblichen Lächeln dastand. »Du hast ihn informieren lassen.«

»Es ist besser so. Stell dir nur vor, was passiert wäre, hätte Maurizio das herausgefunden. Ich habe dir nur geholfen.«

»Geholfen!« Alice schnaubte und geriet in Rage. »Du bist grässlich! Ein böser Mensch! Du schadest andauernd Menschen. Hast deinem Mann, deiner Tochter und Schwiegertochter nicht geholfen, als sie durch die Hölle gingen. Du hast Undine und Marcello getötet und hast zugelassen, dass man deine Tochter unschuldig einsperrt!«

Lucilla verpasste Alice eine Ohrfeige. »Wie redest du mit mir, du Hure! Und was sind das für Anschuldigungen gegen mich! Ich habe Undine und Marcello nicht getötet, das war Carmina! Du bist nicht mehr bei klarem Verstand. Und wegen meiner Familie:

Ich konnte ihnen nicht helfen! Es vergeht kein Tag, an dem ich nicht daran denke. Keine Nacht, in der ich nicht davon träume. Ich bin auch ein Opfer geworden. Mein Mann hat mich verlassen, weil er mich hasst.« Ihre Stimme war leise geworden, sie hielt den Kopf gesenkt. Doch plötzlich schnellte er hoch. »Aber du hast kein Recht, über mich zu urteilen. Du bist eine dahergelaufene Hure. Maurizio hat dich nur genommen, weil du hübsch bist und eine gewisse Ähnlichkeit mit Isidora aufweist. Aber geliebt hat er dich nie! Und das wird er auch nie!«

»Ich weiß!«, rief Alice. »Doch das tut jetzt nichts zur Sache. Du streitest also ab, dass du Undine und Marcello getötet hast? Ich glaube dir nicht!«

»Warum sollte ich die beiden töten? Ich mochte Undine nicht besonders, sie war ein arrogantes, verwöhntes Ding. Aber das war kein Grund, sie zu töten. Und Marcello war mein Enkelkind. Ein Schreihals, aber ich habe ihn geliebt.« Ihr Blick verschleierte sich. »Auch für mich ist es schwer, dass Carmina im Gefängnis sitzt, aber im Gegensatz zu dir zweifle ich nicht an ihrer Schuld. Sie musste das Böse miterleben, und das hat sie verändert. Doch nun zu dir: Dein Verhalten wird Konsequenzen haben. Ich werde mit Maurizio reden, sobald er zurück ist. Ich verlange, dass er sich von dir scheiden lässt.«

• • •

Alice flüchtete nach dem Gespräch in den Garten. Vor der Magnolie beim Bootshaus blieb sie stehen und weinte. Sie kniete nieder und griff nach einer verwelkten Blüte. Was hatte sie nur getan? Wenn sich Maurizio von ihr scheiden ließe, würde sie Violetta nie mehr sehen können. Sie musste weg von hier, am besten heute Nacht. Sie würde mit Violetta zu Lilly gehen, dort übernachten und dann am nächsten Morgen in der Früh den Zug nehmen. Irgendwohin. Nur weg.

Ohne dass sie es bemerkt hatte, vergrub sie ihre Finger in der Magnolie, spürte eine Knospe. Alice wurde stutzig. Magnolienknospe!

Kapitel 32

Brissago, März 2019

Fee

Die Stimmung in der Villa war schlecht. Pippa ging Fee wieder aus dem Weg und spielte Klavier, und Aurelia machte ein Gesicht, als würde demnächst die Welt untergehen. Sie verabschiedete sich kurz nach dem Frühstück von Fee, da sie eine Freundin im Dorf besuchen würde. Weil Fee es in dem Haus nicht aushielt, flüchtete sie in den Garten. Es hatte in der Nacht geregnet, sie musste die Bank zuerst abwischen, um darauf sitzen zu können. Sie durchforstete das Web nach einem Schmuggler namens Raffaele, jedoch erfolglos, und nahm sich vor, das Zollmuseum in Lugano aufzusuchen, von dem Luigi gesprochen hatte. Als sie aufstand, entdeckte sie ein paar nasse Magnolienblüten in der Wiese und begann, sie in einem Korb zu sammeln, so wie es Pippa immer tat.

»Felicia!«

Oh nein! Ihr Puls beschleunigte sich. Langsam drehte sie sich um.

»Christian! Was ... was machst du hier? Wie bist du hereingekommen?«

»Die Alte hat mir geöffnet.« Er kam auf sie zu. Selbstsicher wie immer, in einem schwarzen Maßanzug, eine Sonnenbrille tragend, die er hochschob, um Fee von unten bis oben zu mustern. Er grinste frech. »Was trägst du da für einen Fummel? Machst du einen auf Hippiemädchen, oder was?«

Fee strich sich über das rosafarbene Kleid und stellte den Korb neben sich. »Was willst du hier?«

»Du reagierst nicht mehr auf meine Nachrichten und Anrufe, deshalb dachte ich, ich komme mal vorbei.«

»Ich habe dir doch geschrieben, dass ich am Sonntag heimkehre. Du hättest nicht extra herfahren müssen.«

Energisch bewegte er eine Hand von links nach rechts, als würde er die Luft zerschneiden. »Ich habe diese Spielchen satt. Ich will, dass du jetzt zurückkommst. Du hast das alles hier nicht im Griff, das finden auch deine Eltern und meine Mutter. Wir waren alle nachsichtig mit dir, weil du deine Großmutter verloren hast und dich diese Anfrage aufgewühlt hat. Aber jetzt ist genug.«

»Wann genug ist, entscheide immer noch ich. Du hast mir nichts zu sagen.« Sie hielt unwillkürlich die Luft an, denn sie wurde plötzlich von einer Woge der Klarheit erfasst, die sie überwältigte. Sie sah ihn herausfordernd an und spürte eine ungewohnte Kraft in sich aufsteigen, die sie endlich zu dem letzten Schritt ermutigte. Sie musste es jetzt einfach tun, und alles in ihr sagte, dass es die richtige Entscheidung war. »Übrigens habe ich einen Entschluss gefasst wegen uns: Ich werde dich nicht heiraten. Es tut mir wirklich leid, aber mir ist bewusst geworden, dass ich mit dir nicht glücklich werden würde. Und du mit mir auch nicht. Sobald ich zurück bin, ziehe ich aus.« Sie atmete tief durch. Sie hatte es getan!

Ganz kurz wirkte er verblüfft, fing sich aber schnell. Er lachte. »Süße, du bist anscheinend noch immer nicht bei klarem Verstand. Geht es dabei etwa um die Hochzeit? Hör zu, wir können von mir aus auch in kleinem Rahmen heiraten, wenn dir das so wichtig ist. Oder nur standesamtlich. Mutter wird nicht begeistert sein, aber ich kümmere mich darum.«

Fee schaute ihn gequält an. »Hast du mir nicht zugehört? Es wird keine Heirat geben. Es ist aus zwischen uns.«

Er verzog das Gesicht. »Du kannst mich jetzt nicht verlassen! Mitten im Wahlkampf!«

Sie schloss kurz die Augen. Er dachte auch jetzt nur an seinen dämlichen Wahlkampf. »Und ob ich das kann.«

Nun fiel ihr auf, dass ein gekränkter Ausdruck auf sein Gesicht trat, und er tat ihr leid. »Christian, du liebst mich doch gar nicht wirklich. Zumindest nicht mein wahres Ich. Du liebst nur das, was man sieht. Die Erbin des Juwelierunternehmens Strasser. Ehrgeizig, elegant. Aber du schämst dich beispielsweise für die Bilder, die ich male. Oder dass ich im Winter im Obdachlosenheim Suppe verteile ... Du hasst es, wenn ich Süßigkeiten esse, weil du befürchtest, ich könnte dick werden. Und immer, wenn mir etwas viel bedeutet, das nicht zu deiner Karriere passt, dann muss es zurückstehen. Doch ich will kein solches Leben.«

Er machte einen Schritt auf sie zu und musterte sie aus schmalen Augen. »Ich habe dich gerettet damals! Du warst eine zugedröhnte Schlampe, und ohne mich würdest du längst irgendwo in der Gosse liegen. Du brauchst mich, und das weißt du.«

»Jetzt hör auf! Vielleicht war das einfach meine Art zu trauern in jener Phase. Eine Phase, die ich überwunden hätte. Du aber hast mir eingeredet, dass ich mich ändern muss. Doch es war zu früh. Aber ich gebe dir nicht die Schuld, schließlich habe ich mich selbst dafür entschieden. Nur ist mir bewusst geworden, dass das falsch war ... Ja, du hast mir damals geholfen, und dafür bin ich dir wirklich dankbar. Aber ich habe mich in den letzten Jahren zu einer Person entwickelt, die ich eigentlich gar nicht bin. Es hat mit Eva zu tun und –«

»So ein Quatsch!« Er packte plötzlich ihren Arm. »Du machst einen gewaltigen Fehler, das ist dir hoffentlich klar!«

»Nein! Ein Fehler wäre, wenn ich dich heiraten würde. Unsere Beziehung weiterführe. Und jetzt lass mich los!« Das tat er nicht, stattdessen krallte er seine Finger noch tiefer in Fees Haut.

»Du wirst es noch bereuen!«, rief er.

»Hey! Nehmen Sie gefälligst Ihre Pfoten von ihr weg!«

Christian und Fee drehten sich zur Seite. Wie eine Furie kam Pippa angerauscht und begann, mit einem verwelkten Narzissenstrauß auf Christian einzudreschen. Er ließ Fee blitzartig los und wich zurück. »Geht's noch? Sie sind ja verrückt!«

Pippa hob den Strauß drohend in die Luft. »Verlassen Sie sofort unser Grundstück!«

Er zögerte, doch als Pippa wieder einen Schritt auf ihn zu machte, setzte er sich in Bewegung. »Das wird mir jetzt wirklich zu blöd. Durchgeknallte Alte!« Er blickte nochmals zu Fee. »Deine ganze Familie besteht aus einem Haufen Irrer! Und du bist anscheinend genauso.« Er setzte seine Sonnenbrille auf und machte kehrt.

Fee und Pippa schauten ihm nach, wie er die Treppen raufging. Kurz darauf erklang der heulende Motor seines Porsches.

»Danke«, sagte Fee, woraufhin Pippa nickte und auf ihren verwelkten Strauß starrte.

»Ich wollte zuerst das Gewehr nehmen, aber das schien mir dann etwas übertrieben. Ich habe gleich gemerkt, dass von diesem Mann keine richtige Gefahr ausging. Der spielte sich nur auf.«

Fee nickte. »Er war aufgebracht, weil ich –«

»Du musst mir nichts erklären, es interessiert mich nicht.« Noch während sie sprach, lief sie Richtung Haus.

Fee lachte leise vor sich hin. Dann rief sie ihr nach: »Unser Grundstück also?«

Pippa drehte sich um. »Unser Grundstück, ja.« Sie ging weiter.

• • •

Am Nachmittag war Fee unterwegs Richtung Lugano, um das Zollmuseum aufzusuchen. Kurz nachdem sie mit dem Schiff in Cantine di Gandria angekommen war und gerade das direkt am Ufer gelegene orangefarbene Häuschen betreten wollte, rief ihr Vater an. Sie ging ran und musste sich in den folgenden Minuten anhören, was in sie gefahren sei, wie sie einen Mann wie Christian nur abweisen könne und dass sie einen gewaltigen Fehler mache.

»Nein, Papa, das mach ich nicht. Im Gegenteil. Tut mir leid, aber ich muss jetzt los.«

»Was treibst du eigentlich die ganze Zeit im Tessin? Du wolltest doch nur deinen Anteil an der Villa verkaufen. Christian hat gesagt, dass du es noch immer nicht getan hast. Vermutlich hätte besser ich das regeln sollen, aber ich wusste ja nicht, dass du solche Probleme haben würdest.«

»Ich habe keine Probleme damit. Und ich werde nicht verkaufen. So, ich muss jetzt wirklich Schluss machen. Tschüss!«

Sie legte rasch auf und schaltete das Handy aus. Dann betrat sie das Museum und beschloss, sich einzig auf ihre Nachforschungen zu konzentrieren. Sie schaute sich alles an, doch es zog sie rasch in die Ecke über die Schmuggler während des Zweiten Weltkriegs. Stehwände waren bedeckt mit zahlreichen Artikeln und Fotos von Männern mit riesigen Rucksäcken, teilweise im Schnee. Sie trugen keine richtigen Schuhe, nur eine Art Pantoffeln.

Der Museumsangestellte, ein Mann mittleren Alters, der an diesem Tag nicht viel zu tun hatte, erzählte Fee, was sie bereits im Web über die Schmuggler gelesen hatte.

»Ich suche nach einem bestimmten Schmuggler«, sagte sie, nachdem sie sich seinen Vortrag angehört hatte. »Leider kenne ich nur seinen Vornamen. Er hieß Raffaele.«

»Raffaele. Raffaele«, murmelte der Mann vor sich hin, bis sich seine Augen weiteten. »Etwa Raffaele Fiore?«

Fee hob die Schultern. »Wie gesagt, ich kenne seinen Nachnamen nicht.«

Er trat zu einer Wand und zeigte auf einen Artikel. »Raffaele Fiore tötete im März 1944 einen Grenzwächter.«

»Ja! Ja, das ist er.« Fee schaute sich die Porträtaufnahme des Mannes an. »Was weiß man noch über ihn?«

»Er war damals in Begleitung eines Kumpans. Sie wollten jüdische Flüchtlinge über die Grenze bringen, die dann leider gefasst wurden. Sie selbst konnten flüchten.« Seine Augen leuchteten. »Raffaele Fiore war ein Held. Er rettete mehreren Juden das Leben, indem er ihnen über die Grenze half. Und er tat es immer unentgeltlich, das bestätigten alle Zeugen.« Er zeigte auf ein paar Fotos von Menschen. »Das sind die Leute, die von ihm gerettet wurden. Ohne ihn hätten sie es nicht geschafft. Raffaele Fiore kannte das Gebirge wie kein anderer.«

»Aber er hat einen Grenzwächter erschossen.«

»Das stimmt. Es kam zu einem Schusswechsel, den jedoch der Grenzwächter begonnen hatte. Raffaele verteidigte sich, seinen Kumpan und die Flüchtlinge. Der Grenzwächter schoss seinen Kumpan an, und dann zielte er auf einen Flüchtling, doch Raffaele war schneller. Dann kamen ein paar Deutsche hinzu und nahmen die Flüchtlinge fest. Raffaele und sein Begleiter flüchteten über die Grenze.«

»Was ist aus ihm geworden?«

»Er wurde noch im selben Monat verhaftet und kam in ein Gefangenenlager. Dort starb er ein paar Monate später an einer Lungenentzündung.«

»Oh!« Erstaunt stellte Fee fest, dass sie sich für Alice einen anderen Ausgang der Geschichte gewünscht hätte. Als sie sich wieder etwas gefasst hatte, fragte sie, warum man so viel über ihn wisse.

»Das ist einem seiner Kumpane zu verdanken. Angelo Gillardi. Er war damals dabei, als es passiert ist.« Der Angestellte zeigte zu dem Foto eines Mannes mit dunkelhaarigem Lockenkopf und lausbübischem Grinsen. »Von ihm gibt es übrigens eine Dokumentation über die Schmuggler. Sie ist auf Italienisch, aber mit deutschen Untertiteln. Wollen Sie sie sehen?«

»Ja gerne.«

Nachdem sich Fee die Doku aus dem Jahr 2010 angesehen hatte, fühlte sie sich aufgewühlt. Sie wusste nun, dass Angelo Gillardi, der kurz nach den Dreharbeiten im Alter von einundneunzig Jahren verstorben war, aus der Ortschaft Verbana stammte und dort als Metzger gearbeitet hatte. In der Dokumentation hatte er sein Tagebuch gezeigt, in dem er seine Erlebnisse während des Zweiten Weltkriegs geschildert hatte, insbesondere die Zeit als Schmuggler. Er erwähnte auch seine Kumpane, zu denen er teilweise immer noch Kontakt habe. Das Tagebuch, dachte Fee. Vielleicht hatte Angelo Gillardi auch über jene Nacht in der Magnolienvilla und über Raffaele Fiore geschrieben. Sie brauchte dieses Tagebuch.

...

Nach ihrer Rückkehr, es war kurz nach neunzehn Uhr, klingelte sie bei Nando, um ihm von Angelo Gillardi zu erzählen. Als sie kurz darauf den Flur betrat, rannte ihr ein strubbeliger Hund entgegen und sprang an ihr hoch. Nando stand mit einem Wäschekorb unter dem Arm da, das Handy in der Hand, und redete auf Giulia ein, die mit ablehnender Miene gelegentlich etwas erwiderte. Fee streichelte das zottelige graue Fell des Hundes. »Ich wusste nicht, dass ihr einen Hund habt?«

»Ich auch nicht.« Er lachte. »Giulia war heute Nachmittag mit Pippa im Tierheim und hat ihn zur Probe mitgenommen. Pippa hilft dort ja regelmäßig aus und bemüht sich, für alle Tiere ein Plätzchen zu finden. Sie hat Giulia überredet.«

Giulia sagte etwas auf Italienisch, kniete nieder und kuschelte sich an den Hund.

»Sie hatte Mitleid«, sagte Nando zu Fee. »Ah, wir wollten übrigens gerade Pizza bestellen. Willst du auch?«

»Ja, warum nicht?«

• • •

Giulia hatte ihre Pizza ziemlich schnell aufgegessen und spielte danach im Garten mit dem Hund. Fee erzählte Nando von ihren neuen Erkenntnissen, und er hörte ihr aufmerksam zu. »Und jetzt willst du nach Italien, um das Tagebuch von Angelo Gillardi zu finden?«, fragte er und griff nach einem weiteren Stück Pizza.

»Ja.«

»Was erhoffst du dir davon?«

»Etwas über die Nacht herauszufinden, in der Maurizio erschossen wurde. Angelo war mit Raffaele unterwegs. Vielleicht gibt es in dem Tagebuch einen Hinweis zu Raffaele und sogar zu Alice. Alice wollte in den Sechzigerjahren nach Raffaele suchen, sie wusste demnach nicht, dass er bereits seit über fünfzehn Jahren tot war.«

»Aber irgendwann hat sie es erfahren. Wer weiß, wohin sie danach ging. Vielleicht blieb sie ja nicht mal in Italien. Was hätte sie dort noch halten sollen?«

»Ich weiß, die Chance ist klein, aber ich muss es versuchen.«

Nach der Pizza setzten sie sich auf die Couch und tranken Wein. Giulia war inzwischen in ihrem Zimmer, den Hund hatte sie gleich mitgenommen. Fee erzählte Nando von der Sache mit Christian und bemerkte ein hoffnungsvolles Aufflackern in seinen Augen.

»Das bedeutet, du bist jetzt also Single?« Seine Stimme mit dem leichten Akzent klang so verführerisch, dass Fee ein warmer Stromstoß durch die Adern fuhr. Mit jeder Faser ihres Körpers fühlte sie sich zu diesem Mann hingezogen. Nur wollte sie nichts überstürzen. Sie hatte eben ihren Verlobten verlassen, was noch einiges an Ärger bringen würde, sobald sie nach Zürich zurückkehrte. Eine Affäre mit Nando war nun wirklich das Letzte, was sie brauchte. Sie leerte ihren Wein und stellte das Glas auf den Salontisch. »Es ist schon spät, ich sollte gehen. Damit ich fit bin für morgen.«

»Ja, natürlich.« Er lächelte. Enttäuschung lag in seinen Augen, aber auch freudige Erwartung auf etwas, das noch kommen würde.

Kapitel 33

Brissago, März 1944

Alice

Alices Herz klopfte wild, während sie auf die Blütenknospe der Magnolie starrte. Franca hatte kürzlich erwähnt, dass Carmina ihren Tinkturen das ätherische Öl dieser Blütenknospen hinzugefügt hatte. Aber laut Carmina war das ihre Geheimzutat, von der sie niemandem außer Tonia erzählt und die sie im Giftkästchen aufbewahrt hatte. Franca konnte die Zutat also nur dort entdeckt haben. Nur, weshalb hätte sie das Kästchen öffnen sollen, wenn nicht, um das Gift herauszuholen? Alice rieb sich die Schläfen. Sie musste aufpassen, dass sie nicht falsche Schlüsse aus einer harmlosen Erkenntnis zog. Nur weil Franca die Geheimzutat gekannt hatte, hieß das noch lange nicht, dass sie eine Mörderin war. Vielleicht hatte Carmina ihr die Geheimzutat doch mal verraten. Wie auch immer, sie musste es herausfinden. Eilig schritt sie hoch zur Villa.

Franca saß auf der Terrasse und schaute Matteo beim Spielen mit seiner Märklin Modelleisenbahn zu. Sie wirkte deprimiert, und Alice bemerkte Tränen in ihren Augen. »Franca, was ist passiert?«

Sie schniefte und rieb sich hastig über die Wangen. »Tommaso hat gestern mit seinen Eltern gesprochen«, sagte sie. »Sein Vater ist gegen unsere Beziehung.«

»Das tut mir leid.«

»Tommaso versucht, ihn umzustimmen, aber ich glaube nicht, dass es ihm gelingt. Du hättest seinen Vater gestern hören sollen. Er ist ohnehin schon gestresst, weil er ja die jüdischen Kinder versteckt hält. Vielleicht war der Zeitpunkt von Tommaso einfach schlecht gewählt. Aber er ist ja nur selten hier.«

»Wie hat Henriette reagiert?«

»Sie war die ganze Zeit darum bemüht, ihren Mann zu besänftigen.«

Alice überlegte, ob sie Franca in ihrem jetzigen Zustand tatsächlich auf die Geheimzutat ansprechen sollte, aber sie musste es einfach tun. Sie blickte kurz zu Matteo, dessen Augen gebannt der Lokomotive folgten, die gleich den Tunnel passieren würde.

»Hör zu, Franca, mir ist da etwas aufgefallen. Du hast neulich erwähnt, dass Carmina Öl aus den Blütenknospen der Magnolie in ihre Tinktur gab. Woher wusstest du das?«

Franca versteifte sich. »Warum fragst du?«

»Als ich Carmina damals im Gefängnis besucht habe, da meinte sie, es handle sich um ihre Geheimzutat, von der nur Tonia wusste. Sie hat sie in ihrem Giftkästchen aufbewahrt. Dort, wo auch der Eisenhut war.«

Franca zog eine Fratze. »Du glaubst, ich habe etwas mit dem Mord zu tun!«

»Nein, ich wurde nur stutzig, weil –«

»Rede dich nicht heraus. Du glaubst, ich habe Undine umgebracht, nur weil ich von Carminas Geheimzutat wusste. Mein Gott, Alice, das ist lächerlich! Überleg doch nur: Als Carmina ins Gefängnis kam, da haben wir ihre Werkstatt im Keller ausgeräumt, auch den Giftschrank. Dabei habe ich natürlich das Magnolienöl entdeckt.«

Alice errötete. »Oh, natürlich.«

»Du musst endlich aufhören, einen Schuldigen zu suchen. Das treibt dich sonst noch in den Wahnsinn.«

Matteo schrie auf. Seine Lokomotive war soeben entgleist.

• • •

Alice schämte sich, dass sie Franca verdächtigt hatte. Allmählich drehte sie durch. Zuerst legte sie sich mit Lucilla an und jetzt auch noch mit Franca. Wen würde sie als Nächstes verdächtigen? Das durfte nicht so weitergehen, sie musste endlich einsehen, dass sie Carmina nicht helfen konnte. Aber solange sie hier in der Villa lebte, konnte sie den Mord nicht vergessen. Umso wichtiger war es, dass sie endlich von hier wegkam, und sie hatte auch bereits einen Plan: Nach Luzern würde sie gehen. Zuerst hatte sie in Erwägung gezogen, sich bei Lilly zu verstecken, aber bei ihr würde Maurizio zuerst nach ihr suchen. Und in Luzern kannte sie zumindest jemanden. Sie war einmal mit Maurizio dort gewesen, und während er einen Geschäftstermin nach dem anderen wahrgenommen hatte, freundete sie sich im Hotel mit der im Exil lebenden Jüdin Ella Sternweiler an, einer reichen Dame aus Salzburg. Alice hatte die gutmütige Frau gleich ins Herz geschlossen und verbrachte viel Zeit mit ihr. Ella hatte beim Abschied gemeint, sie sei jederzeit willkommen. Alice wusste, dass Ella ihr helfen würde.

Leider scheiterte ihr Vorhaben, vorerst zumindest. Violetta begann stark zu husten und war fiebrig. Der Arzt verabreichte Medikamente und Hausmittel, dazu verordnete er strenge Bettruhe. Unter diesen Umständen konnte Alice nicht fortgehen. Sie konnte nur hoffen, dass Maurizio sich nicht allzu sehr aufregen würde, sobald er nach seiner Rückkehr von Lucilla erführe, dass sie Emma und ihren Kindern Unterschlupf gewährt und Lucilla des Mordes verdächtigt hatte. So verbrachte Alice die ganze Zeit an Violettas Bett, machte ihr Wadenwickel und suchte nach Ausreden, die Maurizio besänftigen und von einer Scheidung abhalten würden. Nur ahnte sie, dass das schwer sein würde. Er liebte sie nicht. Dafür begehrte er ihren Körper umso mehr, doch der war ersetzbar, und deshalb würde sie ihn allein damit nicht halten können. Vielleicht sollte sie nochmals mit Lucilla reden und sich entschuldigen. Als Violetta einmal tief und fest schlief, wollte sie Lucilla aufsuchen, die aber gerade mit Pippa im Dorf war. Alice beschloss, kurz im Garten ihren Kopf zu lüften.

Eine frische Brise wehte, die ihr sofort die Müdigkeit aus den Gliedern trieb. Der Himmel war wolkenverhangen, in der Nacht davor hatte es geregnet und sich merklich abgekühlt. Eine Amsel schien sich daran nicht zu stören und erfüllte die Luft mit ihrem Gesang.

Plötzlich rannte Gianni wie ein Wirbelsturm an Alice vorbei zur Magnolie. »Gianni!«, rief sie ihm nach, doch er kletterte bereits auf den Baum. Sie rannte ihm nach. »Gianni! Was suchst du hier? Du darfst doch nicht raus!«

Nun kam auch schon ein keuchender Geraldo angerannt. »Wo ist er?«

Alice zeigte zur Magnolie, wo Gianni wie ein Eichhörnchen weiterkletterte. So dünn und klein, wie er war, sah man ihn unter den üppigen Blütenästen kaum noch.

»Komm sofort runter!«, rief Geraldo.

»*No!*«

Geraldo raufte sich das Haar. »Ach, Alice, ich dachte, ich hätte ihn endlich im Griff, aber er ist so wild.«

»Ich weiß.«

»Signora Alice! Signora Alice!« Filomena stieß keuchend zu ihnen, ihre Backen waren so rot, dass man dachte, sie hätte sie sich verbrannt.

»Filomena, was ist los?«

»Henriette Silvestri hat gerade angerufen.« Ein erneutes Keuchen. »Die Fremdenpolizei war soeben bei ihnen und hat das Haus durchsucht. Sie sind jetzt auf dem Weg ins Bootshaus. Wo ist Gianni?«

»Ach herrje! Oben im Baum!«

»Gianni«, zischte Geraldo, »komm sofort runter, die Polizei wird gleich hier sein und –«

»Nein, warte«, sagte Alice. »Wenn er jetzt runterkommt, sind wir ihnen ausgeliefert. Bis zum Haus ist es zu weit, und das Bootshaus werden sie durchsuchen.« Sie blickte hoch zu Gianni, der herunterklettern wollte. »Bleib oben, Gianni. Und sei still!«

Nun hörten sie bereits die Stimmen aus dem Bootshaus. Geraldo begann, ein paar nasse Blüten vom Boden aufzuheben, während Alice und Filomena so taten, als würden sie sich unterhalten. Kurz darauf kamen auch schon zwei Polizisten aus dem Bootshaus, dicht gefolgt von Waldemar Tremmel und Sigmund Vogt, deren Anwesenheit sogar die Amsel verstummen ließ.

»Die Damen.«

»Herr Tremmel, was machen Sie hier?«

»Interessant, dass sich die beiden Grundstücke so verbinden«, sagte er zu Sigmund Vogt, ehe er sich an Alice wandte.

»Die Herren sind von der Fremdenpolizei. Wir haben die Vermutung, dass hier jüdische Kinder ohne Aufenthaltsbewilligung versteckt werden.«

»Versteckt? Da irren Sie sich. Mein Mann und meine Schwiegermutter würden so etwas nie erlauben.«

Er grinste hinterlistig. »Ich denke auch nicht, dass die Kinder hier waren, nein. Sie waren vermutlich bis vor Kurzem noch bei ihren Nachbarn drüben und schlichen sich dann sehr wahrscheinlich durch das Bootshaus. Wir werden hier alles durchsuchen. Auch Ihr Haus.«

Alice atmete innerlich tief durch. Wie gut, dass die Kinder bei Henriette nicht entdeckt worden waren. Sie wusste von Henriette, dass es im Keller unten eine Falltür gab, die durch eine Holzkiste mit Loch im Boden zugänglich war. Die Silvestris hatten mit den Kindern vereinbart, dass sie sich bei jedem Hausklingeln dort zu verstecken hatten. Riccardo hatte deshalb veranlasst, dass man die Klingel auch im Keller hörte. Nun blieb nur noch die Sorge um Gianni.

»Schauen Sie sich ruhig um, Herr Tremmel«, meinte Alice und wandte sich an Filomena. »Bitte zeig den Polizisten doch nachher das Haus, sobald sie mit dem Bootshaus fertig sind.«

Tremmel half der Fremdenpolizei persönlich bei der Suche, während Sigmund Vogt die ganze Zeit vor dem Bootshaus blieb und ins Wasser starrte, als würden dort jederzeit die Kinder auftauchen. Alice musterte ihn abschätzig. Dachte er wirklich, die Kinder könnten sich so lange unter Wasser halten?

Nach gut einer halben Stunde erschien Tremmel wieder, seine gute Laune war längst verflogen.

»Wo sind die Kinder versteckt?«, fauchte er.

»Ich habe Ihnen schon gesagt, dass wir keine Kinder verstecken.«

Tremmel marschierte auf Geraldo zu, der inzwischen mit der Gartenschere an der Hecke herumschnitt. »Sie da!«

Geraldo drehte sich langsam um, seine Augen waren angstvoll aufgerissen. Alice hatte das Gefühl, er wäre in den letzten Minuten um mindestens zehn Jahre gealtert.

»Ja?«, fragte er leise.

»Ich weiß genau, dass sich hier irgendwo Kinder versteckt halten. Wenn Sie mir sagen, wo sie sind, dann bekommen Sie eine großzügige Belohnung. Hier arbeiten müssen Sie dann nicht mehr.«

Alice erstarrte. Sie wusste, dass Geraldo den Hauptteil seines Gehalts nach Italien an seine kranke Mutter schickte. Tremmels Belohnung musste sehr verlockend für ihn sein.

»Ich könnte das Geld gut brauchen«, sagte er nun, und Alice erschauerte. »Aber es gibt hier keine Flüchtlingskinder. Kein einziges, wirklich.«

Nun stieß Filomena wieder zu ihnen, zusammen mit einem der Polizisten. Tremmel zögerte nicht und machte ihr das gleiche Angebot.

Oh Gott!

Doch auch Filomena hob nur die Schultern. »Sie haben selbst gesehen, dass hier nirgendwo Kinder sind.«

Tremmels Augen wurden zu schmalen Schlitzen. Er murmelte etwas vor sich hin, ehe er sich an die Polizisten wandte. Kurz darauf verließen sie das Anwesen, diesmal über den normalen Weg.

Alices Herz beruhigte sich allmählich wieder. Sicherheitshalber verhielten sie sich noch eine Weile lang so, als könnten Tremmel und sein Gefolge jederzeit zurückkommen, und Alice wies Gianni an, auf der Magnolie zu bleiben. Erst als sie den Motor der Fahrzeuge hörten, durfte er runterkommen. Ganz verstört sah der Knabe aus und fiel Geraldo schließlich in die Arme, bedankte sich immer und immer wieder.

Kapitel 34

Brissago, März 2019

Fee

Fee hatte am Mittwoch intensiv zu Angelo Gillardi nachgeforscht, was sich wegen der Sprache als schwierig erwies. Im Gegensatz zum Tessin beherrschten die Leute in Italien kein Deutsch. Immerhin konnte sich Fee mit der Verantwortlichen der Firma, die die TV-Dokumentation gedreht hatte, auf Englisch verständigen. Sie erfuhr allerdings nur, dass Angelo Gillardi nicht mehr lebte. Andere Informationen blieben ihr aufgrund des Datenschutzes verwehrt. Wenigstens wusste Fee nun, dass Angelo Gillardi Metzger in Verbania gewesen war, und so tippte sie auf gut Glück *Macelleria Gillardi Verbania* ein – Metzgerei Gillardi –, jedoch ergebnislos. Kurzerhand fuhr sie am Donnerstag bei größtem Regenwetter nach Verbania, das nur etwa vierzig Minuten von Brissago entfernt lag. Sie klapperte die drei Metzgereien in der Gegend ab, die ihr das Web ausspuckte, und in der letzten hatte sie tatsächlich Erfolg. Der etwa sechzigjährige Mann sprach nur Italienisch, aber mithilfe seiner Notizen konnte sich Fee über ihre Übersetzungs-App mit ihm verständigen. Sie fand heraus, dass er die Metzgerei Ende der Achtzigerjahre von Angelo Gillardi übernommen hatte. Angelos beide Töchter hatten kein Interesse an dem Geschäft, und der damals Siebzigjährige wollte sich zur Ruhe setzen. Fee erfuhr auch, dass eine Tochter von Gillardi die Bürgermeisterin von Stresa war.

»*Ma non c'è bisogno di contattarli*«, begann der Metzger aufzuschreiben, und Fee tippte alles ein. Sie brauche die Bürgermeisterin gar nicht erst zu kontaktieren, sie habe sich immer geschämt für die Tätigkeit ihres Vaters während des Weltkriegs und versucht, es zu vertuschen. Gegen die TV-Dokumentation habe sie allerdings nichts machen können.

Von der anderen Tochter wisse er nur, dass sie einen Winzer geheiratet habe. Fee war verzweifelt und erzählte von dem Tagebuch. Der Mann zögerte, ehe er sagte, er würde versuchen zu helfen, benötige aber ein wenig Zeit. Sie hinterließ ihm ihre Nummer, und er versprach ihr, dass sein Englisch sprechender Enkel sie zurückrufen werde.

Entmutigt fuhr Fee im strömenden Regen zurück nach Brissago und traf um kurz nach sieben ein. Pippa und Aurelia waren bei Freunden zum Abendessen eingeladen, und so wärmte sich Fee Lasagne auf und aß zum Nachtisch ein Stück von Aurelias Zitronenkuchen. Gerade als sie den Katzen, die miauend um ihre Beine strichen, Milch in die vielen Schälchen füllte, klingelte ihr Handy. Ein Mann namens Diego Russo stellte sich als Enkel von Metzger Adriano Russo vor. Sein Großvater habe Fee am nächsten Tag einen Termin bei der Bürgermeisterin Marisa Sartori in Stresa verschaffen können. Man habe Marisa Sartori jedoch nicht über das genaue Anliegen informiert, sondern nur gesagt, dass Fee etwas über ihren Vater wissen wolle.

Und so fuhr Fee am darauffolgenden Tag nach Stresa und traf sich mit Marisa Sartori in deren lichtdurchflutetem Büro im Stadthaus. Während Fee ihr den Grund ihres Treffens schilderte, verdüsterte sich Marisa Sartoris Gesicht von Minute zu Minute. Sie war eine etwas mollige Frau mit kurzem, kastanienbraun gefärbtem Haar und strengem Blick.

»Immer diese alte Geschichte«, sagte sie herablassend und zupfte am Revers ihres türkisblauen, etwas zu engen Blazers, der exakt die Farbe ihrer Augen hatte. »Wissen Sie eigentlich, wie schlimm das für mich ist, immer wieder damit konfrontiert zu werden? Mit viel Mühe gelang es mir, dieses Amt zu bekommen, obwohl meine Gegner die Vergangenheit meines Vaters immer wieder gegen mich verwendeten.«

»Aber Ihr Vater hat doch auch Juden gerettet. Er war ein Held.«

Marisa Sartori verzog missbilligend das Gesicht. »Ja, aber er hat Geld dafür genommen.«

»Das wusste ich nicht.«

»Es gab tatsächlich Schmuggler, die den Flüchtlingen aus idealistischen Gründen geholfen haben. Aber schlussendlich hatten sie ja des Geldes wegen überhaupt mit dem Schmuggel begonnen, deshalb war es naheliegend, dass viele für die Fluchthilfe Geld verlangten. In dem Film, den Sie gesehen haben, wurde das alles beschönigt.«

»Signora Sartori, es tut mir leid, dass ich wieder alte Wunden geöffnet habe, aber ich will eigentlich nur erfahren, was aus meiner Urgroßmutter geworden ist. Und sie kannte einen Schmuggler namens Raffaele Fiore, der befreundet war mit Ihrem Vater. Ich hatte gehofft, das Tagebuch Ihres Vaters könnte mir in irgendeiner Weise weiterhelfen.«

»Ja, ja, verstehe. Das Tagebuch …« Sie überlegte. »Wenn, dann müsste es bei meiner Schwester Carla sein. Sie hat nach dem Tod meines Vaters einiges behalten.« Sie nahm Stift und Zettel hervor. »Ich schreibe Ihnen Adresse und Telefonnummer auf, dann können Sie sie kontaktieren.«

Kurz nachdem Fee das Stadthaus verlassen hatte, googelte sie die Adresse der Schwester. Carla Dalmasso lebte im Piemont in der Ortschaft Moirano bei Acqui Terme. Fee rief gleich an und erfuhr, dass Carla Dalmasso außer Haus sei, jedoch demnächst zurückkommen werde. Fee hinterließ eine Nachricht und wartete in einem kleinen Café bei Tee und Sandwich auf den Rückruf. Es regnete noch immer stark. Leute mit Schirmen strömten herein, brachten Kälte und Nässe mit. Als Carla Dalmasso anrief, hatte Fee den Mund gerade voller Brot und würgte den Bissen rasch runter. Carla Dalmasso sprach zum Glück Englisch. Sie wirkte recht gehetzt, deshalb kam Fee schnell auf den Punkt. Carla erklärte daraufhin, dass sie das Tagebuch habe und Fee es lesen dürfe. Sie könne allerdings nicht garantieren, dass es Informationen über Raffaele Fiore enthalte, denn sie habe es nie gelesen. Zudem wolle sie es nicht schicken, Fee müsse vorbeikommen. Auf dem Weingut gebe es Gästezimmer. So reservierte sich Fee gleich eine Unterkunft im Weingut in Moirano, das etwa eineinhalb Stunden von Stresa entfernt lag.

Auf dem Weg ins Parkhaus rief Nando sie an und erkundigte sich nach dem Gespräch mit Marisa Sartori. Sie hatte ihm am Abend zuvor eine Nachricht geschrieben. Als sie im Wagen saß, erzählte sie ihm die Neuigkeiten.

»Und nun fährst du nach Moirano, um das Tagebuch zu lesen?« Er klang skeptisch, was sie ihm nicht verübeln konnte.

Sie lachte. »Ich versuche es mithilfe eines Online-Übersetzungstools. Aber eigentlich brauche ich ja nur auf den Namen Raffaele zu achten und dann diese Stellen zu übersetzen.« Sie brach ab. »Ich hoffe einfach, dass dort etwas über Raffaele steht. Und mir weiterhilft.«

»Hm.« Er schwieg für einen Moment, ehe er fortfuhr. »Ich könnte dir helfen. Du wärst viel schneller mit dem Tagebuch. Ich habe um sechzehn Uhr meinen letzten Termin. Wenn ich danach gleich losfahre, bin ich um siebzehn Uhr in Stresa, dann könnten wir mit einem Auto weiterfahren.«

»Was ist mit Giulia?«

»Meine Eltern sind heute Morgen zurückgekommen. Sie ist nicht allein.«

Eine Welle des Glücks durchströmte Fee. »Ich würde mich freuen, wenn du kommst.«

• • •

Wie so oft in den letzten Tagen verbesserte sich das Wetter gegen die Mittagszeit, und so entschloss sich Fee, Stresa anzuschauen und noch ein paar Dinge für die Übernachtung zu kaufen. Sie ärgerte sich über ihre Kleidung. Für das Treffen mit Marisa Sartori hatte sie eine schwarze Stoffhose, eine dunkelgraue Seidenbluse und ihren schwarzen Blazer angezogen. Wie hätte sie ahnen können, dass es sie so schnell auf ein Weingut verschlagen würde, und das auch noch in Begleitung von Nando? Sie hatte für ihn auch noch ein Zimmer reserviert, obwohl sie nichts dagegen gehabt hätte, mit ihm eines zu teilen. Insgeheim hatte sie gehofft, es gäbe kein freies mehr, so wie in Filmen, und dass er in ihrem hätte schlafen müssen. Noch im selben Moment hatte sie sich für ihren Gedanken gescholten. Es war nicht klug, sich so kurz nach Christian auf eine Affäre einzulassen. Nur konnte sie nicht leugnen, dass sie sich stark zu Nando hingezogen fühlte. Und aus diesem Grund wollte sie wenigstens etwas hübsch aussehen. In einer kleinen Boutique, die versteckt in einer Gasse lag, kaufte sie sich ein hellblau-weiß gestreiftes Blusenkleid aus Chiffon. Als sie beim Schaufenster einer weiteren Boutique vorbeikam, erspähte sie ein kleines Schwarzes mit Dreiviertelärmeln, das perfekt für den Abend gewesen wäre. Leider gab es nur noch Größe vierunddreißig – zu eng für ihre Hüften – und dann wieder Kleider ab Größe vierzig. Die Verkäuferin lächelte verschmitzt und sagte in ihrem sehr brüchigen Englisch, dass sie das Kleid auch noch in Rot habe. Ohne dass Fee etwas sagen konnte, schoss sie auf einen Ständer zu und holte das rote Kleid hervor. »Größe sechsunddreißig ist noch da. Diese Farbe steht Ihnen bestimmt gut.« Die Verkäuferin strahlte so sehr, dass es Fee nicht fertigbrachte zu verneinen. Sie würde einfach mal kurz reinschlüpfen und dann sagen, dass es ihr nicht gefalle. Als sie sich kurz darauf im Spiegel erblickte, musste sie der Verkäuferin aber recht geben. Das Kleid war perfekt. Es saß nicht nur wie angegossen, sondern passte auch zu ihrer Haut und verlieh ihr Frische. Sie hatte früher oft Rot getragen. Eigentlich sämtliche Farben, nur nicht Schwarz und Grau. Langsam ließ sie sich auf den kleinen Lederhocker nieder und seufzte tief. Nach Evas Tod hatte sie Farben nicht mehr ertragen können, zu groß war der Schmerz gewesen. Tränen liefen ihr über die Wangen, doch gleichzeitig nahm eine innere Kraft von ihr Besitz und erfüllte sie ganz. Sie stand wieder auf und betrachtete ihr Gesicht im Spiegel, wischte die Tränen weg. Sie wollte und durfte sich nicht mehr verstellen.

Die Verkäuferin fragte von draußen, ob das Kleid sitze.

Fee lächelte. »Ja, es gefällt mir. Ich nehme es.«

Nando holte sie beim Parkhaus ab, und sie fuhren mit seinem Wagen. Unterwegs sprachen sie über alles Mögliche, hörten Songs von den Stones, Hendrix und Deep Purple.

Wegen des Freitagsverkehrs dauerte es etwas länger, bis sie Moirano erreichten, dafür wurden sie mit einem atemberaubenden Anblick belohnt, als sie die gewundene Straße zwischen den Rebbergen hochfuhren. Die Villa Dalmasso lag auf einer Hügelkette, eingebettet zwischen Rebfeldern und einem weitläufigen

Naturbiotop. Die allmählich untergehende Sonne tauchte die Landschaft in ein goldenes Licht, genau wie das Anwesen selbst mit seinen drei lachsfarbenen Gästebungalows und den Tannen rundherum.

Empfangen wurden sie von Carla Dalmasso persönlich, einer etwa sechzigjährigen, sehr schlanken und temperamentvollen Frau mit schwarzer Lockenpracht. Im Schnelldurchgang erklärte sie ihnen alles und meinte, sie bringe das Tagebuch später. Ihr Mann Severino, ein braun gebrannter Charmeur, der mit etwas Fantasie Ähnlichkeit mit George Clooney hatte, war wesentlich gemütlicher und offerierte kurz nach der Ankunft ein Glas seines Weißweins, den sie im Garten mit Ausblick auf die Rebberge genießen konnten.

Etwas später zogen sie sich auf ihre Zimmer zurück, und Fee war ganz entzückt von der im piemontesischen Landhausstil gehaltenen Einrichtung: ein Himmelbett aus Eisen, über das sich ein weißes Laken spannte, schlichte Holzmöbel, Klinkerbodenplatten und Holzbalken an der Decke.

Als sie Nando gegen halb neun zum Abendessen traf, in ihrem roten Kleid und mit offenem Haar, erntete sie einen bewundernden Blick und spürte, wie ihre Haut zu prickeln begann. Nach dem Essen unternahmen sie einen kleinen Verdauungsspaziergang durch die Rebberge. Fee kam es vor wie im Frühsommer, als sie den von Laternen beleuchteten Pfad entlangschritten. Die Luft war recht mild und roch nach Erde und Gras. Grillen zirpten.

»Du hattest übrigens recht«, sagte Fee.

»Womit?«

»Ich bin tatsächlich nach Brissago geflüchtet. Ich wollte alles hinter mir lassen und habe versucht, mich abzulenken: vom Tod meiner Großmutter, der Anfrage des Forums, der Hochzeit, von Eva.« Sie brach ab und blieb stehen. »Aber es geht nicht. Mir ist vieles bewusst geworden, unter anderem, dass es falsch war, Eva und die Erinnerungen an sie aus meinem Leben zu verbannen.«

Er setzte sich auf eine Mauer unter eine Laterne. »Erzähl mir von ihr.«

Fee zögerte kurz, dann ließ sie sich neben ihm nieder und zog die Strickjacke über der Brust fester zusammen.

»Eva war perfekt. In jeder Hinsicht. Sie sah aus wie Cindy Crawford, aber sie vermittelte auch dieses ›Hey, mit mir kannst du Pferde stehlen‹-Gefühl. Sie war humorvoll und unglaublich intelligent. Sie studierte Medizin, da hat sie auch ihren Freund kennengelernt, Manuel. Sie waren noch recht jung, doch sie wollten unbedingt schon heiraten und eine Familie gründen, das war ihnen wichtig. Eva liebte Kinder über alles. Sie wollte Kinderchirurgin werden.« Fee schluckte. »Als ich sie kennenlernte, war ich elf und ein schüchternes, schlaksiges Mädchen. Meine beste Freundin Jessy und ich waren die beiden unbeliebtesten Mädchen der Klasse. Jessy wurde oft gehänselt wegen ihrer Hautfarbe und weil sie stotterte. Und mich nannten alle Dumbo.« Sie zeigte auf ihre Ohren. »Dann kam Eva. Sie war mit ihren Eltern aus Lausanne nach Zürich gezogen. Ich glaube, jeder Junge unserer Klasse verliebte sich sofort in sie. Und die Mädchen wollten sie als Freundin. Sie war so hübsch, witzig, klug und wahnsinnig cool. Ich weiß noch immer nicht, weshalb sie sich ausgerechnet mich als Freundin ausgesucht hat. Sie sagte später einmal, dass sie mich faszinierend fand. Aber vermutlich hatte sie einfach Mitleid. Jedenfalls veränderte sie unser Leben. Sie holte Jessy und mich aus unseren Schneckenhäusern heraus, und dank ihr wurden wir selbstbewusster. Sie machte uns Mut, zu unseren Talenten zu stehen … Es war Eva, die mich darin bestärkt hat, Schmuckdesignerin zu werden. Und die Jessy klarmachte, dass sie nicht Jura studieren sollte, nur weil ihr Vater das wollte. Sondern ihre Leidenschaft, das Tanzen, zum Beruf machen müsse.« Fee sah in die Ferne. Ein paar Wolken glitten über den Himmel, ließen gelegentlich den Mond sichtbar werden und ein paar Sterne aufblitzen.

Sie sah Nando direkt ins Gesicht. »Ich habe mich oft gefragt, weshalb es nicht mich erwischen konnte. Ich hielt mich nicht für ebenbürtig. Ich meine, was machte ich schon? Ich stellte Schmuck her und rettete keine Kinder, so wie Eva es als Chirurgin getan hätte. Diese Einsicht, aber auch die Tatsache, dass Eva mir so sehr fehlte, ließen mich in eine Krise stürzen.« Sie erzählte ihm offen und ehrlich von der Zeit, und er hörte schweigend zu.

»Ja, und so lernte ich dann auch Christian kennen. Er veränderte mein Leben. Ich studierte noch mal, diesmal Financing, begann, wie verrückt Sport zu machen, legte mir eine komplett andere Garderobe zu, zog bei Christian ein. Mein altes Leben existierte nicht mehr ... Meine Großmutter hat mir oft gesagt, ich dürfe nicht so radikal sein, irgendwann würde mich doch alles einholen. Und sie hatte recht.«

Nando sah sie nachdenklich an. »Auch dein Leben ist wertvoll, Fee. Nur weil du keine Kinderchirurgin geworden bist, bist du nicht weniger wert als Eva. Du hast andere Talente, die genauso wichtig sind. Wie das Zeichnen von Schmuck, den die Leute gerne tragen.«

»Ja, nur habe ich diese Gabe jahrelang unterdrückt und stattdessen nur düstere Bilder gemalt.«

»Du kannst wieder mit dem Zeichnen von Schmuck beginnen.«

Fee dachte an das Gefühl, das sie in der Magnolienvilla oft verspürt hatte. »Ja, vielleicht werde ich das.« Sie lächelte. »Sag mal, was ist eigentlich mit dir? Dein Großvater hat die Bemerkung fallen lassen, dass du dein altes Leben aufgeben musstest?«

Er lehnte sich zurück. »Vor dem Tod meiner Schwester arbeitete ich für eine angesehene Anwaltskanzlei in Lugano. Ich war kurz davor, Partner zu werden, und führte ein Leben auf der Überholspur. In meiner raren Freizeit feierte ich und trank zu viel. Ein paar Wochen bevor Sofia starb, fuhr ich einen Ferrari zu Schrott, weil ich betrunken am Steuer saß. Es geschah auf der Autobahn, aber da es morgens um drei war, geriet Gott sei Dank niemand in Mitleidenschaft. Wie durch ein Wunder kam ich mit ein paar Kratzern und einer leichten Gehirnerschütterung davon. Außerdem erhielt ich eine saftige Geldstrafe, und der Führerschein wurde mir für ein halbes Jahr abgenommen. Als Sofia ein paar Wochen später starb, begann ich, mein Leben zu hinterfragen. Es ging mir damals ähnlich wie dir. Auch ich fragte mich, weshalb es nicht mich erwischt hatte.«

Fee bemerkte, dass sich seine Augen verengten und er die Lippen zusammenpresste. Doch schon im nächsten Moment entspannten sich seine Züge, und er sah sie unverwandt an. »Ich beschloss, einiges wiedergutzumachen. Ich bin Giulias Taufpate, und Sofia hat mich vor langer Zeit, da war Giulia noch ein Baby, darum gebeten, für Giulia zu sorgen, sollte ihr etwas zustoßen. Ich habe es ihr versprochen, und deshalb habe ich meine Karriere aufgegeben und bin nach Brissago zurückgekehrt.«

»Was ist mit Giulias Vater?«

»Er ist Australier und lebt in Brisbane. Sie lernte ihn auf einer Canyoning-Tour während seiner Adventure-Weltreise kennen. Als sie von der Schwangerschaft erfuhr und es ihm mitteilte, war er wohl gerade irgendwo im Tibet. Er wollte nie etwas von Giulia wissen. Ich war deshalb schon immer eine Art Ersatzvater für sie, auch vor Sofias Tod.«

Fee sah ihn an. In gewisser Weise waren sie sich sehr ähnlich. Sie hatten beide einen Menschen verloren und danach ihr Leben komplett umgestellt. Nur hatte Nando es schon zum Guten verändert. Und sie war jetzt auf dem Weg, das zu tun.

»Vermisst du dein altes Leben manchmal?«, fragte sie.

»Nein, nie. Klar, es ist nicht immer leicht mit Giulia. Sie treibt mich und auch meine Eltern oft in den Wahnsinn … Aber schlussendlich ist es einfach schön, für sie da zu sein, sie aufwachsen zu sehen … ein unbeschreibliches Gefühl.« Er hob die Schultern und lächelte. Sein Blick war offen und warm, und Fee spürte wieder jenen Anflug von Zärtlichkeit in sich wie damals, als er Tommaso die Decke über die Beine gelegt hatte. Was für ein guter Mann, dachte sie. Fürsorglich, nett, ehrlich. Und so anziehend. Diese Augen! Und diese niedlichen Sommersprossen auf dem Nasenrücken …

Sie senkte den Blick aus Angst, er könnte ihre Gedanken von ihrem Gesicht ablesen.

»Felicia, alles in Ordnung?« Er legte eine Hand auf ihre, und sofort jagte ein Feuerwerk durch ihren Körper. Sie sollte nicht hier sein, nicht so kurz nach der Sache mit Christian. Aber sie konnte nicht anders. Sie schaute ihn an und hauchte ein »Ja«. Ihre Blicke blieben fast magnetisch aneinander haften. Er näherte sich ihrem Gesicht, und Fee stieg sein würziges Aftershave betäubend in die Nase. Wie benommen schloss sie die Augen und spürte im nächsten Moment seine weichen Lippen auf ihrem Mund.

Kapitel 35

Brissago, März 1944

Alice

Dass Tremmel und sein Gefolge keines der Kinder gefunden hatten, erschien Alice wie ein Wunder, und sie war unendlich dankbar dafür. Sie hatte mit Lilly und Henriette die Abmachung getroffen, dass man sicherheitshalber noch ein paar Tage warten würde, bis die Kinder ins Heim zurückkehren durften.

Auch Violetta ging es inzwischen etwas besser, aber sie hustete noch immer und war sehr schwach. Alice musste ihre Flucht schweren Herzens aufschieben, obwohl momentan die beste Gelegenheit gewesen wäre. Lucilla besuchte ihre Cousine Adalberta in Genf, und Maurizio war noch in Lugano. Dennoch: Das Wohl ihres Kindes ging vor.

Am Abend unterhielt sie sich mit Geraldo bei der Magnolie unten über Gianni. Der Junge hatte sich am Nachmittag wieder rausgeschlichen, Filomena hatte ihn zum Glück erwischt.

»Achte bitte weiterhin gut auf ihn«, bat Alice Geraldo. »In ein paar Tagen können die Kinder zurück zu Lilly. Aber er muss so lange unbedingt noch drinnen bleiben. Wer weiß, ob Tremmel nicht noch mal herkommt!«

Geraldo hob verzweifelt die Schultern. »Ich gebe mein Bestes,

Signora Alice. Aber ich kann den Jungen nicht einsperren, das wissen Sie ja. Er dreht sonst durch.«

»Er hat Glück gehabt neulich.«

»Ja, und das weiß er auch zu schätzen. Er hat sich erneut bei mir bedankt, dass ich ihn nicht verraten habe.«

Nachdem Geraldo gegangen war, blieb Alice am Ufer stehen und betrachtete den klaren Himmel voller funkelnder Sterne, die sich millionenfach auf dem ruhigen See spiegelten. Plötzlich fiel ihr auf der rechten Seite des Ufers eine Bewegung im Wasser auf, und kurz darauf tauchten zwei schwimmende Gestalten auf. Alice erstarrte vor Schreck.

»Alice!«, rief eine, und nun erkannte Alice Raffaele. Er schwamm auf sie zu, schleppte einen anderen Mann mit sich, bis er zur Mauer gelangte. Alice half ihnen aus dem Wasser.

»Was ist passiert?«

»Das ist mein Kumpane Angelo. Er wurde angeschossen. Kann ich wieder das Boot nehmen? Ich bringe ihn zu Doktor Brambilla.«

Erst jetzt bemerkte Alice den provisorischen Verband – einen abgerissenen Hemdärmel – um Angelos Oberarm. Er hielt nicht mehr gut, Blut sickerte bereits durch und vermischte sich mit dem Wasser.

»Ja, natürlich könnt ihr das Boot nehmen.«

»Und da ist noch etwas. Kann ich mich für ein bis zwei Tage hier im Bootshaus verstecken? Man sucht überall nach mir. Doktor Brambilla ist zwar nett und hilfsbereit, aber ich kann dort nicht bleiben.«

Alice zögerte kurz. Es war riskant, andererseits waren Lucilla und Maurizio weg. »Du kannst hierbleiben.«

Spät in der Nacht schlich sie aus dem Haus mit einem Korb voller Essen und Decken. Raffaele war inzwischen wieder zurückgekommen und wartete bereits im Bootshaus. Nachdem er ihr erklärt hatte, dass sich Doktor Brambilla um Angelo kümmern würde, strich er ihr zärtlich über das Gesicht. »Ich habe dich so vermisst.«

Alice hatte das Gefühl, als marschierte ein ganzes Heer von Ameisen durch ihre Adern. »Ich dich auch.« Sie fuhr ihm durch das Haar, und als er seine Arme um ihre Taille legte und seine Lippen die ihren trafen, wurde sie von einer schwindelerregenden Begierde ergriffen, die intensiver war als alles andere, was sie je zuvor empfunden hatte.

• • •

Sie lagen eng umschlungen auf der Galerie des Bootshauses, eingehüllt in ihre Liebe, unter ihnen schaukelte das Boot im Wasser. Raffaele erzählte ihr, wie es zu Angelos Verletzung gekommen war. Kurz vor der Grenzüberquerung zusammen mit zwei jüdischen Flüchtlingen waren sie von einem Grenzwächter entdeckt worden. Es kam zum Schusswechsel, bei dem Angelo getroffen wurde. Als der Grenzwächter erneut schießen wollte, kam Raffaele ihm zuvor und erschoss ihn. Leider erschien in der Zwischenzeit auch eine deutsche Patrouille, die die beiden Flüchtlinge festnahm. Ihm und Angelo gelang die Flucht.

Während er sprach, spürte Alice, dass er sich große Vorwürfe machte, weil er die Juden nicht hatte retten können. Sie redete ihm gut zu, sagte, dass er schon so vielen geholfen habe. Um ihn abzulenken, berichtete sie ihm von dem Vorfall mit Lucilla und ihrer geplanten Flucht, aber auch von der Sache mit Carmina.

Er strich ihr durch das zerwühlte Haar, kämmte es mit seinen Fingern. »Du hältst diese Lucilla also für schuldig?«

»Ach, ich hatte mich in etwas hineingesteigert, weil ich Carmina so sehr helfen wollte und die Augen vor der Realität verschloss. Ich habe sogar Franca für schuldig gehalten.«

»Nun, irgendjemand hat diese Undine umgebracht. Und wenn es weder Carmina noch die Zofe war, muss es jemand von den Hausbewohnern gewesen sein.«

»Ich bin alles schon so oft durchgegangen, glaube mir. Henriette hat recht, ich muss endlich akzeptieren, dass ich es nicht herausfinden werde.«

Sie schwiegen, nur das Wasser war zu hören. »Lass uns zusammen flüchten«, sagte Raffaele plötzlich und richtete sich auf. »Wir nehmen das Boot bis nach Ascona. Lilly Volkart wird uns helfen.«

»Ich kann nicht. Violetta hat gerade eine Grippe hinter sich und ist noch sehr schwach. Eine Flucht in ihrem Zustand ist unmöglich.«

»Aber überleg doch: Wenn Lucilla Maurizio alles erzählt, wird er sich scheiden lassen. Dann siehst du Violetta nie wieder.«

»Ich werde Maurizio überreden.«

»Ich will aber nicht, dass du bei ihm bleibst.«

»Raffaele, ich habe keine andere Wahl.«

Er fuhr ihr über die Lippen. »Ich will eine Zukunft mit dir.«

Alice wandte ihm den Rücken zu. Ihr Hals war wie zugeschnürt. »Das geht nicht, tut mir leid. Ich muss jetzt gehen.«

Am nächsten Abend traf sie sich wieder mit ihm. Wie schon am Tag zuvor war sie sehr vorsichtig gewesen und hatte gewartet, bis alle im Bett waren.

»Wie geht es Violetta?«, fragte Raffaele.

»Sie hustet noch immer. Ich kann nicht mit ihr weg.«

»Ich habe lange nachgedacht: Alice, wenn der Krieg vorbei ist, kommst du mit Violetta nach Italien. Ich lebe in Biella. Komm dort zur Glockengießerei Fiore.«

»Glockengießerei Fiore. Gut, ich werde es versuchen.«

Er trat auf sie zu und fuhr mit dem Daumen sanft über ihre Unterlippe. »Ich liebe dich, Alice«, raunte er.

»Ich dich auch.« Sie küsste ihn und genoss das Gefühl von kleinen Schauern, die durch ihren Körper rieselten. Plötzlich meinte sie, etwas gehört zu haben. »Was war das?«

»Bestimmt nur der Wind.« Er bedeckte ihren Hals mit unzähligen Küssen und streifte ihr das Kleid von den Schultern.

»Nur der Wind«, hauchte Alice, überwältigt von ihren Gefühlen.

• • •

Als sie sich später wieder anzog, massierte Raffaele ihr den Nacken. »Bleib noch bei mir.«

»Nein. Ich muss zurück. Nach Violetta sehen.«

»Du kannst dich in der Nacht noch mal rausschleichen. Ich werde kurz nach Mitternacht aufbrechen.«

Sie strich ihm über die Wange. »Ich werde hier sein.« Sie kletterten die Treppe runter, und als sie sich noch mal küssten, ging plötzlich die Tür auf. Maurizio stand vor ihnen mit seinem Jagdgewehr, und er schob Gianni vor sich her, den er am Kragen hielt.

Wie eine Faust umschloss die Angst Alices Herz. »Maurizio! Du bist schon zurück! Und Gianni ... was ...?«

In Maurizios Augen funkelte pure Verachtung. »Ich dachte, ich überrasche meine Familie mit meiner früheren Rückkehr. Stattdessen treffe ich auf eine Überraschung! Sogar gleich zwei. Zuerst erwische ich diesen Jungen auf meinem Anwesen, und dann ertappe ich meine eigene Frau mit einem anderen Mann!« Er richtete die Waffe auf Raffaele und starrte ihn an, musterte ihn missbilligend von oben bis unten. Sein Blick blieb kurz an Raffaeles Stoffschuhen hängen, ehe seine Augen wieder hinaufwanderten.

Er gab ein verächtliches Schnauben von sich. »Sie sind doch bestimmt der Schmuggler, nach dem überall gesucht wird! Natürlich! Die Beschreibung passt auch.« Er sah zu Alice. »Dein Liebhaber hat einen Grenzwächter ermordet, wusstest du das? Die Polizei sucht nach ihm. Ich werde ihn ausliefern. Zusammen mit diesen Judenkindern.«

Alice hatte das Gefühl, dass alles um sie herum aus dem Gleichgewicht zu geraten drohte. »Du … du weißt es?«

»Oh ja! Von Tremmel wusste ich bereits, dass er nach Kindern sucht und dich und die Silvestris verdächtigt hat. Als ich dann den Bengel sah, war mir alles klar. Ich habe vorhin aus ihm herausbekommen, dass er bei Geraldo wohnt, und diesen zur Rede gestellt. Ich musste ihm drohen, aber er hat mir alles erzählt. Auch über die Kinder bei den Silvestris.«

»Du darfst sie nicht verraten!«

»Du hast mir gar nichts zu sagen.« Er schlug ihr ins Gesicht, die Waffe hielt er noch immer auf Raffaele gerichtet.

Nun ging alles sehr schnell. Gianni riss sich los, griff nach einem Zweizinkenhaken und schlug damit gegen Maurizios Oberschenkel.

»Gianni!«, rief Alice, als Maurizio schreiend zusammensackte. Das Gewehr fiel ihm aus der Hand, und Alice griff sofort danach.

Mit vor Schmerz verzogenem Gesicht rieb sich Maurizio das Bein. »Dieser verdammte Bastard!«

Gianni ließ den Haken fallen und stand erstarrt da. »Geh, Gianni, geh!«, rief Alice ihm zu. »Geh sofort weg von hier!«

Er sah sie aus weit aufgerissenen Augen an, dann machte er kehrt und rannte aus dem Bootshaus. Alice hielt das Gewehr auf Maurizio gerichtet, der aufzustehen versuchte. »Bleib liegen!«

»Alice, wir müssen auch verschwinden!«, sagte Raffaele.

»Ich kann nicht weg ohne Violetta.«

»Dann hol sie! Schnell!«

»Nein, sie ist noch viel zu schwach. Raffaele, du musst gehen, hörst du!«

»Ich lasse dich nicht allein zurück!«

»Denkt nur nicht, ihr kommt so davon!«, rief Maurizio. »Ich bringe euch hinter Gitter! Alice, du wirst Violetta nie wiedersehen, dafür sorge ich. Du hast einen Mörder hier versteckt. Und diesen Juden, der keine Aufenthaltserlaubnis hat. Man wird ihn des Landes verweisen und auch die anderen Kinder, dafür werde ich sorgen.«

»Gar nichts wirst du!« Alice richtete das Gewehr genau auf seine Brust.

Er zuckte kurz zusammen, begann dann zu lachen. »Du kleine Hure, du wirst nicht schießen, dazu hast du keinen Mut.«

Zorn überwältigte Alice, und es fühlte sich an, als würde sie von einer dunklen Macht ergriffen, die ihr die Kontrolle über ihren Körper vollkommen entzog. Sie schoss Maurizio in die Brust, er starrte sie noch mit weit aufgerissenen Augen an, ehe er in sich zusammensackte.

Raffaele blickte schockiert zu ihr, kniete dann nieder zu Maurizio und fühlte seinen Puls. »Er ist tot.«

»Oh Gott, was habe ich nur getan«, flüsterte Alice und starrte auf den reglosen Körper. Raffaele stand wieder auf und nahm ihr das Gewehr aus der Hand. Sie begann zu zittern und schluchzte auf. »Was habe ich nur getan! Ich ... wollte das doch nicht ... Aber er ... die Kinder ... ich –« Sie konnte nicht mehr weiterreden, da ihre Kehle plötzlich wie zugeschnürt war. Im nächsten Moment spürte sie Raffaeles Umarmung und fühlte, wie ihre Kraft zurückkehrte.

»Keine Angst, Liebste. Ich werde den Leuten sagen, dass ich es war.«

»Nein, nein.« Sie löste sich aus der Umarmung und atmete tief durch. »Das wirst du nicht! Das werde ich nicht zulassen.«

»Alice, man wird dich verhaften!«

»Nein.« Sie rieb sich die Schläfen und überlegte schnell. »Ich werde sagen, dass es ein Einbrecher war ... genau. Maurizio hatte ihn überwältigen wollen, dabei schlug ihm der Einbrecher mit dem Zweizinkenhaken ins Bein, nahm ihm das Gewehr weg und erschoss ihn ... Das wird man bestimmt glauben, weil es momentan in der Gegend einige Einbrüche gab ... Du musst jetzt gehen!«

»Ich werde dich nicht im Stich lassen.«

»Raffaele, sie suchen nach dir! Du hast einen Grenzwächter erschossen.« Sie legte beide Hände auf seine Schultern. »Denk an deine Söhne! Sie brauchen dich!«

Er zögerte. »Oh, Alice!« Er fuhr sich verzweifelt über das Gesicht. »Gut, ich gehe. Aber versprich mir, dass du nach dem Krieg mit Violetta zu mir nach Biella kommen wirst. Bitte versprich es mir!«

»Ja. Ja, ich verspreche es.«

»Ich liebe dich!«

»Ich dich auch.« Sie küssten sich, dann stieg er ins Wasser und schwamm davon.

Kurz nachdem er weg war, kam bereits die Polizei, dicht gefolgt von Pippa, Aurelia, Filomena und Geraldo. In der Villa mussten sie den Schuss gehört und sofort die Polizei gerufen haben. Pippa näherte sich Maurizios Leiche und legte sich heulend darüber. Einer der Polizisten schob sie vorsichtig zur Seite und fühlte Maurizios Puls. »Er ist tot.«

»War das auch der Schmuggler, der hier gerade sein Unwesen treibt?«, fragte der andere Polizist Alice, der fast das Herz stehen blieb. Wie kamen sie darauf?

»Nein, es war ein Einbrecher«, sagte sie, darum bemüht, das

Zittern in ihrer Stimme zu verbergen. »Maurizio wollte ihn überwältigen, da hat ihm der Einbrecher mit dem Zweizinkenhaken ins Bein geschlagen und ihm das Gewehr abgenommen ... Er hat ihn erschossen und ist geflüchtet. Ein kleiner Mann ... mit blondem Haar.« Alice zeigte absichtlich in die andere Richtung, nicht in die, in die Raffaele geflüchtet war.

Der Polizist wies zu Pippa. »Das Mädchen hat aber gesagt, es habe Sie zusammen mit einem Mann im Bootshaus gesehen. Die Beschreibung passt auf einen dunkelhaarigen Italiener, einen Schmuggler, nach dem wir fahnden.«

Pippa stand schluchzend auf. »Ich habe dich vorhin mit dem Mann gesehen, bin zurück zum Haus gelaufen und habe es Papa gesagt. Filomena musste schon die Polizei anrufen, und Papa ist zum Bootshaus gegangen.« Sie sah zu dem Polizisten. »Ich sollte im Haus bleiben, aber dann habe ich es nicht mehr ausgehalten und kam hier runter. Die Tür zum Bootshaus war offen. Ich sah Papa verletzt am Boden liegen, und dann hat Alice auf ihn geschossen. Der andere Mann ist geflüchtet.«

Alice zitterte. Pippa hatte sie also mit Raffaele gesehen und Maurizio alles erzählt. Deshalb hatte er das Gewehr dabeigehabt, nicht wegen Gianni. Aber etwas störte sie an Pippas Aussage. Nur was?

»Aurelia hat auch alles gesehen«, fügte Pippa nun hinzu. »Nicht wahr?«

Aurelia sah zu Boden. »Ja.«

Der Polizist stemmte die Hände in die Hüften. »Ihr habt also beide beobachtet, wie diese Frau den Mann da erschossen hat?«

»Ja!«, rief Pippa.

»Ja«, stimmte Aurelia leise zu.

Der Polizist griff nach Alices Arm. »Dann muss ich Sie festnehmen, Signora Ferrazzini.« Er erklärte ihr ihre Rechte, aber sie hörte gar nicht mehr hin. Sie blickte nur zu Pippa, die sie voller Hass anstarrte. Aurelia stand schuldbewusst daneben. Plötzlich wusste sie, dass Pippa den Schuss nicht beobachtet hatte. Nein. Hätte sie alles gesehen, wäre sie sofort zu ihrem toten Vater gerannt. Und doch sagte sie gegen Alice aus, genau wie Aurelia. Aber es brachte nichts, sich gegen die Wahrheit zu wehren. Es stimmte ja, sie hatte Maurizio erschossen.

Kapitel 36

Brissago, März 2019

Fee

Am nächsten Tag erwachte Fee früh, und während sie den schlafenden Nando neben sich betrachtete, dachte sie beglückt an die vergangene Nacht mit ihm. Viel geschlafen hatten sie nicht.

Vorsichtig stieg sie aus dem Bett, ging kurz ins Bad und betrat dann den Balkon. Die Sonne ging hinter den Hügeln auf, der von Wolkenstreifen durchzogene Himmel bot ein farbenfrohes Schauspiel aus Rot-, Orange- und Gelbtönen. Die Luft war erfüllt vom Duft der Natur und dem Gesang der Vögel.

»Guten Morgen!« Nando legte ihr von hinten die Arme um ihre Hüften, sie sah zu ihm hoch. Sein Haar war zerzaust, die Augen verschlafen.

»Ist die Aussicht nicht atemberaubend?«

»Die Aussicht interessiert mich gerade nicht.« Er küsste ihren Nacken, und seine Hände glitten unter ihr Nachthemd, wanderten hoch zu ihren Brüsten. Heißes Verlangen durchströmte Fees Adern, sie drehte sich um und begann, seinen Hals zu küssen. Mit einem Ruck hob er sie hoch und trug sie zurück ins Zimmer.

…

Wie benebelt von der Leidenschaft, saßen sie etwa zwei Stunden später im Garten beim Frühstück. Die Morgensonne und der starke Kaffee sorgten bei Fee allmählich dafür, dass sie aus ihrer Trance erwachte und sich dem ursprünglichen Grund ihres Besuchs widmen konnte – wenn sie auch am liebsten den ganzen Tag mit Nando im Bett verbracht hätte.

Carla hatte ihnen inzwischen Angelos Tagebuch überreicht, und Nando durchsuchte es auf Stellen, an denen Raffaele erwähnt wurde. Glücklicherweise gab es welche, Nando übersetzte sie für Fee auf Deutsch. So erfuhr sie, dass Angelo Raffaele in Verbania kennengelernt hatte und ihn überzeugte, sich den Schmugglern anzuschließen. Raffaele, der ursprünglich aus Biella – ebenfalls im Piemont – stammte, hatte dort mit seinem Bruder eine Glockengießerei betrieben, aber auch als Journalist gearbeitet. Er hatte zwei Söhne, die Frau war gestorben. Nach der Machtübernahme Mussolinis schloss er sich einem kleinen Teil der Opposition an, der sich im Untergrund organisierte. Die Aktivitäten bewirkten nicht viel. Die Oppositionellen blieben zersplittert in kleinen, nicht abgestimmten Gruppen, unfähig, das System anzugreifen oder auch nur zu bedrohen. Sie verfassten Schriften und Büchlein, die aber die Massen nicht erreichten. Erst im Sommer 1943 wurde die Opposition stärker, doch zu diesem Zeitpunkt war Raffaele nicht mehr dabei. Er war von einem Kameraden verraten worden und konnte vor der Verhaftung dank einer Warnung rechtzeitig flüchten. So kam er nach Verbania und begegnete Angelo. Da Raffaele Geld für seine Kinder benötigte, begann er zu schmuggeln. Später half er auch jüdischen Flüchtlingen über die Grenze. Im Frühling 1944 wurde Angelo beim Schusswechsel mit einem Grenzwächter angeschossen, Raffaele tötete daraufhin den Wächter und brachte Angelo auf einer abenteuerlichen Flucht, zuletzt mit einem Ruderboot, zu einem Arzt in Ronco. Angelo schrieb in seinem Tagebuch, dass er Raffaele danach nie wiedersah. Jahre später erfuhr er, dass er in Italien von den Deutschen festgenommen worden war und in einem Gefangenenlager verstarb. An dieser Stelle seufzte Fee auf. Sie hatte insgeheim gehofft, dass die Information des Mitarbeiters im Zollmuseum falsch gewesen war. Nando spürte ihren Frust und strich ihr über den Rücken. »Immerhin wissen wir jetzt, wo wir nach ihm fragen können. Sein Bruder hatte eine Glockengießerei in der Ortschaft Biella. Ich werde das gleich mal googeln.« Voller Tatendrang nahm Nando sein Handy hervor, und ein paar Minuten später erhellte sich sein Gesicht. »Na also, die Glockengießerei der Fiores gibt es noch immer.« Er las weiter. »Inhaber ist ein Vincenzo Fiore. Vielleicht Raffaeles Neffe.«

»Oder Sohn.«

»Hm. Ich rufe dort gleich mal an.« Und schon hatte er das Handy am Ohr. »Geht niemand ran.«

Eine plötzliche Hoffnungslosigkeit überfiel Fee. »Vielleicht bringt das alles ja gar nichts, und wir sind auf dem völlig falschen Weg. Ich meine, wir wissen ja nicht, ob Alice wirklich nach Raffaele gesucht hat. Vielleicht wusste sie nicht mal von der Glockengießerei.«

»Aber die Chance, dass sie dort war, ist groß.«

»Ja, aber als sie dann erfahren hat, dass Raffaele nicht mehr lebt, ging sie bestimmt wieder fort.«

»Genau. Und wir müssen darauf hoffen, dass jemand in Biella etwas weiß. Das ist unser einziger Anhaltspunkt.«

Fee fuhr sich über das Gesicht. »Ja. Nur was machen wir, wenn niemand etwas weiß? Es ist schließlich fast sechzig Jahre her. Und vermutlich wusste Alice auch nicht weiter, als sie von Raffaeles Tod erfuhr.«

»Eben!« Nandos Augen leuchteten. »Sie muss bestimmt verzweifelt gewesen sein. Und in diesem Zustand ließ man sie doch nicht einfach gehen.« Er strich ihr zärtlich eine Haarsträhne aus der Stirn. »Hey, wir müssen jetzt optimistisch bleiben. Und sollte sich herausstellen, dass es keine Hinweise gibt, dann schauen wir einfach weiter.«

Sie lächelte. »Du hast recht.«

Nach einem Spaziergang durch die Rebberge versuchte Nando erneut, die Glockengießerei anzurufen, und diesmal ging ein gestresster Mann ran, der sagte, sein Chef habe keine Zeit. Fee und Nando beschlossen kurzerhand, nach Biella zu fahren, das sie in gut zwei Stunden erreichten. Als sie ankamen, erlebten sie hautnah, weshalb der Chef keine Zeit hatte. Ein deutsches Filmteam war dabei, die Geburt einer Glocke zu filmen, an der das letzte halbe Jahr gearbeitet worden war. Eine Gemeinde in der Nähe hatte während eines Jahres zehntausend Euro für eine neue Glocke gespart, die morgen eingeweiht werden sollte. Der Chef, Vincenzo Fiore, war zu beschäftigt, sagte ihnen ein Mitarbeiter. Die Glocke werde in diesem Moment aus ihrem Mantel geschlagen, erklärte er. Das sei ein wichtiger Augenblick, danach werde sie abgespritzt, geschliffen und poliert. Sie sollten besser nächste Woche wiederkommen. Als er Fees Enttäuschung bemerkte, sagte er, sie könnten auch morgen der Glockeneinweihung während des Gottesdienstes in Rosta beiwohnen. Rosta liege nur etwas über eine Stunde von hier entfernt.

Fee und Nando nahmen sich ein Hotel für die Nacht, schauten sich Arm in Arm die Stadt an und genossen die Zweisamkeit. Mit der Seilbahn fuhren sie auf das Heiligtum vom Sacro Monte di Orapa, das zu den Sacri Monti, den heiligen Bergen des Piemonts, gehörte und ein UNESCO-Weltkulturerbe war.

Am nächsten Tag fuhren sie früh nach Rosta. Die Gemeinde war klein, und ziemlich schnell gelangten sie zur Hauptattraktion des Dorfes, der Glockeneinweihung in der Kirche Santa Maria. Es war ein sehr freudiger Anlass für die Gemeindebewohner, die so lange für die Glocke gespart hatten. Der kleine Park und auch die Kirche selbst waren mit bunten Blumengestecken und Schleifen geschmückt worden. Selbst Fee bekam Gänsehaut, als sie die frisch montierte Glocke am Ende erklingen hörte. Auch das Filmteam, das sie schon am Vortag gesehen hatten, war wieder anwesend. Vincenzo Fiore stand mitten im Trubel. Neben dem Padre gehörte er zu den meistgefragten Menschen heute, und sie bekamen erst ganz am Ende der Feier eine Chance auf eine Unterhaltung. Zuerst sprachen sie über die neue Glocke. Irgendwann erwähnte Nando Raffaele und erklärte Vincenzo Fiore den wahren Grund ihres Besuchs.

Zum ersten Mal an diesem Tag wirkte dieser bedrückt. Er erklärte, dass er Raffaeles jüngster Sohn sei, und blickte zu Fee. »Sie suchen also nach Alice?«, fragte er in sehr brüchigem Englisch.

»Ja.«

Eine Träne rann ihm die Wange herunter.

»Wissen Sie etwas über sie?«

Er atmete tief durch. »Oh, ich muss mich setzen. Kommen Sie mit.«

Sie fanden eine freie Bank unter einem Baum in der Nähe der Kirche. Vincenzo sprach auf Italienisch, da sein Englisch nicht ausreichte, danach übersetzte Nando für Fee.

»Alice kam irgendwann Anfang der Sechzigerjahre zu ihnen und wollte zu Raffaele. Vincenzo erinnert sich noch gut an jenen Tag. Er arbeitete mit seinem Onkel an einer neuen Glocke, da stand sie plötzlich vor ihnen, zusammen mit einem jungen Mann, und fragte nach Raffaele. Sie mussten ihnen dann leider mitteilen, dass er nicht mehr lebte. Der junge Mann erzählte ihnen, dass

Raffaele ihm vor vielen Jahren über die Grenze geholfen und ihn in ein Kinderheim gebracht habe.«

»Gianni«, sagte Fee. »Das war Gianni.«

»Si, essatamente«, rief nun Vincenzo. »Gianni.« Er erzählte weiter auf Italienisch, Nando übersetzte. »Gianni wollte noch am selben Tag weiter Richtung Süden. Alice jedoch fragte, ob sie noch etwas bleiben könne. Schlussendlich blieb sie länger als gedacht, begann, in einem Atelier in Biella als Schneiderin zu arbeiten. Vincenzos Onkel und sie verliebten sich ineinander und heirateten. Sie bekamen noch ein Kind. Camilla. Sie lebt in Mailand, ist verheiratet und Modedesignerin.«

Fees Herz klopfte wie wild. »Das wäre dann die Halbschwester meiner Großmutter. Und meine Großtante.«

Nando nickte. Fee traute sich kaum zu fragen. »Was ist mit Alice? Ist sie ... tot?«

Nando sprach Vincenzo darauf an, der mit erfreutem Gesicht antwortete.

»Nein. Alice lebt noch«, sagte Nando daraufhin. »In einem Altersheim in Biella. Sie ist aber schon siebenundneunzig und recht schwach.«

Fee konnte kaum glauben, was sie hörte. »Ich ... würde sie gerne sehen. Ist das möglich?«

Das hatte Vincenzo nun verstanden. Er lächelte und sagte auf Englisch: »Ja, sicher.«

Kapitel 37

Biella, März 2019

Alice

Alice hatte die Pflegefachfrau gebeten, ihr heute die hübsche Bluse anzuziehen. Eine Schuppenbluse in Dunkelrosa, die ihr Camilla zu ihrem neunzigsten Geburtstag vor sieben Jahren genäht hatte. Dazu die hellbraune Flanellhose.

»Erwarten Sie speziellen Besuch?«, fragte Martina, die Pflegerin.

»Allerdings. Mein Stiefneffe Vincenzo kommt vorbei. Er meinte, er habe eine Überraschung für mich.«

»Eine Überraschung, wie schön! Das freut mich für Sie.« Sie bürstete Alices dünnes Haar. »Dann machen wir Sie besonders hübsch, ja?«

Alice lächelte. Sie hatte keine Ahnung, um was es sich bei Vincenzos Überraschung handeln könnte. Sie hatte ihn nun schon seit Längerem nicht mehr gesehen, da er sehr beschäftigt war. Wenn, dann erhielt sie Besuch von seinem Bruder Nicolo oder von Camilla und ihrer Familie. Vincenzo war wie Salvatore, sein Onkel, er lebte voll und ganz für die Glockengießerei, die er zusammen mit seinem Sohn führte.

Nachdem Martina gegangen war, sah sich Alice ihre Fotowand

an. Da war ihr geliebter Salvatore, Raffaeles Bruder. Dann Raffaeles Kinder Vincenzo und Nicolo mit ihren Frauen, Kindern und Enkeln. Und natürlich ihre Camilla, mittlerweile auch schon sechsundfünfzig. Camilla hatte drei Kinder: Mario, Lara und Cosmo. Mario, der Älteste, hatte vor einem Jahr geheiratet. Alice war froh, dass sie es noch erlebt hatte. Wer weiß, vielleicht wurde sie sogar noch Urgroßmutter.

Ihre Augen schweiften zu einem Foto von Salvatore und Raffaele, das kurz vor dem Krieg aufgenommen worden war. Raffaele. Er hatte immer einen besonderen Platz in ihrem Herzen behalten, und Salvatore hatte das gewusst und akzeptiert. Als sie damals von seinem Tod erfuhr, war sie tieftraurig gewesen. Sie hatte gehofft, ein neues Leben mit ihm beginnen zu können, wo sie doch schon Violetta für immer verloren hatte. Wegen ihrer Bewährung hatte sie ein Jahr nicht aus der Schweiz ausreisen dürfen, und so überbrückte sie die Wartezeit bei Lilly Volkart. Dann hatte sie bei Domenico und Brigida in Auressio unerwartet ein liebevolles Zuhause gefunden, wenn sie sich dort auch immer wie ein Eindringling vorgekommen war, was vermutlich an Domenicos Schwester gelegen hatte. Zudem hatte sie nie tiefe Gefühle für Domenico entwickelt, weil ihr Herz Raffaele gehörte. Trotzdem waren er und Brigida wie eine Familie gewesen, und Alice hatte sogar überlegt, bei ihnen zu bleiben. Der Vorfall auf Geraldos Beerdigung und Giannis Besuch hatten sie dann davon überzeugt, doch wie geplant nach Italien zu gehen und nach Raffaele zu suchen.

Es war die richtige Entscheidung gewesen.

Ganz in Gedanken versunken hörte Alice die Klingel an der Zimmertür nicht, und so erschrak sie kurz, als Vincenzo eintrat.

»Guten Tag, Alice, hier bin ich.«

»Oh, Vinci, tut mir leid, ich habe die Klingel nicht gehört. Mein Gehör halt.«

»Macht doch nichts.« Er neigte sich zu ihr und küsste sie auf die Wange. Vincenzo kam am meisten nach Raffaele, er war ihm wie aus dem Gesicht geschnitten. Inzwischen war sein Haar aber ergraut, und er trug einen sauber gestutzten Bart.

»Wo ist Donna?« Donna, Vincenzos Frau, begleitete ihn eigentlich immer bei seinen Besuchen. »Es geht ihr doch gut?«

»Ja, ja, keine Sorge. Sie ist heute nicht mitgekommen, weil es einen besonderen Grund gibt für mein Kommen.«

»Das sagtest du schon, ja. Eine Überraschung. Ach Vinci, du hast mir doch nicht etwa einen Hund mitgebracht! Du weißt, dass ich viel zu alt bin und mich nicht mehr um einen Hund kümmern kann. Und hier in der Residenz sind sie sowieso nicht erlaubt.«

Er lachte, rieb sich aber gleichzeitig nervös die Hände. »Nein, nein, es ist kein Hund.« Er griff nach ihren Händen. »Alice, hör zu, da ist jemand, der dich unbedingt sehen will. Sie hat lange nach dir gesucht.«

Violetta, dachte und hoffte Alice insgeheim. Gleichzeitig sagte sie sich, dass es gar nicht sein konnte. Violetta hasste sie, das hatte sie ihr damals eindeutig klargemacht. Und warum sollte sie sie ausgerechnet jetzt nach sechzig Jahren doch noch sehen wollen? Nein, das war unmöglich. Vielleicht lebte sie ja nicht mal mehr. Sie wäre ja auch schon fast achtundsiebzig.

»Wer ist es?«, fragte sie.

Er sah zur Tür. »Felicia«, rief er. »Komm rein!«

Die Tür ging auf, und eine junge, schöne Frau mit hellblondem Haar trat herein. Sie sah aus wie eine Elfe, fand Alice.

»Alice, das ist Felicia. Deine Urenkelin.«

»Meine Urenkelin?«

Die Frau kam näher, und Alice blinzelte. Sie erkannte in dieser schönen Frau ein wenig von sich selbst, aber hauptsächlich ihren geliebten Vater. Seine leicht schräg gestellten Augen, die Gesichtsform mit den hohen Wangenknochen und dem spitzen Kinn.

Als die Frau vor ihr stand und sich niederkniete, lächelte sie. »Hallo, Alice!«

Alices Herz setzte fast aus. Dieses Lächeln, sie kannte es. Niemals hatte sie es vergessen.

»Violetta«, sagte sie leise. »Du bist Violettas Enkelin.«

Sie nickte.

»Oh mein Gott!« Ein dicker Kloß bildete sich in ihrem Hals, eine Träne rann ihr über die Wange, sie neigte sich leicht vor. Dann fielen sie sich in die Arme.

• • •

Sie entschlossen sich zu einem Spaziergang im Park, während Vincenzo und Felicias Begleitung Nando in der Cafeteria etwas tranken. Alice fand, dass Nando ganz nach seinem Großvater Tommaso kam. Der Gedanke an Tommaso schmerzte sie. Sie waren nach Geraldos Beerdigung damals im Streit auseinandergegangen. Aber nun war es genug der Traurigkeit. Es gab Anlass zur Freude. Ihre Urenkelin war hier!

Alice hielt ihren Rollator vor einer Bank an und setzte sich. Sie hörte Felicia alias Fee an, die ausführlich den Grund ihrer Anwesenheit schilderte. Manchmal verstand Alice sie nicht richtig und musste nachhaken, was nicht an der Sprache lag – sie beherrschte Schweizerdeutsch noch immer –, sondern an ihrer leichten Schwerhörigkeit. Fee redete aber klar und deutlich, und so war es meistens kein Problem.

Als Alice von Violettas Tod erfuhr, ergriff sie tiefe Trauer, und so bat sie Fee, ihr alles über Violettas Leben zu erzählen. Je mehr sie über ihr Kind erfuhr, umso größer wurde das Glücksgefühl in ihr. Als sie die Fotos von Violetta auf Fees Handy sah, die eine elegante ältere Frau zeigten, kamen Alice erneut die Tränen. Sie hatte so viel verpasst.

»Meine geliebte Violetta hatte ein schönes Leben. Ich wusste ein wenig über sie, weil ich alle Zeitungsartikel über ihre Karriere als Pianistin gesammelt habe. Doch das war ja immer nur oberflächlich. Als ich einmal las, dass sie einen Sohn hat, wurde ich traurig. Mein Enkelkind! Ich würde es nie kennenlernen. Aber vielleicht besteht nun die Möglichkeit. Erzähl mir von deinem Vater.«

Fee verzog ungewollt das Gesicht, Alice sah sie kritisch an.

»Verstehst du dich nicht mit ihm?«

»Eigentlich schon, doch momentan ist unser Verhältnis etwas angespannt. Aber ich zeige dir gerne ein paar Fotos von ihm.« Sie suchte auf ihrem Handy nach einem Foto. »Hier. Das ist ein Schnappschuss vom letzten Weihnachtsfest.«

»Du meine Güte! Er sieht Maurizio unglaublich ähnlich.«

»Ja, das finde ich auch. Er leitet übrigens das Juwelierunternehmen meines Großvaters, Violettas Mann.« Fee erzählte ein paar Dinge, doch Alice vermutete, dass sie ihr nicht alles über ihren Vater sagen wollte. »Ich glaube, ich habe bereits ein Bild von ihm«, sagte sie augenzwinkernd. Erzähl mir von dir.«

Fee presste die Lippen zusammen, und Alice sah sie erwartungsvoll an.

»Um ganz ehrlich zu sein: Mein Leben ist zurzeit etwas kompliziert. Das Leben, das ich in den vergangenen Jahren geführt habe, ist mir in diesen letzten zwei Wochen fremd geworden ... Ich erzähle dir später gern mehr darüber, aber mir ist es nun wichtig, dass du zuerst all das über Violetta erfährst, was du wissen möchtest.«

Alice beschloss, nicht weiter nachzuhaken. »Das ist lieb von dir. Weißt du, ich habe mir oft ihre Musik angehört und mich ihr dadurch nahe gefühlt. Ich war sogar auf einigen von ihren Konzerten.«

»Wirklich? Aber warum hast du nie mehr einen Versuch unternommen, mit ihr zu reden?«

Sie seufzte. »Du hättest sie damals erleben müssen, als ich sie 1959 ausfindig gemacht hatte. Ich ahnte ja, dass sie mich nicht herzlich empfangen würde, aber so? Sie hasste mich, das spürte ich gleich. Sie ließ mir keine Chance, mich zu erklären. Und ich konnte es ihr nicht mal verübeln. Ich hatte ihr den Vater genommen und ihre Jugend zerstört.«

Fee strich ihr über die Hand. »Sie war sehr verletzt. Aber sie hat es bereut, das hat sie mir kurz vor ihrem Tod anvertraut. Da erzählte sie mir auch zum ersten Mal von dir.«

In der Folge erfuhr Alice von diesem letzten Gespräch zwischen Fee und Violetta.

»Ich glaube, sie hätte gerne erfahren, was damals genau passiert ist. Also weshalb du deinen Mann erschossen hast.«

»Ja. Weißt du, ich musste mich entscheiden zwischen meinem Mann und den jüdischen Kindern, die wir in jenem Frühling versteckten.« Sie erzählte Fee, wie sich alles abgespielt hatte.

»Hätte ich Maurizio nicht für immer zum Schweigen gebracht, hätte er dafür gesorgt, dass man Gianni und die anderen Kinder des Landes verweist. Das hätte höchstwahrscheinlich ihren Tod bedeutet. Und er hätte ausgesagt, dass Raffaele bei mir gewesen war ... Ich konnte zu dem Zeitpunkt nicht wissen, dass Aurelia alles beobachtet hatte und meine falsche Aussage widerlegen würde.«

»Und Pippa.«

»Nein, Pippa war nicht dabei, da bin ich sicher. Nachdem Aurelia gesehen hatte, wie ich Maurizio erschoss, rannte sie zurück ins Haus und berichtete Pippa von ihrer Beobachtung. Als dann die Polizei hier war und ich die Falschaussage machte, behauptete Pippa einfach, sie sei auch Zeugin des Mordes geworden. Sie hasste mich und wollte mich unbedingt loswerden. Sie vermutete, dass zwei Zeuginnen glaubwürdiger wären.«

»Und Aurelia schwieg?«

»Ja. Aber es kam sowieso nicht drauf an, es stimmte ja alles. Ich hatte Maurizio erschossen, es gab nichts abzustreiten.«

»Was passierte eigentlich mit Gianni, nachdem du ihn weggeschickt hattest?«

»Er ging sofort zurück zu Geraldo.«

»Hat Aurelia ihn nicht gesehen?«

»Doch, hat sie. Aber sie hat ihn nicht verraten.«

»Immerhin.« Fee strich sich das Haar hinter die Ohren, und Alice stellte gerührt fest, dass sie auch die Ohren ihres Ururgroßvaters geerbt hatte, Alices Vater.

»Hast du auf Geraldos Beerdigung mit Aurelia und Pippa gesprochen?«, fragte Fee.

»Ja. Aurelia kam zu mir und hat sich entschuldigt. Sie hat sich die ganzen Jahre Vorwürfe gemacht, weil ich wegen ihrer Aussage verhaftet wurde. Ich habe sie beruhigt und ihr gesagt, dass sie das Richtige getan habe und ich ihr nicht böse sei.« Sie legte die Stirn in Falten. »Zu dem Zeitpunkt konnte ich nicht ahnen, dass hinter ihrer Entschuldigung viel mehr steckte.«

»Wie meinst du das?«

»Gleich, mein Kind. Jedenfalls habe ich auf der Beerdigung auch Gianni getroffen. Er hat mir gesagt, dass er an jenem Abend Zeuge eines Gesprächs zwischen Aurelia und ihrer Mutter Filomena wurde. Aurelia muss mitbekommen haben, dass ich Franca des Mordes an Undine verdächtigt hatte. Sie sprach mit ihrer Mutter darüber und warnte sie. Sie meinte, ich sei nahe dran, alles herauszufinden. Dass Franca für den Tod des kleinen Marcello verantwortlich war und Filomena Undine vergiftet hatte.«

Kapitel 38

Biella, März 2019

Fee

Fee rief sich den Artikel über Undines Ermordung in Erinnerung. »Undine war Maurizios zweite Frau. Man hat damals seine Schwester des Mordes beschuldigt.«

»Ja, richtig. Carmina.«

»Tommaso hat erzählt, dass du ihr helfen wolltest, weil du sie für unschuldig hieltest.«

»Das stimmt. Und sie war auch unschuldig. Leider brachte ihr die Wahrheit nichts mehr. Sie wurde verrückt im Gefängnis und kam in eine Nervenheilanstalt. Ich durfte sie dort nie besuchen, weil ich ja selbst ein Häftling war. Sie starb 1956 an Herzversagen. Nach zwanzig Jahren Inhaftierung! Im Alter von fünfundvierzig.« Bekümmert starrte sie vor sich hin, und Fee fuhr ihr über den Arm. Wie furchtbar ungerecht das Leben sein konnte.

»Dabei war es Filomena, Aurelias Mutter, die Undine getötet hat.« Fee war nun klar, weshalb Aurelia gewisse Themen so vehement hatte meiden wollen. »Und Franca war doch Tommasos Frau? Die ehemalige Nanny?«

Alice nickte. »Ja.«

»Was ist nur passiert?«

»Als mich Gianni auf Geraldos Beerdigung wiedersah, erzählte er mir von einem Gespräch zwischen Filomena und Aurelia, das er damals belauscht hatte. Wie erwähnt, warnte Aurelia ihre Mutter vor mir, weil ich schon bald die Wahrheit herausfinden könnte. Gianni fand das Gespräch merkwürdig und wollte mir davon berichten. Er suchte mich in dieser schrecklichen Nacht in der Villa, doch dann wurde er von Maurizio erwischt. Und nach meiner Verhaftung hat er sich nicht mehr getraut, es jemandem zu sagen, aus Angst. Später geriet es dann in Vergessenheit. Als er mich nach vielen Jahren wiedersah, erzählte er mir alles. Ich suchte nach der Beerdigung gleich Aurelia auf und konfrontierte sie mit meinem Wissen. Filomena war inzwischen tot, deshalb gestand Aurelia.« Sie brach ab und kratzte sich hinter dem Ohr. »Undine fand kurz vor der Geburt ihrer Zwillinge heraus, dass Filomena einer Räuberbande geholfen hatte, in den Zwanzigerjahren die Villa zu überfallen.«

Fee fiel die Kinnlade runter. »Wie schlimm! Ich habe von dem Überfall gelesen. Maurizios Vater wurde verletzt, und seine erste Frau und seine Schwester vergewaltigt.«

»Ja. Es waren insgesamt vier Männer. Einer von ihnen war einst mit Filomena zusammen. Sie war diesem Mann anscheinend richtig verfallen.«

»Wie fand Undine das heraus?«

»Durch einen Zeitungsartikel. Es ging darin um die Verhaftung der Bande, die zahlreiche Verbrechen begangen hatte. Es wurden Fotos von ihnen abgebildet, und einer der Täter kam Undine bekannt vor. Sie erinnerte sich, ihn auf einem Foto gesehen zu haben, als sie einst Filomenas Zimmer durchsucht hatte. Sie war damals frisch mit Maurizio verheiratet und verdächtigte Filomena, ihre Ohrringe gestohlen zu haben. Schlussendlich hatte sie sie aber nur verlegt.«

»Aber bei der Durchsuchung entdeckte sie das Foto des Mannes.«

»Ja. Sie dachte sich natürlich noch nichts dabei. Erst als sie den Zeitungsartikel sah, wurde sie stutzig. Da es aber schon eine Weile her war, musste sie sich davon überzeugen und schaute sich das Foto in Filomenas Zimmer noch mal an. Sie hatte dann keine Zweifel mehr, es handelte sich um denselben Mann. Zudem fand sie diesmal auch eine Diamantenbrosche, die man Isidora gestohlen hatte. Undine kannte die Brosche, weil sie sie auf einem Foto von Isidora gesehen hatte.«

»Ja, das Foto kenne ich auch.«

»Undine wusste von Maurizio, dass man Isidora die Brosche während des Überfalls gestohlen hatte. Sie konfrontierte Filomena mit ihrer Entdeckung, und sie gestand daraufhin, dass ihr ehemaliger Freund Vito sie überredet hatte. So musste sie das Tor offen lassen, damit die Bande leichter in die Villa gelangen konnte. Filomena hatte sich nur darauf eingelassen, weil Vito sagte, sie würden bloß ein paar Dinge stehlen. Es war nie die Rede von Gewalt gewesen.«

In Fees Kopf ratterte es wie in einem Uhrwerk. »Aber dieser Vito war nicht etwa Aurelias Vater, oder?«

»Nein, nein. Laut Aurelia sah ihre Mutter Vito nach dem Überfall nie wieder. Aurelias Vater war ein Durchreisender, den Filomena erst viel später an einem Tanzabend in Brissago kennengelernt hat. Das hat mir Geraldo einst anvertraut.«

Fee nickte. Sie konnte noch immer kaum glauben, was Filomena getan hatte. »Warum hat sie diesem Vito geholfen? Wie konnte sie den Ferrazzinis so etwas antun?«

»Aurelia sagte mir damals, ihre Mutter sei Vito hörig gewesen und hätte alles für ihn getan. Er jedoch hat sie immer nur ausgenutzt. Der Hauptgrund, weshalb sie eingewilligt hatte, war Vitos

Versprechen, sie nach dem Überfall mitzunehmen und zu heiraten. Daran hat er sich aber nicht gehalten. Dafür gab er ihr die Brosche. Er konnte damit nichts anfangen, weil sie eine Gravur mit Isidoras Namen trug.« Sie runzelte die Stirn, und Fee ahnte, dass es anstrengend für sie war, sich an alles zu erinnern. Doch als sie etwas sagen wollte, fuhr Alice bereits fort. »Filomena bat Undine, das Geheimnis für sich zu behalten, aber Undine wollte Maurizio alles verraten. Aurelia wurde Zeugin des Gesprächs. Direkt danach setzten bei Undine die Wehen ein, und sie war nach der Geburt wegen ihrer Depression nicht in der Lage, mit jemandem zu sprechen. Filomena aber wusste, dass es nur eine Frage der Zeit wäre, bis es Undine wieder besser ginge und sie Maurizio alles erzählen würde. Als Carminas Tinktur dann zu wirken begann und Undine wieder aufstand, beschloss Filomena zu handeln. Sie gab Carmina, aber auch Lucilla, Aurelia und Pippa etwas Schlafmittel in die Suppe, damit sie durch das Geschrei der Zwillinge in der Nacht nicht erwachen würden. Den Zwillingen selbst gab sie nichts, weil sie nicht wusste, wie sie auf das Schlafmittel reagieren würden.«

»Und Franca und Undine? Und Geraldo?«

»Franca aß keine Suppe an jenem Abend, und Undine nahm ohnehin schon Schlafmittel ein. Geraldo schlief ja im Gartenhaus ... Filomena holte in der Nacht den Schlüssel zum Giftkästchen. Sie kannte es, weil sie Carmina beobachtet hatte. Sie schlich in Undines Zimmer und fügte Tropfen des Giftes der Tinktur hinzu. Sie wusste, dass Undine die Tropfen noch vor dem Frühstück einnehmen würde. Als Filomena das Gift hinzugab, trat plötzlich Franca vom Nebenzimmer herein. Sie weinte und trug einen leblosen Säugling auf dem Arm. Sie fragte Filomena, was sie da mache, und bemerkte das Fläschchen. Filomena reagierte schnell und lenkte von sich ab, indem sie Franca auf den toten

Säugling ansprach. Franca gestand, dass sie vor lauter Erschöpfung Marcello kurz das Kissen auf das Gesicht gedrückt hatte, weil er so lange geschrien hatte. Und dann war er plötzlich tot. Sie wollte das sofort gestehen. Filomena machte Franca Angst und sagte ihr, man würde sie verhaften. Sie schlug ihr einen Handel vor. Sie würde schweigen, wenn auch Franca im Gegenzug nichts von Filomenas Anwesenheit in Undines Zimmer und dem Fläschchen sagen würde. Aurelia, die ja von dem Gespräch zwischen ihrer Mutter und Undine wusste, vermutete, dass ihre Mutter etwas mit der Ermordung zu tun hatte. Sie sprach sie später darauf an, und Filomena gestand ihr alles.« An dieser Stelle brach Alice ab und starrte auf den Rollator neben sich. »Aurelia sagte mir, dass sie enttäuscht und entsetzt war von ihrer Mutter, sie aber unmöglich verraten konnte.«

Fee erinnerte sich an Aurelias Bemerkung, dass auch sie oft das Gefühl hatte, ihre Mutter und sie stammten von unterschiedlichen Planeten. Sie schwieg eine Weile, dann fragte sie: »Und wie konnte Franca so etwas tun? Ein Baby ersticken?«

»Sie hat es nicht absichtlich getan. Sie war vollkommen überfordert mit Marcello. Und niemand half ihr. Undine war dazu nicht in der Lage, und Lucilla war der Meinung, dass Franca die Zwillinge im Griff haben sollte. Manchmal unterstützte Carmina sie, aber in dieser Nacht nicht, weil sie durch Filomenas Schlafmittel ruhiggestellt war. Franca war damals erst vierzehn. Jeden Morgen wurde sie von Lucilla zusammengestaucht, weil die Säuglinge wieder die ganze Nacht geschrien hatten. Lucilla hatte bereits damit gedroht, sie zu entlassen. Franca hatte niemals vor, Marcello zu töten, nein. Sie wollte nur, dass er mal für ein paar Sekunden still bliebe. Ihr war nicht bewusst, dass sie ihn dadurch gleich töten könnte. Sie litt sehr darunter. Ich kann mich noch gut daran erinnern, als ich Franca kennenlernte. Das Mädchen wirkte unglaublich traurig und blühte erst im Laufe der Zeit auf. Besonders die Liebe zu Tommaso gab ihr Hoffnung und Kraft.«

»Wusste Tommaso davon?«

»Er erfuhr es erst, als ich Franca zusammen mit Aurelia nach Geraldos Beerdigung damit konfrontierte. Er war natürlich schockiert, aber er liebte Franca über alles, und er wollte sie schützen.« Alice hob verzweifelt die Hände. »Ich versuchte, Tommaso und Franca klarzumachen, dass wir zur Polizei gehen müssen. Carmina war zwar tot, aber es ging um ihre posthume Rehabilitation. Tommaso hatte kein Verständnis dafür und wurde richtig wütend. Er meinte, es sei Vergangenheit, und wir müssten nach vorne schauen. Carminas Schicksal sei tragisch, aber man könne es nicht mehr rückgängig machen.« Alice schluckte hart. »Ich war wahnsinnig enttäuscht und zornig auf alle. Auf Tommaso, weil er den Fehler seiner Frau vertuschen wollte, auf Franca, weil sie so lange geschwiegen hatte, und schlussendlich auch auf Aurelia. Sie hatte nämlich gestanden, vor der Polizei damals nur deshalb meine Lüge mit dem Einbrecher entlarvt zu haben, um mich loszuwerden. Weil sie Angst hatte, ich würde früher oder später doch noch die Wahrheit über ihre Mutter herausfinden.« Sie hielt inne. »Ich war immer stark gewesen, musst du wissen. Ich hatte stets versucht, das Beste aus der Situation zu machen und vorwärtszuschauen. Aber in diesem Moment geriet ich vollkommen aus der Bahn. Ich ging nach Hause, wo Domenico und Brigida auf mich warteten. Eigentlich hatte ich bei ihnen bleiben wollen, aber mir wurde klar, dass ich wegmusste. Ich hatte Raffaele ohnehin immer suchen wollen, sobald ich nach meiner Bewährungszeit wieder ausreisen durfte. Dann kam ein paar Tage nach der Beerdigung Gianni in Auressio vorbei. Er wollte nach mir sehen und erfahren, wie das Gespräch mit Aurelia verlaufen war. Ich erzählte ihm alles. Er fühlte sich schuldig und meinte, er hätte sich Geraldo anvertrauen sollen. Aber ich sagte ihm, dass er zu jenem Zeitpunkt nicht viel hätte machen können. Filomena hat noch gelebt, und sie hätte garantiert alles abgestritten, genauso wie Aurelia, die nur immer ihre Mutter hatte schützen wollen. Niemand hätte Gianni geglaubt.«

»Und dann seid ihr nach Italien gegangen.«

»Gianni wollte schon immer dorthin, und nachdem er von Geraldo etwas Geld geerbt hatte, beschloss er, seinen Plan endlich umzusetzen und in Geraldos Heimat, in Sizilien, neu anzufangen. Er hat dort übrigens ein Malergeschäft eröffnet. Mittlerweile ist er dreiundachtzig und hat das Ruder seinem Sohn überlassen. Er verbringt nun viel Zeit mit seinen Enkeln.« Alice lächelte. »Giannino Mancino. Ich weiß noch so gut, als ich ihn das erste Mal sah. Raffaele hat ihn zu Lilly Volkart gebracht. Er ...«

Fee hörte ihrer Urgroßmutter gespannt zu, als sie erzählte, und ein warmes Gefühl umfing sie. Ja, diese Frau hatte ihren Mann erschossen, aber sie hatte es nicht grundlos getan. Maurizio hätte alle jüdischen Kinder verraten, samt Gianni. Man hätte sie vielleicht nach Norditalien zurückgeschickt, wo im Frühling 1944 noch die Nazis an der Macht gewesen waren. Sie wären in ein Lager gekommen, was vermutlich ihren Tod bedeutet hätte.

Sie sprachen noch lange zusammen, später stießen auch Nando und Vinzenco dazu. Irgendwann konnte Alice ihre Müdigkeit nicht mehr verbergen, und so schlug Fee vor, am nächsten Wochenende wiederzukommen. Am liebsten wäre sie geblieben, aber sie musste zurück nach Zürich. Die Arbeit wartete, und sie hatte einiges zu erledigen.

Bevor sie mit Nando wieder nach Brissago fuhr, aßen sie eine Kleinigkeit, und sie erzählte ihm, was sie von Alice über Tommaso und Franca erfahren hatte.

»Es tut mir leid, aber ich dachte, du musst das wissen. Ich kann aber Tommasos Verhalten nachvollziehen.«

Nando nickte. »Er wollte Franca nur schützen.«

»Genau. Ich verstehe jetzt auch, weshalb er oft so merkwürdig reagiert hat während unserer Gespräche. Genau wie Aurelia.«

Fee dachte an das Telefonat mit Aurelia, das sie kurz vor dem Besuch bei Alice geführt hatte. Aurelia hatte sie angerufen und gefragt, wann sie am Abend zurückkommen werde. Aufgeregt hatte Fee ihr von dem bevorstehenden Treffen mit Alice erzählt, woraufhin Aurelia ganz niedergeschlagen gewirkt hatte. Kein Wunder, sie musste geahnt haben, dass Alice ihr alles erzählen würde.

»Wirst du Tommaso darauf ansprechen?«, fragte Fee Nando.

»Ich weiß es nicht. Er ist siebenundneunzig. Ich glaube, es würde ihn sehr aufwühlen. Er hat ja nur den Menschen beschützt, den er am meisten geliebt hat. Genau wie Aurelia.«

»Aber durch Aurelias Schweigen musste eine unschuldige Person ins Gefängnis. Carmina. Ich finde, man müsste sie posthum rehabilitieren lassen. Doch dazu muss Aurelia die Wahrheit sagen.«

»Vergiss dabei Pippa nicht. Wenn sie erfährt, dass Filomena ihre Mutter umgebracht hat und Aurelia ihr die Wahrheit vorenthielt, wird sie Aurelia hassen.«

»Stimmt.«

Er strich ihr zärtlich das Haar hinters Ohr. »Wir können uns später darüber Gedanken machen. Jetzt fahren wir zuerst zurück.«

Kapitel 39

Brissago, März 2019

Fee

Sie kamen gegen achtzehn Uhr in Brissago an. In Stresa hatte Nando Fee rausgelassen, und sie fuhr mit ihrem eigenen Wagen zurück. Es regnete stark, und da Fee deshalb besonders vorsichtig fuhr, war Nando ein paar Minuten vor ihr da. Er wartete bereits bei den Parkplätzen und küsste sie zur Begrüßung. »Musst du morgen wirklich schon zurück nach Zürich?«

»Ja. Aber ich komme wieder, versprochen. Jetzt muss ich packen.«

»Nando!« Ein älterer Mann mit grauem Haar öffnete das Tor. Er trug eine Regenjacke.

»Hallo, Vater!«

Statt seinen Sohn freudig zu begrüßen, sprach der Mann aufgeregt auf Italienisch auf ihn ein, der Name Giulia fiel. Nando fuhr sich über das Gesicht, wirkte besorgt.

»Was ist los?«, fragte Fee.

»Giulia ist wieder weg. Eigentlich nichts Neues. Aber gerade eben war eine ihrer Freundinnen hier. Heute Nachmittag ist Giulia bei einer Bushaltestelle in eine Schlägerei mit drei anderen Mädchen geraten. Giulias Freundin hat davon erfahren. Sie machte sich Sorgen und wollte nach ihr schauen. Mein Vater dachte, Giulia wäre in ihrem Zimmer, ist sie aber nicht. Er hat bereits im Krankenhaus in Locarno angerufen, und Giulias Freundin und meine Mutter knöpfen sich momentan die anderen Mädchen vor. Aber von Giulia weit und breit keine Spur.«

Ehe Fee etwas sagen konnte, meinte Nandos Vater, dass er die Straße entlanggehe, um nach Giulia zu suchen. »Vielleicht liegt sie irgendwo. Nando, ruf bitte die Polizei.«

Nando zog sein Handy hervor, sagte etwas auf Italienisch zu seinem Vater, der kurz darauf ging.

»Kann ich helfen?«, fragte Fee.

»Ja, du könntest nachschauen, ob sie vielleicht bei euch im Haus ist. Sehr wahrscheinlich nicht, aber Vater hat vorhin im Garten und Bootshaus gesucht und danach bei Pippa geklingelt. Es hat niemand geöffnet, obwohl Licht brennt.«

»Ich schaue nach.«

Als Fee kurze Zeit später die Tür der Villa öffnete, merkte sie sofort, dass etwas nicht stimmte. Die Katzen, die sonst überall herumliefen, waren nicht da. Und dann hörte sie plötzlich ein Pochen, das aus dem Wohnzimmer kam. Als sie die Tür öffnete, rannte Lupo auf sie zu, die Katzen sprangen nervös umher, sogar Don Camillo. Fee streichelte Lupo über den Kopf. »Was ist nur los, hm?«

Da pochte es gegen den Nussbaumschrank, und ein »Hallo? Hilfe!« erklang. Fee eilte zum Schrank und drehte den Schlüssel. Giulia fiel ihr in die Arme. Sie weinte und sah schrecklich aus mit ihrem blauen Auge und der aufgeplatzten Lippe. Sie begann, auf Italienisch zu sprechen, und Fee legte ihr die Hände auf die Schultern. »Giulia! Beruhig dich. Bitte sprich Deutsch.«

Sie schluchzte auf.

»Was ist passiert? Wer hat dich in den Schrank gesperrt? Und wo sind Pippa und Aurelia?«

»Pippa will Aurelia umbringen!«, krächzte sie.

»Was?«

»Ich wurde heute verprügelt und war danach in meinem Versteck bei der Magnolie, da hat es geregnet. Ich wollte nicht zurück nach Hause, weil meine Großeltern ausgeflippt wären, hätten sie mich in diesem Zustand gesehen. Ich ging zu Aurelia, dann kam plötzlich Pippa mit dem Gewehr und –«

»Mit dem Gewehr? Oh Gott! Wo ist sie?«

»Sie ist vor ungefähr fünf Minuten in den Garten gegangen. Davor hat sie mich eingesperrt.«

Fees Herz raste. »Ich gehe runter.« Sie merkte plötzlich, dass sie ihre Tasche mit dem Handy noch im Wagen hatte. »Hast du dein Handy irgendwo?«

Giulia schluchzte. »Nein. Die Mädchen heute haben es mir weggenommen. Ich hab Scheiße gebaut. Hab Chiara auf Social Media fertiggemacht, weil sie mit dem Typen was hatte, auf den ich stehe. Sie –«

»Okay, Giulia«, unterbrach Fee sie und öffnete die Terrassentür. »Darüber reden wir später. Geh und hole Nando, oder deinen Großvater! Schnell!«

Regen prasselte auf Fee nieder, als sie durch den Garten hinunter zum Bootshaus eilte. Pippa und Aurelia konnten nur dort sein. Die Zweige der Magnolien schwankten im Wind hin und her. Als Fee die Tür des Bootshauses aufzog, sah sie Pippa, die mit dem Rücken zu ihr stand. Sie hielt das Gewehr auf Aurelia gerichtet, die durchnässt und völlig verstört vor ihr stand.

»Felicia!«, rief Aurelia sofort, und Pippa drehte sich um.

»Geh weg!«, sagte sie zu Fee und wandte sich wieder um.

Fee war wie erstarrt. Nackte Verzweiflung überwältigte sie

beim Anblick des auf Aurelia gerichteten Gewehrs, und die Angst griff kalt an ihr Herz. »Pippa! … Warum … willst du Aurelia töten?«

»Sie ist eine verfluchte Lügnerin!«, schrie sie, ohne den Blick von Aurelia abzuwenden. »Ihre Mutter hat meine umgebracht, und sie hat es all die Jahre gewusst und geschwiegen.« Ihre Stimme bebte vor Wut und Trauer.

Fees Puls raste. »Wie hast du es erfahren?«

»Sie hat es mir gesagt. Aber nur, weil sie wusste, dass Alice dir heute alles erzählen würde.«

»Ich wollte, dass du es von mir erfährst!«, rief Aurelia und schluchzte.

»Pff! Hör auf! Du hättest es mir nie gesagt, wenn Felicia sich nicht mit Alice getroffen hätte.«

»Pippa«, sagte Fee mit zitternder Stimme und starrte auf das Gewehr. Erinnerungen an die bewaffneten Männer damals im Juweliergeschäft ergriffen sie, und ihr Körper versteifte sich. Sie ballte die Hände zu Fäusten. Nein, sie würde nicht zulassen, dass noch mal ein Mensch vor ihren Augen erschossen wurde. Nie wieder! »Pippa!«, sagte sie noch mal, diesmal etwas lauter und energischer. »Aurelia hat einen Fehler gemacht, ja, aber sie wollte doch nur ihre eigene Mutter beschützen.«

»Sie hat eine Mörderin gedeckt, dafür gibt es keine Entschuldigung.«

»Und du hast eine Falschaussage gemacht«, entgegnete Fee. »Du hast nie gesehen, dass Alice deinen Vater erschossen hat. Du wolltest sie loswerden, deshalb hast du dich Aurelias Aussage angeschlossen.«

»Pff! Das kann man doch nicht vergleichen. Alice hatte ihn ja wirklich erschossen.«

»Weißt du auch, warum? Weil er sonst jüdische Flüchtlingskinder, die bei den Silvestris versteckt waren, verraten hätte.«

Pippa schwieg. Fee hoffte, dass Nando bald käme.

»Es geht jetzt aber nicht um meinen Vater, sondern um meine Mutter.« Pippa sah wieder zu Aurelia. »Wie konntest du mir das nur antun? Ich habe dich all die Jahre hier wohnen lassen und wie eine Schwester behandelt, nie wie eine Angestellte.«

Aurelia schluchzte. »*Lo so. Mi dispiace tanto.*«

Die beiden Frauen sprachen nun auf Italienisch miteinander, sodass Fee nichts mehr verstand. Als Pippa plötzlich auszurasten drohte und einen Schritt mit ihrem Gewehr auf Aurelia zu machte, sprang Fee auf der Seite vorbei und stellte sich vor Aurelia. Ihr Puls war inzwischen so schnell, dass ihr beinahe schlecht wurde.

»Pippa, du willst doch in deinem Alter nicht noch zur Mörderin werden! Denk an deine Katzen. Don Camillo. Oh, und Lupo. Und all die Tiere im Tierheim, die dir so wichtig sind. Im Gefängnis siehst du sie nie wieder.«

Pippa bewegte das Gewehr. »Geh mir aus dem Weg!«

»Nein! Ich werde nicht mit ansehen, wie erneut ein Mensch vor meinen Augen erschossen wird ... Aurelia hat nichts getan! Auch wenn sie damals die Wahrheit gesagt hätte, hätte es dir deine Mutter nicht zurückgebracht. Und es bringt sie dir auch nicht zurück, wenn du Aurelia nun etwas antust.«

Tränen traten in Pippas Augen. »Mama und Papa waren die einzigen Menschen, die mich so geliebt haben, wie ich bin. Ich war ihre kleine Prinzessin. Kein *falco.*« Sie schluchzte auf. »Beide wurden mir auf brutalste Weise genommen«.

Fee bemerkte, dass Pippas Arme zitterten, doch noch immer hielt sie das Gewehr direkt auf Fees Brust gerichtet. »Ich weiß, wie du dich fühlst. Vor acht Jahren wurde meine beste Freundin vor meinen Augen erschossen. Einfach so. Sie war erst fünfundzwanzig ... Ich vermisse sie seither jeden Tag und frage mich so oft, warum das geschehen musste. Warum der Überfall ausgerechnet an diesem Tag passierte ... Warum er *überhaupt* passierte ... Aber schlussendlich gibt es keine Erklärung. Es ist das Leben, das leider solche Geschichten schreibt und manche Menschen zu schlimmen Taten treibt. Aber wir dürfen darauf nicht mit Hass reagieren, denn das hilft nicht weiter, im Gegenteil ... Pippa, wenn du Aurelia jetzt bestrafst ... sie tötest ... dann wirst du dadurch keine Befriedigung haben. Die Tat wird dich zerstören.« Fee brach ab und schluckte hart. Das Gewehr war nicht mehr ganz so hoch gerichtet, die schluchzende Pippa ließ es ganz langsam sinken.

Fee bemerkte Nando im Türrahmen, der mit erschrockenem Gesicht zu ihr blickte, sie gab ihm ein Zeichen zu warten.

»Du willst doch Aurelia gar nicht töten.«

Pippa schüttelte wimmernd den Kopf, ehe sie sich auf den Boden herabsinken ließ und das Gewehr ablegte. Sie hielt sich beide Hände vor das Gesicht und schluchzte. Fee kniete nieder und strich ihr über den Rücken, mit der anderen Hand schob sie das Gewehr Richtung Nando, der sofort danach griff.

...

Auf der Heimfahrt am darauffolgenden Morgen schwirrte Fees Kopf. Wirr und wild zogen die Erlebnisse der letzten Tage durch ihr Gedächtnis, insbesondere der letzte Abend. Pippa hatte sich am Ende bei Aurelia – die auf eine Anzeige verzichtete – entschuldigt, ihr aber gesagt, sie müsse die Villa sofort verlassen. Und so war Aurelia noch am selben Abend mit einem kleinen Koffer zu den Silvestris gezogen. Sie hatte versprochen, dass sie alles richtigstellen und dafür sorgen werde, dass man Carmina posthum rehabilitiere. Nando und sein Vater würden in den nächsten Tagen mit Tommaso reden. Nandos Vater war der Meinung, dass es seinem Vater guttun würde zu wissen, dass nun alles aufgeklärt war. Franca hatte ja Marcello nie absichtlich getötet, es war ein Unfall gewesen.

Trotz all der Turbulenzen wurde Fees Sehnsucht nach Brissago mit jedem Kilometer, den sie hinter sich ließ, größer. Sie war verliebt, aber nicht nur in Nando, sondern auch in den Magnoliengarten, den See, die Berge, die Täler mit ihren wilden Flüssen.

Die darauffolgenden Tage wurden hart, weil Christian nach wie vor nicht einsehen wollte, dass es aus war zwischen ihnen. Es ging ihm dabei aber nicht darum, dass er Fee verloren hatte, sondern vielmehr um seinen Stolz und sein Ansehen. Fee reagierte schnell und zog zu Jessy. Sie ignorierte die Vorwürfe ihrer Eltern, wie sie nur so dumm sein könne, einen Mann wie Christian nicht zu heiraten. Sogar Yvonne besuchte sie auf der Arbeit und hielt ihr eine Moralpredigt.

Als noch viel schlimmer als das alles empfand Fee ihre Arbeit. Sie langweilte sich und ertappte sich oft bei dem Gedanken an Nando – und an die Magnolien. Manchmal kritzelte sie auf ihrem Notizblock herum und sah am Ende Magnolienblüten und sogar erste Entwürfe von Schmuckstücken vor sich. Sie redete viel mit Jessy, und am Freitag stand ihr Entschluss fest. Sie würde kündigen. Diese Arbeit machte sie nicht glücklich, hatte es noch nie getan.

Und dann war da noch was, das ihr auf dem Herzen lag. Sie nahm das Schreiben des Forums für Restaurative Justiz hervor.

Kapitel 40

Brissago, Juli 2019

Drei Monate später

Fee

Fee stand am Ufer und beobachtete belustigt, wie Giulia und zwei Freundinnen auf einem riesigen Gummiflamingo saßen und dabei vor Freude kreischten. Immer wieder fiel eines der Mädchen ins Wasser, was bei den anderen lautes Gelächter auslöste. *Wie schön, dass sich Giulia mit ihren ehemaligen Feindinnen ausgesprochen und versöhnt hat*, dachte Fee.

»Da bist du ja.« Nando umarmte sie von hinten, und sie drehte sich um, blickte in seine Augen. Sie hatten fast die gleiche Farbe wie die Blätter der inzwischen vollkommen ergrünten Magnolien.

»Hast du dich wieder durch das Bootshaus hierhergeschlichen?«, fragte Fee neckend, und er zog sie für einen leidenschaftlichen Kuss an sich.

Als sie sich voneinander lösten, schaute er sie zärtlich an. »Nun bist du endlich offiziell hier eingezogen.«

Sie lächelte. »Ja, auch wenn das Pippa noch gar nicht passt.«

»Sie wird sich daran gewöhnen.«

Fee hatte ihren Job vor drei Monaten gekündigt und am Freitag ihren letzten Arbeitstag gehabt. Sie würde weiterhin für das Unternehmen arbeiten, jedoch von hier aus und als Schmuckdesignerin. In den vergangenen Wochen hatte sie an ihren neuen Entwürfen gearbeitet und auch Alices Ideen einfließen lassen. Sie besuchte sie regelmäßig in Biella, weil Alice zu schwach war, um nach Brissago zu kommen. Außerdem spürte Fee, dass sie es auch gar nicht gewollt hätte. Alice hatte mit Brissago abgeschlossen, und das war auch gut so.

»Wie geht es Aurelia?«, fragte Fee, da Nando ihr vor drei Tagen geschrieben hatte, sie habe eine Sommergrippe. Aurelia wohnte noch immer bei den Silvestris.

»Schon etwas besser. Übrigens hat sich Pippa gestern nach ihr erkundigt.«

»Wirklich?« Fee war überrascht, da zwischen den Frauen nach wie vor Funkstille herrschte, die jedoch von Pippa ausging.

»Meine Mutter hat ihr von Aurelias Grippe erzählt, und als ich sie gestern bei den Garagen oben sah, fragte sie nach ihr. Natürlich so beiläufig wie möglich, aber ich konnte ihr ansehen, wie besorgt sie war.«

Fee seufzte erleichtert. »Vielleicht vergibt sie Aurelia ja doch noch.«

»Das wäre schön ... Wenn wir schon von vergeben sprechen: Wie war das Gespräch mit dem Forum?«

»Gut.« Fee traf sich seit ein paar Wochen zu Vorbereitungsgesprächen mit der Präsidentin des Forums für Restaurative Justiz. Sie hatte viel darüber nachgedacht und zog ein Gespräch mit dem Täter in Erwägung. Ausschlaggebend waren viele Faktoren gewesen, hauptsächlich aber Alice. Seit sie ihre Geschichte kannte und wusste, wie sehr sie sich eine Versöhnung mit Violetta gewünscht hätte, musste Fee immerzu an Evas Mörder denken, auch wenn man die Taten nicht miteinander vergleichen konnte.

Von der Präsidentin des Forums wusste sie inzwischen, dass

er als kleiner Junge den Bosnienkrieg hautnah miterlebt hatte und seine Familie beim Massaker von Srebrenica ums Leben gekommen war. Er hatte die Erlebnisse nie verarbeitet. Im Juweliergeschäft war er durchgedreht, nachdem einer seiner Partner an die Decke geschossen hatte. Er fühlte sich zurückversetzt in die Zeit damals und schoss blind um sich. Auch wenn Fee ihn noch immer verachtete, so begann sie allmählich, seine Handlung ein ganz kleines bisschen besser zu verstehen.

Sie musste oft an Luigi Viscolis Worte über Gianni denken. Ein Opfer seines Schicksals, hatte er ihn genannt. Das traf auch auf Evas Mörder zu. Laut Alice war es Gianni am Ende doch noch gelungen, das Erlebte zu verarbeiten, was bestimmt auch am richtigen Umfeld gelegen hatte. Lilly Volkart, Geraldo, Alice. Menschen, dank denen er wieder vertrauen konnte. Sie wünschte sich für Evas Mörder, dass auch er die Tragödie in Srebrenica irgendwann hinter sich lassen und ein normales Leben führen könnte.

Sie sah zu Nando, der auf eine ausführlichere Antwort wartete. »Ich brauche noch Zeit, aber irgendwann werde ich bestimmt bereit sein, ihm gegenüberzutreten.«

Sie wusste noch nicht, ob sie ihm die Tat jemals würde vergeben können, aber sie wollte zumindest versuchen, ihren Hass zu überwinden, sonst würde dieser weiterschwelen und irgendwann ihr Herz vergiften.

Und sie brauchte ihr Herz. Sie fiel Nando in die Arme.

Ende

Nachwort

Ein Roman entsteht immer aus verschiedenen Inspirationsquellen. Dieses Mal hat mich eine Reportage über die Schmuggler, die während des Zweiten Weltkriegs Ware von Italien in die Schweiz brachten, genauso fasziniert wie eine Dokumentation zur Restaurativen Justiz. Nicht immer jedoch ist eine Idee so umzusetzen, wie sie einem anfänglich vorschwebt, und aus diesem Grund ist für mich die Recherchearbeit das Wichtigste überhaupt. Ich möchte mich deshalb zuerst bei allen bedanken, die mich darin unterstützt haben, unter anderem Claudia Christen (Präsidentin Schweizer Forum für Restaurative Justiz), Cristina Kaufmann (Fondazione Sasso San Gottardo), Raphael Rues (Historiker / Blog auf Schweizerisches Nationalmuseum und Insubrica Historica) sowie Frau Regula Kuchler und Herrn Dr. Gustav Lang aus Brissago, die mir hilfreiche Recherchelektüre zur Verfügung gestellt haben. Eine weitere wertvolle Quelle war Eveline Zeders Buch über Lilly Volkarts Kinder- und Flüchtlingsheim in Ascona, in dem ich meine Figur Alice arbeiten ließ. Gianni und Luigi wie auch die anderen erwähnten Kinder sind fiktive Figuren, ihre Schicksale jedoch basieren auf wahren Begebenheiten. Auch die Figur des Waldemar Tremmels ist fiktiv, allerdings entspricht es leider den Tatsachen, dass den in Ascona anwesenden Nationalsozialisten Lillys Flüchtlingsheim damals ein Dorn im Auge war, allen voran dem sogenannten *Gauleiter* und Ortsgruppenleiter der NSDAP Julius Ammer. Er wohnte unmittelbar hinter der *Casa Cedro*, und so kam es oft zu Problemen und Auseinandersetzungen.

Trotz sorgfältiger Recherche kann es natürlich zu Fehlern kommen. Jedwede Unstimmigkeit geht auf mein Konto, und ich bitte dafür um Entschuldigung.

Weiter danke ich dem ganzen Team von »Ullstein«, besonders aber meiner Lektorin Hanna Vielberg, dank der das Manuskript den letzten Schliff erhielt.

Bei Nadine Kägi von *Della Valle Immobilien* bedanke ich mich herzlich für die Berechnung des fiktiven Grundstücks in Brissago inklusive der Magnolienvilla (die Figur des Maklers Luca Buzzini ist übrigens meiner Fantasie entsprungen), bei Thomas Frey für die Informationen zum Strafrecht, bei Elisabeth Kyburz und Manuela Pepe für die Korrektur meiner italienischen Sätze, und meinem lieben Mann Fabian danke ich für seine Geduld, sein Verständnis und seine hilfreichen Ideen, wenn ich gerade mal nicht mehr weiterkomme. Dann natürlich meiner Familie und meinen Freunden und Bekannten, die meine Bücher so fleißig bewerben und weiterempfehlen. Und was wäre ich nur ohne meine wunderbaren LeserInnen der ersten Stunde: Lisa Jäggi, Ruedi Jäggi, Anne Rettenbacher, Nadine Gerber, Alexandra Schädlich und Danielle Jeckelmann. Es ist eure ehrliche Kritik, die mich dazu anregt, unreife Szenen nochmals zu überarbeiten, eine unglaubwürdige Handlungsweise einer Figur zu überdenken oder die eine oder andere Figur doch nicht sterben zu lassen ... Eure Tipps bereichern die Geschichte, und dafür bin ich euch unendlich dankbar.

Ein besonderer Dank geht auch an alle BuchhändlerInnen, die meine Romane mit solcher Hingabe verkaufen und an die Leserschaft bringen. Somit sind wir auch schon bei euch, liebe Leser und Leserinnen, denn ohne euch gäbe es meine Bücher nicht. Wenn ich eine Geschichte beendet habe, muss ich mich schweren Herzens von meinen lieb gewonnenen Figuren verabschieden, sie ziehen lassen. Der Gedanke, dass ihr sie begleiten, mit ihnen mitfiebern und sie (hoffentlich) lieben werdet, macht mich glücklich.